abc LA COLLECTION

Excellence

Le BAC brillamment
et un bon dossier pour Parcoursup

Français 1re

Dominique Prest
Françoise Cahen
Caroline Vaugien
Delphine Fradet
Florence Renner
Anne Cassou-Nogués

Nathan

Crédits photographiques

p. 15 : spatuletail* ; p. 18 : Everett Collection* ; p. 23 : A. Marino* ; **p. 38 Ronsard** : BIS / Ph. Studio J. J. Morlan © Archives Larbor **Baudelaire** : © BIS / Ph. Coll. Archives Larbor **Hugo** : BIS / © Archives Nathan **p. 39 Rimbaud** : BIS / Ph. © Étienne Carjat – Archives Larbor **Éluard :** © Coll. Archives Nathan DR **Apollinaire :** BIS / Ph. © Françoise Foliot © Coll. Archives Larbor ; p. 53 : Jorisvo* ; p. 69 : Morphart Creation* ; **p. 71 Montaigne :** BIS / Ph. © Archives Nathan **La Fontaine :** BIS / Ph. J. Arland © Archives Larbor **Pascal :** BIS / Ph. © Archives Nathan **p. 72 Montesquieu :** BIS / Ph. H. Josse © Archives Larbor **Diderot** : BIS / Ph. H. Josse © Archives Larbor **Voltaire** : BIS / Ph. © Archives Nathan **; p. 95 :** Morphart Creation* **; p. 109 Stendhal :** BIS / Ph. H. Josse © Archives Larbor **Flaubert :** BIS / Ph. © Archives Nathan **Balzac :** BIS / Ph. Jeanbor © Archives Larbor **p. 112 Zola :** © BIS / Ph. Coll. Archives Larbor **Céline** : © BIS / Ph. Coll. Archives Larbor **Proust :** BIS / Ph. Luc Joubert © Archives Larbor © Adagp, Paris ; **p. 138 Corneille :** BIS / Ph. H. Josse © Archives Larbor **Racine :** BIS / Ph. H. Josse © Archives Larbor **Molière :** BIS / Ph. H. Josse © Archives Larbor p. 124 : Polina Erofeeva***p. 139 Marivaux :** BIS / Ph. H. Josse © Archives Larbor **Giraudoux :** BIS / Ph. Ellebé © Archives Larbor © Adagp, Paris **Musset :** BIS / Ph. Hubert Josse © Archives Larbor ; p. 152 : BIS / Ph. Pierre Vals – Coll. Archives Larbor ; p. 160 : BIS / Coll. Archives Larbor ; p. 170 : BIS / Ph. Jeanbor © Archives Larbor ; p. 178 : BIS / Ph. H. Josse © Archives Larbor ; p. 187 : BIS / Ph. H. Josse © Archives Larbor ; p. 196 : BIS / Ph. H. Josse © Archives Larbor ; p. 204 : AdobeStock / E. Guilane-Nachez ; p. 215 : BIS / Ph. H. Josse © Archives Larbor ; p. 224 : Brigitte Enguerand ; **p. 234 Rimbaud** BIS / Ph. © Etienne Carjat – Archives Larbor ; **p. 241 Dorion :** Louis Monier / Bridgeman Images ; **p. 248 Ponge :** ROGER-VIOLLET / Boris Lipnitzki ; **p. 270 Léonard de Vinci :** BIS / Ph. Frédéric Hanoteau © Archives Nathan **Raphaël :** BIS / Ph. © Archives Nathan **Poussin** : BIS / © Archives Larbor **Watteau :** BIS / © Archives Larbor **David :** BIS / Ph. Hubert Josse © Archives Larbor **Michel-Ange :** BIS / Ph. © Musée du Vatican **Rubens :** BIS / © Musée du Prado, Madrid / Ph. Coll. Archives Nathan **Le Bernin** : BIS / Ph. Lynn Watson **Fragonard** : BIS / Ph. Hubert Josse © Archives Larbor **Rabelais :** BIS / Ph. Josse © Archives Larbor **Montaigne :** BIS / Ph. © Archives Nathan **Corneille** : BIS / Ph. H. Josse © Archives Larbor **Racine :** BIS / Ph. H. Josse © Archives Larbor **Voltaire** : BIS / Ph. © Archives Nathan **Diderot :** BIS / Ph. H. Josse © Archives Larbor **Du Bellay :** © BIS / Ph. Coll. Archives Nathan **Ronsard** : BIS / Ph. Studio J. J. Morlan © Archives Larbor **Molière :** BIS / Ph. H. Josse © Archives Larbor **La Fontaine :** BIS / Ph. J. Arland © Archives Larbor **Montesquieu :** BIS / Ph. H. Josse © Archives Larbor **Rousseau :** BIS / Ph. Jean Tarascon © Archives Larbor **p. 271 Ingres** : BIS / Ph. H. Josse © Archives Larbor **Millet** : BIS / Ph. © Archives Nathan **Courbet** : BIS / Ph. G. Kriloff © Archives Larbor **Monet** : BIS / © Archives Larbor **Picasso** : © Gilles Ehrmann/ Rapho **Delacroix** : BIS / Ph. Hubert Josse © Archives Larbor **Klimt** : BIS / Ph. © Photostudio Otto / Archives Larbor **Dalì** : © Stills/ Gamma **Balzac** : BIS / Ph. Jeanbor © Archives Larbor **Flaubert** : BIS / Ph. © Archives Nathan **Zola** : © BIS / Ph. Coll. Archives Larbor **Sarraute** : BIS / Ph. Patrice Pascal © Archives Larbor **Beckett** : © Ullstein Bild / Roger-Viollet **Ionesco** : Lipnitzki-Viollet **Hugo** : BIS / © Archives Nathan **Baudelaire** : © BIS / Ph. Coll. Archives Larbor **Verlaine** : © BIS / Ph. X – Archives Larbor – DR **Rimbaud** : BIS / Ph. © Étienne Carjat – Archives Larbor **Éluard** : © Coll. Archives Nathan DR **Aragon** : © BIS / Ph. Martinie Coll. Archives Larbor **Queneau :** © Coll. Archives Nathan DR

* : Shutterstock.

Direction éditoriale : Raphaëlle Mourey
Coordination éditoriale : Géraldine de Saint Palais
Édition : Maria Tasso, Cindy Savin
Conception graphique intérieur : Élise Launay
Couverture : Hugues Vollant, Marc Henry
Schémas : Coredoc
Compositeur : Linéale
Fabrication : Kévin Magar

ISBN : 978-2-09-501-802-3
Code éditeur : 117776
Dépôt légal : juillet 2023

Mode d'emploi

Un ouvrage efficace pour réviser et aller plus loin

OBJETS D'ÉTUDE

COURS

- Un **cours très complet**, illustré de nombreux exemples.
- De petits encadrés donnant des **explications** pour mieux comprendre.

AUTEURS-CLÉS

- Des biographies d'auteurs-clés, avec les caractéristiques de leurs œuvres ainsi que de leur écriture.

REPÈRES

- Des **notions** et **citations-clés**, des éléments d'histoire littéraire.

EXERCICES

- Des **entraînements** à l'interprétation de textes littéraires avec des sujets type-bac.

CORRIGÉS

- Des corrigés **clairs et précis**, accompagnés de petits encadrés avec des conseils, des astuces pour gagner des points…

ŒUVRES & PARCOURS

- Des analyses détaillées des œuvres au programme ainsi que l'étude des thèmes clés pour mieux réviser.
- Le parcours associé des œuvres au programme, accompagné de citations clés pour briller à l'épreuve.

ÉTUDE DE LA LANGUE

- Des **fiches de grammaire** et leurs corrigés pour maîriser les points utiles pour l'analyse littéraire et se préparer à l'oral du Bac.

COURS | AUTEURS CLÉS | REPÈRES | EXERCICES | CORRIGÉS | ŒUVRES & PARCOURS | ÉTUDE DE LA LANGUE

SOMMAIRE

CHAPITRE 4 Le théâtre du XVIIe au XXIe siècle

ŒUVRE & PARCOURS

CHAPITRE 5 Les mouvements littéraires et artistiques

CHAPITRE 6 Comment aborder le commentaire et la dissertation ?

Cours

CHAPITRE 7 Comment aborder l'épreuve orale ?

Cours

ÉTUDE DE LA LANGUE

Grammaire

Le Bac

CONTRÔLE CONTINU

40 % de la note finale

ÉPREUVES TERMINALES

60 % de la note finale

CONTRÔLE CONTINU	ÉPREUVES TERMINALES
▶ **Enseignement de spécialité suivi uniquement en 1re** coef. 8 ▶ **Histoire-Géographie** coef. 6 (3 en 1re + 3 en T^{le}) ▶ **LV A/LV B** coef. 6 (3 en 1re + 3 en T^{le}) ▶ **Enseignement scientifique* Mathématiques**** coef. 6 (3 en 1re + 3 en T^{le}) ▶ **Enseignement moral et civique** coef. 2 (1 en 1re + 1 en T^{le}) ▶ **EPS** coef. 6 (uniquement en T^{le})	▶ **Français** (épreuves anticipées en fin de 1re) Écrit coef. 5 Oral coef. 5 ▶ **Enseignement de spécialité 1** coef. 16 ▶ **Enseignement de spécialité 2** coef. 16 ▶ **Philosophie** coef. 8* coef. 4** ▶ **Grand oral** coef. 10* coef. 14**

BAC

* en voie générale.

** en voie technologique.

Le grand oral

- **Cette épreuve, d'une durée de 20 minutes**, se réalise devant un jury et porte sur un projet conduit sur le thème d'une des spécialités choisies par l'élève.
- **Elle se déroule en deux parties :** la présentation du projet, puis un échange à partir de ce projet, permettant d'évaluer la capacité de l'élève à analyser et mobiliser des connaissances.

3 spécialités en 1re, 2 spécialités en T^{erm}

- À la fin de l'année, les élèves de première devront abandonner une des trois spécialités choisies en début d'année.
- La spécialité abandonnée sera évaluée en fin de première par une épreuve commune de contrôle continu (coef. 8).
- Les deux spécialités conservées en terminale seront quant à elle évaluées par une épreuve finale en fin de terminale (coef. 16 chacune).

L'épreuve de français en 1re

Écrit

Durée : 4 heures
Coefficient : 5
Commentaire ou dissertation

- **Le commentaire porte sur un texte littéraire, en lien avec un des objets d'étude du programme de la classe de Première**. Le candidat compose un devoir qui présente de manière organisée ce qu'il a retenu de sa lecture et justifie par des analyses précises son interprétation. Le texte proposé pour le commentaire n'est pas extrait d'une des œuvres au programme.
- **La dissertation consiste à conduire une réflexion personnelle organisée sur une question littéraire portant sur l'une des œuvres et sur le parcours associé figurant dans le programme.** Le candidat choisit l'un des trois sujets de dissertation, chacun étant en rapport avec l'une des œuvres du programme et son parcours associé. Pour développer son argumentation, le candidat s'appuie sur sa connaissance de l'œuvre et des textes étudiés dans le cadre de l'objet d'étude concerné, ainsi que sur ses lectures et sa culture personnelles.

Oral

Durée : 20 minutes
Préparation : 30 minutes
Coefficient : 5
L'épreuve orale est composée de deux parties qui s'enchaînent et sont précédées d'un temps de préparation de 30 minutes.

- **Première partie de l'épreuve orale (12 minutes) : exposé sur un des textes du descriptif**

1. Le candidat propose une lecture expressive du texte choisi par l'examinateur, après l'avoir situé brièvement dans l'œuvre ou le parcours associé. (2 points)

2. Le candidat propose une explication linéaire d'un passage d'une vingtaine de lignes, sélectionné par l'examinateur quand le texte excède cette longueur. (8 points)

3. Le candidat répond à la question de grammaire posée par l'examinateur. La question porte uniquement sur le texte : elle vise l'analyse syntaxique d'une courte phrase ou d'une partie de phrase. (2 points)

- **Seconde partie de l'épreuve (8 minutes) : présentation de l'œuvre choisie par le candidat et entretien avec l'examinateur**

Cette partie de l'épreuve, notée sur 8 points, évalue l'expression orale. Elle se déroule en deux temps : présentation de l'œuvre retenue et explication du choix ; puis, entretien avec l'examinateur.

CHAPITRE 1

La poésie du XIXe au XXIe siècle

INTRODUCTION

Du grec *poiésis*, le terme « poésie » renvoie à l'idée de création, de fabrication. Genre littéraire, sa spécificité repose sur le travail de la forme et du langage, qui implique une connaissance de la versification, de la prosodie ou de la métrique. Ces termes renvoient à l'étude de la technique de l'écriture, du rythme et des sons caractérisant la poésie, qui s'oppose à la prose. Il existe cependant des poèmes en prose qui travaillent le langage de façon particulière.

La poésie s'inscrit dans son temps, tantôt codifiée, tantôt libérée des règles et contraintes ; elle est orientée par les aspirations qui traversent les différents mouvements littéraires. Il en va de même pour son contenu.

Le XIXe siècle est d'abord marqué par un désir de renouveau, puis par les désillusions du siècle. Il bouleverse les codes poétiques, dans le cadre du romantisme qui s'ouvre au monde et à l'émotion, puis du symbolisme et du repli sur la recherche du beau. Le XXe annonce quant à lui l'ère de la modernité et des expériences poétiques.

1 Les transformations de la poésie au XIXe siècle

A Une poésie renouvelée pour un monde nouveau : la poésie romantique

1. Les bouleversements politiques au cours du XIXe siècle

Périodes	Régimes politiques	Événements
1789-1799	La Révolution française de 1789	5 mai 1789 : ouverture des États généraux 14 juillet 1789 : prise de la Bastille 12 septembre 1792 : fin de la monarchie absolue et Ire République 21 janvier 1793 : Louis XVI est guillotiné Septembre 1793-juillet 1794 : la Terreur Un nouveau régime politique : le Directoire (1795-1799)
1799-1815	Du Consulat à l'Empire de Napoléon Ier	Coup d'État du 18 et 19 brumaire an VIII : Napoléon renverse le Directoire et établit le Consulat (9 novembre 1799) ; il prend le titre de Premier Consul et met fin à la Révolution en France mais poursuit la guerre pour conquérir l'Europe 2 décembre 1804 : sacre de Napoléon Ier, début du Ier Empire Avril 1814 : première abdication de Napoléon Juin 1815 : défaite de à Waterloo, exil à Sainte-Hélène
1815-1830	La Restauration	Restauration de la monarchie, constitutionnelle, avec Louis XVIII puis Charles X Révolution de Juillet 1830 : Les Trois Glorieuses désignent trois journées d'insurrection révolutionnaire
1830-1848	La Monarchie de Juillet	Monarchie constitutionnelle de Louis-Philippe Fin de ce régime par la Révolution de février 1848 ; le poète Lamartine fait partie de ses meneurs
1848-1851	La IIe République	IIe République présidée par Louis-Napoléon Bonaparte, neveu de Napoléon Ier Décembre 1851 : coup d'État de Louis-Napoléon Bonaparte
1851-1870	Le Second empire	2 décembre 1852 : Louis-Napoléon Bonaparte devient l'empereur Napoléon III La défaite de 1870 contre la Prusse met fin à l'Empire, perte de l'Alsace-Moselle, proclamation d'une nouvelle République
1870-1940	La IIIe République	Mars-mai 1871 : Commune de Paris (insurrection) La IIIe République met en place un régime parlementaire stable

2. Les générations romantiques

• On peut distinguer trois générations d'auteurs romantiques, marqués par les espoirs et désillusions au sujet du monde qui les entoure.

• **La première génération (1800-1820)**

– Il s'agit de nobles qui ont assisté à la Révolution et à la fin du monde dans lequel ils vivaient, comme Chateaubriand et Lamartine.

– **Chateaubriand est le modèle des auteurs romantiques à venir**, dont Victor Hugo. François-René de Chateaubriand (1768-1848), homme politique, n'est pas poète mais auteur d'essais : son *Essai sur les révolutions* (1797) dénonce les violences de la Révolution française, le *Génie du christianisme* (1802) réfléchit au rôle de la religion et à l'Histoire, les *Mémoires d'outre-tombe* (1803-1847) constituent son autobiographie et un témoignage sur l'histoire de la France de son époque. Il a publié deux courts romans, imprégnés d'autobiographie, *Atala* en 1801 et *René* en 1802, où il établit la figure du héros romantique en proie au mal du siècle, tourmenté, exalté, solitaire, mélancolique : « On habite avec un cœur plein un monde vide, et sans avoir usé de rien on est désabusé de tout » (*Génie du christianisme*, partie 2, livre III, chapitre IX : « Du vague des passions »).

– **L'engagement politique d'Alphonse de Lamartine** (1790-1869) : il entre en politique en 1830 en rejoignant la monarchie de Juillet. Il est élu député en 1833 et conserve cette fonction jusqu'en 1851. Ses idées évoluent : de royaliste, il devient républicain. Lors de la Révolution de 1848, il proclame la République et fait partie du gouvernement provisoire pendant trois mois. Après sa défaite à l'élection présidentielle de 1848, remportée par Louis-Napoléon Bonaparte, il se retire de la vie politique.

– **Le « groupe de Coppet »** est tenu par **Germaine de Staël** (1766-1817), qui a écrit *De la littérature* (1800), dans son château familial en Suisse à Coppet où elle a dû se réfugier suite à son bannissement par Napoléon Ier. Ce groupe rassemble Chateaubriand, Benjamin Constant, les allemands Schlegel et Chamisso et l'anglais Byron. Les échanges qui s'y tiennent fondent la réflexion politique et esthétique à l'origine du romantisme et préfigurent les cénacles romantiques à venir.

• **La deuxième génération (1820-1830)**

– Cette génération née à la fin de l'Empire est déçue par la Restauration. Elle entretient le mythe de l'épopée napoléonienne.

– Les auteurs se réunissent lors de **cénacles** qui rassemblent de jeunes écrivains romantiques de 1823 à 1830 chez Charles Nodier et chez Victor Hugo, parmi

Le cénacle

Le cénacle renvoie étymologiquement à la Cène où Jésus initie ses apôtres au rite de l'eucharistie. Le cénacle littéraire implique l'échange et le partage d'artistes réunis dans une communauté d'idées.

lesquels Théophile Gautier, Vigny, Musset, Nerval, Sainte-Beuve, Mérimée, Dumas et Balzac. À la différence des salons littéraires mondains des siècles précédents, ce sont des réunions d'auteurs.

– **L'engagement politique de Victor Hugo (1802-1885)** : député républicain depuis 1848, il s'insurge contre le coup d'État de Louis-Napoléon Bonaparte, le futur empereur Napoléon III, et part en exil dans les îles anglo-normandes de Jersey et Guernesey pour vingt ans, jusqu'à la fin du Second Empire.

- **La troisième génération (1830-1840)**

– La révolte et la sensibilité s'exacerbent.

– Flaubert d'abord attiré par le romantisme le critique, Baudelaire va s'en éloigner.

3. Les sources du romantisme

- Les auteurs romantiques sont souvent des écrivains **polyvalents,** poètes mais aussi romanciers ou dramaturges, et auteurs d'essais. L'esprit romantique imprègne leur œuvre et dépasse les barrières des genres.

– Madame de Staël affirme dans *De l'Allemagne* (1814) : « Il est difficile de dire ce qui n'est pas de la poésie ; mais si l'on veut comprendre ce qu'elle est, il faut appeler à son secours les impressions qu'excitent une belle contrée, une musique harmonieuse, le regard d'un objet chéri, et par-dessus tout, un sentiment religieux qui nous fait éprouver en nous-mêmes la présence de la Divinité. »

– Victor Hugo renchérit : « La poésie n'est pas dans la forme des idées, mais dans les idées elles-mêmes. » (Préface des *Odes et poésies diverses*, 1822).

- **Le préromantisme en France**. C'est d'abord dans le roman que se développe, autour du sentiment amoureux, l'expression d'une nouvelle sensibilité, exacerbée, et d'un retour à la nature, refuge et lieu de méditation. Par exemple dans *Julie ou la Nouvelle Héloïse* (1761) de Rousseau et *Paul et Virginie* (1788) de Bernardin de Saint-Pierre.

- **Les influences étrangères**

– Au cours du premier tiers du XIXe siècle, la diffusion des œuvres et des traductions offre une **dimension européenne** au romantisme en permettant aux auteurs de prendre connaissance de la création littéraire en cours de renouveau dans les autres pays. Shakespeare est également un modèle pour les auteurs romantiques français.

– Le mouvement européen du romantisme a débuté **en Allemagne** avec Goethe, Schiller, Hölderlin ou Novalis. Goethe est une figure majeure de la littérature allemande, romancier, dramaturge et poète avec « Erlkönig » (« Le roi des Aulnes », 1782) ou « Der König in Thule » (« Le roi de Thulé », 1774), deux poèmes célèbres qui ont été mis en musique. Il est également homme politique et essayiste, à l'origine d'une réflexion théorique sur l'art.

– **En Angleterre**, entre autres figures du romantisme, on peut mentionner Shelley, Keats et ses six odes publiées en 1820, ou Byron, avec « Childe Harold's Pilgrimage » (« Le pèlerinage de Childe Harold », 1812-1818), long poème qui raconte les expériences et réflexions d'un jeune homme désillusionné.

4. La libération et la liberté de la poésie romantique

● **Libération des sentiments et émotions**

– À l'opposé des mouvements littéraires précédents, les Lumières au XVIIIe ou le classicisme au XVIIe, **l'émotion l'emporte sur la raison**, la mesure n'a plus cours et **les codes sont rejetés**. Les poètes laissent alors libre cours à l'expression de la sensibilité et font apparaître la nature dans leurs œuvres, une nature personnifiée qui sert de confidente ou de cadre symbolique à la réflexion, comme c'est le cas dans « Le Lac » de Lamartine ou « Soleils couchants » de Victor Hugo, où l'on traite d'un thème traditionnel dans la poésie, celui de la fuite du temps, mais sur un mode nouveau.

– Le recours au **registre lyrique** permet l'expression des sentiments, ainsi que le **registre élégiaque** de Lamartine dans les *Méditations poétiques* (1820).

– La poésie romantique investit aussi le **registre épique** avec Alfred de Vigny dans ses *Poèmes antiques et modernes* en 1826 ou Victor Hugo, qui célèbre Napoléon Ier :

« À *Rome où du sénat hérite le conclave*
À *l'Elbe, aux monts blanchis de neige ou noirs de lave,*
Au menaçant Kremlin, à l'Alhambra riant,
Il est partout ! – Au Nil je le retrouve encore.
L'Égypte resplendit des feux de son aurore ;
Son astre impérial se lève à l'orient. »
« Lui », *Les Orientales*, 1829

● **Libération des contraintes formelles**

– La poésie romantique se libère des contraintes classiques du XVIIe, de l'académisme classique.

– Boileau a fixé au XVIIe les règles à suivre dans son *Art poétique.* L'écriture poétique est alors principalement au service du théâtre en vers ou mise en œuvre dans les vers libres des fables de La Fontaine à visée morale et didactique. Le courant de la préciosité propose des poèmes très travaillés, très maîtrisés.

– La poésie romantique se développe dans des **formes libres** sans contraintes.

– Elle rompt même avec la traditionnelle division entre prose et poésie en inventant le **poème en prose**, avec le recueil *Gaspard de la nuit* d'Aloysius Bertrand paru en 1842, qui se prolongera avec Baudelaire et Rimbaud dans le mouvement du symbolisme.

● **L'engagement politique** : la poésie romantique devient une arme, elle accuse ou défend des idées de façon virulente. Le poète vit aux côtés de ses semblables et dénonce les maux du monde. Victor Hugo insiste sur le rôle que doit jouer le poète dans le progrès de la civilisation.

– La poésie **engagée** a pour but de témoigner en les déplorant des injustices ou des horreurs de son époque comme l'avait fait Agrippa d'Aubigné qui décrivait les conflits religieux dans *Les Tragiques* en 1616.

– Mais la poésie romantique **s'attaque** à la situation sociale et politique et en dénonce les responsables : Hugo s'est opposé au Second Empire de Napoléon III, qu'il ridiculise dans « Fable ou histoire » (*Les Châtiments*, 1853) :

« *Un jour, maigre et sentant un royal appétit,*
Un singe d'une peau de tigre se vêtit. »

– Il condamne également le travail des enfants dans « Melancholia » (*Les Contemplations*, 1856) :

« *Où vont tous ces enfants dont pas un seul ne rit ?*
Ces doux êtres pensifs que la fièvre maigrit ?
Ces filles de huit ans qu'on voit cheminer seules ?
Ils s'en vont travailler quinze heures sous des meules ;
Ils vont, de l'aube au soir, faire éternellement
Dans la même prison le même mouvement. »

– Il s'oppose à la peine de mort dans « L'Échafaud » écrit en 1856 et publié dans *La Légende des siècles* (1859), qui décrit la guillotine :

« *C'était fini. Splendide, étincelant, superbe,*
Luisant sur la cité comme la faulx sur l'herbe,
Large acier dont le jour faisait une clarté,
Ayant je ne sais quoi dans sa tranquillité
De l'éblouissement du triangle mystique,
Pareil à la lueur au fond d'un temple antique,
Le fatal couperet relevé triomphait.

Il n'avait rien gardé de ce qu'il avait fait
Qu'une petite tache imperceptible et rouge. »

Bien comprendre

La poésie romantique traite de façon nouvelle des thèmes traditionnels : la réflexion sur la condition humaine, les sentiments, la satire des comportements, les interrogations du poète sont modifiés ou enrichis par une libération des émotions, un rejet des contraintes, et par une dénonciation politique et sociale virulente.

B L'éloignement de la réalité

• Après l'échec de 1848 et le coup d'État de Louis-Napoléon Bonaparte, la déception amène certains poètes à aspirer à l'indépendance de l'art, au renvoi de toutes les idéologies, au retour de la quête du beau comme seule préoccupation de la poésie, qui s'éloigne alors de la réalité, de la société ou de la politique.

1. Le culte du beau : l'Art pour l'Art et le Parnasse

• Se détournant de la sensibilité romantique, vers 1860, un groupe de poètes va avoir pour quête **la perfection formelle** dont Théophile Gautier avec *Émaux et Camées* (1852), José Maria de Heredia avec *Les Trophées* (1893) et Leconte de Lisle, avec *Poèmes antiques* (1852), *Poèmes barbares* (1862) et *Poèmes tragiques* (1884). Ces poèmes reposent principalement sur la description, antique ou exotique.

• **Théophile Gautier** (1811-1872), ami de Victor Hugo, prend ses distances avec la réalité politique et sociale dans la préface d'*Émaux et Camées* en 1852 :

« *Pendant les guerres de l'Empire,*
Goethe, au bruit du canon brutal,
Fit Le Divan occidental,
Fraîche oasis où l'art respire. [...]

Comme Goethe sur son divan
À Weimar s'isolait des choses
Et d'Hafiz effeuillait les roses,

Sans prendre garde à l'ouragan
Qui fouettait mes vitres fermées,
Moi, j'ai fait Emaux et Camées. »

Doc. Théophile Gautier

Il s'éloigne également du lyrisme des romantiques et préconise le travail de la forme dans « L'Art » dernier poème de *Émaux et Camées* : « Sculpte, lime, cisèle ». Il est à l'origine, avec Théodore de Banville, de la quête de l'Art pour l'Art, qui va rassembler par la suite les parnassiens : il s'agira d'écrire une poésie privilégiant le travail de la forme afin de viser la beauté, et de bannir l'expression de la sensibilité personnelle, l'effusion des sentiments et l'engagement dans la vie réelle.

- **Le Parnasse** avec **le cénacle de Leconte de Lisle** impose une doctrine en matière d'écriture poétique qui vise la perfection formelle. Le groupe réunit José Maria de Heredia, François Coppée et Sully Prudhomme et s'appuie sur le journal littéraire *Le Parnasse contemporain* qui offre aux poètes la possibilité d'être publiés. Paul Verlaine et Stéphane Mallarmé vont y publier leurs œuvres et se faire ainsi connaître du public, mais ils vont s'en éloigner par manque de liberté.

Parnasse
Le nom de « parnassiens » vient de la montagne où séjournent Apollon et les Muses dans la mythologie grecque.

Bien comprendre

Les poètes s'éloignent parfois du sens pour s'intéresser à la musicalité ou à la puissance évocatoire des mots, dans une perspective esthétique au sein du mouvement de l'Art pour l'Art ou du Parnasse : le poète devient alors un homme de l'art, au sens de travail, visant à la seule perfection formelle.

- **L'hermétisme de Stéphane Mallarmé**. C'est cette quête purement formelle du beau que poursuivra Mallarmé, selon lequel « *ce n'est point avec des idées qu'on fait des vers, c'est avec des mots* », ce qui le mènera à l'hermétisme, l'effort du poète ayant pour but la beauté pure. La poésie selon lui « *se condamnant à l'absence de signification pour signifier davantage* », il brise la syntaxe, privilégie les mots rares, propose une poésie musicale et abstraite, comme dans son « Sonnet en X » :

« *Sur les crédences, au salon vide : nul ptyx,*
Aboli bibelot d'inanité sonore »

L'hermétisme
Terme provenant du dieu grec Hermès Trismégiste associé aux mystères et aux sciences occultes, repris par les alchimistes du Moyen Âge, désignant ce qui est difficile à comprendre ou à interpréter.

- **La préciosité de Paul Valéry**. Paul Valéry se placera également dans cette perspective d'artisan du langage en déclarant : « *J'ai toujours fait mes vers en m'observant les faire* » ou « *je travaille mon travail* » ; il aurait, pour « Le Cimetière marin » (*Charmes*, 1922), entendu d'abord un rythme et une musique avant de trouver les mots pour construire son poème.

2. Le symbolisme

- **La démarche symboliste.** D'autres poètes qui souhaitent également s'éloigner de la réalité et du romantisme aspirent à un idéal, une quête poétique consistant à déchiffrer les signes cachés sous le réel, à voir derrière les choses ce que le commun des mortels ne voit pas, dont la beauté. Ils établissent des correspondances entre les mots, les sens et les rêves.

– **Charles Baudelaire (1821-1867),** dont l'œuvre est un creuset au carrefour du romantisme et du symbolisme, met en œuvre les synesthésies dans son sonnet intitulé « Correspondances » (*Les Fleurs du Mal*, 1857) :

« *La Nature est un temple où de vivants piliers*
Laissent parfois sortir de confuses paroles ;
L'homme y passe à travers des forêts de symboles
Qui l'observent avec des regards familiers.

Comme de longs échos qui de loin se confondent,
Dans une ténébreuse et profonde unité,
Vaste comme la nuit et comme la clarté,
Les parfums, les couleurs et les sons se répondent. »

– **Arthur Rimbaud (1854-1891)**, dans son sonnet « Voyelles », écrit en 1871, attribue une couleur puis des éléments concrets que lui inspire son imagination aux simples lettres que nous utilisons pour former des mots :

« *A noir, E blanc, I rouge, U vert, O bleu, voyelles,*
Je dirai quelque jour vos naissances latentes.
A, noir corset velu des mouches éclatantes
Qui bombillent autour des puanteurs cruelles,

Golfe d'ombre ; E, candeur des vapeurs et des tentes,
Lance des glaciers fiers, rois blancs, frissons d'ombelles
I, pourpres, sang craché, rire des lèvres belles
Dans la colère ou les ivresses pénitentes »

- L'**isolement du poète**. La mission du poète est la **quête du Beau**, une quête idéale et nécessaire, même si elle est mal reçue par le commun des mortels. Isolé ou incompris de ses semblables, le poète est présenté par Baudelaire dans « L'Albatros » comme humilié et blessé par les hommes rudes, grossiers et cruels :

« *Le poète est semblable au prince des nuées*
Qui hante la tempête et se rit de l'archer ;
Exilé sur le sol au milieu des huées,
Ses ailes de géant l'empêchent de marcher. »

- **Un alchimiste et un voyant**. Le poète transforme le monde par l'écriture poétique ; il peut voir au-delà du réel. La création poétique est comparée à une métamorphose : « *Tu m'as donné ta boue, et j'en ai fait de l'or* », écrit Baudelaire sur Paris ; la ville moderne devient un sujet poétique en subissant une transmutation relevant des mystères de l'alchimie, et la laideur et le mal deviennent beauté.

- L'expérience poétique est présentée comme **une illumination** : « *Je dis qu'il faut être voyant, se faire voyant. Le poète se fait voyant par un long, immense et déraisonné dérèglement de tous les sens.* » (Rimbaud, « Lettre du Voyant », mai 1871).

- Paul Verlaine (1844-1896) privilégie la nuance, le clair-obscur et la réserve dans son écriture poétique.

Doc. Paul Verlaine

– Dans son poème intitulé « Art poétique » (*Jadis et Naguère,* 1884), il préconise **la musicalité** à travers le premier et le dernier vers : « *De la musique avant toute chose* » / « *Et tout le reste est littérature.* », pour marquer la spécificité de l'écriture poétique.

– Il se montre aussi novateur en critiquant la contrainte de la rime :

« *Ô qui dira les torts de la Rime ?*
Quel enfant sourd ou quel nègre fou
Nous a forgé ce bijou d'un sou
Qui sonne creux et faux sous la lime ? »

– Enfin son poème est écrit de façon innovante en ennéasyllabes, vers de 9 syllabes, qui s'éloigne du vers pair traditionnellement employé :

« *Et pour cela préfère l'Impair*
Plus vague et plus soluble dans l'air,
Sans rien en lui qui pèse ou qui pose. »

- Tristan Corbière dans « Le crapaud » (*Les Amours jaunes*, 1873) et Jules Laforgue dans « Avant-dernier mot » (*Des Fleurs de bonne volonté*, 1888) poursuivront le travail de déstructuration de la syntaxe et du sens, ouvrant la voie à la modernité.

- **Le « poète maudit »**

– La vie jugée scandaleuse menée par certains poètes les met **en marge des normes morales**. C'est le cas de Verlaine, pour sa liaison avec Rimbaud et son penchant pour l'absinthe. C'est le cas de Baudelaire, dandy qui a dilapidé sa fortune. Leur poésie peut alors se montrer provocatrice dans une visée esthétique et exposer leur mauvaise étoile, comme le « guignon » de Baudelaire dans un poème qui prend ce titre, ou *Une Saison en enfer* de Rimbaud, ainsi que leurs expériences mystiques ou rêvées, faisant tomber les barrières morales de la bienséance.

– Le poète **Lautréamont** (de son vrai nom Isidore Ducasse, 1846-1870) n'a pu faire publier *Les Chants de Maldoror*, œuvre poétique mystérieuse et provocante, car son éditeur craignait des poursuites pénales. Baudelaire a été condamné à une amende et à retirer six poèmes de son recueil des *Fleurs du Mal* pour atteinte à la morale publique.

– Les poètes portent **un regard méprisant sur la société bourgeoise**, critiquant l'hypocrisie et l'attachement à l'argent : ainsi, de façon satirique, Verlaine dans « L'Enterrement » montre l'intérêt des héritiers, et Rimbaud dresse un portrait moqueur de la petite bourgeoisie suffisante dans « À la musique ». Dans « Le Dormeur du val », Rimbaud dénonce indirectement la guerre de 1870 par l'euphémisme et le contraste entre un cadre naturel plein de vie et un jeune soldat mort.

2 Les expériences poétiques au XXe siècle

A Grandes orientations et figures diverses de poètes

1. La recherche d'une écriture moderne

• **Guillaume Apollinaire** (1880-1918) est un **poète novateur** à l'origine de la poésie moderne.

– Il a supprimé la **ponctuation** de son recueil poétique intitulé *Alcools* paru en 1913. Il s'est libéré des contraintes traditionnelles de la versification en dépassant dans certains de ses poèmes la longueur maximale habituelle de l'alexandrin. Il a par ailleurs écrit un poème intitulé « Chantre » constitué d'un seul vers, un monostiche.

– Il est l'auteur des ***Calligrammes***, des poèmes qui sont aussi des dessins.

– La versification de « Nuit rhénane », une **forme libre**, **reflète la tradition et annonce la modernité**. Le poème, dénué de ponctuation, présente trois quatrains et un monostiche d'alexandrins. Les rimes sont croisées dans les quatrains ; le dernier vers, le vers 13, forme une rime croisée avec l'avant-dernier vers du quatrain précédent, le vers 11. Le poème compte 13 vers, ce qui est inhabituel dans la poésie traditionnelle : en effet, le sonnet en compte 14 et les formes libres traditionnelles ont un nombre pair de vers.

– Le poème liminaire de son recueil *Alcools*, intitulé « Zone » institue la modernité par une représentation de Paris et de son époque qui en montre avec enthousiasme les transformations et l'évolution rapide de la vie :

« *Tu lis les prospectus les catalogues les affiches qui chantent tout haut*
Voilà la poésie ce matin et pour la prose il y a les journaux
Il y a les livraisons à 25 centimes pleines d'aventures policières
Portraits des grands hommes et mille titres divers »

COURS

- **Le XXᵉ siècle libère l'écriture poétique** en fonction de la singularité des auteurs.

– **Paul Claudel (1868-1955)** propose la forme du **verset,** qui s'inspire de la Bible ou de l'ode antique, et consiste en un vers libre ou une strophe libre en fonction du rythme du texte, comme une respiration :

« *Et maintenant en nous à la fin*

Éclate le commencement

Éclate le jour nouveau, éclate dans la possession de la source je ne sais quelle jeunesse angélique ! »

Paul Claudel, *Cinq Grandes Odes*, 1910

– Les poètes Saint-John Perse (1887-1975), à la poésie en prose caractérisée par l'hermétisme et le travail des images, Charles Péguy (1873-1914), René Char (1907-1988) et Léopold Sédar Senghor (1906-2001) reprendront cette forme du verset.

– **René Char** emploie le vers libre, le poème en prose, le fragment et **l'aphorisme** :

« *Au plus fort de l'orage il y a toujours un oiseau pour nous rassurer. C'est l'oiseau inconnu, il chante avant de s'envoler.* » (*Les Matinaux*, 1950).

Citation

« Les poèmes sont des bouts d'existence incorruptibles que nous lançons à la gueule répugnante de la mort, mais assez haut pour que, ricochant sur elle, ils tombent dans le monde nominateur de l'unité. »

René Char, *Le Rempart de brindilles*, 1953.

- **Des expériences nouvelles autour du langage poétique cohabitent avec l'écriture poétique traditionnelle versifiée.**

– **Louis Aragon** (1897-1982) a rejoint les surréalistes avant de les quitter et explique dans *Les Yeux d'Elsa* (1942) le choix pour les auteurs du XXᵉ siècle de la versification traditionnelle : « *Il fallait ce long chemin, parfaitement légitime à tous ses moments, du vers classique désarticulé par Hugo au vers libre des symbolistes, après l'impair verlainien […]. Il fallait ce long chemin pour qu'on reprît en connaissance de cause la longue histoire du vers français, non pas comme une leçon qui se répète, bien apprise, non pas comme une science nécessaire à quelque baccalauréat, mais comme le sanglot organique et profond de la France, comme ce parler de toute la Terre et de toute l'Histoire, dont chaque poète français est l'héritier, l'interprète trop souvent ignorant de ce qu'il fait.* »

– **Des thèmes et des registres persistent dans la poésie du XXᵉ siècle**. Le lyrisme amoureux de Paul Éluard (1895-1952) et Aragon ou de René-Guy Cadou (1920-1951) avec *Hélène ou le règne végétal* (publié en 1951), pour chacun consacré à la femme aimée.

2. Expérimentations diverses liées à la singularité des auteurs

• Une poésie tirée de la vie du poète

– **Blaise Cendrars** (1887-1961) : en 1913, il fait paraître son poème « La Prose du Transsibérien et de la petite Jehanne de France », récit en vers libre d'un voyage en train à travers la Russie, rythmé par le nom des gares, voyage appuyé sur l'expérience du monde du poète, grand voyageur et découvreur, et voyage rêvé :

« *Le Kremlin était comme un immense gâteau tartare*
Croustillé d'or,
Avec les grandes amandes des cathédrales toutes blanches
Et l'or mielleux des cloches…
Un vieux moine me lisait la légende de Novgorode
J'avais soif
Et je déchiffrais des caractères cunéiformes
Puis, tout à coup, les pigeons du Saint-Esprit s'envolaient sur la place
Et mes mains s'envolaient aussi, avec des bruissements d'albatros »

– En 1901, **Apollinaire** a séjourné et voyagé en Allemagne. « Nuit rhénane » appartient au cycle des *Rhénanes*, neuf poèmes inspirés par son séjour au bord du Rhin.

– **Henri Michaux** (1899-1984) : attiré par l'inconscient, la psychanalyse établie par Freud et la psychiatrie, il est l'auteur de *Plume* (1938), série de poèmes en prose présentant le personnage étonnant de Plume confronté à une réalité déconcertante. Il a également fait, lors de séances sous contrôle, l'expérience de la drogue hallucinogène nommée mescaline qui sera relatée dans *Misérable miracle* en 1972.

• Jeu sur le langage et légèreté

– Pour **Raymond Queneau (1903-1976)**, la poésie est une constante expérimentation, comme l'est pour lui le langage en général, dans ses *Exercices de style* (1947) notamment où il réécrit (99 fois) le même texte narratif en fonction d'une contrainte littéraire. La poésie peut être une **fantaisie verbale**, un jeu sur le langage, les sons, les mots, le sens, ayant aussi recours aux reprises et parodies. « L'ode à Cassandre » de Ronsard (1550) met en garde, avec délicatesse et force métaphores, la jeune fille contre l'effet du temps sur sa beauté, donc sa capacité à inspirer l'amour, et l'invite à profiter pleinement de l'instant (le *carpe diem*) ; réécrit par Raymond Queneau dans *L'Instant fatal* en 1948, de façon ludique et moderne, le poème « Si tu t'imagines… » devient une forme libre sans rimes, ni majuscules en début de vers, ni ponctuation ; il emploie un registre de langue souvent familier ainsi que des créations verbales traduisant phonétiquement les mots prononcés : la « *saison des zamours* », et présente de façon comique dans une énumération les ravages physiques de la vieillesse.

– **Jacques Prévert** (1900-1977) propose lui aussi des jeux de mots dans une poésie décrivant la vie de façon simple et populaire et portant un regard critique sur la société de son temps dans son recueil *Paroles* (1946) : la solitude urbaine dans « Le Désespoir est assis sur un banc », la guerre dans « Familiale », la misère et la violence qu'elle engendre dans « Grasse matinée ».

B Le surréalisme

- **André Breton** (1896-1966) fait paraître en 1924 le *Manifeste du surréalisme*, mouvement littéraire et artistique qui se prolongera jusqu'aux années 1950.
- Le surréalisme s'inscrit dans le **prolongement du mouvement « dada** » fondé en 1916 par **Tristan Tzara** (1896-1963) qui rejette les entraves morales, sociales et politiques en s'appuyant sur **la provocation et le nihilisme**. Ainsi, l'artiste Marcel Duchamp propose en 1917 à l'exposition de New York en guise d'œuvre d'art un objet appelé *Fontaine* qui est un urinoir posé à l'envers ; il s'agit d'un *ready-made*, un objet pris dans la réalité quotidienne et détourné de sa fonction.
- En guise d'art poétique, Tristan Tzara propose, dans « Pour faire un poème dadaïste » (*Sept Manifestes dada*, 1924), une recette consistant à découper les mots d'un article de journal, à les mélanger puis à recopier ce qui sort du sac.
- Le surréalisme est marqué par la double influence de **la psychanalyse** et des travaux de Freud sur l'inconscient d'une part et des **idées marxistes** d'autre part.
- Il est **l'avant-garde**. De nombreux auteurs et artistes vont fréquenter le cercle surréaliste, y participer puis souvent s'en retirer (ou en être exclus par André Breton) afin d'exercer leur singularité dont Louis Aragon, Paul Éluard, Robert Desnos, René Char, Jacques Prévert, Henri Michaux. Le surréalisme marque la poésie du XXe siècle.
- La **poésie est le genre littéraire du surréalisme**. La poésie ira au-delà de l'inspiration pour voir au-delà du réel et en rapporter des visions. L'écriture surréaliste, dans cette perspective, cherchera une sur-réalité dans les images du rêve et de l'inconscient, dans les associations de réalités éloignées : « *La Terre est bleue comme une orange* » (Éluard), voire dans l'écriture automatique.
- L'**image** est au centre de la poésie surréaliste : « *C'est du rapprochement en quelque sorte fortuit de deux termes qu'a jailli une lumière particulière, lumière de l'image, à laquelle nous nous montrons particulièrement sensibles. La valeur de l'image dépend de la beauté de l'étincelle obtenue […] Pour moi, la plus forte est celle qui présente le degré d'arbitraire le plus élevé, je ne le cache pas ; celle*

qu'on met le plus longtemps à traduire en langage pratique, soit qu'elle recèle une dose énorme de contradiction apparente, soit que l'un de ses termes en soit curieusement dérobé. » (André Breton, *Manifeste du surréalisme*, 1924).

• **L'éloignement du surréalisme.** À partir des années 1950, une nouvelle génération de poètes voit le jour avec André du Bouchet, Jacques Dupin, Yves Bonnefoy et Philippe Jaccottet qui prennent leur distance avec le surréalisme. Dans son recueil À *la lumière d'hiver* (1977), **Jaccottet** médite sur la difficulté à vivre et à dire la mort d'un proche, ou à affronter sa propre fin. Se trouve ainsi posé le problème de l'écriture poétique et de ses limites. Pour rendre compte du vieillissement et du néant qui sont le signe distinctif de la condition humaine, Jaccottet fait le choix d'une langue épurée, libérée des figures et images poétiques traditionnelles, afin de gagner en simplicité :

« *Et rallumant la lampe (je) reprendrai la page*
Avec des mots plus pauvres et plus justes, si je puis »

Cette quête est vouée à l'échec car ces images, sources de défiance, continuent à nourrir son inspiration, contribuant ainsi à la singularité et à la richesse de son écriture.

C L'expérience de la guerre au XXe siècle

1. La Première Guerre mondiale

• Un élan patriotique caractérise les jeunes poètes qui s'engagent lors de la première Guerre Mondiale comme **Apollinaire**, qui en reviendra blessé et mourra en 1918 de la grippe espagnole ou **Blaise Cendrars**, blessé en 1915 et amputé du bras droit, qui écrira dorénavant de la prose.

• **Charles Péguy**, **nationaliste** et lieutenant de réserve, poète mystique et catholique imprégné d'idées sociales et socialistes, mourra dès le début de la guerre, en septembre 1914. Cet extrait d'un long poème tiré de *La Tapisserie de Notre-Dame* date de 1913 :

Doc. Portrait de Charles Péguy

« *Heureux ceux qui sont morts pour la terre*
charnelle, Mais pourvu que ce fût dans une juste
guerre. Heureux ceux qui sont morts pour quatre coins de terre.
Heureux ceux qui sont morts d'une mort solennelle.

Heureux ceux qui sont morts dans les grandes batailles, Couchés dessus le sol
à la face de Dieu. Heureux ceux qui sont morts sur un dernier haut lieu,
Parmi tout l'appareil des grandes funérailles »

• La **critique de l'horreur de la guerre** sera quant à elle l'apanage des **romanciers** comme Henri Barbusse dans *Le Feu* (1916) et Louis-Ferdinand Céline dans *Voyage au bout de la nuit* (1932).

2. La Seconde Guerre mondiale

• Les poètes s'engagent contre l'oppression, dans leur œuvre ou dans leur vie, prenant le risque d'être arrêtés, fusillés ou déportés.

• Des poètes, dont **Paul Éluard**, s'engagent dans la **Résistance** : « Depuis plus de cent ans, les poètes sont descendus des sommets sur lesquels ils se croyaient. » (conférence prononcée à Londres le 24 juin 1936) et publient des poèmes ou des recueils de façon clandestine pendant la Seconde Guerre mondiale : Aragon, *Le Musée Grévin* (1943), Éluard, *Poésie et vérité* (1942).

• **René-Guy Cadou** est le témoin le 20 octobre 1941, de l'arrestation de 27 otages à Châteaubriant, destinés à être fusillés. Dans son recueil *Pleine Poitrine* écrit par la suite figure le poème : « Les fusillés de Châteaubriant » qui relate cette expérience personnelle traumatisante face à l'oppression nazie :

« Ils sont appuyés contre le ciel
Ils sont une trentaine appuyés contre le ciel,
Avec toute la vie derrière eux
Ils sont pleins d'étonnement pour leur épaule
Qui est un monument d'amour »

• **Robert Desnos** (1900-1945), journaliste s'engage dans la Résistance. Arrêté en 1944 puis déporté, il meurt au camp de concentration de Theresienstadt au moment de la Libération.

« Pourtant ce cœur haïssait la guerre et battait au rythme des saisons,
Mais un seul mot : Liberté a suffi à réveiller les vieilles colères
Et des millions de Français se préparent dans l'ombre à la besogne que l'aube proche leur imposera.
Car ces cœurs qui haïssaient la guerre battaient pour la liberté au rythme même des saisons et des marées,
du jour et de la nuit. »

« Ce cœur qui haïssait la guerre », 1943, paru dans *L'Honneur des poètes*

• **René Char** prend la décision de ne plus écrire pendant la guerre et l'oppression, de ne plus faire œuvre de poète. Il se contente de rédiger des notes, à la façon d'un journal, rassemblées sous le titre de *Feuillets d'Hypnos*, pendant la période où il rejoint le maquis sous le nom de capitaine Alexandre entre 1943 et 1944, notes qui seront intégrées en 1948 à son recueil *Fureur et Mystère*.

COURS

3 Étudier la versification

A Comment lire les vers ?

1. Longueur des vers

Citation
« J'ai toujours fait mes vers en m'observant les faire. »
Paul Valéry

• Le décompte des syllabes s'appuie sur des règles précises. La poésie se lit en fonction des syllabes que l'on prononce ; il ne faut pas oublier de faire les liaisons.

• **Prononcer ou non le *e* ?** L'élision est le fait de ne pas compter un son qu'on ne prononce pas parce qu'on ne l'accentue pas. On parle de *e* caduc ou *e* muet en fin de vers, mais aussi devant une voyelle ou un *h* muet, devant quoi il s'élide :

« *Pré/ten/dai/t a/rri/ver/ san/s en/com/br[e] à/ la/ ville* » (La Fontaine) = 12 syllabes.

En revanche, le *e* se prononce devant une consonne ou un *h* aspiré :

« *J'im/plo/re/ ta/ pi/tié/, Toi,/ l'u/ni/que/ que/ j'aim[e]* » (Baudelaire) = 12 syllabes.

• **Diérèse ou synérèse ?** Quand deux voyelles se suivent dans une syllabe, elles peuvent être prononcées de deux façons ; l'usage les prononce généralement en une seule émission de voix, soit en une seule syllabe ; en revanche, la poésie peut les scinder en deux émissions distinctes, soit en deux syllabes, ce qui met en valeur le mot concerné : ce procédé s'appelle une diérèse (du grec *di-airesis*, « division ») :

« *Sa/ bu/r*[e] *où/ je/ vo/yais/ des /con/ste/lla/ti /ons* » (Hugo)

Le procédé inverse, qui consiste à prononcer une seule syllabe, est une synérèse (du grec *sun-airesis*, « rapprochement »).

• **Vers pairs et impairs.** Les différents types de vers peuvent être classés en fonction du nombre de syllabes qu'ils comportent. La longueur des vers leur donne leur nom.

Vers pairs		Vers impairs	
Nom	**Longueur**	**Nom**	**Longueur**
dissyllabe	2 syllabes	**monosyllabe**	1 syllabe
tétrasyllabe	4 syllabes	**trisyllabe**	3 syllabes
hexasyllabe	6 syllabes	**pentasyllabe**	5 syllabes
octosyllabe	8 syllabes	**heptasyllabe**	7 syllabes
décasyllabe	10 syllabes	**ennéasyllabe**	9 syllabes
alexandrin	12 syllabes	**hendécasyllabe**	11 syllabes

● Les **vers pairs** sont les plus employés dans la poésie classique. Les plus courants sont l'octosyllabe, le décasyllabe et l'alexandrin ; ce dernier tient son nom du *Roman d'Alexandre*, œuvre médiévale où ce type de vers est employé.

● Les **vers impairs** sont moins fréquents. L'heptasyllabe est le plus usité, notamment par Hugo au XIXe. L'ennéasyllabe (peu utilisé) et l'hendécasyllabe (devenu rare après le XIVe) sont présents dans la poésie moderne, à partir du XXe. Verlaine préconise l'usage des vers impairs dans son « Art poétique » (écrit en 1874, publié en 1882, puis inclus dans *Jadis et Naguère*, 1884) :

« *De la musique avant toute chose,*
Et pour cela préfère l'Impair
Plus vague et plus soluble dans l'air,
Sans rien en lui qui pèse ou qui pose. »

● **Vers réguliers et vers irréguliers.** La longueur des vers permet de leur attribuer des caractéristiques classiques et régulières, ou modernes et irrégulières. Les codes classiques impliquent une longueur de une à douze syllabes, mais ceci varie au cours des époques. On recense ainsi des vers très brefs comme un vers de 3 syllabes dans « Les Animaux malades de la peste » de La Fontaine qui met ainsi en valeur l'élément détaché :

« *Même il m'est arrivé quelquefois de manger*
Le berger. »

À l'inverse, on recense des vers très longs (c'est-à-dire de plus de douze syllabes), chez Guillaume Apollinaire par exemple.

● Le **vers régulier** repose sur le compte des syllabes (de une à douze) qui fixe son rythme ; c'est le vers français classique, qui obéit de plus aux règles de la rime et de la césure.

● Le **vers irrégulier** est un vers moderne et libre. C'est à la fin du XIXe qu'on se libère des contraintes des vers de même longueur et l'on fait se succéder des vers de longueurs différentes, mais on abandonne aussi les contraintes de la rime, voire la ponctuation.

● Le **vers libre** s'affranchit du décompte des syllabes et assemble des vers de longueurs variées à la fin du XIXe ; cette pratique se généralisera après avoir été mise en œuvre par Arthur Rimbaud dans les *Illuminations* (1874).

Citation

« Les larmes quelquefois montent aux yeux comme d'une source, elles sont de la brume sur des lacs. »

Philippe Jaccottet

● Le **verset** désigne un vers plus long, irrégulier, employé au XXe par Paul Claudel ou Saint-John Perse.

Bien retenir

La mesure des vers :
- décompte des syllabes.
- repérage des types de vers : vers pairs ou impairs ; vers réguliers ou libres ; vers isométriques ou hétérométriques.

Versification régulière ou irrégulière ?
- à déterminer après l'étude des strophes, vers et rimes.
- prendre en compte l'époque du poème.

COURS

2. Le rythme du vers

• **Coupe et césure.** En français, la dernière syllabe non muette est accentuée. Les accents de cette nature entraînent des pauses que l'on appelle des **coupes** qui sont mobiles dans le vers. La place de la coupe conditionne la lecture en imposant au vers un rythme. La coupe principale s'appelle la **césure** (du latin *couper*) et sépare les deux moitiés du vers que l'on nomme les **hémistiches** (qui signifie : *demi-vers*). La règle classique, définie par Boileau dans son *Art poétique,* veut que la césure survienne *après* un mot, et non à l'intérieur :

« *Que toujours dans vos vers//le sens coupant les mots*
Suspende l'hémistiche,//en marque le repos »

- Mais les poètes modernes s'en écarteront parfois, comme le fait Paul Éluard dans le premier de ces deux vers :

« *Avec tes yeux je chan//ge comme avec les lunes*
Et je suis tour à tour// et de plomb et de plume »

Le premier vers pratique donc ce que l'on appelle la **césure enjambante** ; le second pratique la **césure classique**.

Ce vers de Racine comporte quatre coupes, dont la césure :

« *Je le vis,/ je rougis,// je pâlis/ à sa vue* »

L'alexandrin classique est séparé par la césure en deux hémistiches et rythmé par deux accents secondaires variables : ces quatre mesures l'ont fait nommer **tétramètre**. Dans l'alexandrin romantique se sont développées parfois, au détriment de la césure, deux coupes secondaires qui en font un **trimètre**.

• **Enjambement, rejet et contre-rejet.** L'**enjambement** indique que la phrase n'est pas contenue dans la limite du vers, qu'elle dépasse ; elle déborde sur le vers suivant :

« *Tes jours, sombres et courts comme les jours d'automne,*
***Déclinent** comme l'ombre au penchant des coteaux* » (Lamartine)

- Si un élément qui dépend d'un vers ne peut y trouver place et est rejeté dans le vers suivant, il y a **rejet** :

« *Mais les vrais voyageurs sont ceux-là seuls qui partent*
Pour partir *; cœurs légers, semblables aux ballons* » (Baudelaire)

- Si, à l'inverse, un élément anticipe sur la phrase qui se développe dans le vers suivant, on parle de **contre-rejet** :

« *Tout l'hiver va rentrer dans mon être :* ***colère,***
Haine, frisson, horreur, labeur dur et forcé » (Baudelaire)

Citation
« *J'ai disloqué ce grand niais d'alexandrin* »
« *Serait-ce déjà lui ? C'est [bien à l'escalier*
Dérobé. »
Victor Hugo

- Le rejet et le contre-rejet mettent en valeur le terme en créant un retard et une attente. Il faut alors lire cet élément en le liant au vers précédent ou suivant.

Bien comprendre

Un rejet célèbre

Dans *Hernani* (1830), Victor Hugo libère l'alexandrin par un rejet dans les premiers vers. Théophile Gautier relate la critique faite au romantisme : « *On casse les vers et on les jette par les fenêtres ! dit un classique* », « *ce mot rejeté sans façon à l'autre vers, cet enjambement audacieux, impertinent même, semblait un spadassin de profession, allant donner une pichenette sur le nez du classicisme pour le provoquer en duel.* »

3. La musicalité du vers

- Elle repose essentiellement sur la répétition de sons dans le but de créer un effet. **L'allitération** est la répétition significative d'un son consonne ; **l'assonance** est la répétition significative d'un son voyelle.
- Un ensemble d'allitérations ou d'assonances peut créer dans le vers un effet d'**écho sonore** à partir d'un mot qui est comme repris par la répétition d'un son qu'il contient. « Mon rêve familier » de Verlaine est l'expression d'une quête d'amour que l'on entend à travers les assonances (son [ɛ]) et allitérations (son [m]) reprenant le verbe : « *aime* » :

Citation
« *Et la mer et l'amour ont [l'amer pour partage,*
Et la mer est amère, et [l'amour est amer »
Pierre de Marbeuf

« *Je fais souvent ce rêve, étrange et pénétrant,*
D'une femme inconnue, ***et*** *que j'****aime****,* ***et*** *qui m'****aime****,*
Et *qui n'****est****, chaque fois, ni tout à* ***fait*** *la même,*
Ni tout à ***fait*** *une autre,* ***et*** *m'****aime*** ***et*** *me comprend.* »

- **L'harmonie imitative** consiste à évoquer par le son ce dont parle le vers :

« *Pour qui sont ces serpents qui sifflent sur vos têtes ?* »

Dans ce vers de Racine, l'allitération en [s] renvoie au son de la première lettre du mot « *serpent* » mais aussi au sifflement du reptile.

Bien retenir

Particularités formelles :
- rythme du vers : coupes et césure ;
- diérèse ou synérèse ;
- enjambement, rejet et contre-rejet ;
- assonances et allitérations ;
- ponctuation : majuscule en début de vers, phrases ponctuées ou non.

COURS

4. Les strophes

- Les strophes sont des groupements de vers séparés par un blanc typographique qui constituent une unité sonore et sémantique. Leur nom vient du nombre de vers qu'elles contiennent.

Nom	Longueur	Nom	Longueur
Le monostiche	1 vers	**Le septain**	7 vers
Le distique	2 vers	**Le huitain**	8 vers
Le tercet	3 vers	**Le neuvain**	9 vers
Le quatrain	4 vers	**Le dizain**	10 vers
Le quintil	5 vers	**Le onzain**	11 vers
Le sizain	6 vers	**Le douzain**	12 vers

- **Les formes fixes**, dans la poésie régulière ou classique, utilisent des strophes de trois à douze vers. Les strophes se construisent en fonction de combinaisons de mètres (longueur des vers) et des rimes. Le poème de Guillaume Apollinaire, intitulé « Chantre » (*Alcools*, 1913) est constitué d'un monostiche :

« *Et l'unique cordeau des trompettes marines.* »

Remarque
Le poème « Colloque sentimental » de Paul Verlaine comporte huit distiques.

- **Les différents types de strophes**

isométrique	vers de même longueur
hétérométrique	vers de longueurs différentes
horizontale	le nombre de vers est inférieur au nombre de syllabes de chacun
verticale	le nombre de vers est supérieur au nombre de syllabes de chacun
carrée	le nombre des vers est égal au nombre de syllabes de chaque vers (un huitain d'octosyllabes)

Bien retenir

Le repérage des strophes :
- longueur (nombre de vers) et nom ;
- strophe horizontale ou verticale, strophe carrée.

B Comment étudier les rimes ?

1. Définir une rime

- La **rime** est fondée par une **homophonie** (même son) à la fin de deux vers. Elle obéit à des règles dans la poésie classique et régulière, qui alterne rimes **féminines** (le vers s'achève sur un *e* muet, par exemple : *aile/éternelle* ou *joue/loue*) et rimes **masculines** (le vers s'achève sur un autre son que *e* muet, par exemple : *îlot/flot*).
- Une **rime interne** indique que le mot situé en fin de vers fait écho à un terme placé à l'intérieur du vers. Elle crée un effet de sens en rapprochant ces deux termes sur le plan sonore. Cet alexandrin de Ronsard présente une rime interne :

« *Cueillez dès aujourd'hu**i** les roses de la v**i**e* »

Il met ainsi en relation la « *vie* » et « *aujourd'hui* » pour inviter à profiter du présent, à savourer l'instant : c'est le thème du *carpe diem*.

- Si deux voyelles identiques sont suivies de consonnes différentes, il n'y a pas de rime mais une **assonance**. La poésie moderne du XXe a recours à ce procédé sonore.

2. La qualité des rimes

- La **qualité sonore** des rimes tient au nombre de sons communs à deux vers pour former une rime. On sépare les sons voyelles des sons consonnes, que l'on compte à partir de la fin d'un vers. On ne compte pas le *e* muet, qui s'élide.
- **Rime pauvre, suffisante et riche**

Type de rimes	Définitions	Exemples	Caractéristiques
Rime pauvre	un son en commun	aim/***ons*** – pard/***on***	un son voyelle commun
Rime suffisante	deux sons en commun	v/***e***/***rts*** – m/***e***/***rs***	en partant de la fin des vers, on compte un son consonne puis un son voyelle
Rime riche	trois sons ou plus en commun	cathéd/***r***/***a***/***les*** – vieux /***r***/***â***/***les***	en partant de la fin du vers, on dénombre un son consonne, puis un son voyelle et enfin un son consonne
		« *Où, rimant au milieu des ombres fant/**a**/**s**/**t**/**i**/**ques**, Comme des lyres, je tirais les él/**a**/**s**/**t**/**i**/**ques*** » (Rimbaud)	cinq sons en commun

• **Cas particuliers.** La richesse sonore des rimes a donné lieu à des jeux. Les **rimes équivoquées** présentent des sons semblables mais à partir de mots qui diffèrent : Ronsard fait ainsi rimer « *la rose* » et « *l'arrose* ». Poussé à l'extrême, ce procédé aboutit à la création de vers entièrement équivoques : ce sont les **vers holorimes**, ce qui signifie « tout en rime », qui font entendre à leur lecture le même son, alors que les mots et donc les sens diffèrent. Ces jeux sonores s'effectuent au détriment du sens du vers.

« *Gal, amant de la reine, alla, tour magnanime,*
Galamment de l'arène à la tour Magne, à Nîmes » (Victor Hugo)

3. La disposition des rimes

Les rimes sont disposées selon trois schémas dans la poésie classique.

• Une **rime plate** ou **suivie** fait se suivre deux vers terminés par le même son. On peut faire se succéder plusieurs rimes plates. Le modèle est alors *aabb*, chaque lettre correspondant au son rencontré à la fin d'un vers. Le début de ce poème de Verlaine, « Colloque sentimental » présente des distiques de rimes plates ou suivies :

a *Dans le vieux parc solitaire et glacé*
a *Deux formes ont tout à l'heure passé.*

b *Leurs yeux sont morts et leurs lèvres sont molles*
b *Et l'on entend à peine leurs paroles.*

• Deux rimes **croisées** ou **alternées** se mêlent en combinant quatre vers selon le modèle *abab* comme dans ce quatrain de « L'Albatros » de Baudelaire :

a *Souvent, pour s'amuser, les hommes d'équipage*
b *Prennent des albatros, vastes oiseaux des mers,*
a *Qui suivent, indolents compagnons de voyage,*
b *Le navire glissant sur les gouffres amers.*

• Deux rimes **embrassées** entourent de deux vers les deux autres vers selon le modèle *abba* comme dans ce quatrain de « L'Homme et la mer » de Baudelaire :

a *Homme libre, toujours tu chériras la mer !*
b *La mer est ton miroir ; tu contemples ton âme*
b *Dans le déroulement infini de sa lame,*
a *Et ton esprit n'est pas un gouffre moins amer.*

• **Les emplois de la disposition des rimes**

– On s'affranchit à partir de la fin du XIXe dans la poésie moderne des contraintes de la rime comme on s'est libéré de celles du vers, des coupes et de la césure. Verlaine, dans son « Art poétique », préconise son assouplissement :

« Ô qui dira les torts de la Rime ?
Quel enfant sourd ou quel nègre fou
Nous a forgé ce bijou d'un sou
Qui sonne creux et faux sous la lime ? »

– Certains poèmes utilisant des strophes impaires, le quintil par exemple, proposent des schémas de rimes constituant des variations à partir des trois modèles classiques. Ainsi, Baudelaire évoque avec nostalgie le « *vert paradis* » de l'enfance à travers six quintils de rimes alternées dans « Moesta et errabunda » (deux adjectifs latins signifiant « triste et vagabonde » s'appliquant ici à un état de l'âme) :

a *Comme vous êtes loin, paradis parfumé,*
b *Où sous un clair azur tout n'est qu'amour et joie,*
a *Où tout ce que l'on aime est digne d'être aimé,*
b *Où dans la volupté pure le cœur se noie !*
a *Comme vous êtes loin, paradis parfumé !*

Remarque

La Fontaine mêle aussi, dans ses fables, ces différents modèles dans des groupements de vers.

– Enfin, les deux tercets qui terminent la forme fixe du sonnet après les deux quatrains initiaux doivent être compris, pour la disposition des rimes comme pour le sens, comme un sizain scindé en deux ; voici la fin d'un sonnet de Ronsard présentant une rime suivie, puis deux rimes embrassées :

a *Je serai sous la terre, et fantôme sans os*
a *Par les ombres myrteux je prendrai mon repos ;*
b *Vous serez au foyer une vieille accroupie,*
c *Regrettant mon amour et votre fier dédain.*
c *Vivez, si m'en croyez, n'attendez à demain :*
b *Cueillez dès aujourd'hui les roses de la vie.*

→ Bien retenir

L'étude des rimes :

- trois modèles classiques de rimes : suivies, croisées ou embrassées.
- qualité sonore : rimes pauvres, riches ou suffisantes.
- système d'assonances ou absence de rimes.

4 Les différentes formes poétiques

Les **formes fixes** sont codifiées par des règles suivies par les poètes et portent des noms. Les **formes libres**, comme leur nom l'indique, ne suivent pas un modèle codifié.

A Les formes poétiques à travers les époques

1. Historique des formes poétiques

- Dans l'**Antiquité**, les poèmes sont caractérisés par le contenu ou le ton.

– l'**épopée** : long poème légendaire célébrant un héros ou de hauts faits ; exemple : *L'Iliade* et *L'Odyssée* d'Homère, *L'Énéide* de Virgile.

– l'**églogue** : petit poème pastoral mettant en scène des bergers et des bergères.

– l'**élégie** : poème lyrique exprimant une plainte, une douleur, des sentiments mélancoliques.

– la **satire** : poème où l'auteur attaque les vices et les ridicules de ses contemporains, comme Horace dans la littérature romaine.

- **Au XIVe : définition des premières formes fixes.** Les Grands Rhétoriqueurs définissent les **poèmes à forme fixe** par la longueur des strophes et des vers, la disposition des rimes. Guillaume de Machaut est le chef de file de cette école poétique ; ses successeurs pousseront le travail sur la forme et le langage de façon extrême et considérée comme excessive par les poètes de la Pléiade au XVIe. La poésie baroque, à la fin du XVIe, y reviendra. Les principales formes fixes médiévales sont le **rondeau** et la **ballade**.

- **Au XVIe, la Pléiade.** Les principaux poètes représentants de l'école de la Pléiade sont Pierre de Ronsard et Joachim du Bellay qui empruntent le **sonnet** à l'Italie. Le sonnet connaît un grand succès puisqu'il sera la principale forme fixe du XVIe à la fin du XIXe tout en donnant lieu à des variations. L'**ode**, empruntée à l'Antiquité, est l'autre forme fixe en vogue au XVIe. Ronsard publie également un recueil d'***Hymnes*** en 1555-1556, poèmes célébrant des dieux ou des héros dans l'Antiquité, ainsi qu'une **épopée en vers** : *La Franciade* (1572).

→ Bien comprendre

La Pléiade désigne un groupe de sept poètes formé depuis 1549 autour du manifeste *Défense et illustration de la langue française.* Il comprend Du Bellay, Ronsard, De Baïf, Jodelle, Pontus de Tyard, La Péruse et Des Autels, remplacés par Belleau et Peletier du Mans. Novateurs, ces poètes prônent l'imitation des Anciens et le travail du langage associé à l'inspiration, qualifiée de fureur poétique en référence à Platon.

● **Du XIXe au XXe**

– **Apparition du poème en prose**. Le poème en prose voit le jour en 1842 avec le recueil *Gaspard de la nuit* d'Aloysius Bertrand. Les recueils de poèmes en prose s'imposent avec succès au XIXe avec Baudelaire, *Le Spleen de Paris* (1869), Lautréamont, *Les Chants de Maldoror* (1869) et Rimbaud, *Illuminations* (1886) ; au XXe, Francis Ponge, *Le Parti pris des choses* (1942), et Philippe Jacottet, *Paysages aux figures absentes* (1970), prolongent cette tendance.

– **Amorce de la disparition progressive des formes fixes**. L'opposition traditionnelle entre poésie et prose s'efface progressivement sous l'impulsion du mouvement romantique mû par un désir de liberté dans l'art.

– **Emprunts et création à partir d'autres formes fixes**. De nouvelles formes apparaissent comme le **pantoum**, emprunté à l'orient et mis en œuvre par Baudelaire ou le **haïku**, d'origine japonaise, utilisé par Paul Éluard. Certains poètes se sont essayés à des formes fixes qui n'ont plus cours à leur époque : Hugo utilise l'ode, Jules Laforgue se tourne vers les formes traditionnelles dans une « Ballade de retour » adaptée à son temps.

– **Dislocation du vers régulier**. Ce phénomène laisse la place au **vers libre** et la création poétique jouit d'une liberté totale. Certains auteurs jouent ainsi sur la **disposition graphique** de leurs poèmes : c'est le cas des *Calligrammes* de Guillaume Apollinaire, où le texte se fait dessin et matérialise le sens.

→ Bien retenir

Identification de la forme poétique :
- forme fixe (rondeau, ballade, sonnet, ode…) ;
- forme libre.

2. Le poème en prose

● Cette expression se place sous le signe de l'oxymore, puisqu'elle propose une alliance de termes contraires. En effet, l'écriture se sépare en deux catégories distinctes ; on se rappellera la définition donnée par Molière dans *Le Bourgeois gentilhomme* : « *il n'y a point, pour s'exprimer, que la prose ou les vers* », « *tout ce qui n'est point prose est vers ; et tout ce qui n'est point vers est prose* ».

● **Le poème en prose condense forme et sens** ; le texte, plus ou moins long, est un tout, clos sur lui-même, dont le langage est particulièrement travaillé. Il a été défini par Baudelaire comme étant « *le miracle d'une prose poétique, musicale sans rythme et sans rime, assez souple et assez heurtée pour s'adapter aux mouvements lyriques de l'âme, aux ondulations de la rêverie, aux soubresauts de la conscience* » (lettre à Arsène Houssaye, éditeur du *Spleen de Paris*).

- Joris-Karl Huysmans, dans son roman *À Rebours* (1884), en propose la définition suivante : « *En un mot, le poème en prose représentait, pour Des Esseintes [...] l'huile essentielle de l'art.* » Le poème en prose concentre ainsi la puissance du sens de la prose, diluée dans le roman, restituée par une écriture particulière, son auteur étant désigné comme « *un alchimiste de génie* ».

3. Petite histoire du sonnet

- **Définition.** Le mot *sonnet* signifie « *petite chanson* ». Né en Italie au XIIIe, utilisé à partir du XVe par Pétrarque, il est introduit en France par Clément Marot au XVIe et mis en œuvre par les poètes de la Pléiade, Ronsard et Du Bellay. Très codifié, il constitue une forme fixe de référence, et subira, au cours de son emploi et de son histoire, des variations qui traduiront les positions des poètes à l'égard des règles.
- **La forme du sonnet** est au service de son sens et de son expressivité. En effet, les deux quatrains doivent former une unité de sens et s'opposer aux deux tercets contenant une idée autre ou complémentaire ; enfin, le dernier vers marque une conclusion ou une chute.
- **Sa réception.** Le sonnet est salué au cours des siècles, de Boileau : « *un sonnet sans défauts vaut seul un long poème* », à Baudelaire : « *parce que la forme est contraignante, l'idée jaillit plus intense. Tout va bien au sonnet, la bouffonnerie, la galanterie, la passion, la rêverie, la méditation philosophique.* » (lettre datée de 1860). Mais il est également critiqué : Molière s'en moque dans *Les Femmes savantes*, où un ridicule poète précieux lit son « Sonnet sur la fièvre de la princesse Uranie » qui fait se pâmer son auditoire de femmes savantes tout aussi ridicules.
- **Le sonnet mis à mal.** Par la suite, certains poètes jouent avec le sonnet et ses contraintes : c'est le cas de Tristan Corbière dans *Les Amours jaunes* (1873) avec « 1 sonnet » dont le sous-titre donne le ton : « *Avec la manière de s'en servir / Réglons notre papier et formons bien nos lettres* ». Le poème rappelle les règles du sonnet de façon ludique et plaisante. Corbière pratique également l'inversion de l'ordre des strophes dans un autre poème, « Le Crapaud », qui commence par les tercets.

Citation

« - Je pose 4 et 4 = 8 ! Alors je procède,
En posant 3 et 3 ! - Tenons Pégase raide :
"Ô lyre ! ô délire ! ô ..." - Sonnet - Attention ! »
Tristan Corbière

COURS

COURS

B Les caractéristiques des formes fixes

1. Les principales formes fixes

Types	Définitions	Exemples
Le rondeau	• forme médiévale brève et circulaire • trois strophes : un quintil, un tercet puis un quintil • constitué à partir de deux rimes sur treize vers • le premier vers est repris comme **refrain** à la fin de la deuxième et de la troisième strophe	Charles d'Orléans : « Le temps a laissé son manteau… »
La ballade	• forme médiévale • trois strophes et une demi-strophe, terminées par un **refrain** • la demi-strophe finale, appelée **l'envoi**, débute par une apostrophe qui dédie le poème • les trois premières strophes sont **carrées** : des huitains d'octosyllabes pour la ballade, des dizains de décasyllabes pour la grande ballade	François Villon : « L'épitaphe Villon » dite « Ballade des pendus », « Ballade des dames du temps jadis »
L'ode	• forme empruntée à l'Antiquité • assez souple • série de strophes de même longueur, en octosyllabes, décasyllabes ou alexandrins	Ronsard : *Ode à Cassandre*, « Mignonne, allons voir si la rose… » comporte trois sizains d'octosyllabes
Le sonnet	• forme empruntée à l'Italie • en alexandrins, décasyllabes, ou octosyllabes • mis en œuvre au XVIe, il connaîtra des variations dans la disposition des rimes • le **sonnet français** : quatorze vers répartis en deux quatrains aux rimes embrassées et deux tercets contenant une rime suivie puis deux rimes croisées. • le sonnet dit **italien** comporte dans les tercets une rime suivie puis deux rimes embrassées • les **sonnets irréguliers** : des rimes croisées dans les quatrains	José Maria de Hérédia : « Les Conquérants » (1893), sonnet français en alexandrins Gérard de Nerval : « Epitaphe », sonnet italien en alexandrins Baudelaire : « La Mort des amants », sonnet irrégulier en décasyllabes

2. Autres formes fixes

• **L'épître.** Héritée de l'Antiquité, sorte de **lettre en vers**, elle a une forme assez libre. Elle se prête aux sujets de circonstance et contient une requête (Clément Marot, « Épître au Roy », 1527) ou traite d'un sujet politique ou moral (Lamartine utilise cette forme pour exhorter à l'action politique dans les *Recueillements poétiques*, 1839).

• **L'épigramme.** Courte pièce, héritée de l'Antiquité, d'une dizaine de vers à l'origine, qui propose une tonalité satirique. Elle est appréciée pour son aspect ludique et mondain dans les salons littéraires du XVIIe et du XVIIIe. Boileau la définit avec condescendance : elle « *n'est souvent qu'un bon mot de deux rimes orné* ». *L'Épigramme contre Jean Fréron* est un exemple très célèbre d'épigramme composée par Voltaire en 1762 contre un journaliste, adversaire des philosophes des Lumières :

L'autre jour au fond d'un vallon,
Un serpent piqua Jean Fréron ;
Que croyez-vous qu'il arriva ?
Ce fut le serpent qui creva.

• **Le pantoum.** D'origine orientale, cette forme a été reprise par Baudelaire dans « Harmonie du soir » ; le pantoum est construit sur deux rimes dans quatre quatrains d'alexandrins qui jouent sur la reprise de certains vers ; le deuxième vers de chaque quatrain devient le premier vers du quatrain suivant, le quatrième devient le troisième de la strophe suivante.

• **Le haïku.** D'origine japonaise, cette forme poétique très brève est constituée de trois vers de cinq, sept et cinq syllabes. Elle a été utilisée par Paul Éluard.

Pierre de Ronsard (1524-1585)

Après des études humanistes, il fonde avec Du Bellay le groupe des poètes de La Pléiade qui a l'ambition de donner à la langue et à la littérature françaises une envergure digne d'elles et des aspirations de la Renaissance. Sa poésie lyrique est marquée par la simplicité de ses odes et de ses sonnets.

Odes (1550-1552), *Amours de Cassandre* (1552), *Sonnets pour Hélène* (1578)

« Vivez, si m'en croyez, n'attendez à demain :
Cueillez dès aujourd'hui les roses de la vie »

Victor Hugo (1802-1885)

Chef de file de la jeune génération romantique, il préconise la liberté dans l'art. Son engagement politique contre la tyrannie de Napoléon III lui vaut une vie d'exil. Son œuvre poétique envisage tous les thèmes : poésie lyrique et personnelle, poésie engagée qui traite de l'histoire récente ou légendaire. Il est présenté par Paul Valéry comme « *le possédé du langage poétique* ».

Ruy Blas (1838), *Les Châtiments* (1853), *Les Contemplations* (1856), *La Légende des siècles* (1883)

« Et s'il n'en reste qu'un, je serai celui-là ! »
(« Ultima verba »)

Charles Baudelaire (1821-1867)

Critique d'art, critique littéraire, traducteur d'Edgar Poe, il est l'auteur de recueils poétiques en vers et en prose. Sa poésie, lyrique, exprime le *spleen,* mal de vivre formé d'un mélange d'ennui et d'angoisse existentielle ; elle traduit sa quête du Beau dans l'idéal mais aussi dans le mal et le laid. Située au carrefour du romantisme et du symbolisme, héritière de la tradition classique également, son œuvre est à la fois un creuset et une charnière. Poète de la modernité, il met en œuvre les correspondances dans le sonnet du même nom : « *Les parfums, les couleurs et les sons se répondent* ».

Les Fleurs du mal (1857 et 1862), *Le Spleen de Paris* (1869)

« Il faut toujours être ivre. Tout est là : c'est l'unique question. Pour ne pas sentir l'horrible fardeau du Temps qui brise vos épaules et vous penche vers la terre, il faut vous enivrer sans trêve.
Mais de quoi ? De vin, de poésie ou de vertu, à votre guise. Mais enivrez-vous. »
(« Enivrez-vous »)

Arthur Rimbaud (1854-1891)

Sa carrière de jeune poète, marquée par la révolte et l'errance, est fulgurante et placée sous le signe de l'illumination. Le poète est un « *voyant* », la poésie exprime « *l'inexprimable* » : « *J'inventai la couleur des voyelles ! – A noir, E blanc, I rouge, O bleu, U vert. – Je réglai la forme et le mouvement de chaque consonne, et, avec des rythmes instinctifs, je me flattai d'inventer un verbe poétique accessible, un jour ou l'autre, à tous les sens.* » (« Alchimie du Verbe »). Son œuvre, lyrique, d'une grande modernité, mêle poèmes en vers et en prose, et un travail du langage et de la forme.

Une Saison en enfer (1873), *Illuminations* (1886)

« On n'est pas sérieux quand on a dix-sept ans »

Guillaume Apollinaire (1880-1918)

Plongé dans le milieu artistique de la littérature et de la peinture, il propose une poésie lyrique, caractérisée par la modernité des thèmes et de l'écriture : liberté de la versification, suppression de la ponctuation dans le recueil *Alcools,* disposition des poèmes, tels des dessins, avec les *Calligrammes*.

Alcools (1913), *Calligrammes* (1918)

« Mon verre est plein d'un vin trembleur comme une flamme » **(« Nuit Rhénane »)**

Paul Éluard (1895-1952)

Influencé par le surréalisme, il s'éloigne de l'idée que le poème naît de l'inconscient ou de l'automatisme : « *un récit de rêve ne remplacera jamais un poème* », mais privilégie l'image mettant en relation des réalités éloignées : « *La terre est bleue comme une orange* » (*L'Amour la poésie*). Sa poésie, lyrique ou engagée lors de la Résistance, met en scène le pouvoir de l'amour et un idéal de fraternité entre les hommes.

Capitale de la douleur (1926), *L'Amour la poésie* (1929), *Au rendez-vous allemand* (1944)

« Et par le pouvoir d'un mot
Je recommence ma vie
Je suis né pour te connaître
Pour te nommer
Liberté » (« Liberté », 1942)

Éléments d'histoire littéraire

XVIe	**La Pléiade :** imitation des Anciens, introduction du sonnet.	Ronsard, Du Bellay
XVIIe	On distingue trois courants : • La **poésie baroque** (jusqu'en 1630 environ) célèbre la beauté de la nature, l'agrément d'une vie simple et retirée.	Pierre de Marbeuf
	• La **poésie précieuse**, raffinée jusqu'à l'excès, a pour principal thème l'amour.	Vincent Voiture
	• La **poésie classique** (à partir de 1645), sobre, renouvelle la forme antique de la fable ou s'exprime comme langage théâtral dans la tragédie ou la comédie en vers.	La Fontaine
XVIIIe	• Déclin du genre poétique, mal adapté aux idées qui dominent l'époque ; on écrit des vers mineurs. • Le poète André Chénier marque la fin du siècle par son lyrisme et sa fin tragique.	
XIXe	• Le **romantisme :** lyrisme, engagement politique, poème en prose.	Victor Hugo, Lamartine, Musset
	• Le **symbolisme :** travail du langage, art de la nuance, correspondances.	Baudelaire, Verlaine, Rimbaud
	• Le **Parnasse** ou l'art pour l'art : travail de la forme, quête du beau.	Théophile Gautier, José Maria de Heredia
XXe	• Richesse et diversité. • Le **surréalisme :** expression du rêve, images rapprochant des réalités éloignées.	Apollinaire, Char, Jacottet, Éluard

Notions-clés

■ **vers** : du latin *versus* qui signifie « ligne », « sillon » ou « vers », il désigne l'unité poétique définie d'abord par des règles de rythme et de quantité, puis libérée de ces contraintes.

■ **prosodie** : elle renvoie aux caractéristiques des sons employés dans la poésie pour ce qui est de la durée et de l'accentuation, et désigne les règles de la versification ; on parle également de métrique, qui mesure le vers en fonction du nombre de syllabes dans la poésie française.

■ **lyrisme** : formé à partir du mot « lyre », instrument de musique à cordes de l'Antiquité, symbole de la poésie (à l'origine chantée et accompagnée de musique) et attribut du dieu grec Apollon, ce terme désigne à partir du XVIIIe l'expression des sentiments et émotions de l'auteur dans ses œuvres ; il est associé à l'inspiration et à l'exaltation.

■ **hermétisme** : formé à partir du nom du dieu grec Hermès Trismégiste, ce terme renvoie d'abord à l'alchimie et à ce qui est occulte avant de désigner en poésie ce qui est obscur, difficile à comprendre et à déchiffrer.

■ **inspiration** : souffle venant des dieux ou du ciel donnant lieu à la création chez les artistes, appelée également fureur poétique ; elle s'oppose au travail, à la fabrication poétique.

■ **correspondances** : désigne les liens entre les divers éléments qui tissent la nature, perçue comme une réserve de symboles à déchiffrer : « *Les parfums, les couleurs et les sons se répondent* » (Baudelaire, « Correspondances »).

Citations-clés

■ « *Jamais dans notre langue, le pouvoir de tout dire en vers exacts n'a été possédé et exercé à ce degré. […] Il transforme tout ce qu'il veut en poésie.* » Victor Hugo, *Études littéraires.*

■ « *La critique n'a pas de raison à demander, le poète pas de compte à rendre. L'art n'a que faire des lisières, des menottes, des bâillons ; il vous dit : Va ! et vous lâche dans ce grand jardin de poésie, où il n'y a pas de fruit défendu.* » Victor Hugo, *Les Orientales.*

■ « *L'étude du beau est un duel où l'artiste crie de frayeur avant d'être vaincu.* » Charles Baudelaire, « Le confiteor de l'artiste », *Le Spleen de Paris.*

■ « *Il n'y a de vraiment beau que ce qui ne peut servir à rien ; tout ce qui est utile est laid.* » Théophile Gautier, préface de *Mademoiselle de Maupin.*

■ « *La poésie […] n'a pas d'autre but qu'elle-même ; elle ne peut pas en avoir d'autre, et aucun poème ne sera si grand, si noble, si véritablement digne du nom de poème, que celui qui aura été écrit uniquement pour le plaisir d'écrire un poème.* » Charles Baudelaire, *Notes nouvelles sur Edgar Allan Poe.*

Sujet

Objet d'étude

La poésie du XIXe au XXIe

• Commentaire

Vous ferez le commentaire du poème de Paul Éluard, « La courbe de tes yeux… ».

• Dissertation

« *De la musique avant toute chose* », préconise Verlaine dans son poème intitulé « Art poétique ». Pensez-vous que la poésie puisse se définir par ce seul aspect musical ?

Vous proposerez une réflexion dans un développement structuré appuyé sur les textes que vous avez lus ou étudiés.

Texte Paul ÉLUARD, « La courbe de tes yeux », *Capitale de la douleur* (1926)

La courbe de tes yeux fait le tour de mon cœur,
Un rond de danse et de douceur,
Auréole du temps, berceau nocturne et sûr,
Et si je ne sais plus tout ce que j'ai vécu
C'est que tes yeux ne m'ont pas toujours vu.

Feuilles de jour et mousse de rosée,
Roseaux du vent, sourires parfumés,
Ailes couvrant le monde de lumière,
Bateaux chargés du ciel et de la mer,
Chasseurs des bruits et sources des couleurs

Parfums éclos d'une couvée d'aurores
Qui gît toujours sur la paille des astres,
Comme le jour dépend de l'innocence
Le monde entier dépend de tes yeux purs
Et tout mon sang coule dans leurs regards.

Sujet

COMMENTAIRE

Conseils et astuces

- Ce poème se caractérise par la modernité de sa versification tout en traitant un thème traditionnel de la poésie lyrique.
- Prenez en compte l'évolution de l'écriture poétique pour vous aider à cerner ses particularités formelles.
- La composition et les images nécessitent une étude précise.

Plan proposé

Introduction

I. Le traitement moderne d'un thème traditionnel

1. Le thème du sentiment amoureux
2. Étude de la versification
3. Fonctionnement des images

II. Un poème lyrique

1. Une composition fondée sur la circularité
2. L'expression du sentiment amoureux

III. Le rôle de la femme aimée

1. La place de la femme aimée par rapport au monde
2. La relation de la femme au poète

Conclusion

La poésie lyrique accorde une large place à toutes les époques à l'expression du sentiment amoureux, ce que propose le poème de Paul Éluard, « La courbe de tes yeux », extrait du recueil *Capitale de la douleur,* daté de 1926 et marqué par l'influence du surréalisme qui joue sur l'image et le rapprochement de réalités éloignées. Le poème offre une célébration de la femme et du bonheur de l'état amoureux. Comment ce poème concilie-t-il la tradition et la modernité à travers la représentation de la femme aimée ? Nous nous intéresserons dans un premier temps au traitement poétique moderne d'un thème traditionnel, puis nous étudierons les caractéristiques de ce poème lyrique, avant d'aborder le rôle dévolu par le poète à la femme aimée.

Associant tradition et modernité, le poème s'inscrit dans le thème de la célébration de la femme aimée mais se construit sur une versification libre, et propose des images au fonctionnement particulier.

> **Remarque**
> La disposition en paragraphes du devoir montre son organisation ; elle est indispensable.

Thème traditionnel, la célébration de la femme associée à l'expression du sentiment amoureux oriente en effet le poème. La femme est l'objet et le destinataire du poème qu'elle inspire. Le poète s'adresse à elle à la deuxième personne du singulier, qui marque la proximité et l'intimité, à travers les déterminants possessifs : « *tes yeux* » qui présentent trois occurrences dans le poème. La représentation de la femme est donc associée ici à l'amour que lui porte le poète, tous deux traités sur un mode imagé, propre à l'écriture poétique.

Par ailleurs, le poème présente une versification irrégulière. Forme libre, il se compose de trois quintils ; le premier est constitué de vers hétérométriques : un alexandrin, un octosyllabe, deux alexandrins, un décasyllabe ; cette alternance confère un rythme changeant et souple à la strophe. Les deux autres quintils, constitués de décasyllabes, présentent un rythme régulier et plus rapide. On peut également observer un traitement moderne de la rime, remplacée par un système d'assonances : les vers 1 et 2 se terminent sur une homophonie : « *cœur* » / « *douceur* », de même que les vers 4 et 5, tandis que le vers 3 réunit la voyelle des deux derniers vers et la consonne des deux premiers. Par ailleurs, c'est une allitération qui rapproche sur le plan sonore les vers 11 et 12 : « *aurores* » / « *astres* », ainsi que les deux derniers vers du poème. Ainsi, le jeu des sonorités se substitue au travail classique de la rime traditionnelle.

Enfin, la représentation de la femme fait appel à l'image et notamment la métaphore, figure traditionnelle, dans deux séries d'énumérations juxtaposées, sous la forme de l'apposition à « *la courbe de tes yeux* » (vers 1) et à « *tes yeux* » (vers 14). Des rapprochements inattendus sont effectués entre le nom et son complément de détermination : « *feuilles de jour* » et « *roseaux du vent* » mettent en rapport des réalités éloignées, associant des éléments relevant de domaines différents, du concret et de l'abstrait, « *couvée d'aurores* » et « *paille des astres* » filent la métaphore du ciel assimilé à l'acte de naissance dans une perspective traditionnelle chrétienne ; le nom et son adjectif épithète : « *sourires parfumés* » établissent des correspondances entre la vue et l'odorat, un sentiment et une sensation. Cette pratique surréaliste de libération de l'image développe sa force d'évocation.

Ainsi, ce poème s'inscrit dans la modernité de son époque pour reprendre un thème et des procédés traditionnels, travaillant la versification, les sonorités et l'image qui lui confèrent son originalité.

Par ailleurs, ce poème lyrique présente une composition calquée sur ce qu'il célèbre, et permet l'expression de l'amour du poète.

Remarque
Présentez sur une ligne un vers entier et intégrez dans vos phrases ceux cités partiellement.

En effet, le poème épouse la forme de ce qu'il célèbre, se composant à partir des yeux de la femme. La structure est circulaire, c'est-à-dire que le vers final reprend le vers initial ; on part des yeux, métonymie renvoyant à la femme aimée, pour revenir à eux, dans une union étroite. Le poète déclare son amour à la femme par le biais de la soumission traditionnelle à ses « *yeux* », en position de complément d'objet. En outre, la série de métaphores appliquées aux yeux de la femme montre une prépondérance de la figure géométrique du cercle qui renvoie à l'œil et à la féminité : « *un rond* », « *auréole* », « *feuilles* ». L'allitération en [d] du vers 2 :

« *Un rond de danse et de douceur* »

met en valeur deux qualités féminines, le tout représentant l'enchantement de l'état amoureux.

Par ailleurs, l'expression de l'amour s'appuie sur les phrases, de type déclaratif, insérées aux vers 4-5 et 13-14. Le ton est à la fois intime et solennel. On oppose le présent et le passé : de l'état amoureux est associé au présent général, toujours valable, et au présent d'énonciation, spontané ; le passé composé : « *j'ai vécu* » est associé à l'absence d'amour. Il s'opère alors une sorte d'annulation du passé du poète, et une naissance à la vie parallèle à la naissance à l'amour, conçu comme un éternel présent, celui du bonheur. L'amour est présenté comme un élément vital à travers « *mon sang* ». Enfin, la force des sentiments est accentuée par le pronom hyperbolique : « *tout mon sang* », « *tout ce que j'ai vécu* » ou encore l'adjectif « *entier* », qui font également la force de la déclaration.

La célébration de la femme aimée, évoquée à travers la métonymie des yeux, repose donc sur une composition marquée par la circularité de l'union, mais s'appuie également sur les sentiments du poète.

Enfin, le rôle de la femme aimée transparaît à travers les images : elle semble tout d'abord contenir et orienter le monde, mais elle exerce aussi une influence apaisante sur le poète.

En effet, la femme est présentée comme un univers formé de ses quatre éléments, la terre avec « *feuilles* », « *paille* », l'eau avec « *rosée* » et « *mer* », l'air avec « *vent* » et « *ciel* », le feu avec « *lumière* » et « *astres* ». En outre, le cycle du temps transparaît sous les termes « *jour* », « *nocturne* » et « *temps* ». La femme aimée représente donc le monde que perçoit le poète dans sa diversité et sa totalité. D'autre part, cette femme semble exercer un pouvoir créateur car elle donne vie au monde qu'elle voit. Ainsi, l'expression « *sources des couleurs* » laisse à penser que c'est elle qui donne au monde sa couleur, mais aussi son agrément ; elle semble également investie d'une sorte de mission par l'adjectif contenu dans l'image : « *bateaux chargés du ciel et de la mer* », ses yeux absorbant les deux éléments qui délimitent le monde.

D'autre part, la relation établie entre le poète et la femme est placée sous le signe de la protection. On peut observer tout d'abord des images renvoyant à la maternité et à la naissance : « *berceau* », « *couvée* », ainsi que des termes protecteurs : « *sûr* », « *aile* », « *chasseurs des bruits* ». Ce rôle de gardienne s'accompagne d'une sanctification : lumière, pureté et innocence la caractérisent, comme l'indique l'« *auréole* ». Représentée de façon maternelle, cette femme permet une naissance du poète à l'amour et par l'amour dans une relation marquée par la sérénité. Elle est également dotée d'une sorte de pouvoir unificateur par l'emploi de l'oxymore « *ailes couvrant le monde de lumière* » : elle abolit ainsi par son amour les oppositions, les contraintes, procurant le bonheur au poète dans l'harmonie.

C'est donc sur un mode moderne, avec une versification libre, qu'est traité par Éluard le thème lyrique traditionnel du sentiment amoureux, recourant au pouvoir évocateur de l'image inattendue pour établir une forme de portrait de la femme aimée, protectrice et apaisante, à travers le pouvoir conféré à ses yeux qui orientent la structure du poème. Tradition et modernité se côtoient pour donner à cette œuvre sa force poétique mais également son originalité.

DISSERTATION

Conseils et astuces

• Le sujet propose une définition de la poésie fondée sur son aspect sonore et esthétique, mais sous-entend qu'elle ne peut se réduire à ce seul élément.

• Vous devez tout d'abord examiner le travail de la forme, puis discuter la thèse, exclusive, en prenant en compte le sens dont est chargée la poésie.

Plan proposé

Introduction

I. Le travail de l'écriture poétique vise avant tout la musicalité

1. Une écriture spécifique qui fonde le genre
2. La recherche de nouvelles sonorités
3. La fabrication sonore

II. La poésie est néanmoins en quête de sens et d'idées

1. Les orientations de l'écriture poétique
2. Les fonctions de la poésie

III. Le travail formel de l'écriture poétique sert son expressivité

1. La mise en valeur du sens
2. Transmettre par l'émotion

Conclusion

Remarque
Une bonne connaissance des notions vous aidera à composer le préambule.

La poésie occupe une place à part dans la littérature en raison de son origine sacrée liée au mythe d'Orphée mais aussi de son écriture fondée sur l'effet sonore. Verlaine, dans son « Art poétique », l'oppose d'ailleurs au reste de la littérature en préconisant de créer « *De la musique avant toute chose* ». La poésie peut-elle néanmoins se définir par son seul aspect musical ? En effet, la dimension esthétique qu'elle acquiert par le rythme et les sonorités ne doit pas la réduire à cette seule caractéristique formelle. En quoi la musicalité de l'écriture poétique sert-elle tout à la fois sa spécificité et son expressivité ? Nous verrons tout d'abord que le travail de l'écriture poétique vise bel et bien à lui conférer cette musicalité qui la définit, puis nous nous intéresserons au sens dont elle est porteuse et qui ne la réduit donc pas à une simple esthétique sonore ; enfin nous nous pencherons sur l'intérêt de ce travail formel mis au service de l'expressivité de la poésie.

La poésie, caractérisée par sa musicalité, se place d'emblée sous le signe du travail de l'écriture qui fonde sa spécificité à travers des codes précis, mais qui oriente également les poètes vers de nouvelles créations, et qui fait appel à une véritable fabrication sonore.

L'écriture poétique peut tout d'abord se définir par des caractéristiques qui lui sont propres comme genre littéraire, ou dans le théâtre en vers ; elles relèvent de la versification qui joue sur le vers et sa mesure, sur les sonorités et les rimes, sur les coupes et le rythme. Les règles et contraintes en ont été fixées à diverses époques, au XVIe par la Pléiade pour l'ode de Ronsard, « Mignonne, allons voir si la rose ». Le sonnet, comme « Parfum exotique » de Baudelaire ou « Mon rêve familier » de Verlaine, répond à des critères esthétiques précis énoncés par Boileau dans son *Art poétique* au XVIIe :

« *[…] qu'en deux quatrains de mesure pareille*
La rime avec deux sons frappât huit fois l'oreille,
Et qu'ensuite six vers artistement rangés »

Tous ces éléments formels concourent donc bel et bien à créer la musicalité du vers qui est prépondérante.

Par ailleurs, la recherche de sonorités et de rythmes nouveaux oriente la création poétique et permet son évolution. Verlaine dans son « Art poétique » recommande :

« *De la musique avant toute chose* »,

libérant ainsi l'écriture des règles mais mettant toujours en avant son aspect musical qui reste dominant ; on peut en juger à sa pratique de la césure enjambante dans « Mon rêve familier » :

« *Et pour sa voix, lointaine, et calme, et grave, elle a* ».

Plus tard, au XXe, la rime disparaîtra pour donner lieu à l'assonance et l'allitération, mélodieuses, comme les pratique Éluard dans « La courbe de tes yeux ». C'est ainsi que certains poètes aboutiront à une sorte de musique pure, avec le travail des poètes de l'Art pour l'Art, jusqu'à l'hermétisme de Stéphane Mallarmé, au détriment du sens.

Enfin, l'idée de fabrication sonore est placée au centre de la création poétique, de Ronsard à Valéry. L'harmonie imitative, avec l'allitération de ce vers de Racine :

« *Pour qui sont ces serpents qui sifflent sur vos têtes* »

ou l'écho sonore dans « Mon rêve familier » de Verlaine, qui dans le deuxième quatrain reprend les sons consonne et voyelle de « *m'aime* », ce à quoi il aspire, sont des procédés relevant de cette quête. C'est également par sa musicalité que se définit le poème en prose présenté par Baudelaire comme

Des points en plus !
Mémorisez des vers que vous citerez en guise d'exemples.

« le miracle d'une prose poétique, musicale sans rythme et sans rime », ce qu'il met en œuvre dans « Le Désir de peindre », jouant sur les reprises et la syntaxe.

Ainsi, la musicalité semble bel et bien caractériser l'écriture poétique à travers divers procédés tout au long de l'évolution de ce genre.

Cependant, si la poésie est avant tout une musique, elle est également porteuse de sens, comme en témoignent ses différentes orientations, ou encore les diverses fonctions qui lui sont dévolues.

En effet, les poètes travaillent le sens comme la forme. La poésie lyrique, représentée dans le corpus, exprime les émotions et réflexions des poètes qui acquièrent une dimension générale, qu'il s'agisse du bonheur de l'état amoureux pour le poème d'Éluard ou du malaise de l'homme seul, incompris et sans amour dans le sonnet de Verlaine. Par ailleurs, certains poètes jouent avec les mots et les sons, non pas dans un but esthétique, mais pour nous faire sourire : Raymond Queneau transpose l'« Ode à Cassandre » de Ronsard de façon comique.

D'autre part, la poésie se voit aussi dotée d'un message prédominant sur la musicalité. Il peut ainsi s'agir de témoigner de son époque et d'en dénoncer les erreurs ou les horreurs : Victor Hugo propose une satire de Napoléon III, singe revêtu d'une peau de tigre pour imiter en vain son prédécesseur glorieux, dans son court poème intitulé « Fable ou histoire » ; les poètes de la Résistance au XXe s'engagent à travers leur art. La poésie peut aussi se faire morale et didactique, en particulier au XVIIe avec les *Fables* de la Fontaine, dont nous retenons avant tout les leçons, ou encore à travers la méditation sur la fuite du temps dans l'Ode de Ronsard, qui nous invite au *carpe diem*.

La poésie ne peut par conséquent se réduire à sa seule dimension sonore et formelle, qui constitue certes sa particularité, mais elle véhicule des idées et du sens qui contribuent également à la définir.

La musicalité de la poésie liée au travail de la forme semble donc assurer non seulement sa spécificité mais son expressivité, en mettant en valeur le sens qu'elle porte, mais également en le transmettant par le biais de l'émotion.

Le travail de la mise en forme permet effectivement de souligner le sens et de donner au langage toute sa puissance. Écrire à partir d'un cadre ou de contraintes, comme c'est le cas pour le sonnet, offre la possibilité de condenser et concentrer les idées afin de les rendre plus fortes. Si les moralités des fables de La Fontaine ont marqué leur public à travers les siècles, c'est du fait de l'art de leur mise en forme versifiée. D'autre part, Huysmans, dans son roman *À Rebours,* conçoit le poème en prose comme un condensé de roman, comme

« *l'huile essentielle de l'art* », restituant la puissance du sens de la prose grâce au travail de la forme. Enfin, les mots sont soulignés par leurs sonorités et la phrase par le rythme du vers, notamment avec le procédé de l'enjambement dans « Mon rêve familier ». La musicalité est donc au service de l'expressivité.

Par ailleurs, la poésie charme l'oreille parce qu'elle rend les mouvements de l'âme du poète, ce qui touche le lecteur. Chantée à l'origine, participant du sacré avec le mythe d'Orphée, elle offre une musique qui nous ouvre à elle et à sa dimension particulière. C'est donc la sensibilité qui est mise en œuvre de part et d'autre.

Ainsi, la poésie fonde sa spécificité sur une écriture travaillée et à contraintes, diverses selon les époques, dans un but esthétique puisque sa musicalité la caractérise, ce qui ne l'éloigne pas cependant du sens et des idées variées qu'elle véhicule ou transmet ; le vecteur en est la sensibilité et l'émotion, du poète ou du lecteur. Elle prend donc sa place dans la littérature à travers ce double aspect esthétique et expressif, plus orientée vers l'un ou l'autre en fonction de son temps et de ses aspirations qu'elle reflète.

CHAPITRE 2

La littérature d'idées du XVIe au XVIIIe siècle

INTRODUCTION

La littérature d'idées reflète les préoccupations, les centres d'intérêt et les interrogations des auteurs au cours des siècles. Elle s'inscrit dans différents genres et formes littéraires, et englobe des domaines divers : **prises de position** au sujet de la société et des hommes dans des discours, traités, essais ou lettres, **choix esthétiques** dans des manifestes ou arts poétiques, **réflexions philosophiques** ou témoignages qui vont contribuer à la réflexion du lecteur… Pour écrire, l'auteur peut se confronter à ses lectures, à ses contemporains, à la réalité de son époque, ou penser à partir de ses expériences ou réflexions. La littérature d'idées s'appuie sur l'**argumentation** directe mais aussi indirecte à travers les **apologues** dont le récit a pour fonction d'illustrer des leçons de vie ou des réflexions critiques sur la société d'une époque.

1 La langue française au service de la réflexion

La littérature d'idées se développe en parallèle de la littérature narrative, théâtrale ou poétique qu'elle peut également investir et qu'elle conditionne dans le cadre des mouvements littéraires.

A Comment s'exprimer ? Le perfectionnement de la langue française

1. L'expérimentation de la langue française

• **Au Moyen Âge, la langue française est considérée comme « vulgaire »**, c'est-à-dire ordinaire, pratique et sans distinction. Ce n'est qu'à partir du XVIe siècle qu'elle devient, sous l'action notamment des poètes de la Pléiade, une langue respectable et capable d'exprimer toutes les nuances de la création littéraire, philosophique ou scientifique qui se développe à son époque.

• Dix ans après l'**ordonnance de Villers-Cotterêts** qui impose le français comme langue de l'administration française, le poète **Joachim du Bellay** propose dans la préface de *L'Olive* (1549), son premier recueil poétique, un plaidoyer polémique, manifeste du renouveau, en faveur de la langue française : sa *Défense et illustration de la langue française* a pour but d'étendre la langue française à tous les domaines de la pensée, jusqu'alors réservés au latin, langue savante.

• Ce **renouvellement de la langue française** prend différentes formes :

- **enrichissement du vocabulaire** par des emprunts ou des créations verbales (néologismes) ;
- **appropriation des modèles de l'Antiquité** ;
- **adoption du sonnet**, repris d'Italie, en se détachant des anciennes formes poétiques du Moyen Âge (ballade, lai et rondeau).

• **Montaigne**, dont le français est la langue seconde parce que son père, voulant faire de lui un homme cultivé, ne lui a parlé qu'en latin dès son plus jeune âge, écrira ses essais en français, contrairement à Thomas More (anglais) et Érasme (originaire de Rotterdam) qui utilisent le latin comme langue d'écriture et de communication.

2. La codification de la langue française

• **Le XVIIe siècle fixe les règles de la grammaire et de la syntaxe**, ainsi que du « bon usage » de la langue avec le grammairien **Vaugelas**. L'**Académie fran-**

çaise est institutionnalisée en 1635 par Richelieu : son but est de normaliser et perfectionner la langue française.

- Les « **femmes savantes** » ou « précieuses ridicules » dont se moquent Molière et La Fontaine ont également contribué à la réflexion et au travail sur la langue dans leurs salons.
- **Malherbe**, poète officiel de la cour d'Henri IV, d'abord baroque mais soucieux de mesure et de sobriété, opposé aux poètes de la Pléiade qui laissent libre cours à leur inspiration, va servir de modèle aux auteurs classiques du XVIIe siècle.

B Comment échanger ? La circulation des idées

1. La République des Lettres

- Au XVIe siècle, la **République des Lettres** est un **espace culturel européen** qui réunit les lettrés de différents pays à travers des échanges de lettres et des rencontres lors de leurs voyages. La langue européenne est le latin. Cet espace est purement intellectuel et peut donner lieu à des échanges libres, en dehors des cours princières qui réunissent des auteurs et artistes soumis à des contraintes.

2. Les salons littéraires

Remarque
Ces salons sont également appelés des « **ruelles** », terme désignant l'espace entourant le lit des femmes qui recevaient dans leur hôtel particulier.

- Les **salons littéraires** se développent au XVIIe siècle en marge de Versailles, qui contrôle la création littéraire classique, et constituent des cercles où se développe le courant **précieux**, qui privilégie le **raffinement** et le **travail sur la langue française**, tant pour la grammaire que pour son expressivité à travers l'emploi de figures de style notamment. Tenus principalement par des femmes, les salons sont des réunions d'hommes et de femmes cultivés et attirés par la littérature ou les sciences. On s'y livre à la conversation polie, à des lectures, à des jeux littéraires ou à des débats.
- Le premier salon littéraire est tenu par **Catherine de Rambouillet** de 1608 jusqu'à sa mort en 1665, et rassemble les auteurs majeurs de son époque : Malherbe, Racan, Vaugelas, Voiture, Corneille, La Rochefoucauld, Madame de Sévigné, Madame de La Fayette. Le deuxième salon littéraire d'importance est celui de **Madeleine de Scudéry** de 1653 à 1661, où l'on débat principalement sur la langue, le style et la morale. D'autres salons se développent, à Paris comme en province.

Doc. Salon de madame Geoffrin, peinture de Anicet Charles Gabriel Lemonnier

• Au XVIIIe siècle, les salons littéraires font circuler les œuvres et idées des philosophes des Lumières, qui y sont conviés, tout en conservant l'art de la conversation polie et l'intérêt général pour les lettres. La **marquise de Lambert** reçoit notamment, de 1710 à 1733, Fontenelle, Marivaux et Montesquieu. Le salon de **Madame Geoffrin**, de 1750 à 1777, soutient les philosophes des Lumières et invite des personnalités, des artistes et des écrivains. **Mademoiselle de Lespinasse**, de 1764 à 1776, accueille autour de d'Alembert de nombreux philosophes, dont Diderot et Hume. Enfin, **Madame Necker**, mère de la future Madame de Staël, rassemble, dans le dernier grand salon de l'Ancien Régime, des philosophes comme Diderot et d'Alembert et des auteurs comme Bernardin de Saint-Pierre ou La Harpe.

• Deux salons tenus par des hommes qui sont eux-mêmes des philosophes, progressistes et matérialistes, sont **plus engagés dans des débats d'idées et offrent une grande liberté d'expression et de pensée**, traitant de sujets comme la politique ou la religion : le salon du **baron d'Holbach**, de 1759 à 1788, dont Diderot est la figure majeure, et le salon d'**Helvétius**, qui est le mécène des encyclopédistes, de 1759 à 1771.

3. Les cafés

• Au XVIIIe siècle, les **cafés** représentent des **lieux de rencontres et d'échanges plus populaires**, sans protocole mondain. Au Procope ou au café de la Régence à Paris, on parle de livres et de spectacles, on lit et commente la presse, on se livre à des divertissements comme les échecs… Dans ces lieux, les auteurs peuvent se mêler à leur public.

4. Un public en demande d'œuvres et d'idées

• Au XVIIIe siècle, les lettres et les idées ne sont plus cantonnées à des cercles de lettrés, de mondains ou de Parisiens qui fréquentent les lieux d'échanges comme les cafés ou de divertissement comme les théâtres. **L'accès à la littérature et aux idées s'étend à un plus large public** par le biais des cabinets de lecture et des revues littéraires en pleine expansion.

• L'évolution de la société française, mieux éduquée et plus instruite, amène à la création de bibliothèques appelées **cabinets de lecture** pour répondre à la demande d'un public croissant de lecteurs.

• Les **revues littéraires** se développent, proposant des articles critiques, des réflexions sur les œuvres, des romans-feuilletons.

• Les **traductions** s'étendent à un niveau européen et permettent la circulation des œuvres du présent comme de celles du passé. Des éditions d'œuvres diverses permettent à un plus large public de lire.

2 Les rouages de l'argumentation, outils de la réflexion

- L'argumentation sert à défendre une **thèse** sur un **thème** donné, directement ou indirectement. Le thème d'une argumentation est son **sujet général**, la **question posée**. La thèse soutenue par l'auteur est l'**opinion qu'il défend**, à l'aide d'arguments. Par exemple, le thème du *Dernier Jour d'un condamné* de Victor Hugo est la peine de mort tandis que la thèse qu'il défend est la nécessité d'abolir la peine de mort et la dénonciation de sa barbarie.
- Dans les essais, les lettres ouvertes ou les articles, les auteurs défendent explicitement un point de vue : ils ont recours à l'**argumentation directe**. Dans un conte philosophique, une fable ou même un roman, les auteurs se servent d'un récit pour appuyer leurs idées et l'argumentation est en partie implicite : ils utilisent l'**argumentation indirecte**.

A Savoir identifier les arguments et les exemples

1. Les arguments

- L'**argument** est une idée qui permet d'appuyer ou de réfuter une thèse. C'est une bonne combinaison d'arguments qui permet de défendre une thèse. Un argument qui sert à critiquer une thèse est appelé **contre-argument**. Celui-ci est utilisé dans les réfutations. Il existe plusieurs types d'arguments. Parvenir à les identifier permet d'enrichir l'analyse de la littérature d'idées.

Type d'argument	Construction	Exemple
Argument **logique**	Il est issu du raisonnement de l'auteur : il se fonde sur la logique du discours.	« Je pense, donc je suis » est un argument logique : c'est le raisonnement très rigoureux de Descartes.
Argument **d'autorité**	Il s'impose car il s'appuie sur des références connues de tous, qui apparaissent comme des vérités d'évidence.	Sganarelle, dans *Le Médecin malgré lui* (Molière, 1666) invoque l'autorité d'Aristote pour justifier le fait qu'il garde son chapeau.
Argument **de valeur**	Il se réfère à un système de valeurs (morales, religieuses, sociales…) bien installées.	Quand les pères des pièces de Molière affirment que le choix d'un mari pour leur fille dépend de leur volonté, ils disent ce que pensent généralement les pères de cette époque.
Argument **d'expérience**	Il se fonde sur le recours à des faits, à des témoignages : il est directement issu d'exemples, il est concret.	L'Agneau rappelle qu'il n'était pas né à l'époque des faits que le Loup lui reproche dans la fable de la Fontaine.

Type d'argument	Construction	Exemple
Argument ***ad hominem***	Il est choisi en fonction de la personnalité du destinataire : il est particulièrement adapté à sa sensibilité, à ses goûts, à sa culture, à son vécu.	Pour disqualifier l'œuvre *Émile ou De l'éducation* (1762), qui décrit l'éducation idéale, on a reproché à Rousseau d'avoir abandonné ses enfants. Au lieu de contester ses thèses, on le discrédite.

2. Les exemples

● Les **exemples** viennent appuyer les arguments en les illustrant. Ils permettent de concrétiser les arguments qui, seuls, restent abstraits : les exemples viennent vérifier une idée. Un bon exemple peut être une référence historique ou littéraire, un fait d'actualité, une anecdote, une citation, une expérience…

Types d'exemple	Fonction	Exemple
Exemple illustratif (le plus courant)	Cas particulier qui vérifie l'idée générale de l'argument.	Les *Fables* de La Fontaine sont illustratives : « Le Corbeau et le Renard » montre de façon imagée qu'il faut être méfiant face aux flatteries.
Exemple démonstratif ou argumentatif	On se sert du cas particulier pour en induire une idée générale. À la base du raisonnement, ce type d'exemple peut être considéré comme un argument à lui seul.	Dans les *Essais,* Montaigne part souvent de son propre cas pour lui donner une valeur universelle. Il condamne l'éducation collective des collèges à partir de sa propre expérience.

B L'analyse d'un texte argumentatif

1. Comment repérer la structure de l'argumentation ?

● Les premières questions à se poser face à un texte argumentatif concernent son organisation. Construit logiquement, il présente une « charpente » souvent très visible. La mettre en évidence facilite la compréhension du texte.

● Les **connecteurs logiques** (ou mots de liaison) établissent des liens entre les différents arguments.

Rapport logique	Exemples de connecteurs
Addition, succession	*Et, en outre, de plus, par ailleurs…*
Cause/conséquence	*Car, parce que, puisque, de sorte que, si bien que…*
Opposition	*Toutefois, cependant, quoique, bien que, mais…*

● Les **paragraphes** sont souvent révélateurs de la construction du texte. Mais un auteur peut avoir choisi d'exposer plusieurs arguments dans un seul paragraphe. Il faut savoir s'en méfier.

- La **progression** des arguments est intéressante à analyser : l'auteur peut choisir de commencer par le plus évident, et finir par le plus original ou le plus complexe. Les procédés de persuasion peuvent se faire de plus en plus insistants…
- Le **type de plan** peut être parfois identifié. Il en existe trois modèles majeurs :
  - le **plan logique** confronte ou compare deux points de vue : avantages/inconvénients, thèse/antithèse et éventuellement synthèse ;
  - le **plan analytique** tente de résoudre un problème : constat, causes/conséquences et solutions ;
  - le **plan thématique** accumule une série d'arguments qui appuient la même thèse.

  Certains textes peuvent toutefois combiner plusieurs types de plan.

2. Comment repérer la thèse ou la réfutation d'une thèse ?

- La **thèse** est fréquemment résumée dans une phrase-clé qui résume le point de vue de l'auteur, souvent en début ou en fin de texte. Les autres phrases tendent à la démontrer, à l'aide d'arguments et d'exemples. Un texte peut soutenir tour à tour plusieurs thèses.
- L'énonciateur peut choisir d'opposer point par point ses arguments à ceux de la thèse adverse. Il s'agit alors d'une **réfutation**. Le **raisonnement par l'absurde** feint d'accepter une hypothèse pour en tirer logiquement des conséquences absurdes, qui discréditent l'hypothèse de départ. La **concession** feint d'admettre dans un premier temps la thèse adverse pour mieux la réfuter par la suite en s'y opposant (*cependant, néanmoins…*).

3. Comment distinguer les différents types de raisonnement ?

- Le **raisonnement par déduction ou déductif** tire une conséquence à partir d'une ou plusieurs idées générales, pour dégager une proposition particulière.
- Le **raisonnement par induction ou inductif** part d'une ou plusieurs observations particulières pour aboutir à une conclusion générale.
- Le **raisonnement par analogie** opère par rapprochement et par contagion. On glisse d'un domaine à un autre.
- Le **syllogisme** est une forme particulière de raisonnement déductif. Il consiste à énoncer deux propositions (les prémisses) et à en tirer une conclusion (possible parce qu'un terme commun aux deux prémisses permet de relier les autres termes). Si les prémisses sont acceptées, la conclusion qui en découle doit l'être aussi : « Tous les hommes sont mortels ; or Socrate est un homme ; donc Socrate est mortel ».

COURS

• Le **sophisme** est un type de raisonnement volontairement faux ou trompeur, qui aboutit à une conclusion erronée : « Un cheval bon marché est rare ; tout ce qui est rare est cher ; donc un cheval bon marché est cher ».

4. Quelles sont les marques de l'énonciation dans un texte argumentatif ?

Étudier l'énonciation dans un texte consiste à se poser deux questions : Qui parle ? À qui ? On peut alors effectuer des repérages qui vont faciliter cette analyse.

• La **présence de l'énonciateur** se manifeste à travers les marques de la première personne (pronoms personnels, adjectifs possessifs…) ou les verbes d'opinion, de sentiment, de locution (*je pense, j'aime, j'affirme…*). Les modalisations du discours sont aussi révélatrices de la présence du locuteur : *peut-être, je crois, vraisemblablement, sûrement…* On peut donc mesurer l'implication de l'énonciateur qui s'affirme plus ou moins selon ses intentions, sa personnalité… L'absence de marques de la première personne peut révéler une volonté de neutralité.

• La **présence du destinataire** se lit dans les marques de la deuxième personne (pronoms personnels, adjectifs possessifs…), les questions rhétoriques, les apostrophes. L'usage de l'impératif montre une volonté d'agir directement sur le lecteur. Plus le destinataire est explicitement présent dans un texte, plus l'intention de persuasion est manifeste.

5. Quels sont les tons de l'argumentation ?

• Les **tons** dépendent de l'effet que le texte veut produire sur le lecteur.

Ton	Effet voulu	Procédés privilégiés
Polémique (du grec *polemos*, « guerre »)	Contester vivement ou agressivement la thèse adverse.	• La dévalorisation des opinions de l'autre, par un lexique péjoratif ou le recours à la troisième personne (l'indéfini « on », le pluriel « ils »). • Les exclamations, les exagérations, les apostrophes, qui permettent une agressivité verbale. • L'ironie : dire le contraire de ce que l'on pense ou feindre d'approuver les idées d'autrui pour mieux mettre en évidence leur futilité. On peut aller jusqu'à la moquerie et la satire.
Pathétique (du grec *pathein*, « souffrir »)	Émouvoir fortement, provoquer la pitié, attendrir, impressionner.	• Le champ lexical de la douleur, de la souffrance. • Choix d'un point de vue subjectif (recours au « je »), et interpellation du destinataire (apostrophes). • Figures d'insistance (répétitions, anaphores, hyperboles), exclamations…

Ton	Effet voulu	Procédés privilégiés
Lyrique	Susciter une émotion poétique, communiquer des sentiments personnels.	• Le champ lexical des sentiments. • Présence des marques de la première personne. • Recours aux images (métaphores, comparaisons), appel à l'imagination.
Comique	Amuser, pour susciter ainsi l'intérêt d'un destinataire mieux disposé à comprendre une thèse.	• Recours aux jeux de mots, à l'art du double sens, du sous-entendu. • Développement d'une connivence avec le lecteur, anecdotes, familiarités. • Usage de caricatures, pastiches, parodies. • Volonté de surprendre par des ruptures. • Recours au décalage et à l'excès.
Laudatif	Faire l'éloge de quelqu'un ou d'une thèse.	• Lexique mélioratif, hyperboles. • Phrases amples (périodes), répétitions, exclamations, énumérations, procédés d'insistance.
Didactique	Délivrer un enseignement, donner une leçon qui restera dans les mémoires.	• Syntaxe simple, absence de ponctuation affective, structure claire et apparente. • Souci de vulgarisation : exemples concrets qui illustrent le discours abstrait. • Point de vue apparemment objectif, volonté de neutralité.

C La rhétorique

1. Qu'est-ce que la rhétorique ?

• C'est la **technique qui consiste à bien parler.** Étymologiquement, le terme « rhétorique » renvoie à l'art de l'orateur quand il intervient dans le cadre de la cité (sur l'agora en Grèce, sur le forum à Rome). À ses origines, la rhétorique est donc liée à la vie publique dans l'Antiquité.

• L'enseignement de la rhétorique a traditionnellement été décomposé en plusieurs parties :

Les cinq étapes de la rhétorique (désignées par des termes latins)	**Objectif**
Inventio	La recherche des idées, des arguments.

Les cinq étapes de la rhétorique (désignées par des termes latins)	**Objectif**
Dispositio	L'organisation des éléments dans l'ordre le plus efficace, comprenant quatre parties : – l'**exorde** destiné à capter l'attention ; – la **narration** qui expose objectivement le pour et le contre ; – la **récapitulation** qui reprend les éléments principaux ; – la **péroraison** qui fait appel à l'émotion et prend un caractère pathétique.
Elocutio	Le choix des formes les plus appropriées, le travail du style.
Memoria	Les moyens pour favoriser la mémorisation du discours.
Prononciatio	L'usage le plus efficace de la voix, des gestes, du corps.

• Traditionnellement, la rhétorique **classait les discours** selon leur visée, et en distinguait ainsi trois grands types :

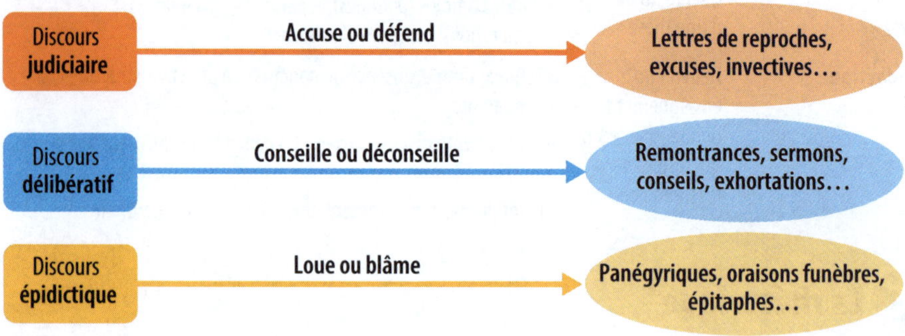

2. Quelles sont les origines de la rhétorique ?

• Platon et Aristote, les deux philosophes de l'Antiquité grecque, sont à l'origine d'œuvres fondatrices traitant de la rhétorique : dans *Gorgias* et *Phèdre*, Platon analyse les instruments et les buts de la rhétorique ; dans *La Rhétorique*, traité à l'usage des étudiants, Aristote affirme notamment que « *la rhétorique est la faculté de considérer, pour chaque question, ce qui peut être propre à persuader* ».

• **Deux conceptions** de la rhétorique s'affrontent pendant l'Antiquité :

– la vision **pragmatique** selon laquelle la rhétorique ne doit être qu'un **art du bien parler**, sans se soucier de la morale (théorie des sophistes) ;

– la vision **philosophique** selon laquelle la rhétorique est un moyen d'investigation du **vrai** pour atteindre le **bien**.

3 Les genres argumentatifs au service des idées

A L'essai

1. Qu'est-ce qu'un essai ?

• Le terme, issu du latin, désigne au Moyen Âge une **tentative** ou une **preuve**. Son usage au XVIe siècle (tester un goût, les effets d'un aliment) introduit la notion d'**expérimentation.** Sous l'influence de Montaigne, il prend une **acception littéraire** : un essai est alors un ouvrage en prose qui traite d'un sujet, sans viser à l'exhaustivité.

• Les essais sont des œuvres en prose, à visée argumentative, et ne relevant pas de la fiction. Leurs sujets sont de toute nature. L'essai restitue la pensée d'un individu, à un moment donné, sur un thème quelconque. C'est un genre qui admet une grande souplesse dans sa forme : la définition en reste assez large pour recouvrir des œuvres très diverses.

2. Les *Essais* de Montaigne, une œuvre de référence

• Les *Essais* de Montaigne (1533-1592) constituent un ouvrage unique en son genre et présentent un aspect autobiographique : l'auteur y parle de lui, de sa vie. Les *Essais* proposent au lecteur plusieurs états de la pensée de l'écrivain sur des sujets divers, classés par chapitres. Montaigne n'a jamais cessé de modifier son œuvre en procédant à des ajouts : il existe ainsi trois éditions augmentées et complétées des *Essais*, en 1580, 1588 et 1590.

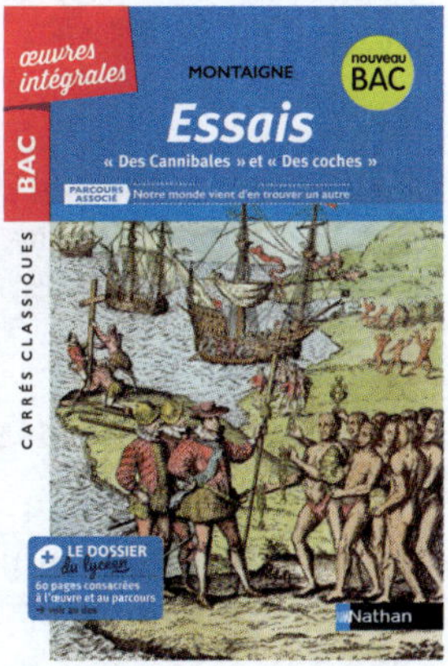

• Montaigne, très érudit, se nourrit des auteurs qui l'ont précédé (avec une préférence pour ceux de l'Antiquité) et confronte ses idées, ses opinions aux leurs. En quelque sorte, il *essaie* sa pensée en la frottant à celle des autres et invite le lecteur à faire de même avec la sienne. Il fait l'**essai de son jugement** mais témoigne des *essais* de sa vie, c'est-à-dire de ses **expériences personnelles.** Il aborde des sujets universels et existentiels (relation de l'homme à la mort), des questions liées à l'actualité de son époque (conquête du Nouveau Monde).

Citation

« Chaque homme porte la forme entière de l'humaine condition. »

Montaigne, *Essais*, III, 2, 1580.

• C'est une œuvre originale, difficile à classer et qui témoigne d'une expérience unique dans la littérature. Montaigne apparaît, à travers les *Essais*, comme une figure emblématique de l'**intellectuel humaniste** (voir p. 77) et, plus largement, de l'intellectuel, dans la mesure où il refuse toute pensée figée.

3. Les caractéristiques de l'essai

• La première caractéristique de l'essai, c'est qu'il exprime un avis **subjectif** ; l'essai est donc le plus souvent rédigé à la **première personne**. L'individu qui donne son opinion se présente comme un amateur, il n'est pas forcément un spécialiste des questions qu'il traite. Il cherche à convaincre le lecteur de la validité de sa vision des choses. On y trouve trace d'un **ton personnel**.

• Toutefois, les démarches des auteurs sont très variées. On peut tenter d'en distinguer trois.

	Objectif	**Exemple**
L'essai analytique	Démarche proche du constat, qui donne au lecteur des éléments pour mieux comprendre tel ou tel phénomène de société, qu'il explique et clarifie.	Dans *Les Origines de la France contemporaine* (1870-1893), Hippolyte Taine étudie les causes de la Révolution française.
L'essai démonstratif : le traité	Démarche rigoureuse, qui aborde de façon systématique un sujet unique et délimité.	*Le Deuxième Sexe* (1949) de Simone de Beauvoir est consacré à l'étude des formes d'assujettissement dont les femmes ont été et sont encore victimes à l'époque de l'écriture de l'ouvrage.
L'essai polémique : le pamphlet	Démarche volontairement provocatrice, qui exprime l'indignation devant un fait ou un phénomène de société.	Dans *La Défaite de la pensée* (1987), Alain Finkielkraut conteste la tendance moderne à galvauder le mot « culture » en l'utilisant pour désigner tout et, selon lui, n'importe quoi.

4. Les thèmes de l'essai

• L'essai aborde des **questions à valeur générale**, dites universelles, qui sont d'ordre existentiel, comme la liberté, la justice, la place de l'homme dans l'univers (ex. : *Patience dans l'azur*, de l'astrophysicien Hubert Reeves, 1981).

• Il peut aussi nous offrir une réflexion sur des **problèmes d'actualité** et réagir à ceux-ci (ex. : *La Société de consommation,* Jean Baudrillard, 1970).

• Les ouvrages spécialisés dans les **sciences humaines**, comme l'histoire, l'économie ou l'ethnologie, sont aussi appelés essais (ex. : *Mœurs et sexualité en Océanie*, Margaret Mead, 1963).

B La fable

Remarque
Attention à ne pas confondre la fable avec le **fabliau**, petit récit satirique ou moral en octosyllabes. Ce genre pratiqué au Moyen Âge était destiné à être lu publiquement et à faire rire.

1. Qu'est-ce qu'une fable ?

- Le mot vient du latin *fabula* (du verbe *fari*, « parler »), qui signifie « récit », « propos ». Dès le XIIe siècle, le terme est utilisé pour désigner un **récit imaginaire** : une fable est une **histoire**.
- La fable combine un contenu (généralement une histoire d'animaux) et une intention : la fable, à l'origine, vise à se moquer. En tant que texte littéraire, c'est une variante de l'apologue. **La fable est un petit texte en vers composé d'un récit et d'une morale.** La morale peut être exprimée au début (prologue) ou à la fin (épilogue).
- Les grands recueils de fables de l'Antiquité, comme ceux d'Esope ont inspiré directement les auteurs français.
- La Fontaine va adapter la fable au goût de son époque et donner au genre la forme que nous lui connaissons. Au fil des recueils qu'il publie (1668 pour le premier, 1678 pour le deuxième, 1694 pour le dernier), il s'écarte de ses modèles. Il affine sa poétique en travaillant le mimétisme qui lui permet d'accorder sons et sens ; il fait entendre son opinion personnelle et finit par se montrer pessimiste et misanthrope.

2. Un récit fait pour plaire

- La fable se compose de **deux parties**, que La Fontaine nomme le corps (récit) et l'âme (morale). Le récit se doit d'être distrayant et agréable à lire. Le fabuliste met en scène des **personnages variés** : animaux bien sûr (« Les Animaux malades de la peste »), humains (« Le Curé et le Mort »), mais aussi des végétaux (« Le Chêne et le Roseau »). Ceux-ci sont présentés avec un certain pittoresque : en effet, l'animal est souvent évoqué dans son environnement naturel, son mode de vie et ses traits dominants sont reconstitués. Il y a un aspect quasi scientifique dans le bestiaire des *Fables* de La Fontaine : dans « Les Grenouilles qui demandent un roi », la description des Grenouilles et de leur prédateur, la Grue, est l'œuvre d'un observateur attentif du monde animal.
- Pour **distraire**, le récit se doit d'être vivant. La Fontaine utilise différents types de vers et fait alterner alexandrins et octosyllabes pour varier le rythme. Il donne la parole à ses personnages et recourt à toutes les formes de discours (direct, indirect, indirect libre). Il utilise des éléments dramatiques et définit la fable comme « **une ample comédie** à **cent actes divers** ». Mais on y trouve aussi des éléments romanesques et épiques.
- Si le « corps » de la fable est l'objet d'un travail stylistique précis, il n'en reste pas moins que c'est son « âme » qui lui donne un sens.

3. Un récit fait pour instruire

- La Fontaine a toujours affirmé la **fonction didactique** de ses textes. Les sujets abordés sont donc généraux (ils concernent les défauts humains, comme la gourmandise, la cupidité, la vanité…) et traités de façon satirique (pour montrer le ridicule par l'excès), ou abordés sous un angle plus philosophique (l'homme face à la peur de la mort).

Citation
« *Je me sers d'animaux pour instruire les hommes.* »
La Fontaine, préface des *Fables*, 1668.

- Le **contexte politique** marque également les *Fables* : les textes consacrés à la dénonciation du pouvoir tyrannique et de ses excès sont nombreux (le lion est sans conteste une projection de Louis XIV). En outre, La Fontaine nous livre ses goûts personnels dans quelques fables où il prône un mode de vie inspiré par l'épicurisme. On peut même parler de lyrisme et d'une tendance à l'autobiographie, comme dans « Les Deux Pigeons » (« *J'ai quelquefois aimé…* »).
- Le **caractère universel** des *Fables* laisse affleurer les **préoccupations d'un homme du XVIIe siècle** qui vivait dans le monde de la cour. La Fontaine n'est pas un révolutionnaire et, ne semblant pas croire aux vertus de l'être humain, il préfère lui proposer des morales pragmatiques. Les *Fables* ressemblent parfois à un manuel de la vie en société à l'époque classique.
- À l'époque moderne, le terme « fable » peut qualifier un roman ou un film s'ils nous délivrent un **message moral**.

C Le conte philosophique

1. Qu'est-ce qu'un conte philosophique ?

- Le conte philosophique, comme son nom l'indique, emprunte au **conte** et à la **philosophie**. Il relève donc de la fiction, mais sa visée philosophique induit une signification dépassant le récit. C'est un genre qui apparaît au XVIIIe siècle avec le mouvement des Lumières.
- Il existe des **contes moraux et satiriques** au Moyen Âge, mais ils appartiennent à la tradition orale. Le XVIIe siècle va apprécier cette forme et lui donner des contenus variés : vocation licencieuse (contes libertins de La Fontaine) ou morale (contes de fées de Perrault). La traduction des contes des *Mille et Une Nuits*, à partir de 1704, va apporter le goût de l'exotisme.
- Le conte philosophique combine ces différents aspects. Il peut être défini comme un **récit invraisemblable et merveilleux qui intègre une quête de la vérité** par l'exercice de la raison. Voltaire est le maître du conte philosophique et *Candide* (1759) l'œuvre emblématique du genre.

2. Les aspects traditionnels du conte

Éléments traditionnels	Caractéristiques	Exemples
La structure	Un héros doit quitter un univers protégé pour se lancer dans une quête. Au cours de celle-ci, il sera soumis à des épreuves et rencontrera des adjuvants et des opposants. Le dénouement permet au héros de trouver le bonheur.	Candide doit quitter le château du baron Thunder-ten-tronckh. Il parcourt le monde. Cacambo et Martin seront des compagnons fidèles. Ils courront maints dangers (notamment d'être les prisonniers des Oreillons, une tribu anthropophage). Mais enfin, Candide pourra vivre heureux dans une métairie, entouré de ses amis.
Les personnages	Ils n'ont pas de véritable identité et leurs noms sont souvent symboliques.	Les noms de Candide, de l'Ingénu et de Micromégas sont lourds de sens et très évocateurs.
Les lieux	Ils sont imaginaires.	Les pays d'Eldorado (*Candide*) ou des Gangarides (*La Princesse de Babylone*).
Le merveilleux	De nombreux faits sont extraordinaires.	Candide ne vieillit pas, Pangloss ressuscite, on rencontre des phénix, des moutons rouges…
Le voyage	Les déplacements ont un rôle initiatique et le héros apprend bien des choses au fil de son périple : le conte philosophique est un récit d'apprentissage.	Après bien des mésaventures qui prouvent à Candide l'existence du mal, celui-ci forge sa propre philosophie : « *Il faut cultiver notre jardin* ».

3. Les aspects philosophiques

- Voltaire précise clairement la **fonction** qu'il assigne au conte philosophique : « *Je voudrais surtout que, sous le voile de la fable* [ici synonyme de « récit inventé »], *il laissât entrevoir aux yeux exercés quelque vérité fine qui échappe au vulgaire.* » (*Le Taureau blanc*). Ce type d'œuvre suppose un lecteur averti et capable de reconnaître les codes du récit qui lui est proposé.
- Le choix du conte philosophique permet d'éviter la censure puisque le récit se donne comme fiction destinée à distraire : **la fantaisie ou le caractère exotique servent de masques à la critique**.
- Le conte philosophique est une véritable « arme » littéraire au service des idées : il a des **sujets de prédilection** (le pouvoir ou les institutions, le relativisme, la violence et l'injustice, le bonheur).
- L'originalité de cette forme réside dans le dosage subtil qui s'opère entre narration et philosophie. La démonstration passe par l'anecdote. L'**ironie** est le procédé par excellence du conte philosophique. Elle instaure une connivence avec le lecteur qui apprécie que l'on se moque avec esprit, même si le sujet est

sérieux. Comme la fable, le conte philosophique réalise la **synthèse de la littérature de distraction et de la littérature d'idées.**

D Les autres genres argumentatifs majeurs

Genre	Caractéristiques	Exemples
Le discours	• C'est une forme orale à caractère public, un acte de communication qui met en relation un locuteur et un interlocuteur. • Il peut avoir été réellement prononcé : dans ce cas, il est vrai ; il peut aussi être placé dans la bouche d'un personnage imaginaire : il est alors fictif.	*Oraisons funèbres*, Bossuet (1680)
Le dialogue	• Le terme vient du grec *dialogos* et a été utilisé pour parler d'un entretien philosophique à la manière de Platon (philosophe du Vᵉ-IVᵉ siècle av. J.-C.). • À partir de ce modèle antique, le dialogue a été défini comme un genre littéraire se caractérisant par l'emploi du style direct dans une forme dialoguée mettant en scène un affrontement d'idées.	*Le Neveu de Rameau* (1760-1777), *Jacques le fataliste et son maître* (1773), Diderot
L'apologue et la parabole	• Les apologues sont de courts récits à vocation pédagogique. L'origine de l'apologue est attribuée à Platon. Il a été pratiqué dès l'Antiquité, en Grèce par Ésope (VIᵉ siècle av. J.-C.) et à Rome par Phèdre (Iᵉʳ siècle apr. J.-C.). • Les paraboles sont liées aux Évangiles, qui relatent la vie du Christ.	• Le mythe de la caverne dans *La République*, Platon (IVᵉ siècle av. J.-C.) • La parabole du bon samaritain dans *L'Évangile selon Luc*, 10, 25-37 (Iᵉʳ siècle apr. J.-C.)
Le conte de fées	• Forme liée à la petite enfance, derrière laquelle se cache un message à portée morale. • Le conte procède de la fiction (c'est un récit imaginaire) et de l'argumentation, car il vise à agir sur un public, à le convaincre d'opter pour telle conduite plutôt que pour telle autre.	*Les Contes de ma mère l'Oye*, Perrault (1697)
L'utopie	• Notion apparue au XVIᵉ siècle dans un contexte de bouleversement des idées, l'utopie s'épanouit au XVIIIᵉ siècle avec le culte de la raison et l'espoir d'une société meilleure. • Le terme « utopie » est issu du grec *topos* qui désigne le lieu, et *u-* qui pourrait être un préfixe privatif (l'utopie serait donc « nulle part ») ou venir du préfixe *eu-* qui renvoie à l'idée de bonheur (l'utopie serait donc un lieu idéal). • À la fin du XIXᵉ siècle et au XXᵉ siècle, la foi dans le progrès laisse place au doute et conduit à la contre-utopie.	• Dans *Utopia* (1516), Thomas More décrit une cité située sur l'île de nulle part et régie par un gouvernement idéal. • Dans *Le Meilleur des mondes* (1932), Aldous Huxley décrit un univers totalitaire imaginaire.

4 Parcours de réflexion : l'Homme en question à travers les siècles

Bien comprendre

La réflexion sur l'Homme est un thème privilégié des auteurs depuis l'Antiquité. La conception de l'Homme a évolué au fil des siècles, reflétant les préoccupations de chaque époque et leur perception du monde. Il s'agit ainsi d'un thème aux multiples facettes que l'on retrouve de manière récurrente dans la littérature d'idées, décliné sous de nombreuses formes.

A Les humanistes : l'Homme au centre de tout

1. L'Homme vu par les humanistes

- Au XVIe siècle, les **humanistes** décident de mettre l'Homme, et non plus Dieu comme au Moyen Âge, au cœur de leurs préoccupations. De nombreux auteurs se penchent alors sur la question de la nature humaine, sa condition et sa place dans le monde.

- Pour **Montaigne**, « *c'est un sujet merveilleusement vain, divers et ondoyant que l'Homme* ». Dans ses *Essais*, il réfléchit à la condition humaine en mêlant les références littéraires antiques et contemporaines à ses réflexions personnelles. « *Je suis moi-même la matière de mon livre* », affirme-t-il. Mais comme, selon lui, « *chaque homme porte la forme entière de l'humaine condition* », **l'évocation de ses propres expériences a une portée universelle**. Il aborde une grande diversité de thèmes essentiels dans les *Essais*. La mort, par exemple : doit-on l'ignorer ou, au contraire, se familiariser avec elle ? Pour lui, les pensées de la **mort**, « *au long aller, on les apprivoise sans doute* ». Dans son chapitre « Des cannibales », Montaigne se demande qui sont les **barbares** : les Portugais qui torturent puis tuent leurs victimes avec une grande cruauté, ou bien les Indiens qui tuent d'abord puis mangent ensuite leurs ennemis, actes justifiés par un fort sentiment de vengeance. « De l'institution des enfants » expose les principes d'éducation préconisés par l'auteur : selon lui, mieux vaut avoir une tête « *bien faite* » plutôt que « *bien pleine* ». Dans « De l'amitié », on découvre un thème essentiel chez Montaigne, puisque *les Essais* sont nés du deuil de son ami intime, La Boétie. Les livres, les femmes, les voyages, l'amour, la guerre sont également parmi les très nombreux sujets qu'il aborde.

Citation
« Ce n'est pas la mort que je crains, c'est de mourir. »
Montaigne.

- **Rabelais** réfléchit également à la condition humaine à travers ses romans, à la fois philosophiques et comiques. Pour lui, « *rire est le propre de l'homme* ». **Ses personnages géants**, Pantagruel et Gargantua, **caricaturent les penchants**

COURS

humains. Rabelais critique la **violence** quand il décrit les guerres picrocholines, combats stupides opposant Picrochole à Grandgousier et à Gargantua pour quelques galettes de froment. On y voit frère Jean des Entommeures se battre avec entrain, tel un héros épique, transformant son bâton de moine en une arme redoutable. Sous une apparence légère, faisant appel au bon sens populaire et à l'art du proverbe, Rabelais aborde des thèmes essentiels et profonds. L'abbaye de Thélème dispense une éducation idéale, à la fois élitiste et harmonieuse : hommes et femmes vivent ensemble dans cette **communauté utopique**, développant leurs capacités intellectuelles, artistiques et physiques. On doit à Rabelais bien des formules célèbres : « *science sans conscience n'est que ruine de l'âme* » demeure une très bonne définition de l'éthique scientifique ; une phrase comme « *la moitié du monde ne sait comment l'autre vit* » montre tout le recul de cet humaniste sur la société qui l'entourait.

2. Une nouvelle représentation du monde

● À la Renaissance, les récits de voyage et la découverte de l'Amérique bouleversent le rapport des Hommes au monde. Jean de Léry est l'un de ces auteurs qui font connaître le reste du monde aux personnes du XVIe siècle, à travers son *Histoire d'un voyage fait en la terre du Brésil* (1578). Le regard qu'il porte sur les indigènes est assez ambigu. D'une part, il les respecte, en les présentant comme des gens forts et beaux. D'autre part, il critique leur brutalité, leur aspect primitif. Il compare leur comportement avec celui des Européens.

● Les découvertes de Copernic en matière d'astronomie constituent une véritable révolution : à une époque où l'on pensait que la Terre était le centre du monde, Copernic, dès 1510, affirme au contraire que le Soleil est un point fixe autour duquel la Terre tourne. Il expose sa théorie dans *Des Révolutions des orbes* célestes en 1543. Ce système fondé sur l'**héliocentrisme**, popularisé par Galilée au siècle suivant, se substitue au géocentrisme qui avait cours jusqu'alors : ce **changement radical de la représentation du monde** affecte la science dans son ensemble, mais aussi plus largement la représentation mentale que l'homme se faisait de l'univers et de la place qu'il y tenait.

Citation

« *Et pourtant, elle tourne…* »

Phrase qu'aurait prononcée Galilée lors de son procès.

B L'Homme baroque : le grand théâtre du monde

- **Les auteurs baroques mettent en valeur la vanité du monde** : la condition humaine est marquée par sa fragilité et par l'inconstance de toute chose. La poésie de **Malherbe**, notamment, reflète cette pensée, comme sa « Consolation à M. Du Périer ». Ce poème inspiré par l'amitié a été écrit vers 1598 ; un de ses amis, M. Du Périer, avocat au parlement d'Aix-en-Provence, a perdu sa fille et il tente de le réconforter. Pour cela, Malherbe convoque les grands principes de la pensée baroque : la **relativité de toute vie humaine**, dont la mort est un des passages obligés, et le temps qui finit par effacer les plus cruelles souffrances. L'utilisation successive d'alexandrins et de demi-alexandrins ainsi que les rimes croisées, créant des effets d'alternance, correspondent à ces revirements qui bouleversent la vie.

Doc. François de Malherbe

- **Les auteurs de théâtre**, parallèlement, **jouent sur des effets de mise en abyme**, grâce à des procédés de théâtre dans le théâtre, qui mettent en question la réalité de ce que nous croyons vivre : **et si tout n'était qu'une grande illusion ?** Si nous vivions au pays des faux-semblants ? La comédie de **Corneille** *L'Illusion comique* a un titre à cet égard révélateur, tout comme *La Vie est un songe* de l'Espagnol Calderón. Et ce n'est sans doute pas un hasard si ces deux pièces ont été écrites la même année, en 1635…

> **Vocabulaire**
> **Mise en abyme :** représentation d'une chose à l'intérieur de cette même chose, comme un peintre qui se représente en train de peindre.

C L'Homme classique : une quête morale et esthétique

- Pour **Pascal,** « *l'homme n'est qu'un roseau, le plus faible de la nature ; mais c'est un roseau pensant* ». Dans ses *Pensées*, présentées sous forme de fragments, ce philosophe et éminent scientifique, attiré par le jansénisme, met en valeur la **fragilité de la condition humaine**, dont la seule force est la pensée. Il rejoint le rationalisme du philosophe Descartes, qui affirme l'**importance de la conscience** à travers la célèbre phrase latine : « *Cogito, ergo sum* », c'est-à-dire : « *Je pense, donc je suis* ».

> **Citation**
> *« Nous disposant toujours à être heureux, il est inévitable que nous ne le soyons jamais. »*
> Pascal, *Pensées*, 1670.

- Le modèle de l'homme classique est celui de l'**honnête homme**, qui est un être à la fois cultivé et agréable en société. Inspiré par les moralistes du XVIIe siècle, il domine ses émotions, se montre modéré et affable. Alors que, jusqu'à présent, le modèle de l'homme idéal était le noble courtisan, celui-ci se trouve vivement critiqué par des auteurs comme **La Bruyère**. Il écrit dans *Les Caractères* (1688) de courts portraits satiriques qui dénoncent les travers des hommes de cour. **Le XVIIe siècle est un siècle de moralistes, qui prônent la modération et la suprématie de la raison.**

COURS

D L'Homme des Lumières : la question de l'égalité et de la liberté

- Le **mythe du « bon sauvage »** est développé par les philosophes des Lumières. Les récits de voyage se sont multipliés au cours des siècles précédents. Ces textes véhiculent **l'image idéale d'un homme primitif dont le bonheur semble incontestable** : vigoureux, respectueux de la nature, simple, généreux, libre de toute contrainte sociale ou politique, il ignore la corruption et suit une morale naturelle qui lui dicte le respect d'autrui et l'altruisme. Sa morale n'est pas soumise à la religion, il se contente de croire en une force suprême qui régit l'univers et la nature. Ces peuples nouveaux ne sont pas méprisés, mais au contraire admirés, car on leur attribue une certaine pureté originelle. Ils représentent pour les philosophes du XVIIIe siècle la **parfaite harmonie entre l'homme et la nature**, loin de tous préjugés. Quand **Diderot**, dans son *Supplément au Voyage de Bougainville*, fait parler un vieux Tahitien en colère, celui-ci reproche au colonisateur la corruption des mœurs qu'il a apportée avec la civilisation : « *Nous suivons le pur instinct de la nature, et tu as tenté d'effacer de nos âmes son caractère* ».

- **Rousseau** écrit le *Discours sur l'origine et les fondements de l'inégalité parmi les hommes.* Pour lui, « *la première source du mal est l'inégalité* » : **l'homme est naturellement bon** et c'est avec la société qu'apparaît le mal, identifiable à l'inégalité. L'état de nature dans lequel évolue l'homme primitif, avant l'institution de la société, constitue un stade de bonheur et d'équilibre. **La société dénature l'homme**, au profit des riches. À ce pacte illégitime, Rousseau propose de substituer un « *vrai contrat social* » grâce auquel le peuple pourra exercer directement sa souveraineté.

Bien comprendre

Traditionnellement, on **oppose nature et culture** parce qu'on pense que ce qui est naturel ne relève pas d'une intervention humaine. La culture est acquise progressivement et selon certains penseurs du XVIIIe siècle, elle tendrait à dénaturer l'être humain.

Michel de Montaigne (1533-1592)

Humaniste imprégné de culture antique, maire de Bordeaux, ami d'Étienne de La Boétie, Montaigne est l'inventeur du genre de l'essai. Écrits dans sa bibliothèque, où il vivait retiré, les trois tomes des *Essais* sont restés ouverts aux innombrables ajouts de leur auteur jusqu'à sa mort. Ils forment une œuvre monumentale de 107 chapitres. Montaigne cultive l'art de la digression, passant des confidences autobiographiques aux remarques érudites pour en tirer une philosophie pleine de sagesse sur tous les sujets de la vie. Il y fait preuve de sens critique et de tolérance. On ne peut pas cantonner Montaigne à une école philosophique ; seul son penchant au doute le rapproche du scepticisme.

« Je suis moi-même la matière de mon livre : ce n'est pas raison que tu emploies ton loisir en un sujet si frivole et si vain. » (Essais)

« Parce que c'était lui, parce que c'était moi. » (Essais)

Blaise Pascal (1623-1662)

Génie précoce, inventeur de la machine à calculer, Pascal se convertit à 23 ans au jansénisme. Très pieux, il n'abandonne cependant pas ses recherches scientifiques. Ses *Pensées* sont des notes dispersées, fragmentaires, qui ont été rassemblées, Pascal travaillant à l'écriture d'une *Apologie de la religion chrétienne* qui ne fut jamais achevée. Il y lutte contre les « *puissances trompeuses* », telles que l'imagination, la coutume ou l'amour-propre. Pascal veut démontrer scientifiquement que l'homme a tout intérêt à parier pour l'existence de Dieu.

« Qu'est-ce qu'un homme dans l'infini ? » (Pensées)

« L'homme n'est qu'un roseau, le plus faible de la nature ; mais c'est un roseau pensant. » (Pensées)

Jean de La Fontaine (1621-1695)

Maître des eaux et forêts comme son père, protégé du surintendant Fouquet, La Fontaine s'est plu à décrire ses *Fables* comme une « *ample comédie à cent actes divers* ». S'inspirant du Grec Ésope (VIe siècle av. J.-C.) et du Romain Phèdre (Ier siècle apr. J.-C.), il renouvelle cependant le genre de la fable. La Fontaine a créé une poésie qui lui est propre : la nature y est omniprésente, suggérée plus que longuement décrite. Le fabuliste, malgré la fantaisie de son univers, est aussi un moraliste pragmatique : il tire des leçons de l'expérience. La Fontaine veut enseigner l'art de saisir son bonheur, dans un monde parsemé d'obstacles.

« Mon imitation n'est point un esclavage. » (Épître à Huet)

« Une morale nue apporte de l'ennui. » (Fables, VI, 1)

« Je tâche d'y tourner le vice en ridicule. » (Fables, V, 1)

Montesquieu (1689-1755)

Issu d'une famille noble de Bordeaux, avocat de formation, Montesquieu s'est intéressé dès sa jeunesse à différents domaines : histoire, sciences naturelles ou physiologie, dans lesquels ses recherches expérimentales ont montré très tôt combien il privilégiait l'observation des faits. Ses *Lettres persanes*, publiées anonymement à Amsterdam, sont une satire des institutions et des mœurs de son époque. Après un grand voyage d'étude dans toute l'Europe, Montesquieu analyse, dans *L'Esprit des lois,* l'évolution des sociétés, leurs lois, leurs gouvernements. Sa vision rationaliste de l'histoire provoque la réaction hostile de l'Église et la mise à l'index de l'ouvrage. S'il a inspiré les penseurs révolutionnaires, Montesquieu n'est pas républicain. Il considère que le régime idéal reste la monarchie.

« Point de monarque, point de noblesse ; point de noblesse, point de monarque ; mais on a un despote. » (L'Esprit des lois, II, 4)

François-Marie Arouet, dit Voltaire (1694-1778)

Doté d'un esprit brillant et d'une plume acerbe, Voltaire s'est déjà fait connaître par des tragédies. Pourtant, ce sont ses œuvres philosophiques qui sont restées plus célèbres (contes, dictionnaire, traité…). Voltaire est très influencé par l'Angleterre, qu'il connaît en exil : il y réalise le combat qu'il doit mener en France pour la liberté, contre l'intolérance et l'immobilisme. En inventant le conte philosophique, Voltaire détourne le conte de sa vocation d'origine : le divertissement. Le conte devient une arme critique. L'ironie qui le caractérise tire les intrigues vers le burlesque et la parodie : il fait ainsi apparaître un second degré de lecture plus profond. *Micromégas* est un conte sur la relativité universelle, *Zadig* pose le problème de la destinée…

« Tout est pour le mieux dans le meilleur des mondes possibles. » (Candide)
« Il faut cultiver notre jardin. » (Candide)

Denis Diderot (1713-1784)

Responsable, avec d'Alembert, de l'*Encyclopédie*, dont la publication va s'étendre de 1751 à 1777, Diderot écrit parallèlement à cette tâche immense des œuvres personnelles très diverses. Il approfondit ses théories athées et sa vision matérialiste du monde dans plusieurs ouvrages, comme *Le Rêve de d'Alembert*. Dans ses romans, *La Religieuse, Le Neveu de Rameau* et *Jacques le fataliste*, il aborde des thèmes philosophiques tels que la liberté ou la morale. Ses pièces de théâtre appliquent sa théorie du drame bourgeois. Diderot est par ailleurs un critique d'art très fin, cherchant à retrouver dans la peinture les qualités du drame bourgeois.

« L'homme est le terme unique d'où il faut partir et auquel il faut tout ramener. » (Encyclopédie)

REPÈRES

Éléments d'histoire littéraire

■ Au XVIe siècle, les humanistes comme Montaigne ou Rabelais, les récits de voyage et la révolution copernicienne bouleversent les représentations traditionnelles que l'humanité a de l'univers.

■ Au XVIIe siècle, les modèles de l'Homme classique (l'honnête homme stable et raisonnable) et de l'Homme baroque (inconstant, vain, fragile) s'opposent et se complètent.

■ Au XVIIIe siècle, les philosophes des Lumières posent la question de l'égalité et de la liberté de l'être humain, notamment à travers le mythe du « bon sauvage ».

Notions-clés

■ **Apologue** : récit court qui délivre un enseignement moral, issu de l'Antiquité.

■ **Argument** : raison convaincante au service d'une thèse.

■ **Exemple** : élément concret emprunté à la réalité ou à la culture et qui vient illustrer un argument.

■ **Manifeste** : déclaration par laquelle un groupe d'écrivains expose une nouvelle théorie qui s'officialise en mouvement ou en école littéraire.

■ **Modalisateur** : mot qui traduit l'opinion ou les sentiments du locuteur par rapport à son énoncé.

■ **Plaidoyer** : discours oral ou écrit qui défend, avec vigueur et éloquence, une opinion ou un parti pris (son contraire : réquisitoire).

■ **Réfutation** : opposition à une argumentation en prouvant sa fausseté.

■ **Rhétorique** : discipline de l'Antiquité qui enseignait l'art oratoire et littéraire, moyens pour donner plus d'efficacité à un discours, oral ou écrit.

■ **Stratégie argumentative** : plan argumentatif global mis au service du même objectif qui est d'emporter l'adhésion du destinataire.

■ **Thèse** : opinion dont on est convaincu et que l'on veut faire partager en argumentant. On défend, on soutient une thèse, et on réfute une thèse adverse.

■ **Utopie** : apparue au XVIe siècle ; évocation d'un lieu imaginaire et idéal.

Citations-clés

- « *La question est celle-ci : d'où vient l'Homme ? Où va l'Homme ? Je la résous triomphalement en disant : l'Homme va et vient dans la nuit.* » Émile Zola.

- « *Il se trouve plus de différence de tel homme à tel homme que de tel animal à tel homme.* » Montaigne, *Essais.*

- « *L'Homme, c'est l'univers en miniature. L'Homme et le monde sont interdépendants. L'Homme est le garant de l'équilibre de la création.* » Amadou Hampâté Bâ.

- « *L'Homme est un loup pour l'Homme* », Plaute, *La Comédie des ânes.*

- « *Toutes les guerres sont civiles, car c'est toujours l'homme contre l'homme qui répand son propre sang.* » Fénelon, *Dialogues des morts.*

- « *L'Homme est le terme unique d'où il faut partir et auquel il faut tout ramener.* », Denis Diderot, *L'Encyclopédie.*

Sujet

Objet d'étude

La littérature d'idée du XVIe siècle au XVIIIe siècle

• Commentaire

Vous commenterez le texte de Montaigne.

• Dissertation

Pourquoi les différents genres argumentatifs de l'essai, de la fable et du conte philosophique mettent-ils en relation des idées générales et des cas particuliers ? Vous répondrez à cette question en un développement composé, prenant appui sur les textes que vous avez lus ou étudiés.

Texte **Montaigne, « De l'amitié », *Essais* (1580-1595), I, XXVII**

Montaigne a rencontré Étienne de La Boétie, écrivain et poète, en 1558. Il avait alors 25 ans et son ami 28. Leur amitié sans faille fut brutalement interrompue par la mort prématurée de La Boétie 5 ans plus tard.

Au demeurant, ce que nous appelons ordinairement amis et amitiés, ce ne sont qu'accointances[1] et familiarités nouées par quelque occasion ou commodité[2], par le moyen de laquelle nos âmes s'entretiennent[3]. En l'amitié de quoi je parle, elles se mêlent et confondent l'une en l'autre d'un mélange si universel qu'elles effacent et ne retrouvent plus la couture qui les a jointes. Si on me presse de dire pourquoi je l'aimais, je sens que cela ne se peut exprimer qu'en répondant : « Parce que c'était lui ; parce que c'était moi. »

Il y a, au-delà de tout mon discours et de ce que j'en puis dire particulièrement, ne sais quelle force inexplicable et fatale[4], médiatrice de cette union. Nous nous cherchions avant que de nous être vus, et par des rapports que nous entendions l'un de l'autre, qui faisaient en notre affection plus d'effort que ne porte la raison des rapports, je crois par quelque ordonnance du ciel : nous nous embrassions par nos noms. Et à notre première rencontre, qui fut par hasard en une grande *fête* et réunion de ville, nous nous trouvâmes si pris, si connus, si liés entre nous, que rien dès lors ne nous fut si proche que l'un à l'autre. Il écrivit une satire[5] latine excellente, qui est publiée, par laquelle il excuse et explique la précipitation de notre intelligence[6], si promptement parvenue à sa perfection. Ayant si peu à durer, et ayant si tard commencé, car nous étions tous deux hommes faits, et lui plus de quelques années[7], elle n'avait point à perdre temps, et à se régler au patron des amitiés molles et régulières, auxquelles il faut tant de précautions de longue et préalable conversation. Celle-ci n'a point d'autre idée que d'elle-même, et ne se peut rapporter qu'à soi ; ce n'est pas une spéciale considération[8], ni deux, ni trois, ni quatre, ni mille : c'est je ne sais quelle quintessence de tout ce mélange, qui, ayant saisi toute ma volonté, l'amena se plonger et se perdre dans la sienne qui, ayant saisi toute sa volonté, l'amena se plonger et se perdre en la mienne, d'une faim, d'une concurrence[9] pareille. Je dis perdre, à la vérité, ne nous réservant rien qui nous fût propre, ni qui fût ou sien ou mien.

[1] *accointances :* relations.
[2] *commodité :* avantage, profit.
[3] *s'entretiennent :* se maintiennent ensemble.
[4] *fatale :* voulue par le destin.
[5] *satire :* pièce de vers dans laquelle La Boétie célèbre son amitié avec Montaigne.
[6] *intelligence :* entente.
[7] *quelques années :* Montaigne avait 25 ans, La Boétie 28. Leur amitié dura de 1557 à 1563.
[8] *considération :* estime.
[9] *Concurrence :* identité de désirs, convergence d'humeurs.

Sujet

COMMENTAIRE

Conseils et astuces

• Les *Essais* constitue une référence culturelle fondamentale pour un élève de première. Situez Montaigne dans le courant humaniste (voir cours p. 67).

• Trois thèmes intéressants peuvent être développés. Comment différencie-t-il son amitié pour La Boétie des amitiés ordinaires ? Comment l'intensité de leur relation est-elle mise en valeur ? Quelles difficultés rencontre Montaigne pour définir leur lien ?

Plan proposé

Introduction

I. L'opposition entre l'amitié véritable et les amitiés ordinaires

1. L'opposition entre la singularité de l'amitié vraie et la pluralité des fausses amitiés
2. L'opposition du vocabulaire péjoratif et du vocabulaire mélioratif
3. Opposition entre relations rationnelles et amitié inexplicable

II. L'intensité de la relation entre Montaigne et la Boétie

1. La récurrence des adverbes d'intensité
2. La mise en relief de la réciprocité
3. Les points communs entre cette amitié et l'amour

III. Une relation indicible

1. Des difficultés d'expression contournées
2. Le rôle du ciel

Conclusion

Au XVIe siècle, Montaigne a créé avec les *Essais* un genre nouveau. Parce qu'il pense que chaque être humain porte en lui « *la forme entière de l'humaine condition* », il puise dans sa propre expérience la matière de sa réflexion. Dans « De l'Amitié », il analyse les liens profonds, exceptionnels, qui l'ont uni à Étienne de La Boétie, depuis leur rencontre en 1558, jusqu'à la mort de son ami, cinq ans plus tard. Mêlant le récit autobiographique à l'argumentation, Montaigne cherche à définir les caractéristiques de l'amitié idéale. Mais comment exprimer l'indicible d'une telle communion des âmes ? D'une part, Montaigne oppose ce sentiment exceptionnel aux amitiés ordinaires ; d'autre part, il rend compte de l'intensité de cette relation ; enfin, il insiste sur le mystère de cette complicité unique.

La dépréciation des amitiés ordinaires permet à Montaigne de valoriser, par contraste, la véritable amitié qu'il a éprouvée pour La Boétie.

Au début du texte, l'auteur oppose la multiplicité des relations courantes au caractère unique de l'amitié véritable : « *accointances* », « *familiarités* », « *amitiés* », « *amis* » sont tous au pluriel, et ils s'opposent à « *l'amitié de quoi je parle* » dont la singularité est ainsi renforcée. De même, Montaigne passe du « *nous* » (dans la première phrase) au « *je* », dans la deuxième phrase. Il s'agit d'une expérience singulière, exceptionnelle.

De plus, le lexique s'appliquant aux amitiés courantes est parfois péjoratif (« *amitiés molles et régulières* »). La formule restrictive : « *ce ne sont qu'accointances* », ou l'expression « *quelque occasion* » contribuent à dévaloriser ces relations. De même, la connotation de « *tant de précautions de longue et préalable conversation* » est péjorative : cette formule volontairement lourde, est à l'image de la lenteur des relations ordinaires. Cela valorise d'autant plus a contrario la fulgurance de son amitié véritable pour La Boétie et le vocabulaire mélioratif qui s'y rattache (« *perfection* », « *quintessence* »...)

Enfin, ces amitiés ordinaires sont explicables, alors que l'amitié véritable est irrationnelle. Les relations courantes se créent par intérêt : « *nouées par quelque occasion ou commodité* ». En revanche, la cause de son amitié pour La Boétie tient de la fatalité. Il parle de « *force inexplicable et fatale* ».

Montaigne veut distinguer les amitiés communes et la véritable amitié, sentiment exceptionnel. On perçoit au passage qu'il méprise plutôt les relations superficielles et mondaines. Mais cette opposition lui permet surtout de mieux définir par contraste un sentiment extrêmement intense.

Pour traduire l'aspect extraordinaire de cette amitié, Montaigne insiste aussi sur son intensité par divers moyens.

Tout d'abord, il utilise de nombreux adverbes d'intensité qui accentuent les mots qui leur sont liés : « *si universel* », « *si promptement* », « *si proche* ». L'expression « *Si pris, si connus, si liés* », grâce au rythme ternaire, se trouve mise en valeur. De même, on trouve en parallèle « *si peu* » et « *si tard* ». Montaigne fait le lien entre la courte durée de leur relation et son intensité, inversement proportionnelle. La gradation ascendante : « *ce n'est pas un, ni deux, ni trois, ni quatre, ni mille* » culmine ensuite avec le terme mélioratif « *quintessence* ». « *rien* » et « *tout* » sont employés de nombreuses fois.

De plus, l'intensité de leur relation est traduite par la mise en valeur de sa réciprocité. Montaigne joue avec les structures de phrases pour donner une image parfaite de cette relation. Il utilise des parallélismes de construction. « *Parce que c'était lui ; parce que c'était moi* » est une formule brève restée célèbre car c'est une des meilleures définitions de l'amitié. On peut observer la virtuosité du jeu sur les pronoms et les adjectifs possessifs à la fin de l'extrait : « *ma* » / « *sa* » / « *mienne* » / « *sienne* ». « *nous* » fusionne les deux personnalités : « *ne nous réservant rien qui nous fût propre, ni qui fût ou sien ou mien.* »

Cette relation ne s'apparente-t-elle pas à de l'amour, tout simplement ? C'est ce que tend à prouver le lexique : « *je l'aimais* », « *nous nous embrassions* » et surtout « *union* », qui est un terme très fort pour une amitié. De même, le thème de la première rencontre est largement développé, comme dans tout bon récit romanesque d'une histoire d'amour, et la fulgurance de cette rencontre a tout d'un coup de foudre.

Cependant, l'intensité de leur amitié semble dépasser toute détermination courante. Et Montaigne montre bien la difficulté à expliquer la nature de ce lien inédit.

Conseil
Pensez à rappeler clairement le thème de votre partie, au début de celle-ci.

Cette amitié véritable semble irrationnelle, voilà pourquoi Montaigne utilise des détours pour la qualifier, et la place sous le signe de la fatalité « *inexplicable* ».

Les difficultés de Montaigne à traduire ce lien si fort sont perceptibles à travers ses approximations : « *ne sais quelle force* », « *je ne sais quelle quintessence* ». L'expression « *au-delà de tout mon discours* » révèle aussi que leur relation se situe par-delà les mots. L'écrivain a aussi recours à bon nombre de métaphores pour évoquer son amitié : « *la couture* », « *la faim* », « *le mélange* », « *se plonger* », « *se perdre* ». Alors que le champ lexical ordinaire de l'amitié resterait impuissant à rappeler la force de ses sentiments, les métaphores en sont une image plus fidèle.

Enfin, Montaigne, faute d'explication rationnelle, attribue leur rencontre à « *quelque ordonnance du ciel* » ou à une « *force inexplicable et fatale* ». Leur histoire commune deviendrait une sorte de mystère, au sens religieux du terme. Mais l'écrivain n'est pas mystique, et il n'insiste pas sur cette interprétation religieuse des faits. Montaigne évoque aussi le « *hasard* » de la fête. La formule lapidaire : « *parce que c'était lui ; parce que c'était moi* » reste d'ailleurs la meilleure définition de ce lien. « *Lui* », « *moi* » : les causes de l'amitié, réduites à de simples pronoms personnels, sont bien humaines avant tout…

C'est en opposant son amitié pour la Boétie aux amitiés ordinaires que Montaigne parvient à donner une idée du caractère exceptionnel de leur relation. Cette expérience personnelle est devenue le symbole de l'amitié parfaite. Depuis, chacun ne cherche-t-il pas à connaître pareil sentiment de complicité avec son meilleur ami ? Cet extrait est d'ailleurs resté l'un des plus célèbres des *Essais*. Il serait intéressant de connaître la satire latine écrite par la Boétie sur le thème de leur rencontre pour savoir combien leurs textes se répondent.

DISSERTATION

Conseils et astuces

Les mots-clés du sujet

- *Relation* : étudiez le lien logique entre ces deux notions : comment s'articulent exemples et arguments ?
- *Différents genres argumentatifs* : sachez bien définir essai, fable et conte philosophique. Les cas particuliers n'y ont pas forcément le même rôle dans l'argumentation. Didactique dans la fable et le conte philosophique, l'exemple est plus souvent démonstratif dans l'essai.

Plan proposé

I. La concrétisation du discours abstrait : un élément de séduction

1. Une lecture plaisante
2. La fonction didactique de l'apologue

II. La validation de l'argument par l'exemple

1. Les risques de l'argumentation sans référence concrète
2. La preuve par l'exemple
3. La preuve ironique par le contre-exemple

III. Le rôle de l'expérience particulière dans la recherche des idées générales

1. De l'intime à l'universel
2. La méthode empirique

Les genres argumentatifs sont nombreux. Parmi eux, l'essai, inventé par Montaigne, est le plus libre dans sa forme, puisqu'il suit les pensées de son auteur. La fable et le conte philosophique sont des récits qui ont une visée didactique. Le point commun de tous les genres argumentatifs est de mettre en rapport des idées générales et des cas particuliers. Pourquoi associer concepts et exemples, abstrait et concret ?

Nous considérerons tout d'abord la nécessité pour les auteurs de plaire aux lecteurs. Ensuite, nous nous demanderons si les exemples ne sont pas nécessaires pour valider les idées générales. Enfin, nous envisagerons le fait que certains types d'exemples peuvent parfois faire naître une idée générale.

Les œuvres littéraires argumentatives ont aussi une valeur esthétique : pour attirer le lecteur, l'écrivain a intérêt à lui plaire. Le fait de développer des cas particuliers est un élément de séduction.

Le but affirmé de la Fontaine à travers ses *Fables* était bien de plaire. Ses récits peuplés d'animaux, qui évoquent « *le temps où les bêtes parlaient* » renvoient à un monde merveilleux, plein de charme. Dans « Le pouvoir des fables », La Fontaine montre la peine d'un orateur à captiver son public sur un sujet grave, menaçant sa patrie. Voyant le peu d'impact de ses propos, l'orateur décide d'avoir recours à une fable où il est question d'une anguille et d'une hirondelle. Aussitôt, son public, jusque là indifférent, se passionne, réagit. La Fontaine conclut ce récit par ces vers : « *Le monde est vieux, dit-on : je le crois ; cependant/Il le faut amuser encore comme un enfant.* »

Montaigne lui-même lisait avec délectation des recueils d'anecdotes extraordinaires, qu'il reprenait ensuite dans ses *Essais,* comme l'histoire de cet homme mort parce qu'une tortue, lâchée par un oiseau en plein vol, lui tombe sur la tête. Les anecdotes farfelues dont Montaigne farcit ses *Essais* s'intègrent dans sa réflexion philosophique : l'homme tué par une tortue participe de sa réflexion générale sur la mort. Tous ces cas particuliers étranges en rendent sa lecture beaucoup plus plaisante.

D'autre part, les exemples ont une fonction didactique : ils simplifient les aspects d'une thèse, en la faisant passer de l'abstrait au concret. Dans les *Fables* de La Fontaine, les animaux offrent des traits psychologiques schématisés, qui rendent les leçons plus claires : la cigale est insouciante, la fourmi est économe, le renard est rusé, etc. Cette simplicité contribue à styliser certains traits humains, et les leçons de la fable sont plus faciles à saisir.

Ainsi, le fait de développer des cas particuliers dans les textes argumentatifs est une sorte de *captatio benevolentiæ* : piqué par la curiosité, le lecteur sera plus perméable aux thèses de l'auteur. En cela, les exemples ont un pouvoir didactique. Cependant, ce n'est pas leur valeur essentielle. Allons plus loin : pourquoi est-il indispensable qu'un argument soit illustré par un exemple dans un bon texte argumentatif ?

Vocabulaire
« captatio benevolentiæ » signifie « captation de bienveillance ».

On peut estimer que les exemples sont essentiels à la thèse qu'ils accompagnent parce qu'ils la valident. Sans cas particulier pour l'appuyer, l'idée générale n'a pas de valeur.

L'argumentation qui se fonderait uniquement sur une logique interne, sans se référer à des cas pratiques, serait risquée. Le syllogisme qui est un raisonnement déductif en trois parties peut aboutir ainsi à des absurdités bien connues, s'il ne prend pas en compte la réalité. « Un cheval rare est cher. Un cheval à trois pattes est rare. Donc : un cheval à trois pattes est cher. » Les trois parties de ce syllogisme s'enchaînent logiquement, mais elles ne prennent pas en compte la réalité, et aboutissent donc à une absurdité. Cependant, il existe des textes argumentatifs de valeur fondés entièrement sur des idées générales, sans qu'elles soient validées par des exemples : c'est le cas des *Maximes* de la Rochefoucauld, au XVIIe siècle.

Les exemples peuvent servir à vérifier une intuition. On va chercher des cas pratiques qui concrétisent l'abstraction pour la valider. « Le Lion et le Rat » de La Fontaine illustre le fait qu'« *on a souvent besoin d'un plus petit que soi* ». D'ailleurs, le fabuliste énonce cette morale au début de la poésie, et le récit qui suit semble être construit comme sa démonstration. Il s'agit certes d'un exemple animalier, fictif, qui n'a rien d'une preuve au sens scientifique, réel, mais c'est bien le récit qui valide la thèse. L'histoire est transposable dans le monde des humains, elle a une portée générale qui fait sa valeur.

Parfois, dans les textes ironiques des Lumières, l'exemple constitue une preuve du contraire de ce que l'auteur affirme vouloir démontrer : ce qui montre aussi le rôle décisif de l'exemple. Ainsi, Montesquieu, dans « De l'esclavage des nègres », utilise une argumentation par l'absurde destinée à rendre odieux le principe même de l'esclavage. Il utilise les exemples à contresens pour réfuter la thèse qu'il fait semblant de défendre. « *Il est si naturel de penser que c'est la couleur qui constitue l'essence de l'humanité, que les peuples d'Asie, qui font les eunuques, privent toujours les noirs du rapport qu'ils ont avec nous d'une façon plus marquée.* » Ici, il évoque une pratique cruelle, barbare, qui démontre bien l'absurdité de l'argument.

Conseil
Apprenez quelques citations de textes clés le jour du bac !

On a donc pu constater que l'exemple a une fonction essentielle par rapport à l'idée abstraite : en l'appuyant, en l'illustrant, il constitue une sorte de preuve. Mais parfois, c'est en partant d'un cas particulier qu'un auteur parvient à construire une réflexion générale. Alors, l'exemple ne vient pas seulement appuyer la démonstration, mais il l'engendre.

Tandis que la fable et le conte philosophique utilisent les récits pour illustrer une thèse, il semble que l'essai, plus fréquemment, part d'observations particulières pour établir des lois générales. Parfois, l'exemple a même valeur d'argument.

Ainsi, dans le passage des *Essais* où Montaigne évoque son amitié avec la Boétie, on voit bien que la matière première de sa réflexion est de nature autobiographique. Il évoque même le contexte de leur rencontre, dans une fête publique. Pourtant, il en tire une définition universelle de l'amitié : « *parce que c'était lui ; parce que c'était moi* ». D'ailleurs, on trouve l'adjectif « *universel* » dans cet extrait. Montaigne, philosophe humaniste, affirme que chaque homme porte en lui « *la forme entière de l'humaine condition* » : ainsi, en partant de son propre exemple, il pense pouvoir aboutir à des réflexions valables pour tous.

Cette méthode empirique de réflexion va être adoptée dans toutes les sciences humaines : qu'on lise un essai d'économie ou de sociologie, les auteurs partent toujours d'observations concrètes pour en induire une réflexion d'ordre général. Dans *Mœurs et sexualité en Océanie,* Margaret Mead, brillante anthropologue, observe différentes tribus isolées de la civilisation moderne, près de l'océan Indien. Elle constate que dans certaines peuplades, ce sont les femmes qui vont à la chasse : ses observations remettent complètement en cause ce qu'on avait toujours pensé de la nature humaine, en opposant un caractère féminin, doux, et un caractère masculin, plus violent. Margaret Mead prouve par ces cas particuliers combien c'est la culture qui fabrique nos rôles sociaux.

Conseil
La lecture d'essais anthropologiques peut enrichir votre devoir.

Mais ce qui vaut pour les sciences humaines, vaut aussi pour la philosophie. Dans la définition qu'il donne du philosophe dans l'*Encyclopédie* de Diderot et d'Alembert, Dumarsais y précise une chose essentielle : « *Le philosophe forme ses principes sur une multitude d'observations particulières.* » Pour lui, le penseur du XVIIIe siècle a donc une approche expérimentale du monde : ses connaissances ne peuvent se fonder que sur l'observation.

Il nous semble donc que dans les essais, les exemples aient moins souvent un rôle purement illustratif. Ce sont les observations concrètes qui engendrent la réflexion. Le mot « *essai* » lui-même peut être un synonyme d'expérience, d'expérimentation.

Nous avons trouvé plusieurs explications au fait que dans les fables, les contes philosophiques et les essais, on trouve à la fois des idées générales et des cas particuliers. D'une part, les exemples ont un pouvoir à la fois attractif et didactique. D'autre part, en illustrant une thèse, ils la valident. Enfin, l'étude des cas particuliers peut engendrer une réflexion à valeur universelle : c'est une démarche empirique. Il convient cependant de se méfier des exemples : tout cas particulier ne suffit pas à constituer une loi universelle…

CHAPITRE 3

Le récit et le roman du Moyen Âge au XXIe siècle

INTRODUCTION

Le récit est une narration de faits réels ou fictifs. Il s'ouvre donc, sous diverses formes, au genre du biographique – qui raconte la vie d'une personne réelle –, à la chronique – qui expose des faits –, mais il se prête aussi à la fiction – qui invente des histoires pour divertir ou instruire – à travers l'apologue (conte ou fable) ou à travers le roman et la nouvelle (récit bref).

Le mot « roman » est apparu au XIIe siècle. Il désigne soit la langue parlée dans le nord de la France soit un récit en vers français (comme les romans de la Table ronde). Le roman ne renvoie à des textes en prose qu'à partir du XIVe siècle. Mais il a déjà son sens moderne, tel que le définit *Le Petit Robert* : « œuvre d'imagination en prose, assez longue, qui présente et fait vivre dans un milieu des personnages donnés comme réels, nous fait connaître leur psychologie, leur destin, leurs aventures. »

COURS

1 Du récit au roman : la naissance d'un genre

A La naissance du roman : mise en contexte

1. La langue vulgaire

- **Opposée à la langue savante qu'est le latin, elle est encore multiple**. La langue parlée en France est alors appuyée sur plusieurs dialectes que l'on peut regrouper en deux grands ensembles : la langue d'oïl parlée au nord de la Loire, et la langue d'oc parlée au sud. Ces dialectes sont appelés les langues romanes, ou roman.

- La **chanson de geste et le roman** se développent d'abord dans la moitié nord de la France, la terre d'oïl, au début du XIIe siècle, où la langue est l'ancien français et les poètes sont des trouvères. La poésie chantée par les troubadours apparaît d'abord dans le sud de la France, en terre d'oc, où la langue est l'occitan. C'est l'ancien français qui donnera naissance à la langue française actuelle.

2. L'opposition médiévale entre deux lieux : la cour et la ville

- Autour de la cour et de la ville se développeront des écrits différents. La cour va donner lieu à une littérature raffinée, la ville va susciter une littérature satirique.

- La cour s'établit autour d'un seigneur ; il y a donc de nombreuses cours qui vont devenir des lieux de culture et d'essor de la noblesse.

- **Deux cours prestigieuses** vont développer **le mythe du roi Arthur**.

– **La cour du roi Henri II Plantagenêt,** marié à **Aliénor d'Aquitaine**, est une cour itinérante, dans la deuxième moitié du XIIe, qui accueille de nombreux lettrés et artistes : chroniqueurs, troubadours, romanciers comme **Chrétien de Troyes**. Cette cour développera le mythe arthurien.

> **Henri II Plantagenêt**
> Comte d'Anjou et du Maine, duc de Normandie et d'Aquitaine, Henri II Plantagenêt (1133-1189) accède au trône d'Angleterre en 1153. Il a épousé Aliénor d'Aquitaine, ancienne reine de France (séparée de Louis VII).

– **La cour de Marie de Champagne à Troyes**, dans le dernier tiers du XIIe, rassemble romanciers, trouvères et troubadours. Marie de Champagne a commandé à Chrétien de Troyes *Le Chevalier de la charrette* qui lui est dédié dans le prologue.

- La cour de Bourgogne, du milieu du XIVe à la fin du XVe, réunira des auteurs et artistes, privilégiant le développement de la littérature et de la peinture.

- La cour de Blois autour de Charles d'Orléans, poète majeur, se développe à partir de 1441 autour de la poésie.
- **La ville** est le lieu du travail et de l'argent, de l'artisanat et du commerce, autour des bourgeois qui sont les habitants du bourg, et s'opposent aux vilains, les paysans de la campagne dont ils sont originaires mais avec laquelle ils marquent une rupture grâce au développement de l'activité économique urbaine à partir du XIe.

La société féodale

Elle est composée de **trois ordres** : ceux qui **prient** (les clercs, l'Église avec ses prêtres et ses moines, les savants et professeurs), ceux qui **combattent** (les chevaliers, les guerriers qui vont devenir les seigneurs et les nobles qui détiennent les terres et le pouvoir), ceux qui **travaillent** (les paysans, les artisans, les marchands, les bourgeois qui vont gérer leur ville et acquérir ainsi autonomie et pouvoir).

3. La chevalerie et l'idéal courtois

- La **littérature courtoise** tient son nom des cours seigneuriales ou princières où elle se développe. Le terme « courtois » englobe des **valeurs aristocratiques et chevaleresques** qui s'opposent à ce qui n'est pas noble ou « vilain », les bourgeois ou les paysans.
- La littérature courtoise renvoie d'abord à la **poésie lyrique** qui se développe à la fin du XIe à la cour de Guillaume IX, le premier troubadour, poète de langue d'oc dans le sud de la France. Les trouvères sont les troubadours du nord de la France qui composent en langue d'oïl. Les troubadours et trouvères peuvent être des seigneurs entourés d'une cour comme Guillaume IX ou Thibaud de Champagne, mais aussi des poètes d'origine sociale modeste comme Adam de la Halle.
- Les **romans de chevalerie en vers** vont établir **l'idéal courtois et le code chevaleresque** au XIIe et XIIIe : le sentiment amoureux est exalté, l'écriture se fait lyrique et raffinée. L'amant courtois est au service de sa dame et fait preuve de dévouement, de discrétion et de prouesse pour elle. Le *fin'amor* renvoie au sentiment amoureux, délicat, parfait et absolu.

4. Les moyens de diffusion

- **Les jongleurs** : ils ont pour profession de divertir le public des villes ou des châteaux dans lesquels ils passent et ont des talents de musiciens et de saltimbanques variés, mais au XIIe et XIIIe, ils racontent aussi la littérature qui se transmet de façon orale. À partir du XIVe, l'écrit se développe ainsi que le statut de l'écrivain, ce qui met fin au rôle des jongleurs.
- **Les copistes**, d'abord les moines puis, à partir du XIIIe, des scribes qui font profession de copistes à la demande de particuliers, opèrent souvent des modifications, retranchent ou ajoutent, de sorte que chaque copie est différente.

• **Le statut de l'auteur**. Au Moyen Âge, les auteurs sont anonymes et peuvent se succéder pour une même œuvre. Chrétien de Troyes et Marie de France, dans le prologue d'*Érec et Énide* et des *Lais*, prennent leur place en tant qu'auteurs. Christine de Pisan surveille la composition de ses recueils, ainsi que Charles d'Orléans. Le statut d'auteur ne se développe qu'à partir du XVe.

• **L'invention de l'imprimerie** en 1450 par Gutenberg va modifier radicalement la diffusion des œuvres et permettre de reproduire à l'identique un original.

B Les premiers romans « en roman »

• Au XIIe, écrire « en roman » signifie **transposer en langue romane un texte en latin**. Ce sont des clercs qui vont traduire en ancien français (en roman), l'héritage latin. Les textes empruntés à l'Antiquité et sa mythologie vont moderniser les héros pour les adapter aux goûts des chevaliers et des dames du Moyen Âge, en mettant en valeur les deux thèmes de l'amour et de la prouesse.

Le Roman de Thèbes (vers 1150)	D'après la *Thébaïde* de l'auteur latin Stace	Les guerres menées par sept rois ennemis contre la ville de Thèbes autour d'Œdipe puis ses deux fils Étéocle et Polynice
Le Roman d'Eneas (vers 1160)	D'après *L'Énéide* de Virgile	Les épreuves d'Énée, de la chute de Troie à la conquête du Latium pour fonder une nouvelle Troie, qui sera Rome, établie par ses deux fils Romulus et Remus
Le Roman de Troie (vers 1165)	D'après des résumés latins de l'œuvre d'Homère	La guerre de Troie
Le Roman d'Alexandre	Plusieurs versions autour de ce personnage mythique	Autour du personnage d'Alexandre le Grand – texte composé en vers de douze syllabes qu'on nommera ensuite des alexandrins

• Le roman est ensuite un **récit d'imagination écrit en vers et en langue romane**. Les contes celtiques et le mythe du roi Arthur et des chevaliers de la Table ronde sont à la source de l'inspiration et de la création littéraire. Les auteurs sont souvent anonymes.

C Les genres narratifs de la fiction

1. La chanson de geste

• Du latin *gesta* : ce qui a été accompli, ce qui a été fait, la geste désigne les **récits épiques en vers** racontant des **exploits de héros ou de personnages**

illustres. Ce poème narratif est constitué de strophes de longueur variable autour d'une même assonance appelées **laisses.**

> **Remarque**
> Parallèlement à la chanson de geste, narrative et épique, se développe la chanson d'amour, poétique et lyrique. Les deux genres ne se sépareront que plus tard lorsque le récit sera écrit en prose et la poésie conservera les vers.

• ***La Chanson de Roland***, à la fin du XIe, début XIIe (vers 1100), première œuvre de la littérature en langue française, est la plus ancienne des chansons de geste et raconte les guerres de Charlemagne en Espagne au VIIIe contre les Sarrasins, dont la défaite à Roncevaux en 778. Elle est célèbre car elle offre une **vision mythique de l'histoire de la France**, au temps des croisades. Le dernier vers propose le nom de Turold qui arrête ici son récit, mais cette œuvre a sans doute été composée et copiée par de nombreux anonymes.

• ***La Chanson de Guillaume*** raconte les batailles de Guillaume d'Orange contre les Sarrasins.

2. Les variations du roman courtois

• Le roman courtois de chevalerie en vers

Le roman courtois **mêle les contes celtes et la tradition chrétienne** : il repose sur la chevalerie, l'amour, l'aventure et l'intervention du merveilleux. C'est également un roman de **formation** qui suit les épreuves et l'évolution du héros. Les personnages sont dotés d'une **psychologie**.

– Chrétien de Troyes est l'auteur de romans en vers, écrits en octosyllabes, dans son cycle des chevaliers de la Table ronde, parmi lesquels on suit les héros Lancelot (*Lancelot ou le Chevalier à la charrette*), Yvain (*Yvain ou le Chevalier au lion*), Perceval (*Perceval ou le Conte du Graal*) ou Érec (*Érec et Énide*).

– Avec *Tristan et Iseult*, Béroul reprend (vers 1180) un mythe littéraire autour de l'amour emprunté à la légende celte, qui connaîtra encore par la suite plusieurs versions.

• Le roman courtois d'amour en vers

– *Le Roman de la Rose* de Guillaume de Lorris (vers 1230) puis de Jean de Meung (vers 1270) est un récit allégorique racontant la lutte menée par l'héroïne nommée Amour pour retrouver son amant Bel-Accueil en affrontant les dangers qui menacent une relation amoureuse.

– *Le Livre du Voir-Dit* de Guillaume de Machaut (vers 1364) raconte l'histoire d'une séparation entre un amant et sa dame en mêlant dans une trame narrative des lettres et des poèmes.

● **Le roman courtois de chevalerie en prose** : des auteurs anonymes reprennent au début du XIIIe le cycle du Graal, dans le prolongement de Chrétien de Troyes, autour de *Lancelot du Lac*, mais ils écrivent cette fois en prose, fondant le roman en tant que genre. Si la prose fait alors son apparition dans le roman, il faudra attendre le XIVe pour qu'elle s'y installe définitivement. Le roman courtois *Méliador* de Jean Froissart, achevé entre 1383 et 1388, est encore écrit en vers à la façon de Chrétien de Troyes.

● **Le lai** est un **récit en vers assez court**, en octosyllabes, ayant pour thème l'amour courtois et en lien avec les légendes des chevaliers de la Table ronde : les *Lais* de Marie de France (composés entre 1160 et 1180) comportent douze courts récits en anglo-normand, un dialecte d'oïl parlé en Angleterre à la cour et par les nobles anglo-normands.

3. Le récit satirique

● **Le roman satirique en vers**. *Le Roman de Renart*, de Pierre de Saint-Cloud (vers 1170) puis poursuivi par d'autres auteurs jusqu'à la fin du XIIIe, s'inscrit dans la tradition latine de la satire des fabulistes de l'Antiquité et se moque des défauts des hommes, de la religion et de la chevalerie de façon détournée en mettant en scène **des personnages qui sont des animaux** et des activités familières qui renvoient au monde de la ville médiévale et de ses préoccupations. Le personnage central, un goupil rusé nommé Renart, va avoir un tel succès que l'animal va être désigné comme un *renard* au lieu d'un *goupil*.

● **Le fabliau** : c'est un **récit bref et satirique, écrit en octosyllabes**, qui raconte une histoire plaisante autour de **personnages stéréotypés** qui renvoient aussi au monde de la ville médiévale (la femme rusée, le paysan avare, le moine gourmand par exemple) pour dénoncer des défauts ou la société. À la façon de l'apologue antique, il invite à déduire une morale du récit. *Le Prudhomme qui sauva son compère de la noyade* (XIIIe) met en scène un homme ingrat et intéressé qui a été sauvé de la noyade par un brave pêcheur mais éborgné lors du sauvetage, et qui s'en va demander justice. Il sera détourné de sa demande par le jugement qui propose de le remettre dans la mer pour voir s'il peut ensuite se sauver seul et donc être indemnisé.

→ Bien comprendre

Au Moyen Âge, c'est l'orientation du texte qui permet au lecteur actuel de déterminer un genre littéraire, et non pas l'écriture, faite uniquement de vers : texte narratif avec les variations de l'épopée médiévale, du roman de chevalerie ou du récit satirique, ou texte purement lyrique. Les catégories opposant la poésie au roman ne sont pas encore fixées, ni les nuances distinguant l'apologue du roman.

2 Le récit appuyé sur le réel : biographique et autobiographique

A Les récits relevant du biographique

- La biographie consiste à faire le récit de la vie ou de certains événements de la vie d'une personne réelle. Les biographies sont nombreuses : hommes politiques, savants, auteurs, artistes… Elles jouent le rôle de témoignage, proposent souvent des modèles ou offrent des figures originales à découvrir.
- **La biographie est héritée de l'Antiquité. Plutarque,** auteur romain d'origine grecque, a écrit les *Vies parallèles* (ou *Vies des hommes illustres)* au IIe siècle de notre ère, où il propose cinquante vies couplées deux à deux, comparant un Grec et un Romain, par exemple Alexandre le Grand et Jules César. Pour chaque portrait Plutarque essaie de proposer un caractère, sans montrer de parti-pris en faveur des Grecs ou des Romains. Traduite en français par Jacques Amyot au milieu du XVIe, cette œuvre a connu un grand succès.
- Une biographie de Louis IX est proposée par Jean de Joinville dans *La Vie de Saint Louis*, ainsi que des éléments d'autobiographie renvoyant à son auteur, sénéchal de Champagne, qui a accompagné ce roi dans la septième croisade en Égypte de 1248 à 1254.
- Le *Ditié de Jeanne d'Arc* est un poème de Christine de Pisan (1429), composé à la gloire de Charles VII, après son sacre à Reims, et à celle de Jeanne d'Arc.
- Au Moyen Âge, **l'hagiographie** désigne le récit de la vie des saints. Les personnages illustres qui rejoignent la sainteté font aussi l'objet de récits biographiques.
- Le récit biographique est orienté par les visées de son auteur : il peut s'agir d'être neutre ou de faire l'éloge (ou le blâme) de la personne dont on parle dans un registre épidictique.
- **Les chroniques**. Forme médiévale, ce sont des **recueils de faits historiques** rapportés **dans l'ordre de leur succession**. Les *Chroniques* de Jean Froissart (XIVe) évoquent la guerre de Cent Ans dont il fut le témoin. Les **historiographes** sont des écrivains chargés officiellement d'écrire l'histoire de leur temps ou de leur souverain. Racine, après ses succès d'auteur dramatique, deviendra l'historiographe de Louis XIV.
- La **biographie romancée** invente à partir de faits réels en faisant part des impressions de son auteur qui est romancier. **Au XXIe** siècle**, la biographie peut s'éloigner des modèles** et proposer aussi **des monstres**. Les faits pris pour sujets sont des **faits d'actualité marquants et criminels** et les personnes réelles au centre de ces affaires deviennent des personnages.

COURS

– **Emmanuel Carrère,** dans *L'Adversaire* publié en 2000, raconte l'histoire d'un homme qui a tué sa femme, ses deux enfants et ses parents, après avoir menti pendant presque vingt ans au sujet de son travail de médecin à l'ONU et de ses revenus. Le crime intervient au moment où l'histoire qu'il avait inventée a cessé de fonctionner et où l'argent a manqué. Emmanuel Carrère a rencontré le meurtrier en prison pour tenter de comprendre cette horrible affaire. Le récit est neutre.

– **Régis Jauffret** avec *Claustria* (2012) s'appuie sur un fait divers jugé en Autriche en 2008 : un père de famille incestueux a séquestré sa fille dans la cave sous la maison familiale où il vivait avec sa femme et ses autres enfants pendant 24 ans, il lui a fait plusieurs enfants qui ont grandi enfermés dans cette cave eux aussi. Ce récit biographique est glaçant et, sur le plan de l'invention littéraire, magistral : « *J'avais refusé de me renseigner sur l'affaire avant d'aller en Autriche pour suivre le procès. En rentrant, j'ai lu tout ce qui avait été écrit en français et en anglais, et sur un plan humain ce fut épouvantable. J'ai reculé l'écriture du livre autant que j'ai pu. La difficulté, c'était d'arriver au point où l'on se trouve sur la durée dans la cave. Oui, le plus dur, c'était la durée : ces 24 ans que personne n'arrivera jamais à dire, parce que cette durée représente un crime inimaginable. On peut imaginer être torturé ou être tué par balles, mais 24 ans, c'est impensable.* »

B Les nuances de l'autobiographie

• L'autobiographie désigne le récit qu'une personne fait de sa propre vie. L'écriture autobiographique se présente sous des formes diverses.

1. Les différentes formes d'écriture autobiographique

• **L'autobiographie.** Elle est définie par le spécialiste Philippe Lejeune comme un : « *récit rétrospectif en prose qu'une personne réelle fait de sa propre existence quand il met l'accent principal sur sa vie individuelle, en particulier sur l'histoire de sa personnalité* ». Exemples : Montaigne, *Les Essais* (1580), Rousseau, *Les Confessions (1782-1789),* Sartre, *Les Mots* (1964).

• **Les mémoires.** Du latin *memoriae,* « recueil de souvenirs », ils mêlent dans un récit rétrospectif la vie de l'autobiographe à une représentation de son époque (politique, histoire, société) dont il est le témoin, et dans laquelle il a pu jouer un rôle. Exemples : Simone de Beauvoir, *Mémoires d'une jeune fille rangée* (1958) : évocation des milieux intellectuels du Paris de l'Après-Guerre ; Charles de Gaulle, *Mémoires de guerre* (1954-1959) : réflexion sur la France par un acteur politique majeur. Le témoignage de l'auteur italien Primo Lévi, *Si* *c'est un homme*, publié en 1947, raconte de façon poignante son expérience des camps de concentration.

• **Le journal.** Dans cette forme de récit autobiographique, le temps de la vie de l'autobiographe correspond au temps de l'écriture.

– Le **journal intime** relate la vie individuelle de celui qui le tient, que l'on peut désigner par le terme tiré de l'anglais diariste (de *diary*, « journal ») ; il n'est pas forcément destiné à la publication. Exemples : *Journal* d'Anne Franck, tenu dans un cahier du 12 juin 1942 au 1er août 1944 par une adolescente juive hollandaise qui vit cachée avec sa famille.

– Le **journal littéraire** présente la vie intellectuelle de l'écrivain, ses analyses, ses rencontres artistiques. Exemples : Jules et Edmond de Goncourt, *Journal, Mémoires de la vie littéraire* (1887-1896).

– Le **journal de voyage.** Exemples : le *Devisement du monde* (1298) est le récit fait par Marco Polo de son voyage en Chine. *Journal de voyage* de Montaigne, de 1580 à 1581, tenu lors de son voyage en Italie.

• **Les carnets** ou **les cahiers.** Documentaires, ils se rapprochent du journal littéraire et contiennent des esquisses de création, des notes de lecture. Exemples : Albert Camus, *Carnets* (1935-1959).

• **Le roman autobiographique** ou **autobiographie romancée**. Le récit de la vie de l'autobiographe est déguisé en fiction à travers le choix de la forme du roman, parfois l'emploi de la troisième personne et non de la première, des modifications romanesques, un personnage au nom différent de celui de l'auteur, qui intègre cependant des éléments de sa propre vie. Exemples : Chateaubriand, *René* (1802) : « *personne n'a connu entièrement le fond de mon cœur ; la plupart des sentiments y sont restés ensevelis ou ne se sont montrés dans mes ouvrages que comme appliqués à des êtres imaginaires.* » ; Jules Vallès, trilogie *L'Enfant*, *Le Bachelier*, *L'Insurgé* (1879-1886) dont le personnage narrateur est Jacques Vingtras, aux initiales identiques à celles de l'auteur.

• **La lettre.** Support de l'écriture autobiographique, elle relève également de l'épistolaire ; correspondance privée à l'origine, elle peut être publiée pour son intérêt. Exemples : Lettres du peintre Vincent van Gogh à son frère Théo (1872-1890) ; volumineuse correspondance de Madame de Sévigné (1668-1696) associant les sentiments d'une mère pour sa fille, Madame de Grignan, et l'observation de son époque et de la Cour, souvent par le biais de ses correspondants.

• **L'autoportrait.** Il présente de son auteur une description, physique, morale, sociale. Souvent inséré dans une œuvre, il peut constituer un écrit autobiographique séparé. Exemples : François de La Rochefoucauld ouvre ainsi par son autoportrait son *Recueil des portraits et éloges* (1659) ; l'artiste mexicaine Frida

Kahlo (1907-1954) a peint tout au long de sa vie des autoportraits reflétant ses souffrances, ses attentes et son évolution.

- Le **poème.** Certains poèmes relèvent de l'autobiographique. Exemples : François Villon relate des épisodes de sa vie agitée dans son œuvre poétique *Le Testament* (1461) ; Baudelaire, dans *Les Fleurs du Mal* (1857), écrit deux poèmes relatifs à son enfance : « *Je n'ai pas oublié, voisine de la ville* », et « *La servante au grand cœur dont vous étiez jalouse* » ; Victor Hugo, dans « *Demain dès l'aube…* » (*Les Contemplations*, 1856) exprime sa douleur liée à la mort de sa fille Léopoldine.

- **L'autofiction** ou **autobiographie imaginaire** fait passer une fiction romanesque pour un récit autobiographique. Exemples : Octave Mirbeau, *Journal d'une femme de chambre* (1900) ; Marguerite Yourcenar, *Mémoires d'Hadrien* (1951).

Bien retenir

L'autobiographie se distingue des mémoires en mettant l'accent sur la vie intime et la personnalité de son auteur, et non sur l'Histoire et le rôle de témoin ou d'acteur qu'il a pu y jouer.
Elle se distingue, en présentant clairement l'identité auteur-narrateur-personnage, du roman autobiographique qui se présente sous l'aspect d'une fiction et masque la vérité même s'il relate des faits relatifs à la vie de l'auteur.
L'autobiographie est écrite sous la forme d'un récit rétrospectif qui la différencie du journal écrit au jour le jour, donc sans recul.

2. L'écriture autobiographique : entre roman et littérature d'idées

- L'œuvre autobiographique repose sur la vie d'une personne réelle, à la différence de la fiction romanesque, dont elle se rapproche cependant par l'écriture d'un récit. Elle propose par ailleurs des réflexions qui la rapprochent de la littérature d'idées.

- L'œuvre autobiographique peut **se rapprocher du roman** en relatant des souvenirs :

– **Registre comique** : Rousseau et la « *chasse aux pommes* » dans *Les Confessions* (1782), le vol d'un fruit par un enfant présenté comme une parodie du mode épique.

– **Ton ironique** mêlé au rire dans *L'Enfant* de Vallès pour décrire les tenues vestimentaires ridicules de Jacques Vingtras et leur effet : « *la redingote à noyaux, aux boutons ovales comme des olives et verts comme des cornichons* ».

– **Registre lyrique** : célébration par Colette de la force et de la beauté de la nature où elle se promène enfant dans *Sido* (1930).

• D'autres procédés sont également mis en œuvre quand l'œuvre relève de la **littérature d'idées**, proposant une réflexion, ou faisant appel au registre polémique :

– **Dénonciation,** dans le chapitre « Des cannibales » des *Essais* de Montaigne, de la façon européenne de concevoir les habitants du Nouveau Monde.

– **Critique de son temps** par Chateaubriand (*Mémoires d'outre-tombe,* 1849) : « *dans un siècle où les plus grands crimes commis ont dû faire naître les haines les plus violentes, dans un siècle corrompu, où les bourreaux ont un intérêt à noircir les victimes, où les plus grossières calomnies sont celles que l'on répand avec le plus de légèreté [...]* ».

– **Leçon sur l'éducation des enfants**, considérée comme mauvaise par Rousseau, dans *Les Confessions* : « *Je jugeais que me battre comme fripon, c'était m'autoriser à l'être. Je trouvais que voler et être battu allaient ensemble* ».

Doc. Chateaubriand

• **Reconnaître les formes prises par le genre autobiographique**

Représentation de la réalité	Vie privée : • l'autobiographie • le journal intime • l'autoportrait	Vie publique et privée : • les mémoires • les chroniques	Vie littéraire : • le journal littéraire • les carnets ou cahiers
Réalité présentée comme une fiction	• l'autobiographie romancée ou roman autobiographique		
Fiction présentée comme la réalité	• l'autobiographie imaginaire ou autofiction		
Textes autobiographiques	• la lettre • le poème		

COURS

3 Visions du monde à travers le prisme des personnages romanesques

A Le XVIe et le XVIIe siècle : des personnages sous influences

1. Au XVIe : l'exploration du récit

- Au XVIe, le genre romanesque est encore **incertain**. Le goût pour les romans de chevalerie perdure et l'on adapte en français moderne des œuvres médiévales. Les textes narratifs courts, qui annoncent la nouvelle et le conte, sont nombreux ; à la fin du siècle sont écrites des « histoires tragiques » à l'intrigue étoffée et complexe qui donneront naissance par la suite au roman sentimental.

- **Marguerite de Navarre** a écrit un recueil de nouvelles, *Heptaméron*, à la façon du *Décaméron* **de l'italien Boccace**, publié en 1559 de façon posthume. Dix personnages racontent chaque jour, pendant sept jours, l'un après l'autre, une histoire, commentée ensuite par l'auditoire. Dans l'un des récits, une batelière ridiculise deux moines cordeliers débauchés et échappe à leurs ardeurs par la ruse.

> **La nouvelle**
> Elle relève du genre romanesque et se caractérise par sa brièveté et son intensité. La brièveté implique une concentration et une intensité de l'action. La fin de la nouvelle est marquante et constitue une chute. Selon le Littré, une nouvelle est une « sorte de roman très court », un « récit d'aventures intéressantes ou amusantes ».

- **François Rabelais** s'oppose à la tradition chevaleresque et courtoise médiévale et relate les « faits et prouesses » de Pantagruel puis Gargantua dans une série de cinq livres publiés de 1532 à 1552, sous le pseudonyme d'Alfricobas Nasier. Les personnages sont de joyeux géants, bons vivants, décrits dans leurs actions quotidiennes par l'emploi d'un langage truculent, très libre, allant jusqu'à la grossièreté et la vulgarité. Il mêle, dans cette œuvre fantaisiste, l'érudition et le comique sous toutes ses formes, et propose des réflexions et critiques sur son époque **qui reflètent les préoccupations des humanistes** : l'éducation, la guerre et la religion par exemple.

– La description des vêtements de Gargantua évoque de façon comique l'androgyne platonicien : « *En guise d'emblème au chapeau, il avait, sur une plaque d'or pesant soixante-huit marcs, une figure d'émail bien travaillé, où était peint un corps humain ayant deux têtes, tournées l'une vers l'autre, quatre bras, quatre pieds et deux culs, tel que Platon, dans* Le Banquet, *dit qu'était la nature humaine à son origine.* »

– Dans *Pantagruel*, Rabelais critique les sophistes lorsque la femme de Gargantua meurt en donnant naissance à son fils Pantagruel : « *ce qui troublait son esprit, c'était de ne pas savoir s'il devait pleurer de douleur à cause de sa femme, ou rire de joie à cause de son fils. Des deux côtés il avait des arguments sophistiques qui l'embarrassaient, car il les concevait bien et les énonçait clairement, mais il ne pouvait en tirer de conclusion, et de ce fait, il se trouvait empêtré comme une souris prise au piège ou un lapin pris au collet.* »

Les sophistes
Dans l'Antiquité, philosophes maîtres dans l'art de parler défendant n'importe quelle thèse au moyen de raisonnements et d'arguments, logiques dans la forme mais contestables ou faux.

COURS

2. Les héros raffinés des romans précieux

- **Les romans héroïques précieux** de Mlle de Scudéry (1607-1701) sont écrits dans un esprit épique : les personnages sont marqués par le modèle des héros antiques d'Homère ou de Virgile, ou par des modèles italiens comme ceux de L'Arioste ou du Tasse. *Clélie* est un roman à clés qui transpose les mœurs antiques, et qui contient la fameuse « carte du tendre ».
- Dans la même veine précieuse, on recense aussi des **romans pastoraux** : *L'Astrée* d'Honoré d'Urfé (1567-1701) est celui qui a connu à l'époque le plus grand succès. Les personnages, Astrée et Céladon, y illustrent un idéalisme éthéré : leurs amours illustrent le goût de la préciosité pour l'analyse des sentiments.

3. Les héros joyeux des romans comiques

- À l'opposé des héros « parfaits » des romans précieux, **les personnages réalistes des romans comiques**, dont les aventures sont parfois sordides, s'imposent aussi à cette époque, comme *L'Histoire comique de Francion* (1623) de Charles Sorel. On peut y déceler l'influence du roman picaresque espagnol qui est en vogue au début du siècle. En marge de ce mouvement, le *Don Quichotte* de Cervantès, traduit en 1614, a connu un énorme succès.

Remarque
Le *picaro* est un aventurier espagnol errant, sans foi ni loi, en quête d'un statut social.

- *Le Roman comique* de Scarron (1610-1660) est une « **épopée burlesque** ». On peut voir dans cette écriture parodique la critique implicite du genre des romans précieux, qui se voulaient épiques, même si les romans comiques, moins nobles, plus populaires, s'adressent à des lecteurs différents. Ces romans-fleuves (aussi bien les romans précieux que les romans comiques) ont des intrigues souvent enchâssées et entremêlées, typiques du baroque.

4. Les héros parfaits du roman classique

• Le chef d'œuvre du roman classique est ***La Princesse de Clèves*** de Madame de la Fayette (1678). À l'opposé des romans baroques, l'intrigue y est dépouillée et vraisemblable, réduite à une seule ligne narrative : il y a une unité d'action qu'on ne trouvait pas jusque là dans le roman. Les portraits du Duc de Nemours et de mademoiselle de Chartres sont à la mesure de la magnificence de la Cour. Tous les traits du personnage contribuent à refléter les traits idéaux d'une personne attachée à la cour prestigieuse de Henri II : « *Ce prince était un chef-d'œuvre de la nature ; ce qu'il avait de moins admirable, c'était d'être l'homme du monde le mieux fait et le plus beau. Ce qui le mettait au-dessus des autres était une valeur incomparable, et un agrément dans son esprit, dans son image et dans ses actions que l'on n'a jamais vu qu'à lui seul.* » (*La Princesse de Clèves*).

• Cependant, à l'époque classique, les romans connaissent surtout des **détracteurs** : les prédicateurs de l'époque leur reprochent leur invraisemblance et leur nocivité : ils divertiraient de façon malsaine les esprits, et encourageraient les passions. Un janséniste comme Pierre Nicole qualifie l'auteur de romans d'« empoisonneur public ». À la fin du siècle, le genre romanesque n'est plus à la mode : Boileau lui-même le critique sévèrement. Le roman est un genre trop hétéroclite, sa moralité est souvent douteuse, et cela ne plaît guère aux partisans de l'ordre classique.

→ Bien comprendre

Au XVIIe siècle, le personnage sophistiqué des romans précieux – peu naturel mais raffiné – s'oppose totalement au héros grossièrement joyeux des romans comiques. Même s'il existe quelques romans très estimés comme *La Princesse de Clèves*, le classicisme de l'époque préfère le théâtre au roman : ce dernier est encore considéré comme un genre mineur et vulgaire.

B Le XVIIIe siècle : la naissance du héros de roman moderne

1. Le personnage entreprenant de la veine réaliste

• **L'influence du picaresque espagnol** se fait encore sentir dans *Gil Blas de Santillane* de Lesage (1735), puisque le héros part sur les chemins à la recherche de la réussite et connaît de multiples aventures. Dans les romans de Marivaux, *Le Paysan parvenu* (1735) et *La Vie de Marianne* (1741), c'est à la fois l'analyse fine des sentiments et des comportements qui est intéressante, et la façon dont le personnage arrive à faire sa place dans la société. Ainsi, Marianne est une jeune fille intelligente et jolie, mais orpheline : elle doit affronter des obstacles pour trouver un statut social respectable, et elle fait face courageusement à un échec amoureux. Le monde autour d'elle n'est pas parfait : le pieux vieillard qui la soutient veut abuser d'elle, le charmant fiancé tombe amoureux d'une autre, et Marianne elle-même fait quelques compromis avec la morale…

2. Le personnage hédoniste du roman libertin

> **Citation**
> *« En amour, rien ne se finit que de très près... »*
> Pierre Choderlos de Laclos

- *Les Égarements du cœur et de l'esprit* de Crébillon-fils est le premier des **romans libertins** (1736) : il retrace l'initiation sentimentale et les aventures successives d'un jeune homme, Meilcour. Le thème de l'initiation amoureuse est d'ailleurs un passage souvent obligé de ce courant romanesque, qui va de Vivant Denon (*Point de lendemain*) à Sade, en passant par Restif de la Bretonne. *Les Liaisons dangereuses* de Choderlos de Laclos, roman épistolaire polyphonique (1782), représente le plus grand chef d'œuvre des romans de cette veine.

> **Étymologie**
> Le mot « *libertin* » vient du latin *libertinus*, qui signifie « *affranchi* ».

- **Le mot « libertin »** a désigné d'abord les « esprits forts », les libres penseurs, qui rejettent les préceptes de l'Église, puis la morale dominante (liée à la religion). Il s'agit donc d'une attitude philosophique indépendante, en rupture avec le modèle en cours. Mais le libertinage concerne aussi les mœurs et désigne celui dont la sexualité libérée et inconstante n'est pas liée forcément à des sentiments amoureux, mais au désir.

3. Le personnage philosophe du roman des Lumières

- ***Les Lettres persanes* de Montesquieu** (1721) consignent la correspondance fictive de deux Persans, Usbeck et Rica, qui effectuent un voyage en France et partagent leurs impressions. La découverte d'une société radicalement différente de la leur les fait aller de surprise en surprise : le roman devient une satire des mœurs, car nos coutumes, aux yeux des deux étrangers, semblent souvent absurdes. Montesquieu met ainsi en valeur les travers de la vie parisienne : *« Je trouve les caprices de la mode, chez les Français, étonnants. Ils ont oublié comment ils étaient habillés cet été ; ils ignorent encore plus comment ils le seront cet hiver. Mais, surtout, on ne saurait croire combien il en coûte à un mari pour mettre sa femme à la mode. »* (*Les Lettres persanes*, lettre XCIX).
- ***Jacques le fataliste et son maître* de Denis Diderot** (1773) est une autre œuvre représentative des Lumières : le texte a une portée sociale, morale et philosophique. Mais il peut être aussi qualifié d'« anti-roman ». Le dialogue entre Jacques, le valet, et son maître est constamment interrompu par des digressions, par des interventions du narrateur, des récits secondaires racontés par d'autres personnages. L'auteur « casse » les conventions romanesques, en apostrophant le lecteur, en dénonçant les artifices de la fiction, qu'il remet en cause : « *Comment s'étaient-ils rencontrés ? Par hasard, comme tout le monde. Comment s'appelaient-ils ? Que vous importe ? D'où venaient-ils ? Du lieu le plus prochain. Où allaient-ils ? Est-ce que l'on sait où l'on va ?* » (incipit de *Jacques le Fataliste*).

COURS

4. Le personnage sensible du courant pré-romantique

• **Une nouvelle sensibilité** apparaît dans la seconde moitié du siècle avec l'influence des romans réalistes anglais et *Julie ou la Nouvelle Héloïse* de Jean-Jacques Rousseau (1761). Ce roman épistolaire raconte l'amour impossible entre la jeune Julie et son précepteur Saint-Preux : leurs différences sociales empêchent leur union. La passion et la vertu des deux héros sont au cœur de l'intrigue. Les élans du cœur des personnages s'expriment avec un lyrisme spontané et une sensibilité exacerbée.

C Le XIXe siècle : le triomphe du roman et de ses personnages

1. L'idéalisation du personnage romantique

• **Victor Hugo** (1802-1885), à travers ses romans, en revient à une conception épique du roman : l'auteur est une sorte de conscience des peuples, qui doit accentuer, dramatiser les événements, pour leur donner un sens symbolique, en procédant par scènes et tableaux. Dans *Les Misérables,* Hugo élève jusqu'au mythe le personnage du forçat Jean Valjean et de deux enfants, Cosette, image de l'innocence persécutée, et Gavroche, emblème du courage et de la liberté. Celui-ci meurt sur les barricades et Hugo lui rend hommage à travers un oxymore célèbre : « *Cette petite grande âme venait de s'envoler* ».

2. La modernité du personnage réaliste

• C'est à **Balzac** (1799-1850) que le titre de « père du roman moderne » a été attribué. Le projet titanesque de *La Comédie humaine* est inspiré de *L'Histoire naturelle* de Buffon. Puisque la société ressemble à la nature, il veut établir une « comparaison entre l'Humanité et l'Animalité ». Les personnages sont donc présentés comme autant de « types humains ». Mais son projet a aussi un aspect politique ; il met en valeur dans son œuvre les principes auxquels il tient : l'éducation, la religion catholique, la monarchie sont présentés comme les fondements de la vie sociale. La série des « *Études de mœurs* », dans laquelle on recense *Eugénie Grandet* (1833), a pour but de décrire les types humains dans leur environnement social (la vie privée, politique, militaire, parisienne…).

• L'idéal romanesque de **Flaubert** tend à la représentation fidèle de la vie. Son effort d'objectivité est perceptible dans ses romans. Parfois, les personnages disparaissent même derrière les objets qui les entourent et dont ils ne semblent être qu'un prolongement : comme dans la longue description de la casquette de Charles Bovary, au début du livre, mais aussi dans la célèbre scène de la calèche où Emma s'offre à Léon, son amant. Les faits ne sont pas décrits, mais on lit le scandale dans le regard des passants, qui voient « *[...] une voiture à stores tendus et qui apparaissait ainsi continuellement, plus close qu'un tombeau et ballottée comme un navire* » (*Madame Bovary*). Flaubert met en avant l'importance du style ; chez lui, l'esthétique, la quête du beau sont essentielles.

La nouvelle réaliste au XIXe

Elle est souvent écrite d'après des faits divers, des nouvelles lues dans le journal, des faits d'actualité, comme c'est le cas pour Maupassant. On trouve également des nouvelles fantastiques chez Théophile Gautier avec *La Cafetière* (1831) ou *La Morte amoureuse* (1836), ou Maupassant avec *Le Horla* (1887).

3. Le personnage expérimental du roman naturaliste

● **Zola** veut analyser dans ses romans l'interaction entre l'individu et son milieu. Il s'agit pour lui de présenter à travers ses personnages certaines données généralisables, tout en empruntant directement à la réalité la matière de ses livres. Pour le chef de file des naturalistes, le roman est un véritable « document humain » scientifique. Zola s'est d'ailleurs beaucoup inspiré des doctrines de Claude Bernard en matière de médecine expérimentale. L'imagination qui était autrefois célébrée comme une qualité chez un romancier est, selon Zola, devenue un défaut, le sens du réel devenant la qualité première des auteurs. Il fait l'éloge de la description parce qu'elle permet de dresser « un état du milieu qui détermine et complète l'homme » : « *Montrer le milieu peuple et expliquer par ce milieu les mœurs peuple ; comme quoi à Paris, la soûlerie, la débandade de la famille, les coups, l'acceptation de toutes les hontes et de toutes les misères vient des conditions mêmes de l'existence ouvrière, des travaux durs, des laisser-aller, etc.* » (Préface de *L'Assommoir*).

Citation

« Tel est le naturalisme : [. . .] la formule de la science moderne appliquée à la littérature ».
Émile Zola

Bien comprendre

Entre réalisme et naturalisme, la parenté est grande ! Il existe bien des points communs, par exemple, entre Bel-Ami, le héros de Maupassant, et Eugène de Rastignac, le personnage de Balzac, qui manifestent une ambition et une vanité communes. Le but de ces deux courants romanesques est en fait le même : refléter la réalité du XIXe siècle.

D Le XXe siècle : la crise du personnage

Citation
« Tous les bons livres sont pareils. Ils sont plus vrais qu'aurait pu l'être la réalité. »
Ernest Hemingway

1. Le retour au personnage fort des années 1930

• On a pu constater **un « éparpillement » du personnage** dans les années 1920, avec des romanciers comme Marcel Proust, Virginia Woolf ou James Joyce qui mettent l'accent sur la multiplicité des sensations. Dans les années 1930, on observe un retour à un personnage fort, avec des auteurs comme Bernanos, Malraux, Hemingway. Leurs héros sont très impliqués dans le monde, engagés, et leur personnalité est très typée, clairement délimitée. Ils s'intéressent au destin de personnages aux prises avec l'histoire, qui cherchent à donner un sens à leur vie. Dans *La Condition humaine* de Malraux, l'idéal de Kyo, le héros révolutionnaire, est clair : « *Sa vie avait un sens : donner à chacun de ces hommes que la famine faisait mourir comme une peste lente la possession de sa propre dignité* ».

2. La remise en question du personnage dans le Nouveau Roman

• Les années 1950 proclament **la mort du personnage** : selon Robbe-Grillet dans *Pour une théorie du roman*, le personnage fait partie des « notions périmées ». Pour le même auteur, c'en est fini de la conception traditionnelle du roman, vu comme « l'analyse d'une passion ». C'est, selon Nathalie Sarraute, parce que le roman est entré dans « l'ère du soupçon » ; le lecteur n'a plus confiance dans le romancier, et n'accepte plus les normes du « vraisemblable » : « *Aussi voit-on le personnage de roman privé de ce double soutien, la foi en lui du romancier et du lecteur, qui le faisait tenir debout, solidement d'aplomb, portant sur ses larges épaules tout le poids de l'histoire, vaciller et se défaire.* » (*L'Ère du soupçon*, 1956).

• **Nathalie Sarraute** cherche à rendre ses romans « grouillants de vie » ; elle nous fait plonger dans une conscience anonyme pour saisir le foisonnement des sensations. Elle mêle récit, dialogue et « drames minuscules » qui se jouent à la limite de la conscience : « *Le personnage dépouillé de toutes ses prérogatives, de son caractère, réduit à n'être qu'un trompe l'œil, une survivance, un support de hasard. Ce personnage est souvent confondu dans un groupe que désignent de simples pronoms pluriels.* » (*Nouveau roman, hier, aujourd'hui*, 1972).

→ Bien comprendre

Le nouveau roman fait exploser le concept de personnage ; celui-ci perd ses caractérisations habituelles : on ignore son niveau social, ses traits psychologiques, parfois même son nom… De même, les événements qu'il vit ne sont plus ordonnés : ils se succèdent sans logique cohérente. Et surtout, les personnages ne sont au service d'aucune idéologie, le romancier ne se sert pas d'eux pour illustrer une thèse.

COURS

4 Comment analyser le roman et ses personnages ?

A Le personnage et les points de vue : la focalisation

Pour raconter une histoire, on doit choisir un point de vue : le romancier décide qui perçoit les événements rapportés. Le mot « focalisation » est issu du vocabulaire photographique : c'est le foyer à partir duquel une photo est prise.

1. Le point de vue externe

- **L'auteur s'efface** ; on ignore les pensées des personnages, le compte-rendu des actions est fait de façon impartiale, « du dehors ». Seul ce qui est visible de l'extérieur est raconté : « *On faisait la soupe, les cheminées fumaient, une femme apparaissait de loin en loin le long des façades, ouvrait une porte, disparaissait.* » (Émile Zola, *Germinal*).

2. Le point de vue interne

- Les événements sont perçus à travers les sensations et les pensées **d'un seul personnage**. On identifie ce point de vue grâce à la présence de verbes de perception, au vocabulaire des sentiments. On reste donc dans l'ignorance de ce que le personnage lui-même ne connaît pas ; s'il se pose des questions, on n'en a pas forcément les réponses. Ce point de vue subjectif favorise l'identification du lecteur au personnage : « *K attendit encore un instant, regarda du fond de son oreiller la vieille femme qui habitait en face de chez lui et qui l'observait avec une curiosité surprenante, puis, affamé et étonné à la fois, il sonna la bonne. À ce moment on frappa à la porte et un homme entra qu'il n'avait jamais vu dans la maison* » (Franz Kafka, *Le Procès*).

3. Le point de vue omniscient (ou focalisation zéro)

- On connaît le passé, le présent, les pensées et les sensations **de l'ensemble des personnages**. Le romancier prend un pouvoir plus apparent dans le récit. Ce point de vue est très fréquent dans le roman traditionnel (Hugo, Balzac, Verne…) : « *Toutes avaient les unes pour les autres une indifférence mêlée de défiance qui résultait de leurs situations respectives. Elles se savaient impuissantes à soulager leurs peines.* » (Honoré de Balzac, *Le Père Goriot*).

→ Bien comprendre

- Le point de vue **externe** = perception « du dehors », sans connaître les pensées des personnages.
- Le point de vue **interne** = perception d'un seul personnage, dont on suit les pensées, les sensations.

B Le personnage et le temps : les modalités du récit

• **Le temps romanesque** n'est pas linéaire comme le temps réel : le récit peut accélérer ou ralentir l'action, revenir en arrière, s'arrêter brusquement. Les personnages ont dans le roman une vie plus ou moins complète, certains ne font que des apparitions épisodiques ; la façon dont ils s'inscrivent dans le temps peut donc être très intéressante à étudier.

1. La scène

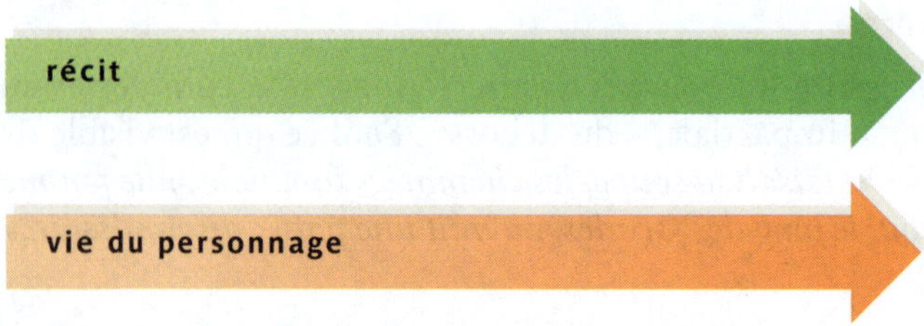

• Dans le cas de la scène, la durée du récit est *grosso modo* calquée sur celle des événements. On remarque la succession des actions : « *Elle se laissa glisser sur ses genoux, joignit les mains, et regarda Raphaël avec une dévotieuse ardeur.* » (Balzac, *La Peau de Chagrin*).

2. La pause

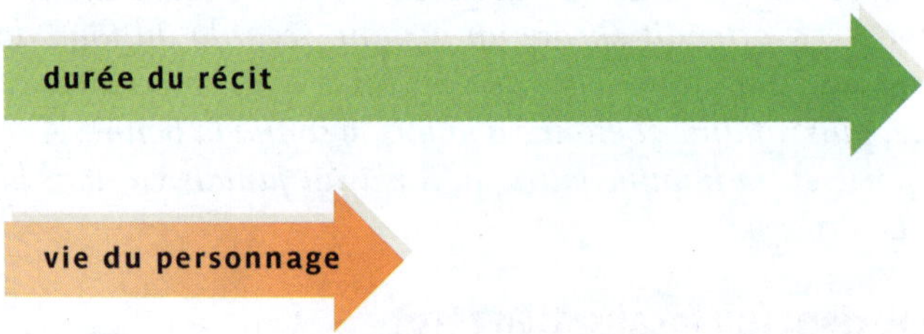

• Il n'y a plus adéquation entre la durée de la lecture et la durée de l'action racontée. La pause peut être **descriptive ou argumentative** : le temps que prend le roman pour évoquer un événement se trouve dilaté par les interruptions du récit. On prend plus de temps pour lire le roman qu'il n'en faudrait à la vie réelle pour que se trouvent accomplis les événements évoqués : « *La marquise, alors âgée de trente ans, était belle quoique frêle de formes et d'une excessive délicatesse. Son plus grand charme venait d'une physionomie dont le calme trahissait une étonnante profondeur dans l'âme.* » (Balzac, *La Femme de trente ans*).

3. Le sommaire

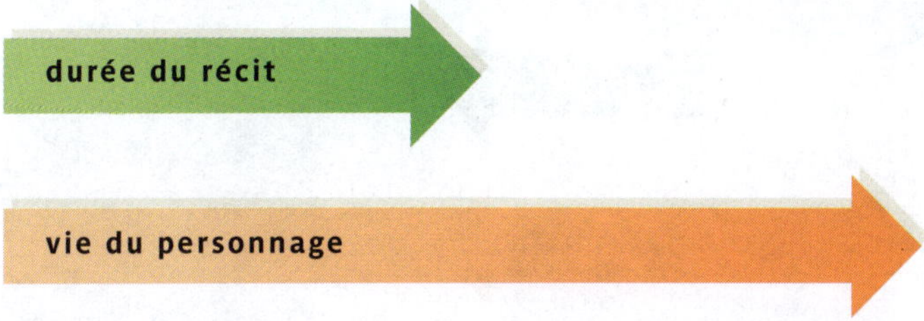

● Le sommaire condense une durée de vie relativement longue dans un petit espace textuel. Il y a donc une **accélération des événements** : « *Le reste de l'histoire ne peut se raconter que dans ses grandes lignes. D'autres coups ont suivi ce premier coup. Miss Amelia frappait dès qu'il était ivre et qu'il se trouvait à portée de sa main. Elle finit par le jeter dehors. Elle fut alors obligée de vivre sa souffrance aux yeux de la ville entière.* » (Carson McCullers, *La Ballade du café triste*).

4. L'analepse

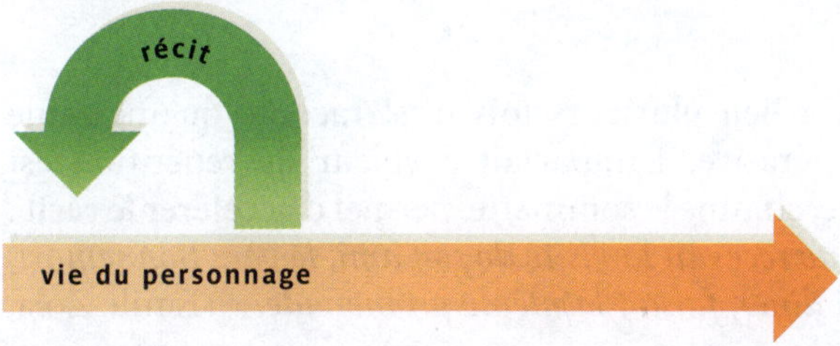

● L'analepse constitue un « flash-back » ; le récit effectue un **retour en arrière temporel** : « *Il s'était mis à écrire seize ans plus tôt, après le triple meurtre de Caroline et des jumeaux.* » (Daniel Pennac, *La Petite Marchande de prose*).

5. La prolepse

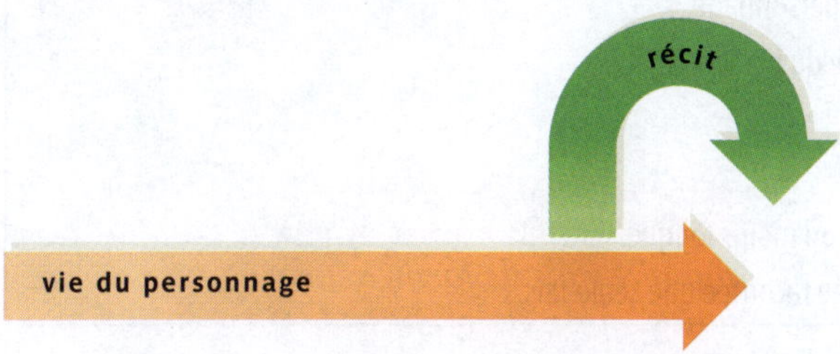

● La prolepse constitue une **anticipation du futur** : « *N'oubliez donc pas ce Marvin Macy, car il jouera un rôle effrayant dans ce qui va suivre.* » (Carson McCullers, *La Ballade du café triste*).

6. L'ellipse

● L'ellipse passe **sous silence un temps plus ou moins long**, qui peut aller de quelques minutes à plusieurs années. Ce que les personnages ont vécu pendant ce laps de temps reste donc sous-entendu, éludé. Cette période est implicitement considérée comme moins intéressante pour l'histoire. L'ellipse est un outil essentiel dans la structure d'un roman : « *Deux jours après la visite du fils Agosti, la mère reçut un mot de Joseph.* » (Marguerite Duras, *Un barrage contre le Pacifique*).

7. La modalité itérative

● Quand un événement qui a lieu plusieurs fois n'est raconté qu'une seule fois, on parle de modalité itérative. L'imparfait à valeur de répétition est souvent utilisé. Cette modalité, comme le sommaire, permet d'**accélérer le récit** : « *Chaque soir, le vieux Mouque recevait la visite de son ami, le père Bonnemort, qui, régulièrement, avant son dîner, faisait la même promenade.* » (Émile Zola, *Germinal*, II, V).

→ Bien retenir

Les modalités du récit concernent les relations du récit avec le temps.

- **La scène** : durée du récit = vie du personnage.
- **La pause** : durée du récit > vie du personnage.
- **Le sommaire** : durée du récit < vie du personnage.
- **Analepse** : flash-back.
- **Prolepse** : anticipation du futur.
- **Ellipse** : élision d'une période plus ou moins longue.
- **Modalité itérative** : action répétée racontée une seule fois.

C Les relations entre le personnage, l'auteur, le narrateur...

1. Les modes de narration

- Le récit est un montage narratif de plusieurs niveaux : l'auteur écrit un roman et délègue au narrateur le soin de raconter une histoire mettant en scène des personnages. On appelle « **mode de narration** » la façon dont le récit est assuré par le narrateur.

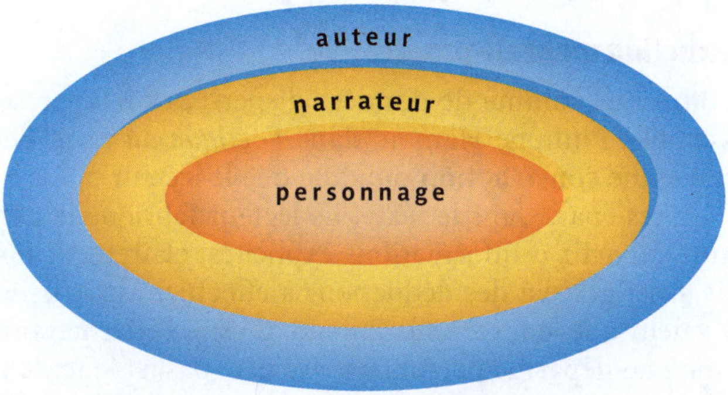

- Il y a deux modes principaux de narration. Le **narrateur extérieur au récit** raconte l'histoire à la troisième personne : il semble absent du récit. Le **narrateur-personnage** est en revanche directement présent dans le récit : il le raconte à la première personne, en tant que héros ou personnage témoin.

Bien retenir

- Un narrateur extérieur au récit est appelé « **narrateur extra-diégétique** ».
- Un narrateur-personnage est nommé « **narrateur intra-diégétique** ».

2. Le statut ambigu de certains auteurs, narrateurs ou personnages

- **Le nouveau roman** a beaucoup joué sur le statut de l'auteur et du narrateur. On y trouve des modes d'énonciation originaux : le narrateur peut s'adresser à lui-même, le « je » et le « il » désignent la même personne, plusieurs narrateurs racontent successivement le même événement, etc.

Citation
« Le récit n'est plus l'écriture d'une aventure, mais l'aventure d'une écriture. »
Jean Ricardou

- La mode récente de l'**autofiction** brouille les distinctions traditionnelles entre auteur, narrateur et personnage : sans être des autobiographies, les intrigues sont fortement inspirées de la vie des auteurs. Certains romans de

Marguerite Duras (*Un barrage contre le Pacifique, L'Amant*), les œuvres de Serge Doubrovsky, Christine Angot appartiennent à ce genre littéraire qui entretient une confusion entre personne et personnage. Serge Doubrovsky définit ainsi l'autofiction : « *Autobiographie ? Non. Fiction d'événements et de faits strictement réels. Si l'on veut, autofiction, d'avoir confié le langage d'une aventure à l'aventure d'un langage en liberté.* »

D La caractérisation des personnages

1. Une construction mentale progressive

- Le roman offre une somme de données dispersées sur le personnage, que le lecteur assemble. Philippe Hamon, dans *Poétique du récit*, définit le personnage comme une **construction mentale** que le lecteur opère à partir d'un ensemble de signes épars dans le texte. Le lecteur fabrique le personnage au fil de sa lecture à partir d'informations explicites, clairement formulées par l'auteur, mais aussi grâce à des déductions à effectuer à partir du récit et au jugement de valeur que le texte sous-entend. C'est « **l'effet-personnage** », qui est une illusion : au départ le personnage n'existe pas, et le texte romanesque lui donne progressivement une épaisseur.

2. La caractérisation directe et indirecte

- La **caractérisation directe** du personnage est constituée par son état civil, ses portraits, sa biographie, un certain nombre de marques explicites qui dessinent progressivement son identité. Certains auteurs, comme Zola ou Balzac, utilisent majoritairement la caractérisation directe.
- La **caractérisation indirecte** du personnage passe à travers ses réactions face aux événements, son comportement, ses rapports avec les autres, ses paroles : ces éléments dessinent progressivement la personnalité du héros. Flaubert ou Maupassant adoptent davantage la caractérisation indirecte.

« Un jeune homme de dix-huit ans, à longs cheveux et qui tenait un album sous son bras, restait auprès du gouvernail, immobile. À travers le brouillard, il contemplait des clochers, des édifices dont il ne savait pas les noms ; puis il embrassa, dans un dernier coup d'œil, l'île Saint-Louis, la cité, Notre-Dame ; et bientôt, Paris disparaissant, il poussa un grand soupir. » Gustave Flaubert, *L'Éducation sentimentale*, 1869	Caractérisation directe : il s'agit ici d'une description classique, qui contient des renseignements sur l'identité du personnage. Même si l'on ignore son nom, on apprend son âge et on a une idée de son apparence. Caractérisation indirecte : Dans le même paragraphe, on a des indications implicites sur la personnalité de Frédéric Moreau, qui transparaissent à travers son comportement : il ne connaît pas Paris, il semble mélancolique. Le passage de la description pure au récit est perceptible à travers le changement de temps (de l'imparfait au passé simple).

3. Le système des personnages

- On définit aussi les personnages les uns par rapport aux autres : il y a **un système d'oppositions** entre eux. L'un apparaît d'autant plus beau que d'autres sont laids, d'autant plus intelligent que d'autres le sont moins. Les marques qui caractérisent un personnage ne sont donc pas isolables, elles fonctionnent comme un système. Celui-ci fait apparaître des couples, des trios, des groupes. Les rapports entre les personnages révèlent des rivalités, des alliances…
- On distingue traditionnellement le **personnage principal** des **personnages secondaires** ou des simples figurants. Seul le personnage principal évolue au cours du roman. Les rôles ne sont pas répartis équitablement : le personnage principal apparaît davantage. Il faut donc étudier sa fréquence, son mode d'apparition dans le roman (portrait, dialogue, action), le volume romanesque de sa présence : l'entend-on beaucoup parler ? Le suit-on longuement ?

4. La construction du portrait

- Le cadre du portrait, pour le romancier comme pour le peintre, lui permet de mettre en valeur le personnage, au milieu de son entourage. On peut remarquer que la composition d'un portrait est souvent progressive. Différents plans se distinguent ; les indications vont du général au particulier, ou du physique au psychologique, du bas au haut, etc. C'est un véritable art de la composition qu'il s'agit d'étudier.

E L'analyse actancielle des personnages

- Greimas a proposé un **schéma actanciel** permettant de visualiser un modèle fonctionnel construit en trois temps : la **situation initiale** (caractérisée par un manque), une **transformation** (le héros passe par des épreuves) et une **situation finale**.

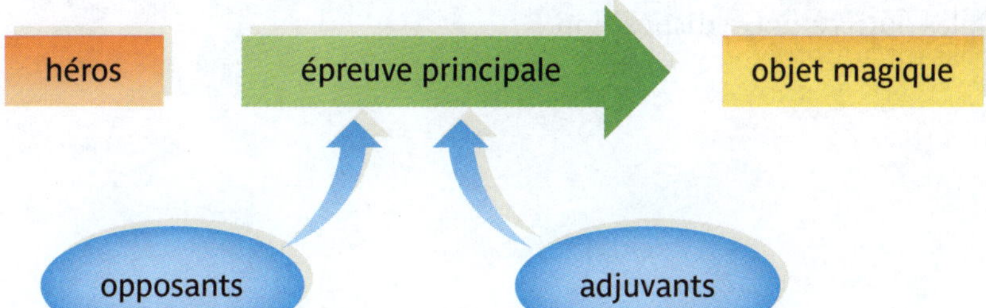

→ Bien retenir

Chargé d'une mission par un destinateur, le héros est en quête d'un objet (abstrait ou concret) pour un destinataire : c'est l'épreuve principale. Il est aidé par des adjuvants, et entre en conflit avec des opposants. *Actant* signifie « force agissante ».

Éléments du schéma actanciel	**Caractéristiques**	**Exemple : *La Vie de Marianne* de Marivaux**
Héros	C'est lui qui, au terme d'une quête, s'empare de l'objet.	Marianne est l'héroïne.
Objet	Ce n'est pas forcément une chose : c'est le but que se fixe le héros.	L'accès à un rang social dont elle se juge digne.
Adjuvants	Ils aident le héros dans sa quête (personnages, objets, événements…).	• Le curé qui l'a élevée et sa sœur. • Sa protectrice, madame de Miran, et son amie madame Dorsin. • Sa distinction naturelle, son intelligence, sa sensibilité.
Opposants	Ils sont en conflit avec le héros, tentent de le mettre en échec.	• Son statut d'orpheline, et la société qui favorise les gens de condition. • Son premier protecteur, monsieur de Climal, qui tente d'abuser d'elle. • Son fiancé Valville, qui tombe amoureux d'une autre.

• Ce schéma actanciel peut parfois s'appliquer parfaitement à l'intrigue d'un roman, et pour certaines œuvres il ne coïncidera que partiellement avec l'action. Dans d'autres cas, il peut s'avérer moins pertinent. Ce n'est qu'un des multiples outils à notre disposition.

Stendhal (1783-1842)

De son vrai nom Henri Beyle, Stendhal, après avoir préparé polytechnique, participe à l'épopée napoléonienne. Il fait la campagne d'Italie, puis poursuit sa carrière dans l'administration. Obligé de fuir en Italie après la chute de Napoléon, il y commence son œuvre littéraire. C'est en France qu'il écrit ses deux chefs-d'œuvres romanesques : *Le Rouge et le Noir* (1830) et *La Chartreuse de Parme* (1839). « Chronique de 1830 » est le sous-titre du roman *Le Rouge et le Noir* car le destin tragique de Julien Sorel, son ascension et sa chute, sont solidaires de la réalité politique et sociale de l'époque.

« Depuis bien des années, Julien ne passait peut-être pas une heure de sa vie sans se dire que Bonaparte, lieutenant obscur et sans fortune, s'était fait le maître du monde avec son épée. » (Le Rouge et le Noir)

Honoré de Balzac (1799-1850)

Se consacrant à l'écriture malgré l'avis de ses parents qui le rêvaient notaire, Balzac a toujours espéré faire fortune dans diverses entreprises, qui firent malheureusement toutes faillite. L'ensemble de son œuvre romanesque, monumentale, est regroupée sous la forme d'une immense fresque : *La Comédie humaine*. Elle est composée de quatre-vingt quinze ouvrages et peint la société de la première moitié du XIXe siècle. Pour en souligner l'unité, Balzac relie les romans les uns aux autres par des personnages présentés sous des jours différents ou des détails qui « préparent l'histoire de cette Société fictive qui sera comme un monde complet ».

Eugénie Grandet (1833), *Le Père Goriot* (1835), *Le Lys dans la vallée* (1835)

« Les mœurs de toutes les nations du globe et leurs sagesses se résumaient sur sa face froide, comme les productions du monde entier se trouvaient accumulées dans ses magasins poudreux. » **(Portrait de l'antiquaire dans *La Peau de Chagrin*)**

Gustave Flaubert (1821-1880)

Après des études de droit, Flaubert consacre sa vie exclusivement à l'écriture. L'évocation incisive de la bêtise humaine est un thème essentiel de ses romans. *Madame Bovary* (1857) peut être lu comme un roman de la médiocrité, et *Bouvard et Pécuchet* (1881) présente deux héros à la fois grotesques et pathétiques. D'autres œuvres comme *Salammbô* (1862, roman inspiré par un voyage en Orient) ou *La Tentation de saint Antoine* (1874) sont au contraire des œuvres sensuelles, hautes en couleurs, peuplées de fantasmes.

L'Éducation sentimentale (1845 et 1869)

« Madame Bovary, c'est moi ! »

Émile Zola (1840-1902)

Après son échec au baccalauréat, qui rend difficiles ses débuts dans la vie, Émile Zola fait carrière à la librairie Hachette. Collaborant à plusieurs journaux, il s'engage dans la lutte contre la corruption du second Empire. Il conçoit une grande fresque romanesque en vingt volumes, *Les Rougon-Macquart*, pour en faire une « histoire naturelle et sociale d'une famille sous le Second Empire ». Parmi ses personnages, les plus humbles ont une grande place : ouvriers alcooliques dans *L'Assommoir* (1877), courtisane dans *Nana* (1880), mineurs dans *Germinal* (1885)… Le thème de l'hérédité, l'influence du milieu sur les êtres sont au centre de cette œuvre très riche. On connaît également Zola pour son engagement dans « l'affaire Dreyfus » et son célèbre « J'accuse ».

La Fortune des Rougon (1871), *Au bonheur des dames* (1883), *La Bête humaine* (1890)

« J'ai voulu peindre la déchéance fatale d'une famille ouvrière dans le milieu empesté de nos faubourgs. »
(Préface des *Rougon-Macquart*)

Marcel Proust (1871-1922)

Né dans un milieu privilégié, Marcel Proust mène d'abord une vie de chroniqueur mondain. Il fréquente aristocrates et artistes. Affaibli par l'asthme, il se retire ensuite dans sa chambre, pour se consacrer exclusivement à son œuvre littéraire majeure : *À la recherche du temps perdu* (1913-1927). C'est un immense roman en sept volumes qui est peut-être le plus grand roman français du XXe siècle. Il se situe à mi-chemin entre la fiction et l'autobiographie. L'ample flexibilité de ses phrases épouse le rythme des sensations et des sentiments, ce qui confère à son style volontairement touffu une grande originalité. Son œuvre suit le narrateur depuis son enfance jusqu'à l'affirmation de sa vocation littéraire.

Du côté de chez Swann (1913), *À l'ombre des jeunes filles en fleur* (1919), *Le Temps retrouvé* (1927)

***« Longtemps, je me suis couché de bonne heure »* (Incipit d'*À la recherche du temps perdu*)**

Louis-Ferdinand Céline (1894-1961)

Louis-Ferdinand Destouches (son pseudonyme Céline est le nom de sa grand-mère) a fait de sa propre vie le matériau que ses romans déforment. Né dans un milieu de petits commerçants, il veut y échapper en s'engageant dans l'armée en 1914. Blessé, il part ensuite à Londres, puis au Cameroun, et à son retour entreprend des études tardives et devient médecin. Son premier roman, *Voyage au bout de la nuit* (1932), d'inspiration autobiographique, fait scandale : il remet en question la morale, les codes sociaux et l'usage traditionnel de la langue française.

Mort à crédit (1936)

***« Ça a débuté comme ça. Moi, j'avais jamais rien dit. Rien. C'est Arthur Ganate qui m'a fait parler »* (Incipit de *Voyage au bout de la nuit*)**

Éléments d'histoire littéraire

Siècles	Types de personnages	Caractéristiques	Exemples
Au Moyen Âge	• Le héros épique • Le héros courtois • Le personnage des romans satiriques	• Bravoure. • Prouesse chevaleresque et amour parfait. • Personnage bas et ordinaire.	• *La Chanson de Roland* • Chrétien de Troyes, *Lancelot ou le chevalier de la charrette* • *Le Roman de Renart*
XVIe	• Le personnage rabelaisien	• Débonnaire et truculent, géant fictif, il incarne les valeurs humanistes sous son aspect comique.	• François Rabelais, *Gargantua*
XVIIe	• Le héros précieux • Le personnage des romans comiques • Le personnage classique	• Raffiné, marqué par les modèles antiques, idéalisé. • Joyeux, réaliste, proche du picaro, sans foi ni loi. • Parfait, sobre, vraisemblable.	• Mlle de Scudéry, *Clélie* • Charles Sorel, *L'Histoire comique de Francion* • Mme de La Fayette, *La Princesse de Clèves*
XVIIIe	• Le personnage de la tendance réaliste • Le libertin • Le personnage des Lumières • Le personnage préromantique	• Entreprenant, faisant sa place dans la société. • Hédoniste, libre penseur, indépendant. • Philosophe, satirique. • Sensible, lyrique, passionné.	• Marivaux, *La Vie de Marianne* • Choderlos de Laclos, *Les Liaisons dangereuses* • Denis Diderot, *Jacques le Fataliste et son maître* • Jean-Jacques Rousseau, *La Nouvelle Héloïse*
XIXe	• Le personnage romantique • Le personnage réaliste • Le personnage naturaliste	• Symbolique, épique, idéalisé. • Reflet de la réalité, « type humain ». • Expérimental, influencé par son milieu, représentant une réalité générale.	• Victor Hugo, *Les Misérables* • Honoré de Balzac, *La Comédie humaine* • Émile Zola, *Les Rougon-Macquart*
XXe	• Le personnage des romans psychologiques • Le personnage engagé • Le personnage du nouveau roman	• Complexe, subtil, « éparpillé ». • Fort, aux prises avec l'histoire, en quête de sens. • Remis en question, « notion périmée » : on parle de la mort du personnage.	• Marcel Proust, *À la recherche du temps perdu* • Malraux, *La Condition humaine* • Nathalie Sarraute, *Tropismes*

REPÈRES

Notions-clés

romanesque : est dit romanesque ce qui est digne de figurer dans un roman avec l'idée que l'on s'en fait (par exemple, un roman de chevalerie, courtois…). Ce qui fait le romanesque, ce sont des idées comme la grandeur des héros, certains événements typiques, comme les rencontres, les coups de théâtre, les coïncidences extraordinaires…

incipit : il caractérise le début d'un roman. Le choix des premières phrases est souvent déterminant, car elles peuvent avoir une valeur programmatique par rapport à l'ensemble du roman, donnant des informations sur son contenu autant que sur sa tonalité. Ex : « *D'un tempérament doux, Vincent Artus n'avait jamais tué que sa femme* » (Jean-Marie Laclavetine, *En douceur*).

excipit : il s'agit des dernières phrases d'un roman (par opposition à l'incipit). On peut trouver des excipit de plusieurs types. L'excipit dramatique se définit par un événement fort, positif ou négatif, qui clôt le roman de façon spectaculaire. L'excipit à valeur morale donne un sens philosophique au roman. Enfin, l'excipit sans conclusion laisse le lecteur sur une impression volontaire d'inachèvement.

héros : dans l'Antiquité grecque, un héros était un demi-dieu, comme Achille, héros de la guerre de Troie. Puis, par glissement, le mot a désigné un personnage hors du commun, qu'on peut idéaliser. Jean Valjean, par sa force, sa bonté, est un héros au sens traditionnel. Enfin, le terme « héros » peut désigner le personnage principal d'un roman sans le distinguer par aucune qualité. Ainsi, les personnages des romans naturalistes de Maupassant, comme Bel-Ami, sont fréquemment médiocres et antipathiques.

sous-genres romanesques : on peut trouver de nombreuses catégories de romans, plus ou moins littéraires, comme les romans d'anticipation (autrement dit : romans de science-fiction), les romans policiers, les romans fantastiques, les sagas, les romans sentimentaux « à l'eau de rose », les romans philosophiques, les romans psychologiques, etc. classés selon leurs contenus.

Citations-clés

« *Un roman, c'est un miroir que l'on promène le long d'un chemin.* » Stendhal.

« *Le roman est l'histoire des hommes et l'histoire le roman des rois.* » Alphonse Daudet, *Souvenirs d'un homme de lettres*.

« *Le roman est une méditation sur l'existence vue au travers de personnages imaginaires.* » Milan Kundera, *L'Art du roman*.

Sujet

Objet d'étude

Le récit et le roman du Moyen Âge au XXIe siècle

• Commentaire

Vous commenterez l'extrait du chapitre V de *L'Assommoir.*

• Dissertation

Un roman est-il intéressant quand il raconte le déclin d'un personnage ? Vous construirez votre réflexion en utilisant des exemples précis, des textes étudiés en classe, mais aussi vos lectures personnelles.

Texte Émile ZOLA, *L'Assommoir* (1877), chapitre V

Gervaise, l'héroïne de L'Assommoir, *vient d'ouvrir une boutique de blanchisserie à Paris.*

Le quartier trouvait Gervaise bien gentille. Sans doute, on clabaudait sur son compte, mais il n'y avait qu'une voix pour lui reconnaître de grands yeux, une bouche pas plus longue que ça, avec des dents très blanches. Enfin, c'était une jolie blonde, et elle aurait pu se mettre parmi les plus belles, sans le malheur de sa jambe. Elle était dans ses vingt-huit ans, elle avait engraissé. Ses traits fins s'empâtaient, ses gestes prenaient une lenteur heureuse. Maintenant, elle s'oubliait parfois sur le bord d'une chaise, le temps d'attendre son fer, avec un sourire vague, la face noyée d'une joie gourmande. Elle devenait gourmande ; ça, tout le monde le disait ; mais ce n'était pas un vilain défaut, au contraire. Quand on gagne de quoi se payer de fins morceaux, n'est-ce pas ? on serait bien bête de manger des pelures de pommes de terre. D'autant plus qu'elle travaillait toujours dur, se mettant en quatre pour ses pratiques, passant elle-même les nuits, les volets fermés, lorsque la besogne était pressée. Comme on disait dans le quartier, elle avait la veine ; tout lui prospérait [...].

CORRIGÉS

Sujet

COMMENTAIRE

Conseils et astuces

- Il s'agit d'un portrait : comment est caractérisé le personnage ? Étudiez les éléments de caractérisation directe et indirecte.
- Le point de vue fait l'originalité du passage : relevez les indices qui vous permettent d'identifier la focalisation. Comment Zola insère-t-il des discours rapportés dans ce portrait ?

Plan proposé

Introduction

I. Une focalisation interne originale

1. Un quartier unanime
2. Le discours indirect libre
3. La fonction du point de vue

II. Le portrait de Gervaise

1. La caractérisation directe du personnage
2. La caractérisation indirecte
3. La préfiguration de l'évolution du personnage

Conclusion

L'Assommoir est le premier vrai grand succès d'Émile Zola, en 1877. Il fit scandale car il présentait de façon très crue la déchéance de ses personnages due à l'alcoolisme. Mais dans ce texte, l'auteur fait un portrait élogieux de Gervaise, alors que tout lui réussit : elle vient d'ouvrir sa boutique de blanchisserie, elle est populaire et heureuse. Comment Zola décrit-il Gervaise en adoptant le point de vue collectif de tout un quartier ? Pour répondre à cette question, nous étudierons dans un premier temps le rôle de la focalisation dans cet extrait, avant d'envisager la caractérisation du personnage.

Remarque
Après la présentation de l'extrait, il convient de dégager sa problématique : ici, elle se présente sous forme de paradoxe.

Zola utilise un point de vue interne pour faire le portrait de Gervaise, mais il n'est pas commun : au lieu de transcrire les pensées d'un seul personnage, c'est l'opinion de tout un quartier qu'il exprime.

Plusieurs indices montrent que Zola adopte ce point de vue collectif. Le mot « *quartier* » apparaît explicitement. L'expression « *le quartier trouvait* » tend à le personnifier puisqu'il est sujet d'un verbe d'opinion. Le pronom indéfini « *on* » montre l'anonymat de ce point de vue diffus. D'autres expressions insistent sur l'unanimité de l'opinion : « *il n'y avait qu'une voix* », « *tout le monde* ». Jamais Zola n'utilise le pluriel pour caractériser l'opinion de la rue, ce qui tend à en faire un personnage à part entière, qui joue un rôle dans le destin du personnage au succès duquel il participe. Les verbes d'énonciation ou d'opinion sont nombreux : « *trouvait* », « *clabaudait* », « *reconnaître* », « *disait* » (qui est cité deux fois).

L'insertion du discours rapporté est discrète puisque Zola utilise le discours indirect libre qui intègre à la description des paroles. Le rythme et les structures de phrases « naturelles » semblent sortir d'une conversation : « *n'est-ce pas ?* », « *Enfin, c'était une jolie blonde* », « *Elle devenait gourmande ; ça, tout le monde le disait* ». Ce sont surtout les tournures familières, parfois pittoresques, qui apparentent la description à un discours : « *clabaudait* », « *une bouche pas plus longue que ça* », « *elle avait la veine* », « *elle travaillait toujours dur, se mettant en quatre* ». Le portrait, grâce à ce vocabulaire populaire, semble plus réaliste, et y gagne en originalité.

Conseil
On prend soin de citer des exemples variés et développés avec précision.

L'utilisation d'un tel point de vue a aussi un sens romanesque. L'importance de l'opinion du quartier est ainsi mise en valeur et souligne la popularité de Gervaise à cette période de sa vie. Cette focalisation collective fait de Gervaise un personnage public d'importance. Mais ce point de vue souligne aussi le rôle de juge qu'a le quartier. On constate par exemple l'indulgence du peuple à l'égard de certains défauts de Gervaise : la gourmandise et l'embonpoint du personnage sont perçus comme un signe de réussite sociale.

Le point de vue de l'opinion publique consacre donc Gervaise à cette période de sa vie en l'élevant au rang d'héroïne du quartier. Il permet aussi à Zola d'établir un portrait original de son personnage.

Gervaise est décrite à la fois de façon directe et de manière indirecte, à travers ses gestes et ses attitudes. On peut se demander en quoi les traits de Gervaise tels qu'ils sont évoqués annoncent l'évolution ultérieure du personnage.

Zola utilise un vocabulaire mélioratif qui met directement en valeur Gervaise aussi bien sur un plan moral (elle est « *gentille* » et courageuse) que sur un plan physique, qui est plus développé : avec ses « *grands yeux* », sa « *bouche pas plus grande que ça* », ses « *dents très blanches* ». Le procédé d'accumulation renforce la valorisation du personnage. C'est une « *jolie blonde* » et même « *parmi les plus belles* », ce superlatif confinant à l'hyperbole. Mais le réalisme de Zola est perceptible car l'éloge admet une concession : « *sans le malheur de sa jambe* ». D'ailleurs, il y a une progression dans la description, car le portrait s'attarde ensuite sur les faiblesses de Gervaise. Les expressions mélioratives s'allient à des mots péjoratifs : « *ses traits fins* (+) *s'empâtaient* (-) », « *une lenteur* (-) *heureuse* (+) ». Ces alliances de mots nuancent le tableau trop idéal. La description se fait ensuite indirectement.

Zola caractérise en effet son personnage à travers des gestes et des habitudes. Il présente une sorte de cliché figé de son héroïne dans une posture rêveuse : « *Maintenant, elle s'oubliait parfois sur le bord d'une chaise* ». La caractérisation indirecte peut être interprétée comme exprimant une sorte de mollesse. On retrouve le procédé des alliances de mots : dans « *sourire vague* », l'adjectif annule la bonne impression du sourire, de même « *face noyée* » a une connotation morbide alors que l'expression « *joie gourmande* » est très positive. Son courage est enfin évoqué avec insistance à travers ses pratiques professionnelles : « *elle travaillait toujours dur* », jusqu'à passer « *elle-même les nuits, les volets fermés* ».

Des points en plus !
Un bon devoir s'appuiera souvent sur des éléments précis du texte et tirera parti de ses nuances.

Ce qui apparaît au quartier comme un signe de réussite sociale, l'embonpoint de Gervaise, peut sembler *a posteriori* annonciateur de sa déchéance ultérieure : on perçoit déjà une dégradation de la beauté de Gervaise (« *ses traits fins s'empâtaient* »), et sa passivité béate semble menaçante, parce que c'est une évolution du personnage : « *maintenant, elle s'oubliait parfois* ». Cette mollesse latente s'oppose à son hyperactivité nocturne. Derrière le point de vue du quartier se profile celui du romancier, qui introduit dans son portrait les germes de la dégradation à venir.

La caractérisation du personnage, à la fois directe et indirecte, est donc nuancée : derrière l'éloge, on perçoit les failles de l'héroïne.

Après avoir étudié la focalisation originale de cet extrait, qui adopte le point de vue collectif de tout un quartier, nous avons relevé l'ambiguïté du portrait de Gervaise : il est certes globalement élogieux, mais il révèle aussi des faiblesses qui peuvent préfigurer la chute ultérieure du personnage. En effet, le dénouement montre que Gervaise meurt alcoolique, marginalisée. La société qui fait son éloge au moment de son petit succès commercial est la même qui va l'exclure impitoyablement.

Des points en plus !
Pour ouvrir la conclusion du commentaire sur une comparaison avec d'autres textes, n'hésitez pas à avoir recours à vos connaissances littéraires.

DISSERTATION

Conseils et astuces

- On peut répondre à la question posée par oui ou par non : le plan attendu est donc de type dialectique (« thèse-antithèse » et éventuellement « synthèse »). Commencez par développer le point de vue avec lequel vous êtes le moins d'accord.
- Listez des livres qui racontent le déclin d'un personnage, puis des romans qui racontent au contraire la réussite d'un personnage ; quel est leur intérêt ? Enfin, listez des œuvres pour lesquelles il est plus difficile d'identifier la trajectoire du personnage, entre échecs et réussite…
- Pensez à varier vos exemples : le sujet porte sur toutes les sortes de romans : pensez aux policiers, à la science-fiction, autant qu'au naturalisme ou aux romans picaresques…

Plan proposé

Introduction

I. L'intérêt de voir les héros réussir

1. Une identification du lecteur favorisée
2. Les personnages qui déçoivent
3. Les valeurs héroïques

II. L'intérêt des personnages en échec

1. Leur aspect pathétique
2. Leur valeur didactique
3. Leur valeur expérimentale et réaliste

II. La difficulté de juger une œuvre en fonction de la réussite ou du malheur de ses personnages

1. Quelle réussite ?
2. Quel déclin ?
3. Les véritables critères de l'intérêt d'un roman

Conclusion

Les héros des romans picaresques sont des aventuriers qui cherchent à réussir. Au XIXe siècle, dans les romans de Balzac, Rastignac se lance à la conquête de Paris, tout comme Bel Ami, de Maupassant. L'envie de réussir est aussi leur moteur. À l'opposé, dans *L'Assommoir*, Gervaise meurt d'alcoolisme dans le plus grand dénuement. Le déclin des personnages représente-t-il un intérêt romanesque aussi vif que leur réussite, liée à la notion même d'héroïsme ? L'échec peut-il être un moteur de l'intrigue aussi captivant que le succès ? Tout d'abord, il peut paraître naturel de tenir à ce que les héros de roman tournent bien. Mais nous verrons aussi pourquoi les œuvres décrivant le déclin d'un personnage sont souvent passionnantes. Enfin, nous nous demanderons si la question de la réussite ou de l'échec du personnage n'est pas à relativiser.

Le lecteur a souvent comme premier réflexe d'espérer le succès des héros de roman. Pourquoi les héros de roman qui réussissent sont-ils intéressants ?

Tout d'abord, un personnage qui réussit encourage le lecteur à s'identifier à lui… On peut penser qu'a priori il suscite plus d'enthousiasme. Les romans picaresques semblent animés d'une énergie positive qui suscite le plaisir de la lecture. Ainsi, *Gil Blas de Santillane* présente un héros dynamique, à la recherche de sa bonne fortune, et ses aventures ont un côté jubilatoire. Le lecteur espère naturellement la réussite des héros qu'il accompagne.

A contrario, on peut être déçu par un personnage qui se révèle médiocre. C'est le cas de l'héroïne d'*Une vie* de Maupassant, sa naïveté et l'échec de son mariage avec un imposteur peuvent décevoir le lecteur. Emma Bovary est aussi un personnage déceptif ; sa mort à la fin du roman est un passage particulièrement pathétique, suivie par celle de Charles, et ironiquement par le triomphe du pharmacien Homais. Le romancier joue alors avec les attentes du lecteur : il met en scène des anti-héros.

On peut estimer enfin que la réussite d'un personnage peut correspondre à un système de valeurs héroïques qu'il serait dangereux de remettre en cause. Dans les romans de Victor Hugo, les bons l'emportent aussi sur les méchants : dans *Les Misérables*, Jean Valjean est un homme qui réussit à devenir un riche industriel, maire de sa ville, alors qu'il n'était qu'un bagnard. Certes, il doit ensuite renoncer à sa situation, mais il fait la preuve de sa bonté fondamentale en protégeant Cosette, et sa vie reste un modèle, sur tous les plans. Victor Hugo, à travers la réussite de ce héros, défend une certaine conception de la vie, idéaliste.

Nous avons constaté que la réussite du héros de roman peut favoriser la dynamique de lecture, ou soutenir des valeurs positives, mais faut-il pour autant en conclure que toutes les œuvres qui racontent le déclin d'un personnage soient dépourvues d'intérêt ?

Mépriser toutes les œuvres qui se terminent mal pour le héros reviendrait alors à condamner bon nombre des monuments de la littérature… Car il faut bien le constater : raconter le bonheur constant d'un héros n'offre pas autant de matière littéraire que faire le récit de ses malheurs, pour plusieurs raisons.

Un personnage qui ne réussit pas peut susciter l'émotion, la pitié. *Poil de carotte* de Jules Renard joue sur le registre pathétique, ou bien *Les Malheurs de Sophie* de la comtesse de Ségur, ou pire encore, *Mon bel oranger* de José

Mauro de Vasconcelos : ces romans racontent les malheurs de jeunes enfants, et jouent donc sur la corde sensible du lecteur.

De plus, les malheurs des personnages sont souvent instructifs. Leurs cas parfois tragiques peuvent marquer et servir de leçon. Dans son roman *Une saison blanche et sèche,* André Brink dénonce l'apartheid en Afrique du Sud, à travers l'histoire d'un professeur blanc qui se trouve rejeté par tous, persécuté, parce qu'il a décidé d'enquêter sur la disparition du fils d'un domestique noir. Cet exemple montre que le malheur où sombrent les personnages peut avoir une fonction dénonciatrice.

D'autre part, pour les romanciers naturalistes, il s'agit avant tout de montrer la vérité telle qu'elle est. Zola affirme que « l'artiste a le droit de fouiller du cadavre humain, de s'intéresser à nos plus petites particularités (...) dans nos joies et dans nos douleurs » (*Mes haines, causeries littéraires et artistiques,* texte C) Pour lui, cet aspect expérimental permet d'exposer sans détour la réalité humaine, afin d'essayer de mieux la comprendre. Le destin de Gervaise dans *L'Assommoir* illustre les ravages de l'alcoolisme, en suivant les différentes étapes de cette chute.

Le déclin des personnages s'est révélé intéressant pour trois raisons au moins : il pouvait susciter la compassion, servir de leçon, ou refléter la réalité humaine avec réalisme. Mais la réussite ou l'échec des personnages d'un roman peuvent-ils vraiment être un critère pour juger la valeur d'une œuvre ?

Il peut tout d'abord s'avérer très difficile d'évaluer réellement la réussite d'un personnage, et d'autre part, d'autres critères peuvent sembler plus déterminants pour juger la qualité d'un roman.

Certains personnages connaissent une ascension sociale fulgurante, mais le succès de leur carrière a parfois des causes peu avouables : le lecteur n'idéalise pas Bel Ami, qui parvient à ses fins grâce à ses succès féminins. Le cynisme du héros de Maupassant pousse le lecteur à relativiser sa réussite, qui n'est pas éclatante pour sa moralité. Dans *Les Choses* de Pérec, l'ascension sociale du couple de héros repose sur leur esprit matérialiste, qui n'a d'égal que leur médiocrité. On ne peut donc pas dire que les victoires sociales remportées par les personnages soient une « réussite » sur tous les plans : elles cachent parfois l'échec d'un système de valeurs.

De même, il est parfois difficile d'évaluer la défaite des personnages. Dans *Germinal*, la famille Maheu paye un lourd tribu : plusieurs de ses membres sont morts tragiquement, dont le chef de famille, et le mouvement social lancé par Lantier a échoué ; leur misère est donc pire qu'avant. Pourtant Zola finit son roman sur une note d'espoir (qui justifie le titre) : cette histoire illustre le début d'un mouvement social important, les ouvriers ont commencé à se révolter contre leur exploitation, à se montrer solidaires, et cet échec n'est qu'un premier pas qui porte les « germes » d'une révolution. Comment évaluer également l'échec de Julien Sorel ? Le héros du *Rouge et le Noir* finit mal, après sa tentative de meurtre contre madame de Rênal, mais n'a-t-il pas malgré tout plutôt connu une vie romanesque, lui qui n'était que le fils d'un meunier ? Les échecs des personnages sont donc très difficiles à évaluer.

Ce n'est donc pas la trajectoire du personnage qui fait la valeur d'un roman en soi. C'est un ensemble de qualités qui le rendent intéressant : style, structure, originalité, sensibilité... On peut constater que Marivaux n'a pas voulu finir ses romans, laissant inachevés *La Vie de Marianne* et *Le Paysan parvenu* : leur vie finit-elle bien ? En tout cas, elle continue, à nous de l'imaginer…

Nous avons constaté que les romans pouvaient être intéressants aussi bien quand ils racontaient la réussite d'un personnage que quand ils retraçaient son déclin. Ce n'est finalement pas un critère opérant pour déterminer la valeur d'une œuvre, bien d'autres éléments font l'intérêt d'un roman. Il faut parfois relativiser les succès d'un personnage odieux, ou les échecs d'un autre plus sympathique, qui faute de réussir dans sa vie romanesque, parviendra à nous plaire et à nous toucher… Nous devrions sans doute réfléchir avant tout à ce que signifie « réussir sa vie »…

CHAPITRE 4

Le théâtre du XVIIe au XXIe siècle

INTRODUCTION

Le genre littéraire du théâtre tient son nom d'un lieu ; il a pour spécificité d'**associer un texte à une mise en scène**. Le dramaturge peut laisser la liberté au metteur en scène de monter sa pièce, ou s'impliquer dans sa représentation comme l'indique Eugène Ionesco : « *Je ne fais pas de littérature. Je fais une chose tout à fait différente ; je fais du théâtre. Je veux dire que mon texte n'est pas seulement un dialogue mais il est aussi "indications scéniques". Ces indications scéniques sont à respecter aussi bien que le texte, elles sont nécessaires, elles sont aussi suffisantes.* » (*Notes et contre-notes*, 1966). Divers artifices sont employés sur la scène afin de créer l'**illusion théâtrale** : costumes, décors, machines, trappe…

1 Comédie et tragédie à travers les époques

A Historique du théâtre : comédie et tragédie

Le théâtre occidental est né en Grèce antique sous sa forme comique comme sous sa forme tragique.

1. La comédie

• **Définition.** Le terme *comédie* (du latin *comedia,* dérivé du grec *komoï)* désigne le cortège animé formé à l'occasion des fêtes organisées en l'honneur de Dionysos qui évolue vers des farces et des pantomimes pour aboutir à la comédie, dont la plus ancienne est due à Aristophane (Vᵉ-IVᵉ av. J.-C.). Aristote définit dans sa *Poétique* la comédie comme « *une imitation d'hommes sans grande vertu* ». La comédie présente des personnages ordinaires avec leurs travers et leurs ridicules sur un ton léger.

• La comédie latine développe par la suite des personnages types, comme l'avare de Plaute (IIIᵉ-IIᵉ av. J.-C.), ou propose une satire des mœurs.

• **Au Moyen Âge**, le théâtre comique consiste en des **farces**, courtes pièces à visée satirique : des personnages du peuple (paysan, curé, mari et femme) y sont représentés, des tromperies y sont livrées dans un langage familier et une gestuelle importante.

Doc. Arlequin

• **Au XVIᵉ siècle**, en Italie, la **commedia dell'arte** revient aux types de personnages facilement identifiables (le valet, dont Arlequin est le grand représentant, l'amoureux, le vieillard) que les acteurs mettent en scène en improvisant à partir d'un simple canevas, la gestuelle étant primordiale.

> **Remarque**
> Molière s'inspirera de la commedia dell'arte.

• En France, **au XVIIᵉ**, le classicisme **codifie** la comédie et l'impose en tant que **genre** et c'est au XVIIIᵉ que la comédie développe et affine l'expression du sentiment amoureux et reflète les idées des Lumières qu'elle défend.

• C'est **au XIXᵉ** que le théâtre **se libère** des codes et contraintes et pratique le **mélange des genres**, même si des formes de comédies subsistent, adaptées au goût de l'époque. Puis le XXᵉ siècle mêle le comique et le tragique.

2. La tragédie

• **Définition.** La tragédie est présente en Grèce au Vᵉ avant notre ère et en France au XVIIᵉ, à l'époque classique dont elle est indissociable. La tragédie est aussi associée à Dionysos, au culte qu'on lui vouait et au cours duquel on sacrifiait un bouc (*tragos*), d'où le nom de *tragédie* (« chant du bouc ») ; elle serait d'abord apparue sous la forme d'un chant par le chœur, rejoint ensuite par des acteurs, ceci permettant l'instauration d'un dialogue.

- **Trois auteurs grecs** marquent ce genre : Eschyle, Sophocle et Euripide (VIe-Ve av. J.-C.). Ils mettent en scène le malheur qui arrive à de nobles personnages, proposant une réflexion sur le destin de l'homme. Aristote définit la tragédie comme la mise en scène de héros devant inspirer au spectateur la terreur et la pitié.
- Les tragédies latines qui nous sont parvenues sont dues à Sénèque (Ier siècle ap. J.-C.) et sont calquées sur le modèle grec.
- C'est au XVIe qu'on redécouvre l'Antiquité et son théâtre tragique, qui sera codifié au XVIIe dans le cadre du classicisme par des **contraintes esthétiques** et **dramatiques** spécifiques.
- Par la suite, le tragique sera diversement **repris** et **adapté** : le XVIIIe reprendra la tragédie sous la forme d'une pâle continuation, le XIXe et le XXe s'en démarqueront pour donner naissance à de nouvelles formes du tragique.

Bien retenir

- Deux genres théâtraux séparés à l'origine.
- Codification de la comédie et de la tragédie à l'époque classique.
- Évolution constante des formes dérivées de la comédie.
- Mélange des genres à partir du XIXe.
- Nouvelles formes du comique et du tragique au XXe, libérées des contraintes.

B Les genres et les formes du théâtre

1. Les formes du genre comique

- Le modèle de composition de la comédie reste stable, mais on distingue au cours des siècles des variations liées au contenu et à la tonalité.

Époques	Formes de comédie	Caractéristiques	Exemples
XVIIe **La comédie classique**	**La comédie-ballet**	• associe théâtre, musique et danse, divertissements appréciés à la cour de Louis XIV	*Le Bourgeois Gentilhomme* de Molière (1670), en collaboration avec le musicien Lulli
	La grande comédie	• en cinq actes, écrite le plus souvent en vers • critique les défauts humains et évoque des problèmes de société • le comique est au service de sujets plus sérieux	*Tartuffe* de Molière (1664) et l'hypocrisie religieuse *L'École des Femmes* de Molière (1662) et l'éducation des filles

Époques	Formes de comédie	Caractéristiques	Exemples
XVIIIe **La nouvelle comédie**	**La comédie d'intrigue**	• trois actes • personnages stéréotypés • enchaîne les péripéties • le comique de situation et de caractère domine • au XVIIIe, la comédie d'intrigue acquiert une portée satirique dans l'esprit contestataire des Lumières et propose une critique sociale et politique • c'est par le thème de l'amour que les personnages se dotent d'une épaisseur psychologique	*L'Île des Esclaves* de Marivaux (1725), *Le Mariage de Figaro* de Beaumarchais (1784) *Le Jeu de l'amour et du hasard* de Marivaux (1730)
XIXe	**La comédie romantique**	• personnages de condition moyenne et contemporains • association du sérieux et du burlesque	
	La comédie dramatique	• intrigue amoureuse au dénouement malheureux	*On ne badine pas avec l'amour* d'Alfred de Musset (1834), s'achève sur la mort d'un personnage

2. Les formes du genre tragique

Citation
« Toute l'invention consiste à faire quelque chose de rien. »
Racine (Préface de *Bérénice*)

• Le modèle de composition de la tragédie, très codifié, disparaît à la fin de la période classique ; le sujet ou le ton, le dénouement malheureux ou le registre relèveront seuls de la tragédie par la suite.

Époques	Formes de tragédie	Caractéristiques	Exemples
XVIIe	**La tragédie classique**	• très codifiée • règle des trois unités de temps, de lieu et d'action • style noble, alexandrins, cinq actes mettant en scène une crise et sa résolution • intrigue resserrée autour d'un nombre restreint de personnages principaux • dénouement traditionnellement malheureux • actions secondaires dépendant de l'intrigue principale, qui se déroule en vingt-quatre heures en un lieu unique • contrainte de la vraisemblance, pour donner une impression de réel au spectateur • pas de violence : on se tue et on meurt hors scène	

Époques	Formes de tragédie	Caractéristiques	Exemples
	La tragi-comédie	• action, style, ton et sujets dramatiques • personnages nobles • dénouement heureux • mélange des éléments du comique aux éléments du tragique • péripéties multiples pour viser au spectacle	*Le Cid* de Corneille (1637)
XVIIIe	**La tragédie philosophique**	• véhicule les idées des philosophes des Lumières en répondant au goût du public pour le tragique hérité du siècle précédent	*Œdipe* de Voltaire (1718), qui écrira des tragédies pour montrer les bienfaits d'un pouvoir politique éclairé
	Le drame bourgeois	• se définit contre la tragédie • ton pathétique comme dans la tragédie mais avec des personnages dont la condition est proche de celle du public • privilégie l'émotion et les larmes	*Le Fils naturel* (1757) et *Le Père de famille* (1758) de Diderot, qu'il définit comme des tragédies qui auraient « pour objet nos malheurs domestiques ».
XIXe	**Le drame romantique**	• composé en prose ou en alexandrins • fin des unités de temps, de lieu et d'action ; fin des bienséances : on se bat sur scène, on meurt sur scène • personnages nobles mêlés à des personnages de condition moyenne et basse • mélange des genres de la comédie et de la tragédie (qui disparaît au XIXe) • sujet emprunté à l'histoire récente italienne ou espagnole • esthétique du spectacle	*Lorenzaccio* d'Alfred de Musset (1834) est composé en prose et *Hernani* de Victor Hugo (1830) en alexandrins
	Le mélodrame	• un drame populaire qui accumule les situations pathétiques, imprévues, souvent invraisemblables • multiplication d'épisodes violents • outrance des caractères et du ton • association du comique et des larmes dans un désir de spectacle et d'émotion facile	

- **Le drame romantique, un genre majeur :**

- Il apparaît dans le premier tiers du XIXe et se donne pour principe **la liberté** pour fonder un théâtre nouveau. Les auteurs romantiques prennent position par rapport au théâtre français mais aussi par rapport aux autres théâtres européens (Shakespeare pour l'Angleterre ou le théâtre espagnol). Victor Hugo envisage les perspectives de ce théâtre nouveau qu'il définit par rapport à la tragédie classique et contre elle dans sa Préface de *Cromwell* (1827), où il critique les règles et codes qui retirent du théâtre tragique la vie, ou du moins son illusion.

- Le refus des trois unités et des règles classiques conduit à une « unité d'ensemble » qui assure seule la cohésion de l'intrigue principale et des intrigues secondaires ; le spectacle est ce à quoi l'on vise.

Citation

La règle des trois unités selon Boileau :

« Qu'en un lieu, qu'en un jour
[un seul fait accompli
Tienne jusqu'à la fin le
[théâtre rempli. »

(*Art poétique*, 1674)

- **Le mélange des genres, des tons et des styles** permet de rendre compte de la vie dans sa totalité et de présenter l'homme sous ses différents aspects, non plus comme un caractère ou un être intemporel mais comme un individu inséré dans une société et dans l'histoire. L'écriture théâtrale est libérée dans cette perspective : « *Nous voudrions un vers libre, franc, loyal, osant tout dire sans pruderie, tout exprimer sans recherche ; passant d'une naturelle allure de la comédie à la tragédie, du sublime au grotesque.* » (Hugo, préface de *Cromwell*).

- **Le héros romantique** est un individu en marge, exalté, tourmenté, révolté et condamné. Il est présenté au milieu d'une foule de personnages variés qui représentent la diversité sociale.

- *Hernani* (1830), drame romantique, met en œuvre ce principe de libération des genres prôné par Victor Hugo et a donné lieu à une « bataille » entre romantiques et classiques lors de sa première représentation. La première scène relève du comique, voire du burlesque. Elle est écrite en alexandrins « disloqués », le cadre est celui de l'Espagne et les personnages sont nobles. La pièce s'achève sur la mort tragique, en scène, sur un ton pathétique et lyrique, de trois personnages. Cette pièce est un excellent exemple du mélange des genres et des registres.

3. Le mélange des genres au XXe

Si les caractéristiques du comique et du tragique se retrouvent dans les œuvres théâtrales du XXe, elles sont souvent étroitement associées sous la forme de l'oxymore pour rendre compte de l'époque et de la dualité de la vie et de la pensée.

- **L'association du comique et du tragique.** Jean Anouilh parle de « *pièces noires* » et de « *pièces roses* », selon la dominante du ton ou selon le sujet. Eugène

Ionesco appelle « *farces tragiques* » le mélange des genres qui caractérise son œuvre : « *Tragique et farce, prosaïsme et poétique, réalisme et fantastique, quotidien et insolite, voilà peut-être les principes contradictoires [...] qui constituent la base d'une construction théâtrale possible.* » *(Notes et Contre-Notes).*

- **L'inscription du théâtre dans une époque**. Le théâtre reflète les crises de l'entre-deux-guerres et de l'après-guerre, les idéologies dominantes et l'engagement politique des auteurs, les courants philosophiques (tel l'existentialisme de Sartre), l'angoisse existentielle du temps, la crise du langage et du sens. Genre vivant par excellence, il suit son époque et son public dont il reflète les goûts et les préoccupations.
- **La réflexion sur le langage théâtral** prend en considération la **mise en scène** par une gestuelle et des décors minutieusement détaillés dans d'abondantes didascalies, qui se substitue parfois à la parole, le langage verbal étant perçu comme insuffisant. Par exemple, selon Antonin Artaud, la représentation supprime la frontière entre la scène et le public.
- **Le théâtre de l'absurde**. Dans les années 1950, comique et tragique sont réunis pour mettre en scène l'absurde de la condition humaine. Les représentants en sont Samuel Beckett et Eugène Ionesco, qui montrent la faillite du langage et la crise du sens.

Citation

« Je n'ai jamais compris, pour ma part, la différence que l'on fait entre comique et tragique. Le comique étant intuition de l'absurde, il me semble plus désespérant que le tragique. »
Ionesco

- **Exemples d'œuvres théâtrales au XXe.**

Genre	Exemples
Réécritures de mythes tragiques	• Jean Giraudoux reprend le mythe d'*Électre* (1937), traité par Sartre également dans *Les Mouches* (1943). • Jean Anouilh réécrit *Antigone* (1944), symbole de la révolte.
Le **théâtre engagé**	• Jean-Paul Sartre, dans *Les Mains sales* (1948) et Albert Camus, dans *Les Justes* (1949), font part de leurs réflexions face au pouvoir et à l'engagement politique de l'individu.
Le courant de **l'absurde**	• Dans *Rhinocéros* (1958), Ionesco met en scène la montée des idéologies fascistes et totalitaires et la réaction des masses et des individus. • Dans *En attendant Godot* (1953), Beckett met en scène deux clochards qui ressassent depuis cinquante ans la même histoire, cherchant vainement à donner un sens à leur existence ; le rire naît du non-sens du dialogue.
Une réflexion sur **la condition humaine**	• Le théâtre reflète la pensée philosophique de ses auteurs : Sartre, dans *Huis-Clos* (1944), met en scène cette réplique : « *L'enfer, c'est les autres* » ; Camus réfléchit au problème de l'absurde dans les relations dans *Le Malentendu* (1944).

4. Les mythes sur la scène théâtrale

- Le théâtre est le lieu de la représentation de différents mythes de dimension européenne : par exemple celui de Don Juan qui brave la morale, représenté entre autres dans *L'abuseur de Séville* de Tirso de Molina en Espagne au XVIIe, puis par Molière en France, ou Lenau en Allemagne au XIXe ; celui de Faust qui vend son âme au diable pour l'éternelle jeunesse et la fortune, dans *Cyprien et le magicien prodigieux* de Calderon en Espagne, ou par Marlowe en Angleterre, Goethe en Allemagne, Paul Valéry en France ; celui d'Électre torturée par le sens du devoir qui implique le sacrifice de soi.

- Le traitement de ces mythes rend compte d'une époque et de son auteur. Giraudoux qualifie de « tragédie bourgeoise » sa réécriture du mythe d'Électre emprunté à la littérature antique et traité à l'origine du théâtre sous la forme conventionnelle de la tragédie par trois dramaturges grecs, Eschyle, Euripide et Sophocle ; Jean-Paul Sartre en propose une version marquée par l'existentialisme dans *Les Mouches* (1943).

Bien retenir

- **Qu'est-ce que le théâtre ?** Un genre littéraire constitué à partir de la comédie et la tragédie, genres théâtraux fondateurs codifiés au XVIIe, par rapport auxquels se définiront les œuvres ultérieures, avant que s'opère le mélange des deux.

2 Les caractéristiques et les fonctions de la comédie et de la tragédie

A Les caractéristiques de l'écriture théâtrale

- Le texte de théâtre relève de la littérature mais également du spectacle : il est fait pour être lu et dit. L'écriture théâtrale se place sous le signe de la **double énonciation** : les personnages s'adressent les uns aux autres sur scène (premier plan d'énonciation) et l'ensemble de leurs propos, ainsi que leurs gestes, les costumes, les décors, forment un discours global qui s'adresse au public (deuxième plan d'énonciation).

- **Le dialogue.** Il consiste en un échange de paroles entre des personnages, au moins deux. S'il s'agit de prises de parole courtes, on parle de **répliques** ; si les prises de parole sont plus longues, ou si un personnage monopolise la parole, on parle de **tirade** (celle-ci permet un récit ou un exposé d'idées). Dans une tragédie, un échange très rapide de répliques de même longueur, de vers à vers, ou d'hémistiche à hémistiche, est une **stichomythie**.

- **Le monologue.** Un personnage seul en scène se parle à lui-même. Le monologue révèle au spectateur les pensées du personnage. Celui-ci peut se désigner par la première ou la deuxième personne, il peut recourir aux interjections, à l'exclamation ou à l'interrogation. Le monologue peut-être **lyrique** (expression d'émotions), **délibératif** (prise de position après l'examen d'une situation), ou livrer un récit dans le cadre de l'exposition ou au cours de la pièce. Ainsi, le monologue d'Harpagon (dans *L'Avare* de Molière) met en scène le désarroi de l'avare dépossédé de son or : « Où courir ? Où ne point courir ? N'est-il point là ? N'est-il point ici ? Qui est-ce ? Arrête. (*À lui-même, se prenant le bras.*) Rends-moi mon argent, coquin… Ah ! C'est moi ! »

Remarque
Le monologue constitue pour l'acteur un morceau de bravoure, une performance.

- **L'aparté.** Il désigne les paroles que le personnage dit à part soi en présence d'un autre personnage et que seul le spectateur est censé entendre ; il renforce la complicité entre le personnage et le public, et a été fréquemment utilisé dans la comédie classique.
- **Le polylogue.** Plusieurs personnages, au minimum trois, s'expriment en même temps sans qu'il y ait de véritable échange, de communication, à la différence du dialogue. Dans *Rhinocéros*, Ionesco met en scène quatre personnages conversant deux à deux : tandis que Jean et Béranger s'entretiennent de la vie, le Vieux Monsieur et le Logicien tiennent une conversation absurde sur la logique, de sorte que les deux conversations se croisent de façon comique tout en insistant sur le problème de la communication entre les êtres.
- **Le prologue.** Un personnage vient en scène présenter au spectateur les personnages ou l'action avant que celle-ci ne commence ; c'est ainsi que débute *Antigone* de Jean Anouilh : « *Voilà. Ces personnages vont vous jouer l'histoire d'Antigone. Antigone, c'est la petite maigre qui est assise là-bas, et qui ne dit rien. Elle regarde droit devant elle. Elle pense. Elle pense qu'elle va être Antigone tout à l'heure.* »

→ Bien retenir

La parole théâtrale se définit par :
- les formes de la communication et de l'échange entre les personnages, ou entre un personnage et le public : dialogue, monologue, prologue, aparté, polylogue (qui marque l'incommunicabilité) ;
- la longueur des prises de parole qui oriente l'échange : réplique et tirade, stichomythie.

- **Les didascalies**. La parole théâtrale se joue lors de la représentation. Les didascalies sont des indications de mise en scène et comprennent tout ce qui n'est pas prononcé par les acteurs et qui s'inscrit dans le texte théâtral sous la forme de parenthèses ou à l'aide de caractères italiques : la liste des personnages, la division en actes et en scènes, le nom des acteurs présents ou les sorties de scène, les indications relatives aux décors, aux costumes, aux effets de son ou de lumière, les mouvements, expressions et tons des personnages. Les didascalies internes sont les indications de mise en scène incluses dans les répliques.

→ Bien retenir

La mise en scène est indiquée dans les didascalies ou dans les didascalies internes contenues dans les répliques.

B Les caractéristiques de la comédie et de la tragédie

Comédie et tragédie sont les **deux genres théâtraux fondateurs** à partir desquels se développeront des formes précises particulières ou à partir desquels s'opérera le mélange des genres. Le théâtre français s'élabore en fonction des codes fixés au XVIIe, qu'il les suive ou s'en éloigne.

1. Caractéristiques génériques

Caractéristiques	Comédie	Tragédie
Les personnages	• de condition moyenne ou basse (bourgeois, valets, petits nobles ridicules), contemporains • des caractères	• nobles (rois et reines, héros) empruntés à la mythologie ou à l'histoire antique • des modèles
Le sujet et l'action	• léger • intrigue amoureuse, financière • les défauts des hommes	• grave et sérieux • intrigue amoureuse, politique • les passions des hommes
Le style et le ton	• style bas, ton léger • en prose ou en vers (alexandrins)	• style noble, ton sérieux • en vers (alexandrins)
Division en actes	• trois ou cinq actes	• cinq actes
Règles et codes	• règle des trois unités : de lieu, de temps, d'action • vraisemblance et bienséance souple	• règle des trois unités : de lieu, de temps, d'action • vraisemblance et bienséance stricte
Le dénouement	• heureux et moral	• malheureux
Fonction et effet	• morale et sociale • susciter le rire	• morale • susciter la terreur et la pitié

Bien comprendre

Corneille, classique par ailleurs, propose une esthétique baroque dans sa comédie *L'Illusion comique* : lieux variés, durée de l'action étendue sur plus d'une journée, action multiple, mélange des tons.

2. Composition et structure d'une pièce

- Une pièce de théâtre est généralement divisée en **actes** correspondant à une étape importante dans le déroulement de l'action. Puis ces actes sont le plus souvent divisés en **scènes**.
- **Le mouvement d'une pièce suit le schéma suivant :**

Structures	Comédie	Tragédie
L'**exposition** : présentation du cadre, des personnages, de l'intrigue à venir.	• Le plus souvent faite au cours de la scène 1 de l'acte I. • Se fait souvent *in medias res* : quand le rideau se lève, le spectateur découvre une conversation déjà entamée.	• Souvent lors de la première scène. • Elle « doit contenir les semences de tout ce qui doit arriver [...] de sorte qu'il n'entre aucun acteur dans les actes suivants qui ne soit connu par le premier acte » (Corneille).
Le **nœud** cristallise les tensions tandis que se produisent les **péripéties, rebondissements** ou **coups de théâtre** qui forment l'**intrigue**.	• Les obstacles sont **extérieurs.** • La multiplication des **péripéties** donne sa vivacité à l'intrigue, qui s'appuie sur des situations.	• les obstacles sont **extérieurs** ou **intérieurs.** • Les principaux conflits sont intérieurs, ce qui accentue l'intensité dramatique, et opposent l'amour et le devoir, l'amour et la raison d'État (ex. : Titus, dans *Bérénice* de Racine, doit devenir empereur ou perdre Bérénice) ou l'amour et la morale (ex. : passion adultère et quasi incestueuse chez Phèdre). • Le choix douloureux auquel est confronté le personnage est appelé le **dilemme** tragique.
Le **dénouement** résout le sort des personnages et les problèmes soulevés ; il doit être logique, condensé et complet.	• **Heureux.** • Rétablit l'équilibre et la morale : les pères se réconcilient avec leurs enfants, l'autorité injuste est repoussée. • Peut être provoqué par un élément extérieur soudain qui vient tout arranger (le *deus ex machina*).	• Traditionnellement **malheureux.** • Peut parfois être heureux (ex. : *Cinna* de Corneille, *Athalie* de Racine).

C Les fonctions de la comédie et de la tragédie

1. Fonction de la comédie : plaire et instruire

• Dès l'Antiquité, la comédie se voit attribuer un **rôle moral et social** : il lui appartient de « *corriger les mœurs par le rire* » selon la formule latine « *castigat ridendo mores* ».

• Molière reprend au XVIIe cette idée dans la préface de *Tartuffe* : « *le devoir de la comédie étant de corriger les hommes en les divertissant* », il lui semble légitime d'« *attaquer par des peintures ridicules les vices de [s]on siècle* », qu'il s'agisse de l'hypocrisie de Tartuffe ou de la crédulité et de l'aveuglement d'Orgon à son égard, des manières des *Précieuses ridicules* ou de l'avarice d'Harpagon. Rire de ces défauts ou de ces ridicules revient à les condamner.

2. Fonction de la tragédie : plaire et toucher

• La tragédie a également une **fonction morale**, mais il s'agit ici « *de plaire et de toucher* » selon Boileau, théoricien du classicisme qui définit les règles de la tragédie dans son *Art poétique* (1674).

• Le spectacle tragique, qui inspire des émotions telles que la crainte et la pitié, accomplit, selon Aristote, la purgation de ces émotions, provoquant la ***catharsis*** (la libération de ces émotions). Le spectateur s'identifie en effet au héros et partage sa souffrance dont il s'émeut (il ressent alors de la pitié), mais s'imagine également victime de son malheur (il éprouve alors de la crainte). Présenter les maux provoqués par les passions doit donc inciter le spectateur à les éviter. Aristote définit également la tragédie comme une ***mimesis*** (une imitation) : elle imite en effet l'action humaine au moyen de personnages qui parlent et bougent, qui représentent sur scène la vie.

Citation

« La principale règle est de plaire et de toucher. Toutes les autres ne sont faites que pour parvenir à cette première. »

Racine

3 Les procédés du comique et du tragique

A Les procédés comiques

La comédie use de différents procédés destinés à susciter le rire ou le sourire, qui vont du comique grossier, élémentaire, compris d'emblée, au comique fin, élaboré, plus subtil. **Le comique** repose sur un décalage par rapport à la norme. L'excès, l'aspect mécanique du vivant, l'inattendu ou l'inadapté constituent le comique.

1. Le comique de gestes

● Hérité de la farce et de la commedia dell'arte, **il s'appuie sur une gestuelle** : coups de pieds, coups de bâton, gifles, chutes, mouvements du corps précipités ou étudiés, cabrioles, manipulation d'accessoires, bousculade, mêlés à des grimaces, des déformations de la voix ou de l'intonation.

Remarque
Tous les procédés de comique de gestes se trouvent en abondance chez Molière.

2. Le comique de langage

● **On joue sur les mots** et leurs multiples possibilités de sens ou de non-sens : cela donne lieu à la création de langages inventés, déformés ou reconstitués comme le pseudo-latin et le jargon médical de Sganarelle dans *Le Médecin malgré lui* ou le pseudo-turc du *Bourgeois Gentilhomme*. Par ailleurs, on peut observer le recours au jeu de mots, au double sens ou au trait d'esprit, plus fin.

3. Le comique de situation

● **Il repose sur l'action et l'intrigue** et suppose une complicité avec le spectateur. Le **quiproquo**, qui signifie « quelque chose à la place de quelque chose », constitue un décalage au niveau de la communication ; dans *L'Avare* de Molière, Harpagon parle à Valère de sa cassette contenant son or avec un lexique affectif qui correspond à celui employé par Valère qui parle d'Élise, son amante. Le quiproquo peut aussi porter sur l'identité : un personnage prend quelqu'un pour un autre ; l'intrigue du *Jeu de l'amour et du hasard* de Marivaux repose sur un échange de costume entre maître et valet, maîtresse et servante.

● Un autre procédé de comique de situation s'appuie sur **un personnage caché** pour assister à une scène : Orgon se cache sous la table dans *Tartuffe*, ou sur un personnage qui feint un état qui n'est pas le sien : Argan fait le mort dans *Le Malade imaginaire* pour découvrir les véritables sentiments de sa seconde épouse à son égard.

4. Le comique de caractère

● Certains personnages incarnent un **type** jusqu'à la caricature : ils sont obsédés par une idée fixe, une monomanie qui les rend ridicules par son excès : ainsi, Harpagon, dans *L'Avare*, n'aime que son argent, Monsieur Jourdain est un riche bourgeois naïf qui veut avoir l'air d'un noble par un simple vernis superficiel constitué par le vêtement et des rudiments de culture.

● Le caractère comique s'observe également dans certains **stéréotypes** issus de la commedia dell'arte : le **valet comique**, insolent, paresseux, gourmand, buveur et lâche qu'est Arlequin, que l'on peut retrouver au début de *L'Île des*

Esclaves de Marivaux dans ce rôle, ou le **barbon**, vieillard amoureux ridicule ou père autoritaire.

5. Le comique de répétition

- L'un des ressorts du comique repose sur la **reprise d'une réplique, d'un mot** : « *Mais que diable allait-il faire dans cette galère ?* » dans *Les Fourberies de Scapin*, ou le « *Et Tartuffe ?* » récurrent d'Orgon, répétés systématiquement quels que soient les propos qui leur sont tenus par leur interlocuteur, ceci marquant une rupture dans la norme de l'échange.
- La répétition peut aussi porter sur la gestuelle dont l'aspect alors **mécanique** suscite le **décalage comique**. Bergson, philosophe du début du XXᵉ, définit ainsi le comique : « *du mécanique plaqué sur du vivant* ».

> **Bien retenir**
>
> **Les formes du comique** : de gestes, de langage, de situation, de caractère, de répétition.

B Les ressorts du tragique

Le tragique a pour but d'inspirer la terreur et la pitié. Il s'appuie sur des situations et des procédés qui suscitent notre émotion.

> **Citation**
>
> *« La poésie dramatique a pour but le seul plaisir du spectateur. »*
>
> Corneille

1. Qu'est-ce que le tragique ?

- **La notion de fatalité** fonde l'univers tragique. Ce terme vient du latin *fatum*, qui désigne le destin, et plus particulièrement le destin funeste. Le personnage tragique est donc enfermé dans une situation sans issue contre laquelle il lutte en vain, dans la mesure où il se bat contre une force qui le dépasse ; il est condamné par avance.
- **Une lutte vaine.** Le tragique repose essentiellement sur un personnage qui affronte une situation dont il sortira perdant. Le titre : *La Guerre de Troie n'aura pas lieu* (1935) illustre tout particulièrement ce terrible espoir mis en œuvre dans une situation désespérée : nous savons tous que cette guerre a eu lieu dans *L'Iliade* d'Homère.

> **Bien comprendre**
>
> Jean Giraudoux propose dans *Littérature* cette définition du tragique : « *c'est l'affirmation d'un lien horrible entre l'humanité et un destin plus grand que le destin humain ; c'est l'homme arraché à sa position horizontale de quadrupède par une laisse qui le retient debout, mais dont il sait toute la tyrannie et dont il ignore la volonté.* »

2. Les registres du mode tragique

• **Le registre tragique.** Il s'appuie sur la présence d'un lexique de la fatalité et de l'enfermement, de l'expression du désespoir, de la mort.

• **Le registre pathétique.** Étymologiquement lié à la souffrance, il suscite notre pitié, notre compassion.

3. Le personnage tragique

• **Des origines divines.** Dans la tragédie, le héros n'est pas un être ordinaire. Le terme *héros* désigne en effet dans la mythologie grecque un demi-dieu, fils d'un dieu et d'une mortelle, ou d'une déesse et d'un mortel. Par sa naissance, il est un être exceptionnel, ce qu'il confirme par ses exploits.

• **Un personnage hors du commun.** Devenu humain, le héros de tragédie garde un statut particulier. Il se distingue par ses origines (Phèdre, « *La fille de Minos et de Pasiphaé* » de Racine, est issue d'une famille royale vouée au malheur par la colère de Vénus, déesse de l'amour), son pouvoir (Titus, dans *Bérénice* de Racine, doit devenir l'empereur de Rome), sa force ou son énergie, et son destin. Mais il n'est en fin de compte qu'un homme dépassé par une force qui lui est supérieure et qui l'écrase. Le héros tragique du drame romantique conserve ces caractéristiques : Hernani est de noble origine, mais fils d'un grand d'Espagne condamné injustement à l'échafaud par le roi ; il est devenu « *bandit* », « *banni* » et « *proscrit* » ; sa quête de vengeance et d'honneur aboutira de façon heureuse, mais c'est l'honneur également qui le mènera à la mort qu'il présente dès le début comme sa véritable fiancée.

• **Une lutte tragique.** Au XXe, le personnage plus médiocre, plus ordinaire, devient un héros tragique par son combat : c'est le cas de Bérenger dans *Rhinocéros* de Ionesco, négligé, indifférent et passif au début de la pièce, sorte de anti-héros qui incarne l'humanité moyenne dans sa faiblesse, ses insuffisances et ses doutes, mais qui sera le dernier homme à résister par instinct à la métamorphose en rhinocéros, symbole de l'ordre, de la rigueur et de la violence.

4 Texte et représentation

1. Texte et mise en scène

• Le texte théâtral est écrit pour être **joué**. La *commedia dell'arte* italienne repose sur un simple canevas, mais le théâtre français repose sur un texte qui est

COURS

le point de départ de la mise en scène. **Le texte est immuable, fixé, les mises en scène sont multiples.**

- Le texte théâtral peut comporter des **indications de mise en scène** plus ou moins nombreuses. Elles sont assez brèves mais précises pour le jeu de scène dans les comédies de Molière au XVIIe, beaucoup plus détaillées au XIXe dans les pièces de Victor Hugo, avec *Hernani*, drame romantique, par exemple, et extrêmement précises dans certaines pièces du XXe comme celles de Ionesco, où les **didascalies** sont aussi importantes, tant en quantité qu'en indications de jeu, que le dialogue théâtral.
- Nombreuses sont les troupes théâtrales aujourd'hui qui mettent en scène des textes divers, des classiques aux contemporains. De grandes tendances peuvent être dégagées, mais chaque mise en scène est originale.
- **Des mises en scène conventionnelles** : respect du texte et de ses didascalies, jeu de scène marqué et vif, costumes d'époque, décor d'époque.
- **Des mises en scène épurées** : scène dépouillée sans décor ni accessoires, costumes neutres, jeu de scène minimaliste.
- Des prises de liberté : **accentuation** du comique, jusqu'au burlesque ; **transposition** : costumes et époque contemporaine des spectateurs du XXIe pour des textes passés ; **modifications** par rapport aux didascalies pour l'apparence et les costumes des acteurs ; **inversion** : des pièces comiques sont jouées sur un mode tragique, et inversement ; **ajout** de musique ou de gestuelle ; **changement de cadre**, inhabituel, pour une pièce classique revisitée de façon originale, **raccourci** : une pièce est revue et coupée pour s'adapter au public du XXIe.

2. Les choix de mises en scène

- **La fidélité à l'auteur.** La mise en scène peut consister en une simple représentation appuyée sur les didascalies et ancrée dans le contexte historique de sa création ; on a pour cela recours aux décors et costumes d'époque.
- **L'interprétation.** Le metteur en scène donne libre cours à son interprétation de l'œuvre et peut transposer l'action dans une autre époque ou dans un autre décor que ceux de sa création, lui conférant ainsi une dimension intemporelle.
- **L'ancrage dans le temps.** Représenter *Tartuffe* de Molière en costumes d'époque, c'est mettre en valeur l'hypocrisie des faux dévots au XVIIe, mais le faire jouer dans un cadre moderne et contemporain présente l'hypocrisie sous un angle proche du spectateur.

3. Les positions des auteurs par rapport à la représentation

- Si l'on examine la part faite aux indications scéniques dans les œuvres théâtrales, on observe que le texte, c'est-à-dire la parole sur scène, est prépondérant jusqu'au XXe où se développe une nouvelle conception du langage théâtral.

- **Le théâtre comme spectacle.** Au XVIIe, Molière, auteur, était aussi son propre metteur en scène et l'acteur principal de ses pièces. D'une façon générale, ses comédies relèvent du jeu et du spectacle, notamment pour les comédies d'intrigue et les comédies-ballets.

- **Le théâtre comme texte.** Par la suite, rares sont les auteurs qui remplissent ce rôle de metteur en scène. Jean Giraudoux, au XXe, collabore avec les acteurs, Louis Jouvet notamment, pour représenter sa pièce *Electre*, à laquelle on reproche d'être un texte, souvent difficile à rendre sur scène car peu adapté aux exigences visuelles du public. Elle est même qualifiée d'ennuyeuse de ce fait, son auteur concevant le théâtre avant tout comme un texte.

- Au XXe, Antonin Artaud, auteur et théoricien, propose dans *Le Théâtre et son double* (1938) une conception nouvelle du **langage théâtral**, fondée sur un ensemble indissociable constitué **de la parole et de la mise en scène** (qui comprend les décors, la gestuelle, les lumières, les bruitages, les accessoires, les costumes). Il déplore la suprématie accordée au texte dans le théâtre occidental : « *Pour nous, au théâtre, la Parole est tout et il n'y a pas de possibilité en dehors d'elle ; le théâtre est une branche de la littérature, une sorte de variété sonore du langage.* » Il repousse ainsi l'idée traditionnelle selon laquelle le théâtre est avant tout littéraire, qu'il est d'abord un texte qui porte à lui seul le sens, une œuvre d'auteur, lequel délègue d'ailleurs à un metteur en scène le soin de représenter sa pièce afin de mettre ce texte en valeur.

- **La prépondérance de la mise en scène.** Jugée jusqu'alors souvent secondaire, elle devient primordiale au XXe, et va même permettre d'orienter le sens d'une œuvre, se substituant parfois au texte théâtral. Les didascalies envahissent les œuvres des auteurs de l'absurde : *Fin de partie* de Samuel Beckett (1957) s'ouvre sur une page entière d'indications scéniques. D'une extrême minutie, ces didascalies prennent en charge la représentation, et sont parfois plus porteuses de sens que les rares répliques présentes : la crise du langage et son insuffisance sont ainsi portées sur la scène par les autres moyens dont dispose le théâtre en tant que jeu ; cet aspect est également pris en compte par Ionesco : « *Le théâtre est autant visuel qu'auditif* » (*Notes et contre-notes*).

Pierre Corneille (1606-1684)

Dramaturge reconnu et salué pour *Le Cid* (« *Tout Paris pour Chimène a les yeux de Rodrigue* », écrit Boileau), qui suscite néanmoins une querelle du fait des libertés prises face aux règles classiques, il est anobli et protégé par le roi, puis quitte le théâtre en pleine gloire pour une vie pieuse. Ses héros tragiques sont admirables par leur grandeur d'âme, leur sens de l'honneur et du devoir.

Comédie : *L'Illusion comique* (1636), à l'esthétique baroque ; tragi-comédie : *Le Cid* (1637) ; tragédie : *Horace* (1640), *Cinna ou la Clémence d'Auguste* (1641)

« [Les] grands sujets remuent fortement les passions et en opposent l'impétuosité aux lois du devoir ou aux tendresses du sang » (Discours sur l'art dramatique : sur la tragédie)

Molière (Jean-Baptiste Poquelin, dit) (1622-1673)

Auteur, metteur en scène et acteur, il mène la troupe de l'Illustre Théâtre et rencontre de nombreuses difficultés et interdictions, malgré le soutien du roi Louis XIV. À travers des spectacles de pur divertissement ou des œuvres polémiques, il représente et dénonce les défauts des hommes et des mœurs de son temps par le rire.

Comédies variées en prose : burlesque de la farce avec *Les Fourberies de Scapin* (1671), comédie-ballet avec *Le Malade imaginaire* (1673), réécriture sur un mode comique du mythe de *Dom Juan* (1665) qui se termine sur la mort du héros ; comédies en vers : *L'École des Femmes* (1662), *Le Misanthrope* (1666)

« Vous êtes de plaisantes gens avec vos règles, dont vous embarrassez les ignorants et nous étourdissez tous les jours […] Je voudrais bien savoir si la grande règle de toutes les règles n'est pas de plaire » **(Dorante, *La Critique de L'École des Femmes*, scène 6)**

Jean Racine (1639-1699)

Dramaturge à succès, anobli, accueilli à l'Académie française, il connaît la faveur du public qui le préférera à Corneille, son concurrent, dont les partisans mènent des cabales contre Racine. Nommé historiographe du roi, il rédige la chronique de son règne et quitte le théâtre pour une vie pieuse. Grand peintre de l'âme humaine et de ses sentiments, il offre des tragédies qui suscitent l'émotion des spectateurs : ses héros sont enfermés dans un destin fatal montrant le tragique de la condition humaine. Il se caractérise par sa sobriété classique.

Tragédies : *Andromaque* (1667), *Britannicus* (1669), *Phèdre* (1677) ; comédie : *Les Plaideurs* (1668)

« Une action simple, chargée de peu de matière, telle que doit être une action qui se passe en un seul jour, et qui s'avançant par degrés vers sa fin n'est soutenue que par les intérêts, les sentiments et les passions des personnages. » **(Préface de *Britannicus*)**

Marivaux (Pierre Carlet de Chamblain de Marivaux) (1688-1763)

Dramaturge à succès, romancier et essayiste, il se tient à l'écart du clan des philosophes, et sera élu à l'Académie française en 1742. Son œuvre théâtrale présente des comédies légères, où sont associées la finesse de l'étude du sentiment et des situations amoureuses et l'art de la conversation, d'où le terme de *marivaudage* qui désigne un langage recherché et raffiné, le badinage et le jeu de la galanterie. Il offre également une critique sociale dans des comédies philosophiques marquées par les idées des Lumières : *L'Ile des Esclaves* (1725).

Comédies : *La Double Inconstance* (1723), *Le Jeu de l'amour et du hasard* (1730), *Les Fausses Confidences* (1737) ; romans : *La Vie de Marianne* (1732-1741), *Le Paysan parvenu* (1735)

« Nous vous jetons dans l'esclavage pour vous rendre sensible aux maux qu'on y éprouve ; nous vous humilions, afin que, nous trouvant superbes, vous vous reprochiez de l'avoir été » **(L'Ile des esclaves, scène 2 : Trivelin, esclave gouverneur de l'île, s'adresse aux maîtres)**

Alfred de Musset (1810-1857)

Jeune auteur romantique, poète et romancier, il suit la liberté dans l'art et le désir de renouveau : son théâtre mêle tragique et comique. Confronté aux difficultés de représentation, il choisit d'écrire pour être lu et non pour être joué.

Comédie dramatique : *On ne badine pas avec l'amour* (1834) ; drame romantique : *Lorenzaccio* (1834)

« Tous les hommes sont menteurs, inconstants, faux, bavards, hypocrites, orgueilleux et lâches, méprisables et sensuels ; toutes les femmes sont perfides, artificieuses, vaniteuses, curieuses et dépravées […] mais il y a au monde une chose sainte et sublime, c'est l'union de ces deux êtres si imparfaits et si affreux. » (On ne badine pas avec l'amour, acte II scène 5)

Jean Giraudoux (1882-1944)

Universitaire puis diplomate, dramaturge et romancier, il propose une réflexion sur l'homme et sur son temps dans son théâtre qui mêle tragique et comique et offre un langage d'une grande finesse. La mise en scène de ses pièces est le fruit d'une collaboration avec le comédien Louis Jouvet. Il a adapté des sujets antiques ou bibliques *(Judith, Sodome et Gomorrhe)*. Ces réécritures sont empreintes d'humanisme et posent des questions cruciales, en phase avec l'actualité.

Réécritures de sujets antiques : *La Guerre de Troie n'aura pas lieu* (1935), *Électre* (1937), *Amphitryon 38* (1929)

« Le destin est la forme accélérée de temps. » (La Guerre de Troie n'aura pas lieu)

Éléments d'histoire littéraire

Siècles	Évolution du genre théâtral	
	Genre comique	**Genre tragique**
XVIIe	**La comédie classique** • la comédie d'intrigue • la comédie-ballet • la grande comédie	**La tragédie classique** • la tragédie • la tragi-comédie
XVIIIe	**La nouvelle comédie** • comédie d'intrigue satirique, sociale et politique • comédie psychologique et sentimentale	• la tragédie philosophique • le drame bourgeois
XIXe	• la comédie romantique (dramatique) • formes populaires : le vaudeville et le théâtre de boulevard	• le drame romantique • forme populaire : le mélodrame
XXe	**Mélange** : comique et tragique	**Mélange :** tragique et comique

Notions-clés

drame : formé sur le grec *drama* qui signifie « action », le drame désigne d'abord le genre du théâtre dans sa totalité avant de s'appliquer, à partir du milieu du XVIIIe, aux œuvres dont l'action pathétique se mêle à des éléments familiers, réalistes ou comiques, puis aux seules œuvres au sujet sérieux ou tragique par opposition à la comédie.

dramaturgie : c'est l'art de la composition dramatique, c'est-à-dire d'œuvres théâtrales. Le terme « dramaturge » désigne l'écrivain de théâtre.

exposition : propre au genre théâtral destiné à être joué, elle présente le cadre, les personnages et l'action à venir, le plus souvent dans la première scène, mais elle peut aussi s'étendre sur plusieurs scènes. L'exposition *in medias res* fait découvrir au spectateur une conversation déjà en cours lors du lever du rideau.

caractère : ce terme renvoie à l'ensemble des traits moraux, physiques et sociaux qui élaborent un personnage théâtral, et désigne également un trait dominant, comme l'avarice par exemple ; il peut aussi qualifier un rôle théâtral.

■ **stéréotype** : personnage tout fait, figé, incarnant une fonction qui correspond à l'idée commune que l'on peut s'en faire car on le retrouve dans le genre théâtral, par exemple le barbon, vieillard amoureux, ou le valet comique.

■ **vaudeville** : après avoir d'abord qualifié une chanson populaire satirique, le vaudeville désigne à la fin du XVIIe une œuvre théâtrale agrémentée de parties chantées et dansées ; c'est au XIXe que le vaudeville prend son sens de comédie légère et burlesque à l'action riche en rebondissements.

Citations-clés

■ « *Nous voudrions un vers libre pouvant parcourir toute la gamme poétique, aller de haut en bas, des idées les plus élevées aux plus vulgaires, des plus bouffonnes aux plus graves, des plus extérieures aux plus abstraites, sans jamais sortir des limites d'une scène parlée.* » Hugo, préface de *Cromwell*.

■ « *Ce qu'attend notre époque, c'est que l'écrivain lui révèle sa vérité à lui, qu'il lui confie, pour lui permettre d'organiser sa pensée et sa sensibilité, ce secret dont l'écrivain est seul dépositaire : le style.* » Jean Giraudoux, *Littérature*, « Discours sur le théâtre ».

■ « *Tragique et farce, prosaïsme et poétique, réalisme et fantastique, quotidien et insolite, voilà peut-être les principes contradictoires […] qui constituent la base d'une construction théâtrale possible.* » Ionesco, *Notes et Contre-Notes*.

■ « *attaquer par des peintures ridicules les vices de mon siècle* », Molière, préface de *Tartuffe*.

■ « *L'unité de temps n'est pas plus solide que l'unité de lieu. L'action, encadrée de force dans les vingt-quatre heures, est aussi ridicule qu'encadrée dans le vestibule. Toute action a sa durée propre comme son lieu particulier. […] On rirait d'un cordonnier qui voudrait mettre le même soulier à tous les pieds.* » Hugo, préface de *Cromwell*.

■ L'exposition « *doit contenir les semences de tout ce qui doit arriver […] de sorte qu'il n'entre aucun acteur dans les actes suivants qui ne soit connu par le premier acte* ». Corneille.

Sujet

Objet d'étude

Le théâtre du XVIIe au XXIe

Commentaire

Vous commenterez l'extrait de *Rhinocéros* d'Eugène Ionesco.

Dissertation

Le théâtre vous semble-t-il devoir se définir avant tout comme un texte ? Vous répondrez à cette question en un développement organisé qui prendra appui sur vos lectures et vos expériences de spectateur.

Texte Eugène IONESCO, *Rhinocéros* (1958), acte I

LA SERVEUSE – Mais qu'est-ce que c'est ?

Bérenger, toujours indolent, sans avoir l'air d'entendre quoi que ce soit, répond tranquillement à Jean au sujet de l'invitation ; il remue les lèvres ; on n'entend pas ce qu'il dit ; Jean se lève d'un bond, fait tomber sa chaise en se levant, regarde du côté de la coulisse gauche, en montrant du doigt, tandis que Bérenger, toujours un peu vaseux, reste assis.

JEAN – Oh ! un rhinocéros ! *(Les bruits produits par l'animal s'éloigneront à la même vitesse, si bien que l'on peut déjà distinguer les paroles qui suivent ; toute cette scène doit. être jouée très vite, répétant :)* Oh ! un rhinocéros !

LA SERVEUSE – Oh ! un rhinocéros !

L'ÉPICIÈRE, *qui montre sa tête par la porte de l'épicerie.* – Oh ! un rhinocéros ! *(À son mari, resté dans la boutique :)* Viens vite voir, un rhinocéros !

Tous suivent du regard, à gauche, la course du fauve.

JEAN – Il fonce droit devant lui, frôle les étalages !

L'ÉPICIER, *dans sa boutique.* – Où ça ?

LA SERVEUSE, *mettant les mains sur les hanches.* – Oh !

L'ÉPICIÈRE, *à son mari qui est toujours dans sa boutique.* – Viens voir !

Juste à ce moment l'Épicier montre sa tête.

L'ÉPICIER, *montrant sa tête.* – Oh ! un rhinocéros !

LE LOGICIEN, *venant vite en scène par la gauche.* – Un rhinocéros, toute allure sur le trottoir d'en face !

Toutes ces répliques, à partir de « Oh ! un rhinocéros ! » dit par Jean, sont presque simultanées. On entend un « ah » poussé par une femme. Elle apparaît. Elle court jusqu'au milieu du plateau ; c'est la Ménagère avec son panier au bras ; une fois arrivée au milieu du plateau, elle laisse tomber son panier ; ses provisions se répandent sur la scène, une bouteille se brise, mais elle ne lâche pas le chat tenu sous l'autre bras.

LA MÉNAGÈRE – Ah ! oh !

Le Vieux Monsieur élégant venant de la gauche, à la suite de la Ménagère, se précipite dans la boutique des épiciers, les bouscule, entre, tandis que le Logicien ira se plaquer contre le mur du fond, à gauche de l'entrée de l'épicerie. Jean et la Serveuse debout, Bérenger assis, toujours apathique, forment un autre groupe. En même temps, on a pu entendre en provenance de la gauche des « oh ! », des « ah ! », des pas de gens qui fuient. La poussière, soulevée par le fauve, se répand sur le plateau.

LE PATRON, *sortant sa tête par la fenêtre à l'étage au-dessus du café.* – Que se passe-t-il ?

LE VIEUX MONSIEUR, *disparaissant derrière les épiciers.* – Pardon !

Le Vieux Monsieur élégant a des guêtres blanches, un chapeau mou, une canne à pommeau d'ivoire ; le Logicien est plaqué contre le mur, il a une petite moustache grise, des lorgnons, il est coiffé d'un canotier.

L'ÉPICIÈRE, *bousculée et bousculant son mari, au Vieux Monsieur.* – Attention, vous, avec votre canne !

L'ÉPICIER – Non, mais des fois, attention !

On verra la tête du Vieux Monsieur derrière les épiciers.

LA SERVEUSE, *au Patron.* – Un rhinocéros !

LE PATRON, *de sa fenêtre, à la Serveuse.* – Vous rêvez ! *(Voyant le rhinocéros.)* Oh ! Ça alors !

Sujet

COMMENTAIRE

Conseils et astuces

- La part du texte et celle de la représentation sont à étudier dans l'extrait. C'est ainsi que vous cernerez dans sa globalité l'événement présenté dans le passage.
- Prenez en compte les références aux genres théâtraux pour vous aider.

Plan proposé

Introduction

I. Prépondérance des didascalies sur le dialogue

1. Les informations fournies par les didascalies
2. Part et rôle du dialogue

II. Le statut des personnages

1. Fonctions théâtrales
2. Réactions

III. La mise en œuvre de l'action

1. L'événement
2. Les modalités de représentation

Conclusion

Le théâtre s'est progressivement libéré des contraintes qu'il s'était donné à son origine. Au XXe siècle se développe le courant du théâtre de l'absurde dans lequel s'inscrit l'extrait de *Rhinocéros* d'Eugène Ionesco, qui met en scène de façon symbolique la montée des idéologies totalitaires et les réactions humaines à leur égard. Le passage présente l'apparition du premier rhinocéros qui donne son titre à l'œuvre : il s'agit de montrer par les moyens du théâtre ce qui ne peut être représenté sur scène. Il nous invite à nous interroger sur la part accordée au texte et à la représentation : quelle conception du langage théâtral au XXe est mise en œuvre dans cet extrait ? Nous étudierons dans un premier temps la prépondérance des didascalies sur le dialogue, puis nous nous pencherons sur les statuts des personnages ; enfin, nous nous intéresserons à la mise en œuvre de l'action.

L'extrait de *Rhinocéros* se caractérise tout d'abord par une prédominance des didascalies sur le dialogue ; il convient donc d'étudier en premier lieu les informations fournies par les indications scéniques, avant de déterminer le rôle du dialogue, afin de comprendre quelle conception du théâtre nous est proposée ici.

Conseil
Sélectionnez les citations pour être précis.

En effet, de nombreuses indications relatives à la mise en scène parcourent le passage, envahissant même les répliques. Elles portent sur la gestuelle : « *Jean se lève* », ainsi que sur le décor montré dans son utilisation : « *qui est toujours dans sa boutique* », ou encore sur les accessoires tel le « *panier* » de la Ménagère. La description des costumes et de l'apparence physique est d'une extrême minutie, comme en témoignent les adjectifs ou compléments du nom : « *une canne à pommeau d'ivoire* », « *petite moustache grise* ». On observe également de nombreux termes renvoyant au déplacement du regard ou des personnages : « *tous suivent du regard à gauche* », « *venant vite en scène par la gauche* », un lexique récurrent du mouvement qui dénote une grande agitation dans une atmosphère bruyante : « *les bruits produits par l'animal* », « *des pas de gens qui fuient* ». Le rythme du jeu de scène est également précisé : « *cette scène doit être jouée très vite, répétant* », jusqu'aux répliques qui sont reprises entre guillemets ou annoncées avant d'être prononcées par les personnages. Prépondérantes, omniprésentes, d'une extrême précision proche du genre romanesque, ces didascalies constituent donc l'essentiel de l'extrait auquel elles donnent son sens.

Par ailleurs, le dialogue apparaît comme singulièrement réduit et peu significatif ; en effet, les répliques sont constituées de phrases interrogatives : « *Mais qu'est-ce que c'est ?* », et exclamatives, souvent non verbales : « *Oh ! un rhinocéros !* », qui permettent l'identification du rhinocéros présenté d'abord à travers un bruitage par les didascalies qui évoquent sa vitesse et son déplacement dans l'espace : « *Il fonce droit devant lui, frôle les étalages* », prenant ainsi une dimension visuelle : le théâtre dit ce qu'il ne peut montrer. D'autre part, des interjections récurrentes traduisent la surprise générale, réduite à l'onomatopée « *oh !* » ou « *ah !* », mêlée à la curiosité et la bousculade qui s'ensuit : « *Pardon !* ». Le dialogue reste donc secondaire et prend son sens des moyens liés à la mise en scène dont il se fait l'appui.

Il se dégage donc de cet extrait une conception du théâtre qui privilégie la représentation visuelle et sonore, ce second langage qui dépasse ici le texte, mais aussi une maîtrise totale par le dramaturge de la mise en scène qu'il associe à sa pièce en l'inscrivant au cœur de l'écriture.

De même, le statut des personnages est aussi affecté par cette esthétique visuelle et sonore du théâtre joué : c'est ce que montrent les différentes fonctions qui leur sont dévolues, ainsi que leurs réactions sur scène.

On peut observer en effet deux grandes fonctions pour les neuf personnages présents, et nombreux, dans cet extrait : les sept premiers sont désignés par des termes qui renvoient au cadre de la place d'une petite ville un dimanche et indiquent un métier : « *la Serveuse* », « *l'Épicier* » ; on trouve également une fonction domestique : « *la Ménagère* » et un notable : « *le Vieux Monsieur élégant* » ; « *le Logicien* » renvoie au rôle de spécialiste de la logique (traitée sur le mode de l'absurde) ou de raisonneur. Ces stéréotypes semblent plus ici des figurants que des personnages et rappellent le chœur antique qui fait part au public des événements et assume les récits de ce qui n'est pas représenté sur scène. En revanche, « *Bérenger* » et « *Jean* » se détachent de la masse par leurs prénoms ; ces personnages sont présentés comme des amis en pleine conversation ; leurs comportements sont opposés : le premier reste muet et indifférent à l'événement : « *toujours apathique* », « *assis* », le second manifeste une grande excitation : « *fait tomber sa chaise en se levant* », cédant à un instinct grégaire à l'inverse de Bérenger.

Conseil
Utilisez vos connaissances pour enrichir la réflexion.

D'autre part, les paroles et comportements des personnages en scène créent une atmosphère. Les personnages présentent un aspect mécanique dans leur gestuelle et leurs propos, marqués par le procédé comique de répétition : huit occurrences de « *un rhinocéros !* » parcourent le passage. Cris et précipitation dominent, élaborant une atmosphère d'affolement et de panique, proche de l'hystérie collective : « *gens qui fuient* », le Logicien est « *plaqué contre le mur* », comme acculé par un danger auquel il ne pourra se soustraire. L'atmosphère est également teintée d'agressivité et de violence, ce dont témoignent les objets renversés et brisés sur scène, mais aussi les relations entre les personnages mentionnées dans les didascalies : « *bousculée et bousculant* » ou les répliques : « *Attention, vous, avec votre canne* ».

Remarque
Étudiez le texte et ses procédés formels de façon précise.

Ainsi, ce sont plus des acteurs, qui dominent de leur présence matérielle et physique cette scène visuelle, que des personnages : le jeu collectif combine comme des pantins ces figurants parmi lesquels le protagoniste de Bérenger est éteint et disparaît momentanément. Ce mode comique et déshumanisé du traitement de l'essentiel des personnages évoque une foule inquiétante sous son premier aspect léger.

Enfin, nous pouvons nous interroger sur l'action mise en œuvre à travers l'étude de l'événement proposé, et les modalités de représentation sur un double plan scénique.

L'action consiste en l'apparition d'un rhinocéros, certes annoncé par le titre de la pièce, mais l'événement est présenté comme extraordinaire et relève du fantastique : inattendu, insolite, surgi de nulle part et dérobé à la vue par la coulisse, « *l'animal* » sauvage et exotique (qui s'oppose sur la scène au chat de la ménagère, animal domestique minuscule et réduit à l'état d'objet par la femme qui le porte de la même façon que son panier) fait intrusion dans les répliques et dans un cadre ordinaire et tranquille représenté par le décor et les fonctions, dans une proximité inquiétante : « *sur le trottoir d'en face* ». Le monstre, car a priori c'en est un, apparaît d'emblée comme destructeur et furieux, et le nom « *le fauve* », qui semble peu adapté pour un rhinocéros, marque sa férocité. L'étonnement ressemblant ici à une surprise maladroite et naïve n'est donc pas adapté à l'événement hors scène, inquiétant.

L'action est effectivement double et dédoublée : on nous donne à voir simultanément un événement important hors scène, au moyen de l'illusion théâtrale sonore et visuelle suggérée par le bruitage, ainsi qu'une invasion sous la forme d'une trace de son passage, sorte de brume trouble : « *la poussière soulevée par le fauve se répand sur le plateau* », et une réaction importante sur scène. L'une et l'autre se complètent et aboutissent ainsi à la création originale devant le public de ce qui ne peut être représenté que dans une tirade-récit à la façon de la tragédie classique.

L'événement et l'action réunissent donc le hors scène et la scène pour créer un effet : montrer le monstre en utilisant les artifices du théâtre, certes, mais dans une optique originale qui mêle les genres et les registres et qui laisse le spectateur dans une sorte d'incertitude au sujet de ce qu'il voit ou de ce qu'il doit voir.

Pour conclure, nous pouvons dire que cet extrait de *Rhinocéros* présente le langage théâtral sous son double aspect, celui du texte et celui de la mise en scène. Les personnages perdent leurs caractéristiques et leur individualité dans le cadre d'un jeu de foule qui souligne l'événement et confère au rhinocéros l'aspect d'un monstre ; le comique mêlé au fantastique et aux marques de la fureur et de la terreur tragiques, sous-jacentes, brouille les repères et nous laisse dans l'incertitude. Que faut-il voir ? Le monstre ou la réaction face à lui ? L'aspect confus et précipité de l'ensemble nous étourdit et voile l'essentiel, à savoir la gravité de l'apparition du monstre. Nous pouvons donc remarquer que dans l'écriture de Ionesco, le langage théâtral en quête de sens dépasse le texte pour s'enrichir du jeu.

DISSERTATION

Plan proposé

I. La primauté du texte au théâtre
1. Le théâtre, une création verbale et littéraire
2. Désintérêt pour la mise en scène

II. L'importance du jeu de scène
1. Intérêt de la mise en scène et du jeu
2. Une forme de langage non verbal

III. Une nécessaire complémentarité qui fonde le théâtre dans sa spécificité
1. La mise en scène au service du sens
2. Orientation du sens d'une œuvre théâtrale par la mise en scène

Le genre théâtral présente la spécificité d'associer un texte à une mise en scène, dans la mesure où il est à son origine conçu pour être joué. L'écriture théâtrale prend donc en compte cette particularité qui se matérialise à travers les artifices propres à la représentation sur scène, des décors aux machines. Le théâtre doit-il avant tout se définir comme un texte ? Cette particularité du théâtre écrit pour la scène nous invite à nous interroger sur le sens dont sont porteurs ses deux éléments constitutifs. Nous étudierons par conséquent dans un premier temps la primauté du texte, puis nous nous pencherons sur l'intérêt du jeu de scène comme langage, pour nous demander enfin dans quelle mesure cette complémentarité est créatrice de sens.

Le théâtre semble tout d'abord se définir par la primauté du texte, à travers le travail du langage verbal par son auteur, mais du fait également d'un certain désintérêt pour ce qui relève de la représentation.

Le texte théâtral est en effet au centre de la création par le travail du langage qui lui donne son sens et l'invite à être lu et entendu. Cette dimension littéraire a été envisagée par Antonin Artaud dans *Le Théâtre et son double* : « le théâtre est une branche de la littérature, une sorte de variété sonore du langage ». Ainsi, les tragédies de Racine utilisent toutes les ressources de la création poétique : rythme, figures et images pour donner à voir ce qui est dit, comme la description du coup de foudre dans *Phèdre* : « *Je le vis, je rougis, je pâlis à sa vue* » où l'énumération ternaire rythme les étapes de la rencontre et de la prise de conscience, et montre par deux verbes formant un oxymore les contradictions liées à la passion amoureuse. L'extrait du corpus élabore le décor et l'atmosphère de l'action à travers le registre fantastique pour la présentation du monstre, faisant passer par le langage verbal le récit et ses émotions. Il en est de même dans l'extrait de Molière, où le comique du coup de foudre interminablement raconté sous la forme de l'éloge souvent hyperbolique de la femme aimée passe à travers le langage.

Aussi la représentation reste-t-elle souvent secondaire ; elle n'est pas, ou peu, prise en compte par le dramaturge dans l'écriture de sa pièce. C'est d'ailleurs ce qui ressort des trois premiers textes du corpus de Molière, Racine et Giraudoux, où les didascalies sont absentes, ou réduites pour *Les Fourberies de Scapin*, et non porteuses de sens. La tragédie classique se joue en effet sous une forme statique qui laisse place à la « parole » (Antonin Artaud), et cette primauté accordée au texte est reprise par Giraudoux dans *Electre* à travers un long monologue, le lamento du jardinier, qui a été coupé et adapté pour la représentation. On peut même observer au XIXe siècle, alors que le drame romantique multiplie les décors, les personnages et les scènes d'action, comme le duel dans *Hernani* de Victor Hugo, un rejet de la représentation par Musset qui conçoit le théâtre comme un « spectacle dans un fauteuil » : la mise en scène n'est alors perçue que comme figurative, et les difficultés liées à sa réalisation la rendent parfois insatisfaisante.

Ainsi, le texte théâtral offre cette particularité de porter le sens et de donner à voir, ce qui relègue, pour une large part des pièces, la mise en scène à un rôle secondaire qui consiste à mettre en valeur de façon accessoire le langage verbal privilégié par l'auteur.

Cependant, l'importance qui peut être accordée à la représentation s'explique par l'intérêt de l'aspect visuel du théâtre joué, et par la conception moderne d'un langage théâtral au-delà du langage verbal.

Le spectacle nécessite en effet un jeu de scène qui permet de jouer le texte théâtral, et non pas simplement de le dire. Ainsi, la gestuelle est dominante dans la commedia dell'arte, au XVIe, et consiste en une improvisation à partir d'un canevas. D'autre part, on peut observer d'importantes didascalies dans la première scène de *L'Île des Esclaves* de Marivaux, où le jeu oriente le dialogue d'Arlequin qui feint d'approuver son maître Iphicrate alors qu'il siffle, chante et manie sa bouteille pour marquer le début de sa révolte. Enfin, les comédies-ballets de Molière intègrent les parties chantées et dansées dans la pièce, comme le sacre de Monsieur Jourdain en mamamouchi dans *Le Bourgeois Gentilhomme*.

Par ailleurs, certains dramaturges, au XXe, envisagent la mise en scène, à laquelle ils accordent une place prédominante sur le texte, dans la perspective d'Antonin Artaud qui déplore que le théâtre soit limité au texte et par le texte, pour aboutir à un langage théâtral fondé sur un ensemble visuel et auditif. Les pièces de Samuel Beckett présentent un texte envahi par les didascalies qui ne peut prendre un sens qu'à travers elles. De même, l'extrait de *Rhinocéros* de Ionesco offre des didascalies prépondérantes qui prennent en charge le sens de la scène à travers une gestuelle et des bruitages, les répliques devenant à leur tour secondaires.

Le théâtre peut donc être conçu sous l'angle de sa représentation, dans la perspective du spectacle qui oriente le texte, lui aussi limité, mais également pour créer du sens lorsque le langage verbal s'avère insuffisant, et former une esthétique nouvelle et complète.

Enfin, ces deux aspects du théâtre semblent devoir se compléter et non s'opposer, afin de souligner le sens du texte mais aussi d'en proposer une interprétation en le mettant en scène.

Le théâtre prend en compte le public, lecteur ou spectateur, sur lequel il exerce un effet ; la mise en scène permet d'amplifier ou de souligner le sens d'une scène en fonction de l'effet recherché. Elle constitue par exemple un moyen d'accentuer la dimension comique, c'est le cas de la gestuelle du valet qui bat son maître en imitant différents accents évoquant des personnages imaginaires par le seul son (et non par le texte en lui-même) dans la scène du sac des *Fourberies de Scapin* ; elle permet en revanche dans la représentation de Phèdre de mettre en valeur le récit fondé sur la force évocatrice du langage verbal en effaçant le récitant.

Par ailleurs, la mise en scène permet d'apporter au texte de théâtre une interprétation qui ne relève plus forcément de son auteur, laissant une marge de liberté qui permet une sorte de recréation. En effet, le choix des décors et des costumes oriente le sens et la portée d'une œuvre : les costumes d'époque ancrent le texte dans une période tandis que les costumes modernes la rapprochent du spectateur ou lui confèrent un aspect intemporel. À l'inverse, les dramaturges comme Ionesco souhaitent maîtriser leur œuvre, indiquant minutieusement tous les détails du jeu de scène. Dans les deux cas, la notion de représentation oriente le sens du texte théâtral.

Ainsi, si le texte est à l'origine de la création théâtrale, la représentation l'oriente et lui donne son sens. Le théâtre joué n'est pas un simple théâtre lu, et sa mise en scène propose une interprétation livrée par son auteur ou laissée à l'initiative du metteur en scène. Le langage théâtral prend alors en compte l'ensemble des éléments de la scène auxquels s'intègrent les paroles.

Œuvres & parcours

1 *Sido* et *Les Vrilles de la vigne*, Colette

➔ **PARCOURS** La célébration du monde

1 Contexte des œuvres

Le contexte historique

La « Belle Époque »

La « **Belle Époque** » s'étend de la fin du XIXe siècle au début de la Première Guerre mondiale. Elle marque une période d'**insouciance** pour la population ainsi qu'une **liberté de mœurs**. Elle est riche en **progrès** de toutes sortes, aussi bien technologiques, industriels, artistiques que sociologiques. Mais c'est aussi une période d'**inégalités** car la vie est très dure pour les ouvriers qui multiplient alors les grèves.

Les « années folles »

Cette expression désigne la période s'étendant de 1920 à 1931. La génération d'après-guerre rêve d'un **monde nouveau** et favorise l'**esprit de fête**. C'est aussi l'époque où apparaissent le jazz, la radio, le cinéma ainsi que l'électroménager qui permet d'accéder à un **nouveau mode de vie**. Cette vague d'euphorie est avant tout en vogue à **Paris**. Le monde rural est bien loin de cette nouvelle dynamique et la vie y demeure difficile.

Le contexte littéraire

- Au début du XXe siècle a lieu une véritable **crise du roman**. En effet, la multiplication des œuvres remet en question la définition même du genre.
- Alors qu'on pose comme critère principal l'affabulation, de nombreux auteurs rejettent les **conventions du genre** telles que la construction d'une intrigue et la notion même de héros.

2 Résumé des œuvres

Sido (1930)

« Sido »

- L'œuvre s'ouvre sur un chapitre consacré à la mère, Sido. L'autrice dresse tout d'abord le portrait d'une femme aimant la province. On apprend alors qu'elle a du caractère, qu'elle est fantaisiste et qu'elle apprécie peu les tâches ménagères.

- Ce que l'autrice souligne surtout, c'est le rapport particulier que sa mère entretient avec son jardin. Celui-ci lui offre un véritable apaisement et constitue pour elle un havre de paix. Par cette description du jardin, on ressent toute l'admiration que la fillette a pour sa mère qui apparaît comme un être exceptionnel.
- Ainsi, la célébration de la nature s'entremêle à celle de la mère. La jeune fille évoque aussi le souvenir d'une visite à Adrienne, l'« *amie singulière* » et qui a été pour elle une première expérience de la séduction.

« Le capitaine »

- Si la figure de la mère irradie dans tout le livre, cette deuxième partie est davantage consacrée au père, Jules-Joseph Colette. L'autrice précise d'emblée qu'elle a peu connu son père et tente de reconstruire son portrait à partir de ce qu'elle pense qu'il était.
- On apprend tout d'abord qu'il était très amoureux de Sido, qu'il était capitaine dans l'armée, qu'il a participé à la guerre et qu'il était, contrairement au reste de sa famille, citadin. La narratrice partage aussi avec le lecteur des souvenirs d'enfance tels qu'une partie de campagne, des chansons ou des échanges sur ses habits. Cette partie se termine sur une visite de l'autrice, adulte, à Mme B., capable de communiquer avec les esprits.

« Les sauvages »

- Cette dernière partie est consacrée à ses frères, Achille et Léo, et sa demi-sœur Juliette. On apprend qu'au moment de l'écriture, son frère aîné est décédé. Elle confie avoir dû questionner sa mère pour en savoir davantage sur ses frères. On apprend qu'Achille entreprendra des études de médecine tandis que Léo se détournera de la musique. Enfin, elle évoque leurs jeux et taquineries d'enfants.

Les Vrilles de la vigne (1908)

- Cette œuvre rassemble un ensemble de textes écrits à des époques différentes mais pour la plupart en 1907-1908. Elle rassemble des **textes brefs** dans lesquels nous retrouvons des dialogues de bêtes mais aussi des évocations de la nature, des méditations sur l'**amour**, la **solitude**, la **liberté** ou encore le **passage du temps**.
- « **Les Vrilles de la vigne** » : Colette se compare au rossignol qui, de peur de se retrouver à nouveau piégé par les vrilles de la vigne, ne cessa de chanter. Cela marque son désir de liberté et sa crainte d'être à nouveau attachée à des liens.
- « **Rêverie de Nouvel An** » : après avoir promené ses chiennes, la narratrice se remémore l'An passé et réalise que le temps avance inexorablement.
- « **Chanson de la danseuse** » : la narratrice compare la vie à une danse.

- « **Nuit blanche** » : la narratrice est au lit avec une autre femme. En proie à l'insomnie, elle se remémore la journée heureuse qu'elles ont passée ensemble.
- « **Jour gris** » : le temps de la tempête, la narratrice s'éloigne de l'être aimé en se remémorant son pays afin d'oublier le vent qui gronde.
- « **Le dernier feu** » : la narratrice évoque les joies du dernier feu qui annonce le retour du printemps.
- « **Amours** » : véritable éloge de la chatte qui représente la liberté. La narratrice exprime son affection pour cet animal qu'elle érige en modèle à suivre.
- « **Un rêve** » : lors d'un rêve, la narratrice dialogue avec l'une de ses chiennes décédées. La chienne espère que sa maîtresse saura la reconnaître, mais elle réalise qu'elle n'est pas la seule à avoir obtenu son affection car la narratrice ne parvient pas à donner le bon nom avant que la chienne ne retourne dans le monde des morts.
- « **Nonoche** » : Nonoche est une chatte qui a été mère à plusieurs reprises mais cela n'a en rien altéré sa beauté. Elle continue de s'occuper de son dernier né alors qu'il est déjà grand avant de finalement le repousser pour mener sa vie.
- « **Toby-Chien parle** » : Toby-Chien et Kiki-La-Doucette s'interrogent sur le changement de comportement de leur maîtresse. Alors qu'elle sait qu'elle est trompée par son mari et que les femmes lui souhaitent du mal, elle choisit de se concentrer sur son plaisir de la scène qui la rend vraiment heureuse.
- « **Dialogue de bêtes** » : Toby-Chien confie à Kiki-La-Doucette qu'il n'apprécie plus l'oisiveté de la vie à la campagne et qu'il repense avec nostalgie à sa vie à Paris et plus particulièrement aux soirées aux Folies-Élyséennes. Les deux animaux observent ensuite leur maîtresse qui se repose. Alors que Toby-Chien pense qu'elle regrette aussi ce temps-là, Kiki-La-Doucette lui explique que leur maîtresse est en communion avec la nature et jouit de l'instant présent.
- « **Maquillages** » : la narratrice découvre que sa fille se maquille et exprime son mécontentement comme sa propre mère l'avait fait à l'époque. Cette situation donne lieu à une réflexion sur la beauté naturelle et le pouvoir du maquillage.
- « **Belles-de-jour** » : la narratrice observe une guêpe sur une tarte en attendant l'arrivée de son amie Valentine. Cette dernière souffre car son amant ne l'aime plus. Il lui reproche de ne plus être la même le soir quand elle enlève son maquillage et ses apprêts. La narratrice semble prendre le parti de l'homme trompé par les artifices féminins.
- « **De quoi est-ce qu'on a l'air ?** » : Valentine rend visite à la narratrice. Elle se plaint d'être épuisée par la vie mondaine qu'elle mène et en profite pour se reposer chez la narratrice qu'elle estime « en marge de la société » et qui ainsi ne la jugera pas.

- **« La guérison »** : Valentine est bouleversée car son amant l'a quittée. La narratrice lui explique que bientôt viendra le temps de la guérison et qu'elle connaîtra alors un autre amour.
- **« Le miroir »** : la narratrice dialogue avec Claudine, son double. Tandis qu'elles évoquent leur enfance, elle réalise qu'elle a perdu ce qu'elle nomme son « orgueil » d'enfant en devenant une femme.
- **« La dame qui chante »** : une femme laide s'apprête à chanter. Le narrateur, spectateur de la scène, la juge avec sévérité. Mais lorsqu'elle se met à chanter, elle se métamorphose et éblouit alors l'homme qui la regarde.
- **« En baie de somme »** : elle décrit une mère avec ses enfants à la plage, la course de son chien après un oiseau et les pêcheurs au café avant de reprendre la mer. Puis elle se laisse aller à la rêverie lors d'un bain de mer et d'une balade au sein de la forêt de Crécy.
- **« Partie de pêche »** : récit de la partie de pêche organisée par Marthe.
- **« Music-Halls »** : récit de la préparation d'une pantomime avec les angoisses, les répétitions et les doutes.

3 Personnages principaux

Sido

- Personnage éponyme et mère de la narratrice, Sido défend la **vie à la campagne** face à celle au sein de la capitale. En effet, son lieu préféré est son jardin qu'elle entretient avec amour et qui devient représentatif du **paradis terrestre**.
- Colette délivre au lecteur une **image idéalisée** de sa mère, qu'elle reconstitue lors de l'écriture en en faisant un véritable personnage. Toutefois, nous retrouvons dans le récit des **éléments biographiques** avec l'évocation de la maladie de Sido qui la conduit à l'ablation des deux seins ou avec la présence de petites anecdotes telles que l'échange des nourrissons avec son amie Adrienne lors de l'allaitement.

Jules-Joseph Colette

- Ancien **capitaine**, il perd une jambe lors de la guerre d'Italie : « *Guerre d'Italie… Mon père, à 29 ans, tombe, la cuisse gauche arrachée* ».
- Contrairement à Sido, il préfère la ville à la campagne : « *Il était poète, et citadin. La campagne, où ma mère semblait se sustenter de toute sève, et reprendre vie chaque fois qu'en se baissant elle en touchait la terre, éloignait mon père, qui s'y comporta en exilé.* »

Juliette

- **Sœur aînée** de la narratrice, elle apparaît comme un être à part, « *étrangère à tous, volontairement isolée au sein de sa propre famille* ». Elle s'éloigne davantage de ses proches lorsqu'elle décide de se marier puisque leur mère estime qu'il s'agit d'un « *mauvais mariage* » et « *ne tut pas ce qu'elle en pensait* ». Aux yeux de la mère, le mariage est un « *accident* » qu'elle juge « *désespéré* » et le marié est considéré comme « *le premier chien coiffé* ».
- Léo est tout aussi sévère car il refuse de se rendre au mariage alors même qu'il est le garçon d'honneur : « *Elle n'a qu'à pas se marier ! Pour ce qu'elle épouse !... Un type qui sent le vermouth ! D'abord, elle a toujours vécu sans nous, elle n'a pas davantage besoin de nous pour se marier !* »
- Le choix de ce mariage ne semble pas non plus épanouir la jeune fiancée puisqu'elle apparaît « *tremblante de faiblesse, nerveuse, toute petite, accablée de faille et de tulle blancs, pâle* » mais aussi « *soumise* ».

Achille et Léo

- Achille est l'**aîné** et Léo le **cadet**. La narratrice souligne tout d'abord leur **beauté**. L'aîné est « *châtain aux yeux verts* », a « *une bouche empourprée* » tandis que le cadet a des « *cheveux mal taillés qui descend[ent] jusqu'à ses yeux bleu-de-plomb* ».
- Les deux frères, désignés comme des « *sauvages* » par Sido, renvoient bien au mythe du bon sauvage. Qualifiés de « *sobres et vertueux* », ce sont de « *vrais sauvages* ». Ils vivent en **harmonie avec la nature** qui ne leur apparaît pas hostile : « *ses garçons ne rentraient que par des sentes de traverse, des prés marécageux et bleus ; coupant par les sablières, les ronciers* ».

> **À savoir**
> Le **mythe du bon sauvage** présente comme idéal l'homme à l'état de nature.

4 Thèmes clés

Des récits autobiographiques ?

- Selon Philippe Lejeune dans *Le Pacte autobiographique* (1975), l'**autobiographie** est « *le récit rétrospectif en prose qu'une personne réelle fait de sa propre existence, lorsqu'elle met l'accent sur sa vie individuelle, en particulier sur l'histoire de sa personnalité* ».
- *Les Vrilles de la vigne* sont un **recueil d'articles** dans lesquels Colette ne revient ni sur son passé ni ne tente d'analyser sa personne. On retrouve au contraire

des textes qui s'apparentent à des **contes**, des **chroniques**, des **poèmes en prose** ou encore des **scènes de théâtre**. En cela, cette œuvre n'est pas un récit autobiographique.

• Dans *Sido*, si Colette semble se consacrer au portrait de sa mère, elle n'en fait pas moins un véritable **autoportrait** de l'enfant qu'elle a été et plus particulièrement pendant la période entre huit et douze ans. L'écriture est alors le moyen de **retrouver ce temps passé** et de retourner, par les souvenirs et les mots, dans le village de son enfance. En cela, *Sido* apparaît bien comme un récit autobiographique.

Le rossignol

• Ce texte, qui sert d'**introduction** au recueil *Les Vrilles de la vigne*, annonce les **thèmes majeurs** que le lecteur va retrouver : l'aspiration à la liberté et le refus des contraintes. Cette œuvre marque un tournant dans sa carrière puisqu'elle lui permet de **s'affirmer en tant que femme** suite à son divorce avec Willy.

• Ce texte est constitué de **deux parties**, une anecdote et son explicitation. Le lecteur doit comprendre qu'il ne faut pas se laisser enfermer par les habitudes comme l'a fait le rossignol et que l'apprentissage de la liberté ne sera pas sans douleur.

Les animaux

• Les **animaux** sont omniprésents dans la vie de Colette comme ils le sont dans son œuvre. On retrouve aussi bien les oiseaux avec le rouge-gorge ou le goéland, les insectes (papillons, libellules, guêpes…) qui occupent le jardin et que la narratrice se plaît à observer ou encore le hérisson, le crapaud, le serpent.

• À côté de ce bestiaire, **chiens et chats** trouvent une place privilégiée. Colette en fait de véritables personnages à qui elle **donne la parole** à plusieurs reprises dans les *Vrilles de la vigne*. Ces animaux personnifiés font alors preuve d'humanité, d'observation et de réflexion. Ils sont source de joie et de réconfort pour leur maîtresse.

• Un animal se démarque particulièrement : le **chat**. Le morceau « Amours » qui lui est consacré dans *Les Vrilles de la vigne* est un véritable **éloge** à son égard. Le chat représente la **liberté** pour la narratrice. Il est un **exemple à suivre** en ce qu'il ne se laisse pas influencer, qu'il peut être aussi distant qu'affectueux.

À retenir

Colette écrira un roman *La Chatte*, qui met en concurrence l'animal et la femme.

Parcours

La célébration du monde

Sido et *Les Vrilles de la vigne*, Colette

1 Comprendre l'intitulé

a. Le sens des mots pris séparément

- **Célébration** : célébrer consiste à **louer quelque chose**, à en faire l'éloge dans le but de l'honorer. La célébration implique donc une **description méliorative** et tout un **vocabulaire laudatif** propre à mettre en avant les qualités et ainsi de les faire constater aux yeux de tous. La célébration s'apparente aussi à une **fête**. Elle est un moment de **joie collective** permettant une union. Colette, par sa célébration du monde, crée une union avec le lecteur qu'elle invite à poser un nouveau regard sur ce lieu.
- **Monde** : le monde désigne l'univers en général, aussi bien la ville que la campagne et ceux qui l'occupent (êtres humains, animaux et végétaux).

b. Mise en relation des deux termes

La célébration du monde implique donc que ce dernier soit présenté de manière **élogieuse** et **lyrique**.

2 Le parcours et les œuvres intégrales

- Les œuvres proposent un regard mélioratif sur le monde qui entoure la narratrice et plus particulièrement la nature. Son œuvre semble alors assimilée à un **hymne de la terre**.

3 La dissertation sur les œuvres en lien avec le parcours

- Dans *Sido* et *Les Vrilles de la vigne*, Colette ne cesse de célébrer le monde qui l'entoure et plus particulièrement la nature. Cela commence par la beauté du jardin de sa mère pour ensuite s'étendre à l'univers. La beauté du paysage est ainsi retranscrite par la **poésie des mots** qui nous font entendre les bruits et sentir les odeurs. Par l'écriture, elle fait du jardin maternel un véritable *locus amoenus*.

Vocabulaire

Le ***locus amoenus*** est une expression latine désignant un lieu idyllique. On retrouve fréquemment cette thématique dans les œuvres littéraires pour décrire un lieu idéalisé où règnent bien-être, confort et sécurité.

- Colette observe le monde avec **minutie** afin d'en saisir toutes les nuances et le retranscrit par un **vocabulaire précis** sur la nature qui l'entoure. Elle fait preuve d'un **regard attentif**. C'est d'ailleurs par des associations avec la nature que l'autrice développe sa **conception de la vie** puisqu'elle n'hésite pas à se comparer au rossignol dans *Les Vrilles de la vigne*.
- Ce paysage célébré est aussi l'**expression des émotions intimes** de la jeune fille puisqu'on le découvre par le prisme de son regard. À l'instar des auteurs romantiques, elle nous dévoile, par sa perception du monde, son **paysage intérieur**.

« Étés réverbérés par le gravier jaune et chaud, étés traversant le jonc tressé de mes grands chapeaux, étés presque sans nuits… Car j'aimais tant l'aube, déjà, que ma mère me l'accordait en récompense. J'obtenais qu'elle m'éveillât à trois heures et demie, et je m'en allais, un panier vide à chaque bras, vers des terres maraîchères qui se réfugiaient dans le pli étroit de la rivière, vers les fraises, les cassis et les groseilles barbues. »

« Toute présence végétale agissait sur elle comme un antidote, et elle avait une manière étrange de relever les roses par le menton pour les regarder en plein visage. »

Sido

« Je ne connais plus le somme heureux, mais je ne crains plus les vrilles de la vigne. »

« Cassantes, tenaces, les vrilles d'une vigne amère m'avaient liée, tandis que dans mon printemps je dormais d'un somme heureux et sans défiance. »

« Je voudrais dire, dire, dire tout ce que je sais, tout ce que je pense, tout ce que je devine, tout ce qui m'enchante et me blesse et m'étonne ; mais il y a toujours, vers l'aube de cette nuit sonore, une sage main fraîche qui se pose sur ma bouche, et mon cri, qui s'exaltait, redescend au verbiage modéré, à la volubilité de l'enfant qui parle haut pour se rassurer et s'étourdir… »

Les Vrilles de la vigne

« J'abandonnai la chatte à ses démons et retournai l'attendre au lieu qu'elle ne quitte ni de jour ni de nuit quand j'y travaille lentement et avec peine – la table où assidue, muette à miracle, mais résonnante d'un sourd murmure de félicité, gît, veille ou repose sous ma lampe la chatte, mon modèle, la chatte, mon amie. »

« Amours », *Les Vrilles de la vigne*

« Ainsi immobile et les yeux clos, elle habite chaque pelouse, chaque arbre, chaque fleur. »

« Dialogue de bêtes », *Les Vrilles de la vigne*

2 *Manon Lescaut*, Abbé Prévost, 1731

➔ **PARCOURS** Personnages en marge, plaisirs du romanesque

1 Contexte de l'œuvre

Le contexte historique

La fin du règne de Louis XIV

- Louis XIV a imposé la **monarchie absolue** donnant au roi tous les pouvoirs.
- La **multiplication des guerres** avec des puissances étrangères introduit des **difficultés économiques** et renforce la famine au sein du pays. Malgré la création de nouveaux impôts, la dette augmente.

La régence

- Lors de la mort de Louis XIV le 1er septembre 1715, son héritier, le futur Louis XV, n'a que cinq ans. Est alors mis en place une **régence**, confiée à son neveu le duc **Philippe d'Orléans**.
- Ce dernier crée un gouvernement qui repose sur sept conseils composés d'aristocrates. Mais, dans une démarche **absolutiste**, il supprime ces conseils en 1718 et ne conserve que le conseil de Régence qui ne pourra qu'approuver des décisions déjà prises.
- Il tente de **relancer économiquement** le pays en soutenant la réforme de l'Écossais John Law. Si de nombreuses personnes ont perdu leur fortune, le **système de Law** a permis de diminuer la dette publique et de dynamiser l'économie.

Louis XV

- En 1722, Louis XV est **sacré roi** à Reims et Philippe d'Orléans devient son premier ministre jusqu'à sa mort en 1723. Il sera alors remplacé par le **duc de Bourbon** puis par le **cardinal de Fleury** qui gouvernera de 1726 à 1743.
- Si le roi est populaire au début de son règne. Par la suite, on lui reprochera son **manque de fermeté** ainsi qu'une vie privée trop **libertine**.

Le contexte littéraire

Les Lumières

- Les Lumières désignent un courant de pensée du XVIIIe siècle qui met au centre de ses préoccupations l'usage de la **raison**. Son but est de lutter contre l'obscurantisme et les ténèbres que représentent les abus de la religion et du pouvoir absolu.

• Les philosophes des Lumières croient au **progrès** permis par les découvertes et les voyages. En effet, elles mèneraient à un progrès de l'esprit capable de remettre en question le monde qui l'entoure et de faire preuve d'**esprit critique**. La rédaction de l'*Encyclopédie* a pour but de réunir les savoirs et de les rendre accessibles au plus grand nombre.

Le libertinage

• Le mot **libertinage** vient du latin *libertinus* qui signifie « esclave affranchi ». Il désigne la liberté d'esprit en matière de pensée religieuse ou de mœurs et est à l'origine d'un **courant littéraire** qui se développe au XVIIIe siècle.

• Sous la régence, période de **libération des mœurs**, le libertinage devient un véritable jeu auquel s'adonne la cour. On parle à l'époque d'un « vice à la mode ». Le libertinage peut prendre différentes formes dont celle du mythe de Dom Juan qui multiplie les conquêtes dans le seul plaisir de séduire et de manipuler, bien loin de toute question morale.

2 Résumé de l'œuvre

La structure

Avis de l'auteur

• L'auteur explique qu'il a choisi de publier à part l'*Histoire de Des Grieux et de Manon Lescaut* du reste des *Mémoires et aventures d'un homme de qualité* afin de ne pas briser le rythme de ses *Mémoires*. Il se concentre sur le personnage de **Des Grieux** qu'il présente comme « *un exemple terrible de la force des passions* ». Puis il réfléchit à la difficulté à **mettre en pratique des principes moraux** qui sont pourtant estimés.

Première partie

• **Renoncour**, l'homme de qualité, raconte sa rencontre avec Des Grieux qu'il a croisé à Pacy-sur-Eure lors de l'arrivée d'un convoi de filles de joie déportées en Louisiane. Des Grieux ne dévoile pas leur identité mais lui confie sa tentative pour délivrer Manon en suivant le convoi. Touché, Renoncour lui donne un peu d'argent et poursuit sa route.

• Deux ans plus tard, Renoncour rencontre de nouveau Des Grieux à Calais. Ce dernier accepte de lui **raconter son histoire**. On apprend alors que Des Grieux a eu un véritable coup de foudre pour Manon et qu'ils s'enfuient ensemble.

• Mais après quelques semaines à vivre leur amour et **sans réserve financière**, Manon le trompe avec M. de B… qui est vieux mais riche. Le père de Des Grieux envoie ses laquais afin de ramener son fils à la maison. Il reprend alors ses études de théologie mais Manon le retrouve. Il **quitte tout** pour partir avec elle.

- Ils s'installent ensemble à Chaillot et rencontrent **Lescaut**, le frère de Manon. Ce dernier est prêt à prostituer sa sœur pour avoir plus d'argent. Leur maison brûle et l'argent commence à manquer. Manon tend alors un piège à M. de G… M… à qui elle a promis de se vendre pour finalement lui voler ses biens. Ce dernier les dénonce à la police et Des Grieux et Manon sont **enfermés**. Des Grieux s'évade et parvient à libérer Manon avec l'aide de Lescaut et de M. de T… Lors d'une bagarre, Lescaut meurt. Des Grieux recontacte son ami Tiberge afin de lui réclamer une aide financière.

Deuxième partie

- Manon souhaite **se venger** de M. de G… M… en séduisant et dupant son fils. Mais finalement, elle apprécie de vivre dans le luxe et envoie alors une lettre à Des Grieux lui disant qu'elle ne le rejoindra pas. Des Grieux la menace de la quitter ou de se tuer. Elle accepte alors de le rejoindre.
- Le vieux G… M… les fait enfermer au Châtelet mais le père de Des Grieux intervient et parvient à obtenir la libération de son fils tandis que Manon sera envoyée en exil en Nouvelle-Orléans. Des Grieux suit donc le convoi et embarque pour l'Amérique. À la colonie, on les croit mariés. Des Grieux demande à régulariser cette situation mais le gouverneur refuse car son neveu est amoureux de Manon. Des Grieux s'en prend alors au neveu et s'enfuit dans le désert avec Manon. Manon, épuisée, meurt. Deux mois plus tard, Tiberge vient retrouver Des Grieux et les deux amis rentrent ensemble. C'est là qu'il rencontre pour la deuxième fois Renoncour.

L'ordre des événements

Première partie

- **Récit cadre :**

– Renoncour rencontre pour la première fois Des Grieux qui suit le convoi à destination de l'Amérique dans lequel se trouve Manon.

– Deux ans plus tard, Renoncour croise de nouveau Des Grieux. Ce dernier lui raconte son histoire.

- **Récit enchâssé :**

– Des Grieux rencontre Manon Lescaut, envoyée au couvent par ses parents. Ils s'enfuient ensemble. Alors qu'ils sont installés ensemble, Des Grieux découvre que Manon voit en secret M. de B… avant d'être enlevé par les domestiques de son père. Des Grieux reprend ses études de théologie.

– Un an plus tard, Manon retrouve Des Grieux et le convainc de partir avec elle. Ils s'installent à Chaillot. Le frère de Manon vient s'installer avec eux. Leur maison brûle et leur argent est volé. Manon commence à fréquenter M. de G… M…

– Des Grieux est enfermé à Saint-Lazare et Manon à la Salpêtrière. Des Grieux, pour s'enfuir de la prison, tue un domestique. Il se lie d'amitié avec M. de T… qui l'aide à faire sortir Manon. Lescaut est tué. Le couple s'installe à Chaillot.

Deuxième partie

Récit enchâssé :

– Manon commence à fréquenter le fils de G… M... Des Grieux parvient à l'éloigner mais le vieux G... M..., ne sachant où est son fils, les dénonce. Ils sont alors enfermés au Châtelet.

– Le père de Des Grieux passe un accord avec le vieux G… M... : Des Grieux retrouve sa liberté mais Manon est déportée en Amérique. Des Grieux suit le convoi qui emmène Manon. Une fois arrivés en Nouvelle-Orléans, le couple fait croire qu'ils sont mariés. Des Grieux fait confiance au gouverneur et lui demande de régulariser leur situation. Le gouverneur refuse car Synnelet, son neveu, est amoureux de Manon.

– Un duel oppose Synnelet à Des Grieux. Ce dernier pense l'avoir tué. Manon et Des Grieux s'enfuient dans le désert. Manon meurt et le jeune homme l'enterre. Tiberge vient retrouver Des Grieux et le ramène en France. Des Grieux apprend la mort de son père.

3 Personnages principaux

Des Grieux

Des Grieux est un jeune homme de 17 ans issu d'une bonne famille et qui réussit ses études. Il juge avoir « *l'humeur naturellement douce et tranquille* » et réprouve le vice. Mais ses **principes seront mis à rude épreuve** lorsqu'il rencontrera Manon. Fou amoureux, il **ne parvient pas à se raisonner** et semble prêt à tout pour être avec elle.

Manon Lescaut

Manon Lescaut est une jeune fille d'environ 16 ans qui se fait remarquer avant tout par sa beauté. **Avide d'argent**, elle aime le luxe au détriment de toute morale et devient la courtisane de nombreux hommes riches. Si elle est infidèle, elle semble aimer sincèrement Des Grieux vers lequel elle retourne toujours mais elle devient pour lui une véritable femme fatale qui ne peut le conduire qu'à sa perte.

Tiberge

Tiberge est l'**ami sincère** de Des Grieux. Ils ont été élevés ensemble mais sa famille possédant peu d'argent, il a été contraint de prendre l'état ecclésiastique. Toujours présent pour Des Grieux, il n'hésite pas à répondre à ses demandes et à l'aider même s'il juge défavorablement ses actions. Il lui délivre des conseils sans pour autant lui tourner le dos.

Lescaut

- Lescaut, **garde du corps**, est le frère de Manon. Amateur de jeux d'argent, il se préoccupe davantage de ses revenus que de sa famille et n'hésite pas à mentir à sa propre sœur pour bénéficier de ses biens. Sans scrupule, il l'encourage à se prostituer pour avoir plus d'argent.

M. de B… et M. de G… M…

- M. de B… est un **fermier général**. Il perçoit des impôts et des droits de douane au nom du roi. Homme très riche, il se laisse prendre au piège par Manon.
- M. de G… M… est un homme âgé qui aime les plaisirs de la chair et qui n'hésite pas à se les offrir grâce à son argent.

M. de T...

- On sait peu de choses sur M. de T... Des Grieux va à sa rencontre dans le but de lui demander de l'aider à faire sortir Manon de l'hôpital. Il lui demandera à nouveau de l'aide lorsqu'il voudra éloigner M. de G... M... de Manon le temps d'une soirée.
- On sait qu'il est « *riche* » et de « *bonne famille* ». Selon Des Grieux, il est « *dans un certain goût de plaisirs, comme la plupart des jeunes gens de son âge* ».

4 Thèmes clés

Un roman de mœurs

- L'histoire du roman est représentative de la vie sous la régence qui laisse place à l'**assouvissement des plaisirs** et à l'**immoralité**. C'est bien la vie à Paris qui condamne les héros à vouloir toujours plus et à désirer vivre dans le luxe. En effet, alors qu'ils viennent de se procurer une petite maison en province à Chaillot, Manon ne tarde pas à exprimer son souhait de retourner à la ville (« *Elle me proposa de reprendre une maison à Paris* »). Cela conduit le jeune couple à avoir deux logements et à multiplier les dépenses.

• Mais pour vivre cette vie fastueuse, il faut **de l'argent à tout prix**, peu importe comment on l'obtient. Manon n'hésite pas à vendre son corps, Lescaut manipule, triche et joue tandis que Des Grieux se penche vers le jeu et accepte même de faire semblant d'être le frère de Manon devant M. de G… M… afin de pouvoir bénéficier de sa fortune. Des Grieux se laisse finalement **contaminer** par ce milieu auquel Manon semble parfaitement adhérer.

• Les plus riches sont aussi critiqués car ils n'hésitent pas à **profiter de la pauvreté** de Manon pour assouvir leurs envies. En effet, les plus vieux ne parvenant plus à séduire les jeunes femmes compensent ce manque en recourant à la prostitution. Manon, véritable courtisane, sera assimilée à n'importe quelle prostituée lorsqu'elle sera déportée par convoi en Amérique.

Une histoire d'amour

• *Manon Lescaut* est aussi une **histoire d'amour** entre le chevalier Des Grieux issu d'« *une des meilleures maisons de P…* » et la jeune Manon qui est de « *naissance commune* ». Ces deux personnages, **issus de deux mondes bien différents**, vont être réunis par leurs sentiments respectifs. En effet, Des Grieux tombe immédiatement sous le charme de Manon, à l'image d'un coup de foudre : « *je me trouvai enflammé tout d'un coup jusqu'au transport* ». Il la désigne alors comme « *la maîtresse de [son] cœur* » et écoute ses désirs au détriment de sa raison. De son côté, Manon semble aussi aimer sincèrement Des Grieux. Elle lui avouera avec force lors de sa visite à Saint-Sulpice. Toutefois, nous n'avons accès qu'au **point de vue du jeune homme** et ne savons jamais ce que pense réellement Manon.

• Cette passion amoureuse est montrée aux prises avec la **société matérialiste** et avec l'argent. En effet, Manon et Des Grieux ne parviennent pas à vivre pleinement leur histoire d'amour car ils sont sans cesse confrontés aux **besoins financiers et matériels**.

• Manon n'est pas prête à renier le **luxe** et le confort pour vivre son amour avec Des Grieux, c'est pourquoi elle le trompe à plusieurs reprises. De son côté, Des Grieux souhaite la **fidélité** en amour et semble prêt à tout pour l'obtenir de Manon. Ainsi, il n'hésite pas à jouer, tricher voire tuer pour vivre avec la jeune femme et disposer d'une certaine fortune. De même, il recontacte son ami Tiberge dans le seul but de lui demander de l'argent : « *Je n'osais lui déclarer que c'était sa bourse que j'avais besoin.* »

• Manon est représentative de la **femme fatale**, celle à qui on ne peut résister et qui nous mène à notre perte. Des Grieux succombe immédiatement, il est complètement envoûté par elle au point de renier toute morale quand cela lui permet de la rejoindre, comme c'est le cas lors de l'épisode de l'évasion de la prison. De plus, elle lui sera bien fatale, car, s'il ne meurt pas à la fin du roman, il est voué à souffrir suite à la perte de sa bien-aimée.

• Enfin, on peut relever que la **passion amoureuse** est présentée comme sujet principal de l'œuvre par Renoncour dès l'avis au lecteur. En effet, il précise d'emblée que son récit est « *l'exemple terrible de la force des passions* ».

L'organisation du récit

• Le roman débute par le **récit cadre** de Renoncour qui annonce raconter l'histoire du chevalier Des Grieux qu'il a rencontré. Il crée alors un **pacte de lecture** avec le lecteur afin d'attester la véracité de son histoire et ainsi d'intensifier les émotions lors de la lecture.

• Renoncour est présenté comme un homme de confiance par le titre même de ses mémoires qui le décrivent comme « *un homme de qualité* ».

• Ce premier récit laisse alors place au **récit enchâssé** tenu par Des Grieux auprès de Renoncour : « *J'avais dix-sept ans, et j'achevais mes études de philosophie à Amiens.* » Le récit **à la première personne** permet ainsi de proposer un récit **subjectif** propre à évoquer les émotions, passions, doutes et remords du jeune homme et ainsi à **susciter la pitié** du lecteur. Toutefois, toute l'histoire racontée est présentée du point de vue de Des Grieux. On ne saura jamais ce que pense réellement Manon ni ses véritables sentiments, d'autant plus que l'amour qu'il ressent pour elle l'empêche d'avoir un regard objectif sur ce qu'ils ont vécu.

La fidélité

• Manon et Des Grieux n'ont pas la même **conception de la fidélité**. Des Grieux souhaite un amour unique qui associe aussi bien la fidélité des **cœurs** que la fidélité des **corps**. Pour Manon, la fidélité des corps n'a aucune importance, pour elle, seule la fidélité du cœur compte. C'est pourquoi dans la deuxième partie elle est favorable au fait que Des Grieux passe une nuit avec « *une des plus jolies filles de Paris* » pendant qu'elle sera avec G… M...

• Manon et Des Grieux n'ont pas la même **perception du monde**. En effet, en tant que jeune **aristocrate**, Des Grieux rêve d'un amour pur et idéal tandis que Manon, en tant que femme issue de la **petite bourgeoisie**, a une vision plus prosaïque de l'amour et ainsi des préoccupations plus matérielles. C'est pourquoi elle dit à Des Grieux : « *[…] ne vois-tu pas, ma pauvre chère âme, que dans l'état où nous sommes réduits, c'est une sotte vertu que la fidélité ? Crois-tu qu'on puisse être bien tendre lorsqu'on manque de pain ?* » Or Des Grieux juge ces préoccupations indignes de l'amour. D'où sa réponse : « *Elle appréhende la faim. Dieu d'amour ! quelle grossièreté de sentiments !* »

• Des Grieux souffre des multiples infidélités de Manon et les lui reproche : « *Amante mille fois volage et cruelle, qu'as-tu fait de cet amour que tu me jurais encore aujourd'hui ? [...] C'est donc le parjure qui est récompensé ! Le désespoir et l'abandon sont pour la constance et la fidélité.* »

Des Grieux et Manon, des personnages en marge

- Si Manon apparaît d'emblée comme un personnage en marge par son statut de **courtisane**, Des Grieux est au contraire un jeune homme **bien intégré** à la société par son statut et ses études.
- Toutefois, leur union va d'emblée les **marginaliser** puisqu'ils choisissent de s'unir hors mariage. Cette relation ne pourra donc pas être reconnue par la société puisqu'elle n'en respecte pas les codes.
- Cette marginalisation est alors symbolisée par les **déplacements** des deux protagonistes qui sont contraints de quitter Paris pour la banlieue et plus particulièrement Chaillot. Ils se retrouvent ainsi en marge de la société parisienne. Cette marginalisation sera d'autant plus visible à la fin de l'œuvre puisque les personnages n'auront d'autres solutions que de **fuir** dans le désert. Ils sont contraints de **s'extraire de la société pour vivre leur amour** et parce que leur amour ne peut être toléré au sein de la société, la fin ne peut être que tragique.
- Cette marginalisation est particulièrement verbalisée par Tiberge qui ne cesse d'inviter son ami à retrouver le chemin de la raison : « *Permettez-moi, mon cher Chevalier [...] d'y mettre seulement une condition : c'est [...] que vous souffrirez que je fasse du moins mes efforts pour vous ramener à la vertu, que je sais que vous aimez, et dont il n'y a que la violence de vos passions qui vous écarte.* »

Une histoire tragique

- L'histoire d'amour qui unit Manon et Des Grieux est **condamnée** par la société. En effet, le père de Des Grieux est le premier à s'y opposer. C'est tout d'abord son père qui le fait enlever par ses laquais lorsqu'il a fui pour la première fois avec Manon. Ce sera à nouveau lui qui éloignera les deux jeunes gens en favorisant la déportation de Manon pour l'Amérique.
- D'autre part, cette histoire d'amour apparaît **impossible** car les hommes ne cessent de s'approprier Manon. Ce sera le cas de M. de B… et de M. de G... M... qui peuvent la posséder parce qu'ils sont riches. Mais ce sera aussi le cas du gouverneur en Nouvelle-Orléans qui est présenté comme le maître. En effet, l'aumônier explique à Des Grieux que c'est au gouverneur à « *disposer d'elle* ».
- À plusieurs reprises, Des Grieux évoque son « *sort* » et souligne ainsi qu'il n'est pas maître de son destin : « *J'ai remarqué dans toute ma vie, que le Ciel a toujours choisi, pour me frapper de ses plus rudes châtiments, le temps où ma fortune me semblait le mieux établie.* »
- Leur histoire d'amour prend alors une **tournure tragique** car ils ne peuvent la vivre pleinement étant donné qu'ils sont issus de deux mondes différents et

que Manon ne répond pas aux codes qui régissent celui de Des Grieux. De ce fait, ne pouvant vivre au sein de la société et ne pouvant survivre dans le désert, Manon est **condamnée** à mourir.

Parcours

Personnages en marge, plaisirs du romanesque

▸ *Manon Lescaut*, Abbé Prévost

1 Comprendre l'intitulé

a. Le sens des mots pris séparément

• **Personnages en marge** : être en marge signifie être à l'écart. Les personnages en marge sont donc ceux qui ne s'intègrent pas à la société : il s'agit ici principalement des bandits, des tricheurs et des prostituées.

• **Plaisirs du romanesque** : le roman doit être source de divertissement pour le lecteur en lui faisant ressentir différentes émotions et en lui donnant envie de lire la suite de l'histoire. Le nom « romanesque » insiste alors sur les particularités propres à ce genre.

b. Mise en relation des termes

• Les personnages en marge apparaissent comme des éléments propres à intéresser et ainsi à **divertir** le lecteur en ce qu'ils constituent un **nouveau type de héros** romanesque au XVIIIe siècle. Ils sont à l'origine d'une histoire qui ne peut que subir de multiples **rebondissements** et permettent de découvrir une autre partie de la société à laquelle le lecteur n'appartient pas et ainsi de susciter son intérêt.

• Pour susciter du plaisir, les personnages se doivent aussi d'être romanesques, c'est-à-dire qu'ils doivent vivre de véritables **aventures** et ressentir des **émotions fortes**.

2 Le parcours et l'œuvre intégrale

• L'abbé Prévost, dans *Manon Lescaut*, met en scène des personnages en marge (la courtisane, le bandit, etc.) qui sont à l'origine de nombreuses péripéties propres à créer un véritable plaisir de lecture pour le lecteur :

– Manon est une **courtisane**, c'est-à-dire qu'elle accepte de vivre avec un homme en échange de son argent. Pour elle, seule la fidélité du cœur compte, celle du corps lui importe peu. Cela explique pourquoi elle peut aimer Des Grieux tout en vendant son corps à un autre homme. Elle dit d'ailleurs à Des Grieux que si elle fait cela, c'est pour qu'il puisse être heureux puisque, pour elle, bonheur et richesse sont indissociables.

– Des Grieux est issu d'une bonne famille de la jeunesse picarde. Mais sa passion pour Manon va le mener à sa perte et le conduit à devenir un véritable escroc.

– Lescaut, le frère de Manon, est un **soldat** fanfaron qui recherche de l'argent dans le jeu quitte à tricher.

– M. de B… et M. de G… M… sont des **personnages influents** qui, face au charme de Manon, vont profiter de leur situation sociale afin de parvenir à leur but.

• De plus, l'organisation particulière du récit ajoute au plaisir du romanesque :

– *Manon Lescaut* est avant tout le récit de Des Grieux qui raconte son histoire. Prévost a utilisé la forme des **mémoires** qui lui permet de présenter son récit comme un **témoignage**.

– On retrouve aussi les caractéristiques du **roman picaresque** qui allie épisodes extraordinaires et exagérations au sein d'un récit rythmé. Le picaresque désigne des œuvres où domine le thème du **marginal rusé** qui, face à une société hostile, a recours à différents masques pour s'adapter aux situations auxquelles sa vie itinérante le confronte.

– Le roman est constitué de nombreuses analepses et prolepses qui rythment le récit et annoncent ainsi la **fin tragique.** Ainsi, l'œuvre s'ouvre *in medias res* sur la scène du convoi qui marquera la fin du récit.

Vocabulaire

• **Analepse** : retour en arrière (flashback au cinéma).

• **Prolepse** : procédé qui consiste à mentionner des faits qui se produiront plus tard.

• ***In medias res*** : ce procédé consiste à plonger d'emblée le lecteur dans l'action.

3 La dissertation sur l'œuvre en lien avec le parcours

• Les sujets de dissertation vous inviteront à réfléchir à la particularité du personnage en marge et à sa capacité à participer au plaisir de lecture. Il faudra ainsi interroger la marginalité des différents protagonistes et étudier en quoi cette marginalité est source de **péripéties**, de **suspense** et d'**émotions**. De même, il faudra être capable d'évoquer les caractéristiques propres au roman qui en font un genre particulièrement **plaisant**.

• Vous devez donc parfaitement maîtriser les portraits des personnages et leur **évolution** au sein du récit ainsi que la **structure** particulière du roman.

« La première vertu de Manon, non plus que la mienne, n'était pas l'économie. »

Première partie

3 *La Peau de chagrin*, H. de Balzac, 1831

➔ **PARCOURS** Les romans de l'énergie : création et destruction

1 Contexte de l'œuvre

Contexte historique

Les Trois Glorieuses

• L'expression « les Trois Glorieuses » désigne la **révolution** qui a eu lieu à Paris les 27, 28 et 29 juillet 1830. Il s'agit d'une réaction face à la **politique répressive** du roi Charles X qui, notamment, règlemente sévèrement la presse. Cette insurrection permet l'installation de la monarchie de Juillet.

La monarchie de Juillet

• La **monarchie de Juillet**, qui s'étend de juillet 1830 à février 1848, est une **monarchie constitutionnelle** ayant pour roi Louis-Philippe Ier, surnommé « le roi des Français ». Elle représente un véritable espoir pour la société puisqu'elle marque un **tournant politique**, un **changement des mentalités** et favorise la **révolution industrielle**.

• Toutefois, les **désillusions** gagnent rapidement la jeunesse puisque cette monarchie creuse davantage les écarts entre les riches et les pauvres, en intégrant à la vie politique seulement la classe bourgeoise gérée par des banquiers qui influenceront les journalistes. La classe ouvrière est alors dominée par une **société dénuée de valeur** et au sein de laquelle **seul l'argent compte**.

Contexte littéraire

Le romantisme

• Le **romantisme** est un mouvement littéraire qui se développe à travers l'Europe. Il est principalement caractérisé par le « **mal du siècle** » qui touche la **jeunesse déçue** par la succession des régimes et l'échec des révolutions.

• Les jeunes artistes se détournent alors de la politique pour se centrer sur les **émotions** du « moi » intime. L'écriture personnelle s'affirme avec la prédominance du « je » mais elle a pour but de toucher à l'**universel** en évoquant des questions qui concernent l'homme en général.

Le réalisme

• Le **réalisme** apparaît dès 1830 avec les romans de Stendhal et Balzac mais ne sera théorisé que vers les années 1950. Il désigne la volonté de **dire le réel dans**

sa vérité et donc sans l'embellir. Les auteurs réalistes s'intéressent à toutes les **strates de la société** et plus particulièrement le peuple.

• Balzac étudie les espèces sociales dont il entreprend la **description** et la **classification**. C'est pourquoi il accorde une importance particulière aux descriptions qui permettent d'illustrer la **théorie des milieux**. De plus, ses personnages incarnent des **types humains**, propres à représenter un milieu social ou un tempérament.

2 Résumé de l'œuvre

« Le talisman »

• Un après-midi d'**octobre 1830**, un jeune homme entre dans une maison de jeu du Palais Royal à Paris afin d'y jouer sa dernière pièce. Après l'avoir perdue, il décide de **mettre fin à son existence** misérable en se jetant dans la Seine. Mais pour cela, il attend la nuit afin de ne pas être vu. Il erre alors dans la rue et finit par entrer dans une **boutique d'antiquités**.

• En discutant avec l'antiquaire, il lui confie son projet de mourir. L'antiquaire lui offre alors une Peau de chagrin qui aurait le pouvoir de **réaliser tous les vœux** de celui qui la détient. Mais en contrepartie, la vie du détenteur **s'amenuise** un peu plus à chaque souhait.

• Le jeune homme accepte et formule son **premier vœu** qui est d'assister à une orgie. En sortant du magasin, il croise des amis qui se rendent chez le banquier Taillefer afin de célébrer la naissance de son journal lors d'un banquet. Le vœu de **Raphaël de Valentin** (le lecteur connaît à présent son nom) se réalise alors. Raphaël passe la soirée avec son ami Émile. Ils boivent, parlent politique et échangent avec des courtisanes. Raphaël finit par se confier à Émile sur son projet de suicide et lui fait alors le **récit de sa vie passée**.

« La femme sans cœur »

• On apprend que **sa mère est décédée** tôt et qu'il a suivi les choix d'un père autoritaire. Pour aider son père financièrement, il choisit de vendre la majeure partie de l'héritage de sa mère. Son père est sauvé du déshonneur mais ne supporte pas la ruine de son fils. Il meurt de chagrin en 1826. Raphaël se retrouve alors **seul et ruiné**.

• Il s'installe dans une mansarde et consacre son temps à la **rédaction** d'une comédie et d'un ouvrage de philosophie. Raphaël est séduit par **Pauline Gaudin**, la fille de la propriétaire de l'hôtel mais se refuse de l'épouser car il rêve de vivre dans le **luxe**. Au mois de décembre 1829, Raphaël croise son ami Rastignac qui lui présente la riche **comtesse Foedora** dont il s'éprend immédiatement. Il lui rend régulièrement visite mais la rencontre un soir au théâtre alors qu'elle avait refusé son invitation. Contrainte de se justifier, elle lui dit ne pas être capable d'aimer. Raphaël apprécie alors la **vie simple** qui règne à l'hôtel.

- Sous l'influence de Rastignac, il accepte de rédiger de faux mémoires afin de gagner de l'argent. Il continue de fréquenter la comtesse mais découvre rapidement qu'elle se moque de lui et qu'elle ne souhaite pas se marier.
- Raphaël interrompt alors son récit et repense à la Peau de chagrin. Il fait le vœu de recevoir une grosse somme d'argent. Si son souhait est exaucé en apprenant qu'il a hérité d'un oncle, il découvre aussi que son talisman **a rétréci**.

« L'agonie »

- Au mois de décembre 1830, Raphaël vit reclus dans un hôtel luxueux. Il s'en remet pleinement à son domestique Jonathas et refuse toute visite afin de **ne pas risquer d'émettre un souhait**. Il accepte exceptionnellement de recevoir la visite de Porriquet, son ancien professeur. Ce dernier lui demande d'intervenir en sa faveur afin de retrouver sa position de professeur qui lui a été retirée. Raphaël exprime alors **par mégarde** le souhait qu'il réussisse et découvre que la Peau de chagrin a encore diminué.
- Raphaël choisit de se rendre au théâtre où il y croise ses amis mais surtout Pauline qui est devenue riche. Raphaël et elle peuvent alors vivre pleinement leur amour. Mais le talisman continue de diminuer car tout désir, **même non formulé**, est pris en compte. Voyant sa santé s'affaiblir, Raphaël révèle tout à la jeune femme. Celle-ci, comprenant qu'elle est la cause de ses désirs, tente de se suicider afin d'épargner le jeune homme. Mais Raphaël l'en empêche et meurt en la mordant au sein.

Épilogue

Le narrateur apprend au lecteur que Pauline représente l'**idéal** et Foedora la **société**.

3 Personnages principaux

Raphaël de Valentin

- Il est le seul à avoir la véritable stature de **héros** de roman sans se réduire à un type. Raphaël est omniprésent dans l'œuvre. Lorsqu'il est absent d'une scène, les autres personnages parlent de lui. Il est véritablement le **protagoniste central** du début à la fin même si son identité n'est dévoilée que tardivement lorsqu'il sort de chez l'antiquaire et qu'il rencontre ses amis.

• Raphaël est un héros **représentatif de sa génération**. Intellectuel de vingt-cinq ans, il souffre au sein d'une société médiocre qui ne reconnaît plus les valeurs auxquelles il est attaché (« *Je trouvai donc les troubles de mon cœur, mes sentiments, mes cultes en désaccord avec les maximes de la société* »). Jeune homme raffiné aux cheveux blonds, il est présenté comme un **dandy désargenté** à l'allure féminine (ses mains sont « *jolies comme des mains de femme* »). Comme la plupart des jeunes gens de sa génération, il rêve de **luxe** et d'**argent** mais il ne se résume pas à ce seul désir et parvient à s'intéresser à l'essence même des êtres et des choses (« *cette répugnance instinctive qu'éprouve pour les détails de la vie matérielle l'homme qui vit par la pensée* »).

Vocabulaire

Un **dandy** est un jeune homme élégant et raffiné. Le dandysme est une mode venant d'Angleterre et qui se répand à la fin du XVIIIe siècle.

• Fils unique, il a perdu sa mère alors qu'il n'avait pas dix ans. Il a été élevé par son père qui a tenté en vain de préserver leur héritage. Ils ont fini **ruinés** alors que Valentin venait d'avoir vingt-deux ans.

Foedora

• Foedora est présentée par le prisme du **regard des hommes** qui sont sous le charme de sa beauté. Raphaël ne cesse de révéler ses **charmes** (« *ses lèvres fraîches et rouges* », son « *teint d'une vive blancheur* », « *ses cheveux bruns* », les « *grâces les plus attrayantes* » de son corsage) tandis que Rastignac lui reconnaît des **qualités intellectuelles** (« *la finesse de son esprit* »).

• Mais on sait finalement **peu de choses** sur elle. On ne connaît pas son passé. Raphaël tente d'imaginer ce qu'elle a pu vivre et qui pourrait justifier pourquoi elle ne veut ni se marier ni avoir d'enfants. C'est une femme **manipulatrice**, qui n'hésite pas à faire preuve d'affection envers Raphaël lorsqu'elle a besoin de lui sans se soucier de sa condition financière inquiétante.

• Dans l'épilogue, elle est présentée comme **représentative de la société** soit égoïste, hypocrite, avide et matérialiste. Elle est ainsi l'**opposé** du personnage de Pauline.

Pauline

• Pauline vit seule avec sa mère qui tient un hôtel. C'est une jeune fille **simple** mais **séduisante** (elle a la « *taille souple* », les « *mains transparentes et roses* »). Selon Raphaël, « *elle avait un pied mignon dans d'ignobles souliers, comme l'héroïne du conte de Peau-d'Âne* » (« La femme sans cœur »). Face au regret de sa mère de ne pas avoir pu lui offrir une éducation convenable, Raphaël lui propose de s'en charger.

• Comme le narrateur le souligne dans l'épilogue, Pauline représente l'**idéal**. C'est une jeune fille honnête, pure et désintéressée. Elle représente l'**amour**

fidèle et sincère. Mais elle est aussi à l'origine des désirs de Raphaël et sera la cause de sa **perte**.

• Amoureuse en secret de Raphaël, elle n'hésite pas à s'occuper de lui, à le soulager des différentes corvées tandis que lui veille à ne la considérer que comme une sœur. Le regard du jeune homme sur elle changera lorsqu'au retour de son père elle deviendra la comtesse Pauline de Witschnau.

Rastignac

• Rastignac est un ami de Raphaël et devient son initiateur au monde. Il fait le choix d'une **vie de plaisirs et de jouissances** quitte à devoir tromper et mentir. Pour lui, la réussite ne réside pas dans le travail mais dans la capacité à se faire une place au sein de la société.

L'antiquaire

• L'antiquaire est une **figure ambivalente** en ce qu'il représente à la fois le **diable** et le **sage**. En effet, il est celui qui va proposer le pacte à Raphaël alors que lui-même l'a refusé. En cela il devient un partisan du diable. *A contrario*, il fait preuve d'une certaine sagesse puisqu'en refusant de prendre la Peau, il privilégie une vie tournée vers le savoir et la découverte afin de ne pas la consumer en « vouloir » et en « pouvoir » : « *En deux mots, j'ai placé ma vie, non dans le cœur qui se brise, ou dans les sens qui s'émoussent, mais dans le cerveau qui ne s'use pas et qui survit à tout.* »

4 Thèmes clés

Un récit fantastique

• Le fantastique est l'intrusion du **surnaturel** au cœur du **quotidien**. L'élément fantastique principal est la Peau de chagrin qui est présentée comme **inaltérable**. De plus, on lui reconnaît un véritable **pouvoir magique** puisqu'elle permet d'exaucer n'importe quel vœu de son propriétaire. C'est ainsi que Raphaël assistera au banquet de Monsieur Taillefer et qu'il recevra un héritage inattendu. Mais si elle exauce les souhaits explicitement formulés, elle réalise aussi les moindres désirs du personnage **malgré lui**. D'autre part, l'antiquaire apparaît aussi comme un personnage fantastique, véritable **envoyé du diable**.

• L'action se déroule dans une époque tout à fait **réelle** : le Paris des années 1830. La ville de Paris est mentionnée par ses rues, ses monuments, ses ponts et permet ainsi au lecteur de se repérer avec précision au sein de la capitale. D'autre part, la **chronologie** est elle aussi précise. Le roman est jalonné par des **dates** qui nous permettent de reconstruire dans le temps la vie de Raphaël.

L’argent

- L’argent est au cœur des **préoccupations** de la société. Peu importe les compétences intellectuelles, la création artistique, sans argent **on n’est rien**. Rastignac l’a bien compris contrairement à Raphaël qui s’évertue à écrire dans sa mansarde. Si Raphaël aspire, comme ses semblables, au luxe et à une vie confortable, il n’en demeure pas moins **tiraillé** par les valeurs qui persistent au sein de l’hôtel Saint-Quentin où demeurent Pauline et sa mère. La mansarde apparaît alors comme un véritable **refuge** face à une société qui est prête à toutes les trahisons pour amasser de l’argent.
- Alors qu’il n’a pas d’argent, Raphaël gaspille le peu qu’il a pour continuer sa relation avec Foedora. Le caractère **artificiel** de la vie prend alors le pas sur l’essentiel : « *Souvent je consacrais l’argent nécessaire au pain d’une semaine pour aller la voir un moment* » (« La femme sans cœur »).

L’amour

- L’amour sincère est rare dans le roman. Il est représenté par le personnage de **Pauline** qui aime en secret Raphaël et qui lui communique de nombreuses preuves d’amour sans rien lui demander en retour. De son côté, si Raphaël semble aimer sincèrement Pauline, il « *ne conçoi[t] pas l’amour dans la misère* » (« La femme sans cœur »). Il n’acceptera de vivre pleinement cet amour qu’une fois que la jeune fille sera devenue riche à la fin de l’œuvre. On peut ainsi s’interroger sur les véritables **fondements** de ses sentiments.
- À l’inverse de l’hôtel Saint-Quentin, l’amour vrai semble avoir disparu de la société. Il est remplacé par des partages de **sentiments factices** qui permettent d’obtenir ce que l’on veut. Si Foedora a véritablement de l’affection pour Raphaël, elle ne veut pas pour autant que celui-ci devienne son amant. En effet, la comtesse rejette sévèrement l’amour sans qu’on en connaisse la cause.

Le mythe de Faust

- Le **mythe de Faust** trouve sa source dans la vie du docteur Johann Faust qui intriguait par ses pratiques **occultes**. Il aurait révélé avoir passé un **pacte avec le diable**.
- À son tour, Raphaël passe un pacte avec le diable en acceptant de prendre la Peau de chagrin. L’antiquaire lui explique qu’à chaque vœu exaucé, la Peau rétrécira et la vie de son propriétaire diminuera. Il précise aussi que, jusqu’à ce jour, personne n’a accepté ce pacte.

Parcours

Les romans de l'énergie : création et destruction

La Peau de chagrin, Balzac

1 Comprendre l'intitulé

a. Les romans de l'énergie

• Balzac pense que tout homme possède à sa naissance une certaine quantité d'**énergie vitale**. La vie va ainsi consister à utiliser cette énergie jusqu'à la mort. Il réfléchit alors sur la possibilité d'**influencer** ce processus (que ce soit en le ralentissant ou en l'accélérant) mais aussi sur les éventuelles **conséquences** d'une telle intervention.

b. Création et destruction

• Création et destruction sont deux termes qui **s'opposent**. La création est l'acte consistant à produire et à former un être ou une chose qui n'existait pas auparavant. La création peut aussi renvoyer à la figure divine, créatrice de toutes choses. À l'inverse, la destruction implique la perte.

c. Mise en relation des termes

• L'énergie, en termes de force vitale, implique un processus de **création** aussi bien sentimental que relationnel, artistique, professionnel ou encore personnel. Or vivre pleinement tous ses désirs implique nécessairement de **consommer** la vie et ainsi de la voir **diminuer**. C'est pour cela que la notion même d'énergie ne peut se départir de celles de création et de destruction. Toute création propre à l'énergie implique une **perte**.

2 Le parcours et l'œuvre intégrale

• Dans son œuvre *La Peau de chagrin*, Balzac illustre comment l'homme **dépense** ou au contraire préserve son énergie et ainsi sa vie. Le talisman devient alors une **métaphore de la vie** de Raphaël : au fur et à mesure que ses forces s'amenuisent, la Peau rétrécit. Cette œuvre est donc bien représentative des **romans de l'énergie**.

• Avec la Peau de chagrin, Raphaël devient un véritable créateur puisqu'il peut **influencer son destin** qui est normalement entre les mains de Dieu. Mais cet acte s'accompagne d'une **destruction essentielle** qui est celle de sa vie. En effet, s'il peut connaître la richesse, l'amour, la gloire, il ne peut pas prolonger sa vie ;

au contraire il précipite sa mort. L'homme ne peut pactiser avec le diable sans en subir de **tragiques conséquences**.

- La présence même de la Peau de chagrin place au cœur du récit l'univers **fantastique**. En effet cette Peau a des propriétés **surnaturelles** puisqu'on ne peut effacer le message inscrit dessus et qu'elle diminue au même rythme que la vitalité de son détenteur. Le lieu où Raphaël la découvre, chez l'antiquaire, ajoute à son mystère. Véritable caverne d'Ali Baba, ce magasin semble receler des **trésors ancestraux** parvenus de lointaines contrées. Pourtant, Balzac place cet objet surnaturel au sein d'un monde bien réel – le Paris des années 1830 – propice à interroger le **fonctionnement** même de la société.
- Si la Peau de chagrin diminue au fil de l'œuvre pour finalement disparaître intégralement avec la vie même de Raphaël à la fin, **une autre Peau persiste**. En effet, la Peau de chagrin – objet du livre – laisse place à *La Peau de chagrin*, **roman** de Balzac. L'énergie dépensée par le romancier, si elle ne peut être récupérée, a permis l'existence même du livre. L'énergie a été donc mise à profit et a servi un véritable **acte créateur**.

3 La dissertation sur l'œuvre en lien avec le parcours

- Les sujets de dissertation vous inviteront à réfléchir à la manière dont l'homme dépense sa vie et ainsi d'interroger s'il est dans un **processus de création ou de destruction**. Il ne faudra pas se concentrer seulement sur le personnage de Raphaël même s'il est le personnage principal de l'œuvre et qu'il jouit de la Peau de chagrin. En effet, les autres personnages sont aussi source d'énergie et invitent à s'interroger sur la façon – vertueuse ou non – dont cette énergie est consommée. En effet, le système des personnages oppose des couples tels que Pauline et Foedora. L'une du côté de la **vertu** et l'autre du **matérialisme**. Il faudra ainsi aborder ces notions sous différents angles.
- De plus, vous devrez être capable de solliciter d'autres exemples que l'œuvre au programme au sein de votre dissertation puisque le parcours porte sur « les romans de l'énergie ». Le pluriel employé suggère que La Peau de chagrin fait partie d'une **catégorie plus large** traitant ce sujet. Vous pourrez alors convoquer des œuvres d'autres auteurs ou encore d'autres ouvrages de *La Comédie humaine*.

> « Le cercle de vos jours, figuré par cette Peau, se resserrera suivant la force et le nombre de vos souhaits, depuis le plus léger jusqu'au plus exorbitant. »
>
> « Vous avez signé le pacte : tout est dit. Maintenant vos volontés seront scrupuleusement satisfaites, mais aux dépens de votre vie. »
>
> « Le talisman »

4 *Gargantua*, Rabelais, 1534

➔ **PARCOURS** Rire et savoir

1 Contexte de l'œuvre

Le contexte religieux

Le protestantisme

• Au début du XVIe siècle, la publication du moine allemand Martin Luther, *La dispute sur la puissance des indulgences*, ou les 95 thèses, a un retentissement considérable puisqu'elle pose les bases d'une nouvelle religion qui prendra le nom de **réforme protestante**.

• Cette nouvelle religion, qui réforme le catholicisme dont elle dénonce la corruption, traduit la volonté de **revenir aux sources du christianisme** mais aussi la nécessité de considérer différemment les rapports entre la vie religieuse et la vie sociale. Ces réformateurs, qui prendront le nom de « protestants », profitent de l'**essor de l'imprimerie** pour faire circuler des Bibles retraduites en langues vernaculaires (non savantes, notamment l'allemand) dans lesquelles ils prouvent que les textes originaux ne font mention **ni des saints, ni du culte de la Vierge, ni du purgatoire**. Ils rejettent également l'autorité du pape.

> **Vocabulaire**
> **Indulgences** : aumônes que le clergé récolte contre la promesse d'un allègement des peines qui attendent les pécheurs au Purgatoire, sorte d'antichambre du Paradis. Les religieux faisaient payer aux catholiques leur place au paradis.

• La révolution provoquée par les idéaux de la Réforme sera à l'origine des **guerres de religion**, dont la première débutera officiellement en 1562 par le massacre de Wassy ; mais les persécutions contre ceux qui adhèrent à la Réforme commencent dès les années 1520.

L'évangélisme

• Si Rabelais ne rejoint pas cette réforme protestante, il propose malgré tout des réflexions sur la religion dans ses œuvres, souhaitant retrouver la **pureté originelle d'un christianisme** qui serait débarrassé de certains de ses rites et dogmes incohérents. Ayant été moine, il connaît mieux que personne les pratiques religieuses.

• En 1534, l'année de la parution de *Gargantua*, **les évangélistes commencent à leur tour à être persécutés**. Les idées de ces croyants, qui prônent un retour à une lecture pure et simple de l'Évangile et revendiquent de nouvelles pratiques religieuses, paraissent de plus en plus dangereuses pour la Sorbonne et l'Église catholique. Sans pouvoir affirmer que Rabelais a appartenu à ce courant de pensée, il ne fait nul doute qu'il l'influença, de même qu'il influencera François Ier ou sa sœur Marguerite de Navarre.

Le contexte politique

François Ier, le « Restaurateur des Lettres »

• François Ier, sacré roi de France le 25 janvier 1515 dans la cathédrale de Reims, règne jusqu'à sa mort en 1547. Il est considéré comme l'un des plus grands représentants monarchiques de la Renaissance. Son règne est marqué par la **valorisation des arts et des lettres** autant que par d'**importantes victoires militaires.**

• Grand mécène, soutien de Léonard de Vinci, il mène une **politique culturelle innovante**, source d'inspiration de l'abbaye de Thélème. Sa sœur aînée, Marguerite, mariée au roi de Navarre, se montre également une fervente admiratrice des lettres et protège de nombreux écrivains, parmi lesquels Rabelais.

Charles Quint, le roi belliqueux

• Mais le règne de ce roi est également marqué par des **luttes incessantes avec Charles Quint**, roi d'Espagne et empereur du Saint Empire romain germanique, pour remporter le pouvoir en Europe, plus particulièrement en Italie, berceau de la Renaissance. Il faudra attendre 1538 pour que les hostilités entre les deux monarques cessent. Ces rivalités sont parodiées par Rabelais dans *Gargantua* qui fait de Picrochole une illustration caricaturale de Charles Quint, et de Grandgousier l'archétype du bon roi, à l'image de François Ier.

Le contexte culturel

La Renaissance

• La Renaissance est une **période historique marquant la sortie du Moyen Âge** ; elle débute à la fin du XIVe siècle et s'achève à la fin du XVIe siècle. Le terme de « Renaissance » pour désigner **une époque** et non plus un renouveau des lettres et des arts a été utilisé près de quatre-cents ans après.

• On parle de **Renaissance artistique** car les œuvres de cette époque reviennent aux sources de l'art gréco-romain et ne s'inspirent plus du Moyen Âge. La Renaissance s'accompagne d'un ensemble de **réformes religieuses**, qui provoqueront des guerres sanglantes.

L'humanisme

• L'humanisme est un **courant de pensée européen** qui se développe durant la Renaissance. L'époque est marquée par de **profonds bouleversements** :

on découvre de nouveaux pays, de nouvelles cultures. Les frontières du monde connu se redessinent. Les sciences et la médecine connaissent elles aussi des progrès fulgurants. Les voyages rendus plus faciles et l'imprimerie qui se perfectionne permettent de **diffuser plus largement les connaissances et les textes**, parmi lesquels certains textes antiques que l'on redécouvre et retraduit.

- **L'éducation** est un domaine important aux yeux des humanistes, et ils proposent un programme éducatif qui consiste à former l'enfant de manière progressive en suscitant sa curiosité et son intérêt. Le sport et le travail du corps sont aussi importants que l'apprentissage du latin ou de la rhétorique.
- **Les sciences** sont également mises à l'honneur : mathématiques, astronomie, sciences naturelles, anatomie… autant de domaines qui permettent aux penseurs humanistes de se défaire des dogmes qui perdurent depuis le Moyen Âge.
- **La religion** est aussi sujette à réflexion. Il s'agit de l'adapter au monde nouveau et à ses valeurs nouvelles. Érasme, l'un des plus fervents partisans d'un humanisme chrétien, condamne ainsi la religion basée sur des rites dénués de sens et des obligations comme la messe dominicale, auxquels il oppose une religion permettant à l'homme de s'adresser directement à Dieu.
- **La politique** est au cœur des préoccupations des penseurs humanistes, qui s'attachent à préserver des situations de paix (ce qui ne les empêchera pas de soutenir le monarque lorsqu'il s'agira de combattre l'ennemi). Ils proposent des réformes politiques, comme Érasme dans *L'Éloge de la Folie* en 1511, Thomas More dans *Utopie* en 1516 ou Rabelais dans *Gargantua* en 1534.

2 Résumé de l'œuvre

Prologue

- Le prologue, dont le ton est d'emblée **comique** puisqu'il s'adresse aux lecteurs comme à des « *buveurs très illustres* », donne les **clés de lecture de l'œuvre** : s'appuyant sur les figures de Silène et de Socrate, Rabelais y explique que le lecteur ne doit pas s'arrêter à l'apparente bouffonnerie formelle du roman mais chercher au-delà des apparences la « *substantifique moelle* » du texte.

L'enfance du héros (chapitres 1 à 13)

- Après cinq chapitres sur la généalogie du héros et sur la grossesse et l'accouchement de Gargamelle, le personnage éponyme surgit par l'oreille de sa mère en criant « *à boire* ». Les chapitres suivants se consacrent à la description de la **petite enfance** de ce géant, rappelant les quantités astronomiques de nourriture qu'il ingère ou de tissu nécessaire à le vêtir.

L'éducation du héros (chapitres 14 à 24)

• Grandgousier, « *saisi d'admiration en considérant le génie et la merveilleuse intelligence de son fils* », décide de lui donner une **éducation digne de ce nom**. Son premier maître, le sophiste Thubal Holoferne, base son enseignement sur une **répétition par cœur et sans examen critique**. Les règles élémentaires de l'hygiène sont méprisées. Convaincu que son fils est mal éduqué, Grandgousier l'envoie alors à Paris chez Ponocrates, qui lui enseigne le **respect des saintes écritures** et l'importance de l'exercice de son **esprit critique** autant que **physique**.

Les exploits à la guerre (chapitres 25 à 51)

• Cette partie se consacre aux guerres entre Picrochole et le berger Frogier, habitant des terres de Grandgousier. Après avoir appris les causes du combat, le lecteur suit les différentes **batailles** qui mènent à la victoire de Gargantua, venu en aide au berger avec un certain Frère Jean des Entommeures, moine aussi bon vivant que courageux.

L'abbaye de Thélème (chapitres 51 à 58)

• Cette abbaye est donnée en récompense au moine pour son aide durant les guerres picrocholines. Véritable **utopie**, elle présente un **mode de vie idéal** selon la pensée humaniste de Rabelais.

3 Personnages principaux

Les « humanistes »

• **Gargantua :** fils des géants Grandgousier et Gargamelle, il en possède les caractéristiques (gigantisme, gourmandise, amour de la boisson, joie de vivre...). Son nom est d'ailleurs, comme celui de ses parents, en lien avec cette gloutonnerie puisque son père se serait écrié à sa naissance : « [Quel] grand [gosier] tu as ! ». Mais l'étymologie proviendrait plus probablement du terme languedocien *gargant* qui signifie « gosier ». Gargantua incarne la conception de l'homme selon les humanistes : sauvage et mal élevé lorsqu'il reçoit une mauvaise éducation, il devient un roi pacifique et honnête lorsqu'un bon maître le forme à devenir « homme ». Il passe de la naïveté et de l'insouciance à la sagesse et à l'érudition. Il aura un fils, Pantagruel.

• **Grandgousier :** père de Gargantua, c'est un homme bon qui souhaite le meilleur pour son fils, même s'il ne fait pas toujours les meilleurs choix. Lors de la guerre qui va l'opposer à Picrochole, il préfèrera opter pour des solutions pacifiques plutôt que de mener bataille. Son nom se décompose aisément en

« grand » et « gosier », c'est-à-dire « grande gorge », car il est lui-même très gourmand, aime boire et manger.

• **Gargamelle :** fille du roi des Parpaillons, c'est la mère de Gargantua qui naît donc prince. Étymologiquement, son nom vient de l'argot *gargamelle* qui désigne également le gosier (de l'ancien occitan *gargamella*). Gargamelle est comme les autres géants du récit un personnage de démesure, qui mange « profusion de tripes » et n'accouche de son fils qu'au bout de onze mois. Elle n'apparaît que dans sa fonction maternelle, au début du récit et dans le chapitre 37, lorsqu'elle meurt de joie en revoyant son fils.

• **Ponocrates :** deuxième précepteur de Gargantua rencontré par le biais d'Eudémon (« *l'heureux, le bien nommé* »), il lui inculquera une éducation humaniste qui fait la part belle à l'exercice de la réflexion personnelle autant qu'à celui du corps. Il s'oppose aux apprentissages dénués de sens de la scolastique. Son nom signifie en grec « dur à la fatigue », rappelant qu'il travaille sans relâche.

• **Frère Jean des Entommeures :** figure comique et excessive du moine guerrier rencontré à l'abbaye de Sully, il s'engage activement dans la défense des injustices (et de ses vignes !) et condamne l'oisiveté et la fainéantise des moines. C'est pour lui que Gargantua fait construire l'abbaye de Thélème. Son nom évoque le « hachis » (entamure : hachis) qu'il est capable d'engloutir, mais qui renvoie aussi au fait qu'il n'hésite pas à transformer ses ennemis en hachis.

Les « rassotés » (sots)

• **Maître Thubal Holoferne et maître Jobelin Bridé** : ces deux personnages sont des précepteurs sophistes, les premiers à prendre en charge l'éducation du jeune Gargantua. Leurs noms sont également très connotés : dans la Bible, le prince de Tubal est un ennemi de Dieu, et Holoferne est persécuteur du peuple de Dieu. Le deuxième personnage porte un prénom qui signifie « fou » ou « niais » ; son nom évoque quant à lui un « oison bridé, ne pouvant voler ». Ils représentent l'inutilité du savoir basé sur les livres et l'apprentissage sans réflexion.

• **Picrochole :** roi du pays des fouaciers, il incarne l'archétype du roi colérique et injuste. Son nom signifie d'ailleurs « le bilieux » (le colérique). Son désir d'expansion et de pouvoir absolu l'amène à déclarer la guerre au roi du pays des bergers, Grandgousier, malgré les traités de paix existant entre les deux pays et sans véritable raison. Impulsif et orgueilleux, il est prêt à tuer l'un de ses propres sujets qui exprimait son désir de réconciliation. Il s'oppose en tous points au roi Grandgousier et encore davantage à son fils, le prince Gargantua.

• **Tripet :** c'est l'un des capitaines de Picrochole. Son nom renvoie bien entendu aux « tripes », et il sera véritablement « étripé » par Gymnaste, l'un des compagnons d'armes de Gargantua.

4 Thèmes clés

Le gigantisme

- La littérature du début du XVIe siècle est imprégnée du registre merveilleux. Mais à la différence des auteurs qui le précèdent, Rabelais fait de son personnage éponyme **un monstre ayant tous les traits d'un humain**, les caractéristiques du gigantisme permettant surtout d'apporter un caractère comique au récit.
- Mais l'excès n'est pas exclusivement du côté des géants, et le personnage de Frère Jean des Entommeures fonctionne comme une sorte de **caricature positive et puissamment comique** des moines médiévaux. Massacrant joyeusement les pillards qui menacent sa vigne, aussi ignorant que courageux, il instaure un climat joyeux et exubérant tout en pointant du doigt les travers des hommes.

Les romans de chevalerie

- Le roman *Gargantua* suit les **étapes classiques d'un roman de chevalerie** : naissance du héros, enfance et adolescence, départ à la guerre, victoires. L'œuvre, qui prend ce genre médiéval pour mieux le parodier, est donc riche en scène de combats épiques… même si la monture de Gargantua n'est pas un fidèle destrier mais une jument démesurée dont la queue détruit tout sur son passage.
- Le **récit épique**, qui conte les exploits guerriers, se caractérise par un vocabulaire de l'excès, des figures d'exagération et le déploiement du champ lexical des combats. Cette tonalité, largement utilisée et parodiée dans les chapitres consacrés aux guerres picrocholines, permet à l'auteur de montrer l'absurdité de la cause des combats, ou celle de la quête.

L'éducation

On l'a vu précédemment, l'éducation est l'une des préoccupations majeures des penseurs humanistes car c'est elle qui **permet à l'Homme de s'accomplir** et de devenir « meilleur humain ». Plusieurs chapitres du récit sont ainsi consacrés à l'éducation du jeune géant. Certains fonctionnent comme un modèle de **contre-éducation** (les chapitres décrivant l'enseignement de Tubal Holoferne), tandis que deux chapitres complets (23-24) permettent de décrire, dans le détail, l'emploi du temps et le programme d'études qu'impose le précepteur humaniste Ponocrates à son élève.

Guerre et paix

Les guerres picrocholines sont l'occasion pour Rabelais de dresser le portrait de **deux rois opposés**. Picrochole, qui serait injuste et violent, renvoie à la figure de Charles Quint. Grandgousier, plus pacifique, est le modèle idéal du **monarque humaniste** comme put l'être François Ier. Lorsqu'il est question de guerre, les capacités extraordinaires du géant Gargantua sont rarement mentionnées. Au contraire, ce sont bien des hommes qui se battent et se tuent, dans des combats qui paraissent très actuels aux lecteurs de Rabelais.

L'utopie

L'abbaye de Thélème, construite en l'honneur de Frère Jean des Entommeures et pour le remercier de son courage à la guerre, clôt le récit sur une proposition de **société idéale** dans laquelle règnent l'équité, la liberté, la culture et la paix. Cette **anti-abbaye** qui accepte les hommes et les femmes, et dont le nom évoque la volonté en grec, a pour règle « Fais ce que tu voudras ». Cette devise prouve toute la foi que Rabelais dépose en l'homme lorsque ce dernier est libre et éduqué.

Parcours

Rire et savoir

▶ *Gargantua*, Rabelais

1 Comprendre l'intitulé

a. Rire

• De nombreux auteurs ont écrit sur le **rire**, afin d'en comprendre les rouages autant que pour expliquer qu'il ait été si longtemps en mauvaise grâce. On sait en effet que lorsque Rabelais rédige *Gargantua*, **la culture religieuse condamne le rire** qui empêche de se rapprocher de Dieu. Situé du côté du « bas corporel », le rire est alors en opposition avec le spirituel. Il marque notre part d'animalité et n'est autorisé par les instances religieuses que dans le cadre du carnaval.

b. Savoir

• Le **savoir**, c'est la **connaissance**. Pour les humanistes, c'est grâce au savoir et donc aux connaissances qu'il intègre que l'Homme peut s'accomplir pleinement et devenir une bonne personne. Gargantua incarne ainsi la figure de celui qui devient meilleur humain grâce à une bonne éducation.

c. Lien entre les deux termes

- Depuis Horace et son *Art poétique* (Ier siècle avant J.-C.), on sait que le but de la littérature est « d'instruire ou de plaire, le plus souvent les deux à la fois ». L'aspect **plaisant** d'un récit permettrait en effet d'emporter plus facilement l'adhésion du lecteur, qui comprend mieux la morale de l'histoire et l'**enseignement** que l'on peut en tirer. L'enjeu des apologues et autres récits plaisants est donc de viser une forme d'**instruction**, de donner accès à un certain savoir, tout en flattant les intérêts du lecteur.
- Le rire enfin permet de **se moquer du savoir lui-même**, de la pédanterie de ceux qui sont imbus de leur science, des pédants qui se croient au-dessus des ignorants, quand tout prouve qu'ils sont simplement plus ridicules (par exemple Janotus de Bragmardo, aux chapitres 18 à 20 du récit).

2 Le parcours et l'œuvre intégrale

- On retrouve **toutes les formes de comique** dans l'œuvre : de **mots** (calembours, néologismes, vocabulaire spécialisé, accumulations, mélange de tons, etc.), de **situations** (Gargantua qui noie les Parisiens dans son urine du haut de Notre-Dame), de **gestes** (l'escrime approximative de Frère Jean avec son bâton de croix), de **caractères** (la colère de Picrochole).
- Le choix d'une famille de géants permet par ailleurs à l'auteur de jouer sur des **exagérations** à effets comiques : les quantités, les nombres, les listes sont toujours très élevés, ce qui provoque le sourire du lecteur.
- Mais le plus marquant pour un lecteur actuel, c'est sans doute l'aspect extrêmement **scatologique** de l'humour rabelaisien. On sait que Rabelais connaît bien les rouages du corps, lui qui a été médecin, et il n'hésite pas à employer un vocabulaire très spécialisé en décalage avec les situations vécues par les personnages, qui prête à rire, tout en autorisant à l'auteur une critique acerbe du manque d'hygiène de ses contemporains.

> **Vocabulaire**
> Le terme **scatologie** sert à désigner des écrits ou des propos grossiers, dans lesquels il est question d'excréments, de pets, d'urine, etc.

- Le savoir concerne tous les domaines dans le récit de Rabelais : la **religion**, la **guerre**, **l'éducation**… et son accès par le rire prend toutes les formes, du rire gras et scatologique au rire complice.

3 La dissertation sur l'œuvre en lien avec le parcours

- Les sujets de dissertation devraient vous amener à vous interroger sur **les savoirs cachés derrière les apparences bouffonnes du récit**. En ce sens, le prologue est une étape importante de la réflexion de l'auteur puisqu'il y fait le lien entre les apparences et le fond de son œuvre. Vous devez impérativement pouvoir l'exploiter dans votre devoir. L'auteur annonce également l'intérêt qu'il porte au rire dans son adresse aux lecteurs.

- Vous devez donc maîtriser les **différentes fonctions du rire** dans le récit (qui sert à **réfléchir**, mais aussi tout simplement à **s'amuser**), et pouvoir **citer des passages particulièrement comiques** pour les illustrer.
- Vous devez également connaître les domaines du savoir auxquels Rabelais souhaite amener son lecteur, en vous intéressant plus particulièrement peut-être à l'importance qu'il accorde à **l'éducation**.

« Ici vous n'apprendrez
Que peu de perfection, si vous n'êtes enclins au rire.
Mon cœur ne peut élire aucun autre sujet,
Quand je vois le deuil qui vous mine et consume :
Il faut mieux écrire du rire que des larmes,
Parce que le rire est le propre de l'homme. »

Adresse au lecteur

« Il faut ouvrir le livre et soigneusement peser ce qui y est traité. Alors vous reconnaîtrez que la drogue qui y est contenue est d'une tout autre valeur que ne le promettait la boîte. »

Prologue

« On fit venir pour lui dix-sept mille neuf cents vaches de Pontille et de Bréhémont pour l'allaiter quotidiennement ».

Chapitre 7

« Il lui imposa un tel rythme d'études qu'il ne perdait pas un moment de la journée, mais passait tout son temps à étudier les Lettres et le savoir utile. »

Chapitre 23

« Parce que dans tous les couvents de ce monde tout est mesuré, limité et réglé par les heures, on décida qu'il n'y aurait là ni horloge ni cadran solaire, mais que toutes les activités seraient faites au gré des occasions et des circonstances. »

Chapitre 52

5 *Les Caractères*, Livres V à X, La Bruyère, 1696

➔ **PARCOURS** La comédie sociale

1 Contexte de l'œuvre

Le contexte historique

Le pouvoir sans limites du souverain

- Louis XIV incarne **la monarchie absolue**. Le roi a tous les pouvoirs en tant que représentant de Dieu sur la terre. On parle alors de monarchie de droit divin.
- Si le sort du peuple ne change pas (les paysans vivent toujours dans la misère), le nouveau système politique a des répercussions sur la condition des classes plus élevées. Pour affirmer la dépendance des grands seigneurs, Louis XIV s'entoure de **bourgeois**. La noblesse cesse donc de jouer un rôle politique de premier plan. De plus, il fixe la cour à Versailles et les grands seigneurs, en se sédentarisant à la cour, deviennent des **courtisans**.
- Parce que **la cour impose la mode, le goût et le bon ton**, les courtisans n'hésitent pas à imiter le roi en tout point.

Une fin de siècle en demi-teinte

- Ce qui semblait accepté est remis en question. Les **échecs guerriers** et **la misère** du royaume diminuent le prestige du souverain.
- Les écrivains mettent en lumière les problèmes politiques et sociaux que le classicisme avait écartés.

Le contexte littéraire

Les salons et l'honnête homme

- Le **salon** désigne un lieu de réunion et de conversation. Sous l'Ancien Régime, des réunions mondaines régulières sont tenues chez une dame de la haute société. Le salon, comme **institution littéraire**, est né en parallèle aux usages de la cour. Il influe sur la vie mondaine et donne des modèles du bel usage de la langue.
- Ce que l'on appelle l'« **honnête homme** » est un modèle de comportement. L'honnête homme, poli et cultivé, doit se substituer à une vieille noblesse française réputée pour sa brutalité ignorante. L'honnêteté qualifie le mondain dans son opposition au **pédant**, et tire ses modèles autant des romans et de la vie mondaine (les salons) que des traités de civilité.

Vocabulaire
Un **pédant** est une personne qui met en avant, avec insistance, sa culture et son érudition.

ŒUVRES ET PARCOURS LITTÉRATURE D'IDÉES

Le classicisme

- Le classicisme a pour but d'**imiter les modèles antiques** dont l'ordre, l'équilibre et la rigueur incarnent les valeurs mondaines reconnues à la cour.
- Les auteurs classiques empruntent à **Horace** le principe de l'**utilité de l'art** qui consiste à instruire les hommes en les divertissant et ainsi à les rendre meilleurs.

À retenir
Horace est un poète latin de l'Antiquité. Il est connu pour la notion de *carpe diem* et pour le principe du « juste milieu ».

- Mais la fin du siècle laisse apparaître des tendances nouvelles qui menacent l'équilibre classique. L'homme n'est pas à la hauteur de **l'idéal classique** et les auteurs vont tenter de faire tomber les masques.

La querelle des Anciens et des Modernes

- Au XVIIe siècle naît une querelle qui avait pour but de savoir si la littérature moderne pouvait égaler voire dépasser celle des **auteurs antiques**. Selon **les Anciens** (Racine, Boileau), les œuvres antiques ont atteint **une perfection qu'on se doit d'imiter** mais qu'on ne peut dépasser. Au contraire, **les Modernes** (Perrault, Fontenelle), s'ils admirent les auteurs de l'Antiquité, sont convaincus que la **modernité peut dépasser les modèles antiques**. Ces débats donnent lieu à une véritable querelle.
- La Bruyère, en imitant l'œuvre de Théophraste, est du côté des Anciens. Mais comme il y ajoute un texte personnel sur la société de son temps, il semble finalement faire preuve de modernité.

2 Résumé de l'œuvre

Le titre

- Si le titre inscrit l'œuvre dans la tradition des **moralistes** (qui observe la nature humaine et en tire une morale) se donnant pour but de définir la nature humaine, le sous-titre « les mœurs de ce siècle », actualise le propos en le situant dans un temps donné.

Résumé des livres

- **V. « De la société et de la conversation » :** ce livre évoque les différentes attitudes en société et les types de locuteurs. Il formule aussi les règles qui devraient régir la conversation. Le moraliste montre que la parole est étroitement liée à l'esprit et que celui qui manque d'esprit va utiliser la conversation pour dominer, rabaisser ou attirer l'attention sur lui. Le chapitre se clôt sur la figure du sage reculé du monde.

> « Les enfants peut-être seraient plus chers à leurs pères, et réciproquement les pères à leurs enfants, sans le titre d'héritiers. »
>
> *Livre* VI, 67.

- **VI. « Des biens de fortune » :** le moraliste révèle que la société est dominée par l'argent. L'homme n'est pas jugé selon son « *mérite personnel* » (chapitre II) mais selon ses biens. De fait, on veut être proche de celui qui est riche et, par la même occasion, on souhaite qu'il échoue. Il dénonce alors l'idée que l'homme passe sa vie à courir après l'argent, qu'il est prêt à tout pour en avoir plus, même lorsqu'il a déjà une fortune importante.
- **VII. « De la ville » :** la ville de Paris est décrite comme un véritable théâtre où chacun s'apprête et joue son rôle. Peu importent la sagesse et la vertu, ce qui compte est de se faire remarquer.
- **VIII. « De la cour » :** La Bruyère peint un tableau de la cour de Louis XIV, avec ses règles et ses codes. Il dresse alors un portrait du courtisan, véritable prodige du paraître. Pour conserver honneur et vertu, il semble nécessaire de fuir la cour.
- **IX. « Des grands » :** l'auteur brosse un portrait accablant des grands du royaume qui apparaissent orgueilleux, corrompus et méprisants. Dénués d'esprit, leur reconnaissance n'est pas la conséquence de leur mérite.
- **X. « Du souverain ou de la république » :** véritable traité de politique, La Bruyère formule des conseils et esquisse le portrait du monarque idéal. Il n'attaque pas Louis XIV mais remet en question les fondements de la guerre.

Des formes brèves

- Le recueil est composé de pièces brèves que La Bruyère appelle lui-même des « **remarques** ». La forme brève est particulièrement prisée par le lectorat mondain. On apprécie dans les salons aussi bien la diversité des genres que la variété des thèmes abordés. En donnant l'apparence d'un recueil de pièces détachées, La Bruyère donne à son lecteur l'illusion d'une liberté plaisante.
- **Portraits :** par ses portraits, La Bruyère recompose la société qu'il a observée. Il met alors en scène des types aisément reconnaissables à la cour. Mais l'esthétique des portraits est celle du grossissement : les portraits sont des caricatures. Le but n'est pas de représenter fidèlement le réel mais de souligner, en les exagérant, les défauts de la nature humaine. Le portrait relève de la rhétorique épidictique qui sert une visée morale.

> **Vocabulaire**
> La **rhétorique épidictique** consiste à faire un éloge (dire les qualités) ou à faire un blâme (dire les défauts).

- **Maximes** : les maximes sont très populaires au XVIIe siècle ; elles plaisent par la recherche du bon mot. La Bruyère y recourt à de nombreuses reprises afin de marquer l'esprit du lecteur par leur formule concise.

> **Vocabulaire**
> Une **maxime** est un énoncé bref qui exprime une vérité générale d'ordre moral.

- **Une esthétique de la conversation :** le style rappelle celui de la conversation car l'auteur interpelle à plusieurs reprises le lecteur et les marques de la deuxième personne invitent ce dernier au dialogue. De plus, la fragmentation du discours permet de prendre la conversation en marche. La Bruyère fait même de son lecteur un confident par l'emploi de la prétérition « *le dirais-je* » qui apparaît à plusieurs reprises.

3 Thèmes clés

Le rire

La caricature

- En un sens premier, **est comique ce qui appartient au théâtre**. La Bruyère emprunte au théâtre ses types comiques. Les portraits amusent en ce qu'ils grossissent des traits de caractère chez les personnages.
- Il recourt aussi au **burlesque** qui consiste à traiter un sujet élevé en style dégradant. C'est bien ce qu'il fait lorsqu'il réduit les tâches des courtisans à des déplacements vains ou qu'il les compare à des machines. Dans « Des biens de fortune », Giton (83) apparaît ridicule par la multiplication des adjectifs et adverbes qui amplifient ses gestes : « *Il déploie un ample mouchoir, et se mouche avec grand bruit ; il crache fort loin, et il éternue fort haut* ». Ce qui compte n'est pas la valeur de l'action mais d'être vu.
- Mais le moraliste ne force pas la nature. Le naturel étant lui-même outré, La Bruyère, par ses caricatures, est **fidèle à ses observations**. Le grossissement répond alors à une exigence morale en montrant l'invraisemblance de ses contemporains.

L'ironie

- La Bruyère use de l'ironie pour **condamner les comportements**. Il convient alors de relever la naïveté apparente d'une proposition qui va à l'encontre de la morale défendue par l'auteur. Ainsi, par le procédé de l'antiphrase (dire le contraire de ce que l'on pense), il dénonce la primauté accordée à l'argent dans « Des biens de fortune » : « *Faire fortune est une si belle phrase, et qui dit une si bonne chose, qu'elle est d'un usage universel* » (36).

La recherche de la vertu

Fuir la société

- Face à tant de bassesse et d'hypocrisie, le moraliste délivre une leçon claire : il faut **se retirer de la société**. Le thème de la fuite parcourt alors le recueil. Dès le livre V, La Bruyère précise qu'il faut « *les fuir de toute sa force et sans regarder* *derrière soi* » (V, 27). En effet, il convient « *de fuir à l'orient quand le* fat *est à l'occident* » (V, 29).

Vocabulaire

Un **fat** est quelqu'un de sot.

• Le **personnage du sage** est celui qui a su s'extraire de la médiocrité qui règne à la cour afin de s'en préserver. Le livre V se clôt sur cette image : « *Le sage quelquefois évite le monde, de peur d'être ennuyé* » (83). Celle-ci est reprise au livre « De la cour » : « *Un esprit saint puise à la cour le goût de la solitude et de la retraite* » (101). Enfin, l'évocation de la ruralité dans « De la ville » invite à un retour à la nature, loin des artifices de la cour.

L'éducation du prince

• La préoccupation principale du monarque doit être le **bonheur du peuple**. C'est pourquoi la tyrannie, qui fait son malheur, est un sujet incontournable. La monarchie est un régime politique idéal tant que le roi fait preuve de sagesse et de vertu alors qu' « *il ne faut ni art ni science pour exercer la tyrannie* » (X, 2). De fait, le roi a des devoirs envers son peuple et ceux-ci s'inscrivent dans un idéal chrétien de gouvernement des peuples.

• Pour dépeindre **l'idéal du bon roi**, La Bruyère reprend la métaphore traditionnelle du roi berger. La souveraineté n'est pas un privilège, le roi doit se soucier des conditions de vie de son peuple. Ainsi, comme « *le berger, soigneux et attentif, est debout auprès de ses brebis* » (X, 29), le roi doit veiller au bien-être de ses sujets.

À savoir

La **métaphore du roi-pasteur** (roi berger) était déjà présente chez Platon ainsi que dans la Bible où Jean dit : « Je suis le bon pasteur, le bon pasteur donne sa vie pour ses brebis » (10:11).

• Le monarque idéal doit faire preuve d'une parfaite **exemplarité**, aussi bien morale que spirituelle : il doit avoir « *l'esprit, le cœur, les dehors, le tempérament* » (X, 35). Le moraliste termine le livre « Du souverain ou de la république » par un éloge de Louis XIV comme cela se faisait traditionnellement. Celui qui est « *digne du nom de Grand* » (35) est bien Louis XIV, dit « le Grand ».

L'être et le paraître

La satire sociale

• Pour La Bruyère, connaître la cour revient à en connaître les **vices** et savoir jouer le jeu de la dissimulation. La cour est un lieu moralement condamnable car il éloigne l'homme de la vertu en l'incitant au mensonge et à la dissimulation (le choix du retrait est ainsi le choix de la vertu).

• Le **courtisan**, parce qu'il « *ne nomme plus chaque chose par son nom* » (VIII, 62) est la figure antithétique du moraliste. En effet, le moraliste a pour projet de

À retenir

Sous le règne de Louis XIV, les divertissements de cour étaient des moments politiques. Les **courtisans** recherchaient les faveurs des puissants.

révéler l'hypocrisie en choisissant la vérité alors que celle-ci « *blesse [l']oreille* » du courtisan. Le moraliste est bien celui qui démonte la mécanique afin de dévoiler ce qui est dissimulé. Si les courtisans agissent ainsi, c'est dans le but de servir leurs intérêts personnels et non de contribuer au bien commun.

- Au XVIIe siècle, les **traités de civilité** étaient nombreux. Ils énonçaient les règles de bonne conduite en société. Mais finalement, l'idéal qu'ils prônent, celui de l'honnête homme, devient l'incarnation du malhonnête, car pour le devenir, il faut **dissimuler et mentir**. La cour devient le lieu où on doit se faire voir. L'honnête homme n'est alors plus l'homme vertueux et modeste, mais celui qui se fait remarquer par sa maîtrise des codes sociaux et ainsi par le **travestissement de son être**. Les manuels de civilité n'apprennent pas à être honnête mais à singer les manières de l'honnêteté. L'homme de cour doit faire preuve d'habileté sociale pour réussir.

- Le **pouvoir**, étroitement lié à l'argent, semble être le but premier des grands. Le moraliste les présente comme prêts à sacrifier jusqu'à leur famille pour s'enrichir davantage et se faire une place au sein de la société. L'homme ne se définit plus par ses qualités mais par sa richesse, comme c'est le cas de Théramène dans « De la ville » (14) : « *Théramène était riche et avait du mérite ; il a hérité, il est donc très riche et d'un très grand mérite* ». La symétrie de la phrase souligne que le mérite se mesure à l'argent. La Bruyère dénonce une société qui pervertit les valeurs et qui encourage le vice.

- La **recherche de la fortune** est étroitement liée à la bêtise. Le moraliste associe l'absence d'esprit à la vanité dans « Des biens de fortune ». Il s'agit d'une « *sorte d'esprit* » qui n'est « *ni le bon ni le bel esprit* ». Seul l'« *homme d'un petit génie peut vouloir s'avancer* » (38).

Le *theatrum mundi*

- Le ***theatrum mundi*** est une métaphore, d'origine antique, approfondie pendant la période baroque. Elle illustre l'idée que la vie sociale est un **spectacle vain fait de divertissements** et, en donnant une représentation de ce théâtre du monde, on vise à **édifier le lecteur**, à l'inciter à renoncer aux illusions de la comédie sociale, à se repentir de ses erreurs et assurer ainsi son salut. La Bruyère la reprend pour rendre compte du spectacle de la vie sociale. Le monde est un théâtre où se joue une comédie créée par un dramaturge et metteur en scène qui s'appelle Dieu et dont les acteurs sont les hommes.

> **À retenir**
> L'**esthétique baroque** fait ressortir les apparences trompeuses.

- **Le vocabulaire du théâtre** parcourt l'œuvre. Dans « Les biens de fortune », il est question du « *théâtre du monde* » (31), image reprise dans « De la ville » avec « *le seul théâtre de leur vanité* » (11). Paris est un théâtre et les courtisans jouent un rôle. En effet, dans « De la cour », ils sont des « *acteurs* » et des « *personnages de comédie* » (99). Le thème du théâtre permet alors de dénoncer le règne des apparences à la cour et la distorsion qui existe entre l'être et le paraître.

Le peuple

• La Bruyère souligne la misère du peuple, à qui il manque parfois « *jusqu'aux aliments* » (VI, 47). Le peuple n'a pas sa place dans le jeu sociopolitique de l'époque mais il permet aux grands de se distinguer et offre un public aux parades aristocratiques.

L'observation

• Le moraliste se présente comme **observateur** de la société qu'il décrit. Il affirme qu'« *avec de bons yeux, on voit sans peine* » (IX, 53). La vue est alors convoquée à plusieurs reprises dans l'œuvre. Le recours au pronom indéfini « *on* » (VIII, 19) accrédite son propos puisqu'il suggère que ce qu'il dit peut être constaté par tous. Le moraliste est alors surtout celui qui donne à voir au lecteur. Il l'invite à regarder la réalité qui se cache derrière le masque.

• La Bruyère, par son écriture, propose une véritable **peinture de la société**. Pour cela, il recourt à la technique de l'hypotypose (scène si frappante qu'on croit la vivre) qui lui permet de mettre en scène la société de son temps.

Parcours

La comédie sociale

▸ *Les Caractères*, La Bruyère

1 Comprendre l'intitulé

a. Le sens des mots pris séparément

• **Comédie :** au XVIIe siècle, le mot désigne une pièce ayant pour but la peinture de travers privés ou de vices sociaux. Si le genre vise à divertir et a un but moral, il n'est pas nécessairement destiné à faire rire. La comédie peut désigner un genre d'écriture mais renvoie aussi au jeu théâtral.

• **Sociale :** l'adjectif désigne ce qui est relatif à la vie des hommes en société.

b. Mise en relation des deux termes

Deux interprétations sont possibles :

- La société joue une grande comédie, les courtisans tiennent chacun leur rôle et ainsi tout n'est qu'illusion. Il s'agit alors du *theatrum mundi*.
- L'œuvre est une grande comédie sociale au sens où elle met en scène la société afin d'en montrer les travers. On peut alors penser à *La Comédie humaine* de Balzac qui s'était donné ce projet au XIXe siècle.

2 Le parcours et l'œuvre intégrale

- La Bruyère, avec ses *Caractères*, met en scène la **société de son temps** afin de révéler la comédie sociale qui règne à la cour. Par son écriture qui reprend les caractéristiques de la comédie, il dévoile le vrai visage de la cour de Louis XIV.

3 La dissertation sur l'œuvre en lien avec le parcours

- On peut d'abord s'interroger sur le **genre de la comédie** et illustrer comment La Bruyère en reprend les caractéristiques. Le moraliste est un fin observateur de la société qu'il peint ensuite dans son recueil. Le lecteur peut alors découvrir les mœurs de la cour. Ses portraits sont aussi des illustrations de ce qu'il a observé. Par le procédé de l'hypotypose, il met généralement en scène un vice social en donnant vie à un courtisan. Celui-ci, caricaturé, devient un **type comique**.
- Paris devient alors une véritable **scène de théâtre** sur laquelle Giton, Phédon, Narcisse ou encore Théonas tiennent leur rôle. La multiplication des verbes de mouvement informe le lecteur sur leur jeu et les descriptions nous permettent de visualiser la scène. Le lecteur devient ainsi le spectateur de la scène parisienne et La Bruyère se fait à son tour dramaturge.
- Le **registre satirique** est particulièrement présent dans les portraits qui proposent une critique moqueuse du personnage mis en scène : les métaphores réifient ou animalisent les personnages afin de montrer la vanité de leurs actions. De plus, dans « De la cour », l'auteur n'hésite pas à associer le courtisan à un esclave dont le comportement est conditionné par la figure du roi et sa politique.

> **Citation**
> « Qui est plus esclave qu'un courtisan assidu, si ce n'est un courtisan plus assidu ? »
> *Chapitre VIII, 69.*

- Cette comédie sociale a un **but moral** : ironie, maximes, portraits dénoncent les vices (l'amour-propre, la cupidité, la flagornerie) et invitent le lecteur à réfléchir sur la nature humaine. La Bruyère s'inscrit

> **Vocabulaire**
> La **flagornerie** est une attitude qui consiste à flatter par intérêt.

dans la tradition du précepte antique *Placere et docere*, plaire et instruire. Pour cela, il n'hésite pas à varier les énoncés en recourant à la maxime, la sentence ou encore au portrait. Afin d'impliquer le lecteur, il l'interpelle par l'emploi de questions rhétoriques et les marques de la deuxième personne.

- Si La Bruyère dépeint la société de cour de Louis XIV, les vices qu'il dénonce ou les types qu'il met en scène sont atemporels. Le lecteur d'aujourd'hui peut à son tour tirer des enseignements des *Caractères*. Par la figure de l'antonomase, « Pamphile » (« Des grands », 50) devient un nouveau trait de caractère défini à partir de ce qui a été observé chez l'homme : « Un Pamphile est plein de lui-même, ne se perd pas de vue, ne sort point de l'idée de sa grandeur, de ses alliances, de sa charge, de sa dignité. » Le particulier offre alors des **leçons universelles**.

Vocabulaire

L'antonomase est une figure qui consiste à remplacer un nom commun par un nom propre ou un nom propre par un nom commun.

« Je rends au public ce qu'il m'a prêté ; j'ai emprunté de lui la matière de cet ouvrage. » Le lecteur « peut regarder avec loisir ce portrait que j'ai fait de lui d'après nature, et s'il connaît quelques-uns des défauts que je touche, s'en corriger. »

Préface

« Les enfants peut-être seraient plus chers à leurs pères, et réciproquement les pères leurs enfants, sans le titre d'héritiers. »

Livre VI, 67

« Dans cent ans le monde subsistera encore en son entier : ce sera le même théâtre et les mêmes décorations, ce ne seront plus les mêmes acteurs. »

Livre VIII, 99

« Un homme du peuple ne saurait faire aucun mal ; un grand ne veut faire aucun bien, et est capable de grands maux. »

Livre IX, 25

6 *Déclaration des droits de la femme et de la citoyenne*, Olympe de Gouges, 1791

➔ **PARCOURS** Écrire et combattre pour l'égalité

1 Contexte de l'œuvre

Le contexte culturel

Les Lumières

- Olympe de Gouges appartient pleinement à ce **siècle des Lumières**, dont les figures de proue tels que Montesquieu, Voltaire ou Beaumarchais s'engagent dans **tous les combats en faveur de l'égalité**. De la reconnaissance des droits des Noirs à celle des valets, de la condamnation de l'esclavage à la défense de l'instruction pour tous, les philosophes mènent tous les combats de front.
- Cet engagement conduit la France à abolir une première fois l'esclavage en 1794 (mais l'abolition fut révoquée en 1802 par Napoléon Bonaparte). Il mène surtout à la révolution et à la rédaction de la *Déclaration des droits de l'homme et du citoyen*, adoptée en 1789.

Le contexte politique

La Révolution française

- Les années 1789-1792 sont marquées par de **profonds bouleversements politiques, juridiques et sociaux**, qui ont malheureusement eu tendance à négliger la question des droits des femmes. **La chute de la monarchie et la proclamation de la Première république** en 1792 marquent un tournant essentiel dans l'histoire de France.

Les dates essentielles de la révolution

5 mai 1789	Ouverture des États généraux à Versailles
20 juin 1789	Serment du Jeu de paume
14 juillet 1789	Prise de la Bastille
Été 1789	« La Grande peur »
Nuit du 4 août 1789	Abolition des privilèges
26 août 1789	*Déclaration des droits de l'homme et du citoyen*
14 juillet 1790	Fête de la Fédération
5 septembre 1791	*Déclaration des droits de la femme et de la citoyenne*

20 au 21 juin 1791	Fuite du roi, de Marie-Antoinette et de la famille royale
3 septembre 1791	Première Constitution écrite de France
10 août 1792	Prise des Tuileries, chute de la monarchie constitutionnelle
21 septembre 1792	Proclamation de la Première République
21 janvier 1793	Exécution de Louis XVI
16 octobre 1793	Exécution de Marie-Antoinette
3 novembre 1793	Exécution d'Olympe de Gouges

Le contexte social

Les femmes dans la révolution

- Au tournant révolutionnaire, **les femmes connaissent une situation toujours peu enviable** : ne quittant l'autorité de leur père que pour se trouver sous celle de leur mari, celles qui ne trouvent pas d'époux entrent au couvent ou deviennent courtisanes. Elles n'ont aucun droit politique, aucun droit de propriété, pas le droit de divorcer. On ne leur accorde enfin qu'une **éducation très sommaire**, les formant surtout à devenir de bonnes mères et épouses.
- Les lois sont pourtant progressivement modifiées entre 1789 et 1792, les femmes gagnant le statut de « citoyennes » ; mais elles sont considérées comme des « **citoyens passifs** », sans droit de vote, au même titre que les mendiants, les fous et les enfants.
- Certaines femmes s'engagent alors dans la révolution et font entendre leur voix, non pas dans les urnes qui leur demeurent inaccessibles (jusqu'en 1944 en France !), mais dans les cercles et les assemblées politiques. Spectatrices actives, formant la « sans-culotterie féminine », on les surnomme à partir de 1795 « les tricoteuses » en référence à leur rôle actif – et parfois bruyant – dans ces tribunes d'où elles interviennent tout en tricotant.

À retenir
Les « **sans-culottes** » désignent les républicains les plus engagés durant la Révolution française.

Le féminisme

- Olympe de Gouges, qui s'engage en faveur de l'égalité des droits entre les femmes et les hommes, est considérée comme **l'une des premières féministes de l'histoire**. Ce terme pourtant n'apparaît dans son sens actuel, bien que de manière péjorative, qu'en 1872 dans ***L'Homme-Femme*** d'Alexandre Dumas fils, où l'auteur affirme : « *Les féministes, passez-moi ce néologisme, disent : Tout le* *mal vient de ce qu'on ne veut pas reconnaître que la femme est l'égale de l'homme, qu'il faut lui donner la même éducation et les mêmes droits qu'à l'homme.* » Il faudra attendre la plume d'Hubertine Auclert, en 1882, pour que le féminisme soit défini dans un sens positif comme la lutte pour améliorer la condition féminine.

• Depuis ses origines, le terme « féministe », englobe plusieurs visions d'un même combat en faveur des droits des femmes. Sans entrer dans les différents débats, il nous paraît nécessaire de redéfinir le terme dans son acception la plus évidente : le féminisme est un « mouvement social qui a pour objet l'émancipation de la femme, l'extension de ses droits en vue d'égaliser son statut avec celui de l'homme, en particulier dans le domaine juridique, politique, économique » (cnrtl).

• L'**engagement de ces femmes a donné accès à certains des droits considérés de nos jours comme les plus fondamentaux** (dont certains demeurent pourtant fragiles) : droit à l'éducation et à l'enseignement secondaire (1880), droit de vote (1944), droit de travailler sans l'autorisation de son mari (1965), droit à la contraception (1967), droit au divorce par consentement mutuel (1975), reconnaissance de l'autorité parentale conjointe (2002).

• De nos jours, les combats féministes en France portent principalement sur la **protection des femmes par rapport aux violences physiques et sexuelles** qu'elles continuent de subir, ainsi qu'en faveur d'une **véritable égalité salariale** et d'une **égale représentation dans tous les milieux professionnels**. Certaines féministes se battent également, et ce depuis le XIXe siècle, pour la féminisation de la langue, combattant les règles instaurées au XVIIe siècle par les membres (tous masculins…) de l'Académie française qui supprimèrent de nombreux noms de métiers féminins et promulguèrent la fameuse loi selon laquelle « le masculin l'emporte sur le féminin ».

2 Résumé de l'œuvre

Lettre dédicatoire à Marie-Antoinette

Dédicace à la reine Marie-Antoinette. Olympe de Gouges la sollicite afin de « *donner du poids à l'essor des droits de la femme, et d'en accélérer les succès.* »

« Homme, es-tu capable d'être juste ? »

L'autrice s'adresse aux hommes et s'interroge sur leur capacité à « être justes ». Elle fait appel à un **argument d'autorité** pour prouver que l'inégalité de droits entre les hommes et les femmes n'existe pas ailleurs dans la nature.

Préambule

Olympe de Gouges justifie la nécessité d'une *Déclaration des droits de la femme et de la citoyenne*, en stipulant que « *l'ignorance, l'oubli ou le mépris des droits de la femme, sont les seules causes des malheurs publics et de la corruption des gouvernements.* »

Les dix-sept articles

Reprise **féminisée** des dix-sept articles de la *Déclaration des droits de l'homme et du citoyen*. Olympe de Gouges formule des droits et des devoirs afin que les femmes puissent obtenir la possibilité de se faire entendre et d'être protégées.

> « La femme a le droit de monter sur l'échafaud ; elle doit avoir également celui de monter à la tribune. » *(art. 10)*

Postambule

Adresse aux femmes : « *Ô femmes ! (…), quand cesserez-vous d'être aveugles ?* », Olympe de Gouges les encourage à **s'emparer de leur propre libération**.

Forme du contrat social de l'homme et de la femme

Olympe de Gouges rédige un **contrat-type** (qu'elle nomme « *acte conjugal* ») permettant de protéger les droits des femmes et des enfants dans le cadre des unions hors mariages. Ce contrat doit également protéger « *les veuves et les demoiselles trompées* » ainsi que les prostituées. Cette partie du texte revient également sur le mariage des prêtres souhaité par l'autrice et sur les droits des « hommes de couleur ». Le « contrat social » s'achève sur une anecdote qui met Olympe de Gouges aux prises avec un juge misogyne.

3 Thèmes clés

Le combat pour l'égalité femmes-hommes

- Olympe de Gouges n'est évidemment pas la première à faire entendre sa colère face aux inégalités que subissent les femmes. On pense par exemple à Christine de Pizan qui sera la première femme à vivre de sa plume au Moyen Âge, et engage dans son œuvre *La Cité des dames* (publiée en 1405) une **réflexion qui pose les prémices du féminisme**.
- Cependant, rares sont les personnes qui revendiquent une autre position pour la femme que celle de **soumission à son époux ou à Dieu**, y compris chez les plus

grands humanistes (Montaigne ou Érasme ne se soucient pas particulièrement du sort réservé aux femmes par exemple). La Renaissance voit même une certaine régression du côté des droits des femmes et l'argument de l'*imbecillitas sexus* (ou « sexe imbécile », expression qui, depuis le IIIe siècle, désigne les femmes) permet d'affirmer toujours plus la prééminence des maris.

- Au XVIIe siècle, l'autorité du père sur la fille et du mari sur la femme ne prête toujours pas à discussion. **La définition de la famille** que donne en 1690 le dictionnaire de Furetière en fournit une preuve sans ambiguïté : « ménage composé d'un chef et de ses domestiques, soit femmes, enfants ou serviteurs. » Des auteurs comme Molière s'emparent du sujet, mais le dramaturge ne permettra pas de faire évoluer de manière spectaculaire les coutumes de son temps.
- Un siècle plus tard, la revendication d'Olympe de Gouges de pouvoir choisir son ménage et de bénéficier, en tant que femme, des mêmes droits que l'homme en cas de séparation ne sera pas davantage entendue, et **la Révolution n'apportera aucune avancée majeure dans l'accès aux droits des femmes** dans ce domaine. Au contraire même, le Code civil instauré par Napoléon en 1804 verra ces droits de nouveau régresser, la femme redevant mineure aux yeux de la loi.
- Il faut attendre le tout début du XXe siècle et le mouvement des suffragettes en Angleterre pour que les droits des femmes commencent à véritablement évoluer. Sous l'influence de leurs homologues britanniques et en s'appuyant sur le principe de suffrage universel, **les femmes exigent les mêmes droits civiques que les hommes**. Elles obtiennent en Angleterre le droit de vote en 1918.
- Une deuxième vague féministe voit le jour dans les années 1950-1970. Cette vague est marquée entre autres par les **publications de Simone de Beauvoir** (*Le Deuxième Sexe* en 1949), **les actions du MLF** (Mouvement de Libération des Femmes) ou encore **le Manifeste des 343** (1971). De nouveaux combats apparaissent comme la lutte contre le patriarcat.
- À partir des années 1980, c'est la question du « genre », souvent déterminant dans les rapports de pouvoir, à la fois dans les sphères du privé et du public, qui domine les réflexions des féministes en Europe. En parallèle, les luttes de la communauté LGBT se développent. Aujourd'hui, **ces luttes trouvent une caisse de résonance importante grâce à l'utilisation des réseaux sociaux**. Elle ouvre la voie à la libération de la parole des femmes, notamment celles victimes de violences sexuelles (*#MeToo, #BalanceTonPorc…*).

La lutte pour les droits des Noirs

- Olympe de Gouges s'est très tôt engagée dans un **combat en faveur des droits des personnes noires et colonisées.** Elle tente de faire jouer une pièce de théâtre sur ce thème (*Zamore et Mirza*), dans laquelle les deux personnages principaux devaient être incarnés par des comédiens noirs. Mais c'était sans compter sur l'esprit réactionnaire de son temps. Elle rédige également **différents essais sur la question**, parmi lesquels ses *Réflexions sur les hommes nègres* publiées dès 1788. Elle aborde de nouveau ce thème dans le dernier texte rattaché à sa *Déclaration des droits de la femme et de la citoyenne*, dans la section (hors programme) intitulée « Forme du contrat social de l'homme et la femme », affirmant qu'il est « *bien nécessaire que je dise quelques mots sur les troubles qui causent, dit-on, le décret en faveur des hommes de couleur, dans nos îles* ».

- Il faut dire qu'au moment où Olympe de Gouges prend la plume, **l'esclavage n'est pas aboli** et depuis le XVIe siècle, **son histoire se confond avec celle de la colonisation**. La colonisation consiste à vouloir imposer aux peuples autochtones une mise sous tutelle par les ressortissants d'une métropole, au nom d'une prétendue culture supérieure. Cette colonisation, et en particulier l'exploitation des richesses naturelles des pays envahis, suscite rapidement de nouveaux besoins en main-d'œuvre. Mais ne trouvant plus assez de ressources chez les Amérindiens et dans les milieux les plus pauvres du Vieux Continent, les Européens font alors venir des esclaves d'Afrique noire ; s'instaure alors le **commerce triangulaire**.

- Rapidement, des voix s'élèvent contre cette traite humaine, et les penseurs des Lumières seront engagés sur cette question. Dès les années 1780, des associations antiesclavagistes voient le jour, dont la Société des Amis des Noirs à laquelle Olympe de Gouges aurait peut-être appartenu.

- En 1791, deux ans après la *Déclaration des droits de l'homme* qui n'accorde aucune part au sort des esclaves, des révoltes éclatent à Saint-Domingue, une colonie française des Antilles. Ce territoire, surnommé le « moulin à broyer les nègres », est composé à 90 % d'esclaves noirs et d'affranchis dont la vie demeure régie par le **Code noir**. Ils revendiquent la liberté et l'égalité des droits avec les citoyens blancs, lors d'émeutes qui durent plusieurs mois.

- Le 28 septembre 1792, **l'assemblée constituante abolit l'esclavage en France**, mais toujours **pas dans les colonies**, et il faut attendre le 4 février 1794 pour qu'un décret d'émancipation et d'abolition de l'esclavage, adopté par Robespierre et les membres de la Convention, soit enfin étendu aux colonies françaises.

- Mais de la même manière qu'il fit régresser, par son Code civil, le peu de droits acquis par les femmes au cours de la Révolution, **Napoléon Bonaparte rétablit l'esclavage par décret en mai 1802**. Dans le même temps, il mène une répression intense dans les colonies françaises, notamment en Guadeloupe et en Guyane.

- C'est encore d'Angleterre que viennent les premiers textes d'abolition, le pays votant la suppression de la traite négrière en 1807. Et si la France s'engage, par le Traité de Paris signé en 1814, à unir ses efforts à ceux de la Grande-Bretagne pour abolir la traite, elle ne ralentit en réalité pas les mouvements de populations noires, des navires négriers continuant d'affluer jusqu'en 1830. Il faut ainsi attendre 1832 pour que la France accorde aux « mulâtres » (on dirait aujourd'hui « métis ») et aux Noirs libres l'égalité civile et politique. Et ce n'est que le **27 avril 1848**, sous l'impulsion de Victor Schœlcher, sous-secrétaire d'État aux colonies, que sera promulgué le **décret d'abolition de l'esclavage** dans les colonies et possessions françaises.

Parcours

Écrire et combattre pour l'égalité

***Déclaration des droits de la femme et de la citoyenne*, Olympe de Gouges**

1 Comprendre l'intitulé

a. Le sens des mots séparément

- **Écrire et combattre**

– Ces deux notions du parcours permettent de s'intéresser à la notion de **littérature engagée** et de se poser la question de l'influence ou non que la littérature (d'idées ou de fiction) peut avoir sur l'évolution des mentalités.

– La littérature engagée désigne la démarche d'un auteur, qu'il soit poète, romancier, dramaturge ou penseur, qui défend une cause qui lui tient à cœur **par ses œuvres**. Un écrivain peut en effet **critiquer certains aspects de la société** et chercher à la faire évoluer vers ce qu'il considère comme plus positif.

– La notion même d'auteur engagé n'apparaît officiellement qu'au XXᵉ siècle, mais de tout temps les auteurs se sont impliqués dans leurs œuvres, comme Agrippa d'Aubigné qui condamne les guerres de religion dès le XVIᵉ siècle dans ses poèmes des *Tragiques*.

- **Pour l'égalité**

Le parcours oriente la notion d'engagement par la plume vers un domaine précis qui est celui de **l'égalité**. L'article défini qui précède le terme permet d'en avoir une lecture assez générale : il s'agit de toutes les égalités.

• Le domaine de réflexion est donc assez ouvert, même si le texte au programme tend à guider la réflexion avant tout vers la notion d'égalité entre hommes et femmes. Mais la *Déclaration* d'Olympe de Gouges permet aussi de s'intéresser à l'égalité entre les Blancs et les Noirs, ou d'élargir le propos à toute forme possible d'égalité : sociale, culturelle, de genres, etc.

b. Mise en relation des termes

Il s'agit donc bien, si l'on suit l'intitulé du parcours, de s'intéresser à la **manière dont l'écriture peut servir les combats en faveur de toutes les égalités possibles**, à commencer par celle en faveur des droits des femmes.

2 Le parcours et l'œuvre intégrale

Olympe de Gouges est une autrice qui a toute sa vie écrit et combattu pour l'égalité. Son engagement l'a même menée à la guillotine. Sa *Déclaration des droits de la femme et de la citoyenne* fait preuve d'un grand courage dans ses prises de position, tant en faveur des droits des femmes (en particulier en termes de droits civiques mais aussi de reconnaissance sociale) qu'en faveur des droits des personnes noires ou des enfants nés hors mariage.

3 La dissertation sur l'œuvre en lien avec le parcours

• Les sujets de dissertation devraient donc vous amener à vous interroger sur **les moyens qu'emploie Olympe de Gouges pour partager ses opinions, et sur leur efficacité**. Le texte au programme étant particulièrement court, il est essentiel que vous l'ayez relu plusieurs fois afin de le maîtriser avec précision.

• Vous devez connaître le contenu **des dix-sept articles, du préambule et du postambule**, et les revendications qu'ils portent. Vous devez également être capable de montrer en quoi ces différents textes reformulent ceux de la *Déclaration des droits de l'homme et du citoyen*, **afin d'en montrer la portée féministe et engagée**. Vous devez pouvoir **élargir votre réflexion à d'autres types de combats menés par les auteurs engagés**, qu'il s'agisse de combats en faveur de l'égalité sociale, culturelle, d'accès à l'éducation ou à la défense des droits pour toutes les personnes quels que soient leur genre, leur orientation, leur appartenance culturelle, leur religion ou leur orientation politique. La seule limite étant la question du respect réciproque et du maintien dans un cadre légal d'expression.

> « La femme naît libre et demeure égale à l'homme en droits. » Article 1
>
> « L'homme seul […] veut commander en despote sur un sexe qui a reçu toutes les facultés intellectuelles. »
>
> « Femme, réveille-toi ; le tocsin de la raison se fait entendre dans tout l'univers ; reconnais tes droits. »
>
> Postambule

7 *Le malade imaginaire*, Molière, 1673

➔ **PARCOURS** Spectacle et comédie

1 Contexte de l'œuvre

Le contexte historique

Le Roi-Soleil

• **Un pouvoir absolu.** Louis XIV a quatre ans lorsqu'il succède à son père en 1643 : c'est sa mère, Anne d'Autriche, qui exerce la Régence, avec l'aide de Mazarin, premier ministre. C'est une période tourmentée pendant laquelle les Grands du royaume s'insurgent contre l'autorité royale au cours de la Fronde. De ce fait, lorsque Louis XIV commence à exercer le pouvoir, il décide de renforcer l'absolutisme royal : **il gouvernera seul**, sans premier ministre. La noblesse est isolée à la cour, à Versailles, où le Roi-Soleil s'installe en 1682.

• **Un début de règne éclatant.** Sur le plan économique, Colbert, contrôleur général des finances, mène une politique de **développement industriel** afin de promouvoir la production – notamment textile. Il développe aussi le **commerce maritime**. De plus, Louis XIV remporte de nombreuses **victoires** et affirme sa position en Europe. C'est ainsi que la guerre de Hollande (1672-1679) s'achève par le rattachement de la Franche-Comté au royaume de France. La Fontaine appelle la paix de ses vœux.

• **Une fin de règne maussade.** Les **guerres** vident les caisses du royaume et les famines accentuent les difficultés financières, laissant la France exsangue. En 1685, Louis XIV **révoque l'Édit de Nantes :** désormais les protestants ne peuvent plus exercer librement leur culte. Les défaites militaires s'enchaînent et marquent un recul de la puissance française.

La naissance du mécénat d'État

• Le rôle de **Richelieu** : ministre de Louis XIII, il arrive au pouvoir en 1624. Il est passionné par le théâtre et persuadé qu'il peut participer à l'unité nationale. Il défend une conception politique du rôle du théâtre. Il crée l'Académie française en 1635, qui consacre la dignité de l'écriture théâtrale.

• **Louis XIV, roi mécène** : comme Richelieu, il veut mettre en œuvre une vaste politique visant à exalter la gloire du souverain : il pensionne les artistes qui s'inscrivent dans ce projet. De plus, à titre personnel, il aime le grand spectacle et les représentations fastueuses. Il se fait organiser quelques **fêtes** à Versailles mais il aime aussi assister à des premières dans des théâtres publics.

Les théâtres sous le règne de Louis XIV

Un public hétérogène

- Hétérogénéité **sociale** : alors que les artisans et les ouvriers occupent le parterre, on voit apparaître un nouveau public mondain à partir de 1625.
- Hétérogénéité **culturelle** : on a d'une part un public de connaisseurs, qui s'intéresse aux Anciens et, d'autre part, un public qui veut être amusé, ému…

Les conditions de représentation

- **L'aménagement des salles** est très progressif. Paris s'équipe de grandes salles permanentes, d'abord dans d'anciens jeux de paume : la visibilité est réduite.
- **L'organisation des troupes** : elles se vouent une concurrence acharnée et luttent pour attirer les meilleurs acteurs. À la mort de Molière, c'est le roi qui réorganise les troupes.
- **Les auteurs s'émancipent** des troupes et acquièrent de la **notoriété**.

Dramaturgie classique

Les règles du théâtre classique

- La **vraisemblance** : on ne doit représenter que ce à quoi le public peut croire.
- Les **bienséances** : exigence morale. Tout ce qui a trait au corps est proscrit.
- Les **trois unités** : d'**action** (l'intrigue doit se nouer autour d'un seul problème) de **temps** (elle doit durer une journée) de **lieu** (elle doit se dérouler dans un seul lieu).

2 Résumé de l'œuvre

Prologue

Chant à la gloire des **victoires** de Louis XIV.

Acte I

- La pièce s'ouvre sur **Argan**, qui compte tout ce qu'il doit à ses médecins. Il est rabroué par sa servante, **Toinette**, qui pense qu'il n'est pas malade et que ses docteurs profitent de lui.
- Sa fille **Angélique** est amoureuse de **Cléante** et espère qu'il va demander sa main. Lorsque Argan lui annonce qu'il veut la marier, elle se réjouit. Mais Argan veut qu'elle épouse non pas Cléante mais un médecin : il pourrait ainsi se faire soigner à moindre frais. Angélique est désespérée et Toinette se met en colère contre son maître.

• C'est alors qu'intervient **Béline**, seconde femme d'Argan et belle-mère d'Angélique. Elle propose de placer cette dernière dans un couvent et fait venir un notaire afin qu'Argan puisse lui léguer sa fortune.

Premier intermède

Sérénade et arrestation de **Polichinelle**, que Toinette a présenté comme son amant à la fin du premier acte.

Acte II

• Cléante s'introduit chez Argan en se faisant passer pour le maître de musique d'Angélique qui est très surprise de sa venue.

• Argan reçoit également la visite de monsieur **Diafoirus** et de son fils **Thomas** qui doit épouser Angélique. Thomas se ridiculise en confondant Angélique et Béline. Argan demande à Cléante et Angélique de chanter quelque chose et ils improvisent une chanson qui leur permet de se parler d'amour.

• Béline dénonce Angélique à son père, disant qu'elle l'a vue parler avec un jeune homme, ce que **Louison**, sa petite sœur, est contrainte de confirmer.

• **Béralde**, frère d'Argan, vient lui proposer un époux pour Angélique.

Second intermède

Danses et chansons égyptiennes.

Acte III

• Béralde essaie de convaincre son frère que les médecins ne servent à rien et refuse que monsieur **Purgon** lui fasse un lavement. Purgon se met alors en colère, menace de rompre le mariage entre son neveu Thomas Diafoirus et Angélique et prédit d'atroces souffrances à son malade.

• Toinette se déguise en médecin et, pour dégoûter Argan de tous les docteurs, elle lui prescrit de se faire couper le bras et crever un œil.

• Elle monte ensuite un stratagème pour montrer à Argan que Béline est intéressée. Elle demande à son maître de faire semblant d'être mort : Béline s'en réjouit et est ravie d'hériter. Angélique, au contraire, est désespérée.

• Argan décide alors qu'elle pourra épouser Cléante si ce dernier se fait médecin. Toinette lui propose de se faire médecin lui-même.

Troisième intermède

Argan est fait médecin au cours d'une cérémonie burlesque (évocation de choses sérieuses à l'aide de termes familiers ou vulgaires).

3 Personnages principaux

Argan

• Il se croit **malade,** s'entoure de médecins et absorbe un nombre incalculable de remèdes dont il fait la liste dans la première scène. À aucun moment, on ne sait de quoi il souffre. Les médecins lui infligent de très nombreux traitements mais il s'agit davantage de **le faire payer** que de le soigner. Sa maladie ou plutôt son obsession lui ôte toute dignité. Il n'hésite pas à parler de son corps dans ce qu'il a de plus bas. Mais il ne semble pas en si mauvaise forme : Cléante se réjouit de sa bonne mine (II, 2), Béralde s'étonne qu'il ait tant d'énergie pour s'énerver contre lui (II, 9) et il oublie son bâton pour marcher quand on ne le lui rappelle pas (III, 1).

• Argan pense tant à lui et à ses angoisses, qu'il en néglige les sentiments des autres. Il ne se rend pas compte qu'on cherche à le tromper : il ne repère ni la convoitise de Béline, ni la rapacité de ses médecins. Il blesse ceux qui tiennent à lui. Ainsi, il n'a que faire des sentiments de sa fille et se montre agressif avec Toinette qui pourtant tient à lui. Finalement, comme le suggère la scène d'exposition, il est très **seul**.

Toinette

• Elle semble **insolente** et elle parle d'égal à égal à Argan, son maître (« *quitte à quitte si vous voulez* », I, 2) et n'hésite pas à lui tenir tête lorsqu'il veut marier sa fille à un médecin (I, 5).

• Toutefois, sous cette apparence, elle est la seule à s'occuper d'Argan à qui elle reste fidèle. Sa **fidélité** à Angélique est également sans faille (« *Moi, vous abandonner ? J'aimerais mieux mourir* » I, 8).

• Elle est pleine de ressources. Elle se propose de « *feindre d'entrer dans les sentiments* » d'Argan (I, 8) pour mieux le tromper. Elle n'hésite pas à jouer un rôle. Mais lorsqu'il apparaît que c'est insuffisant, elle met en œuvre un **stratagème** plus élaboré : elle se déguise en médecin. Elle prescrit à Argan des remèdes extrêmes afin de le dégoûter de la médecine. Ensuite, elle joue les metteurs en scène et suggère à Argan de faire le mort pour mesurer l'amour que lui portent Béline et Angélique.

• Elle est donc une version féminine du valet d'intrigue et elle est source de **comique** :
– comique de mots : sous l'emprise de la colère, elle déclare par exemple : « *Et moi je la déshériterai, si elle vous obéit* » (I, 5) ;
– comique de situation : à la scène III, 10, elle se fait passer pour un médecin ;

– comique de caractère : elle est à la fois comique en servante effrontée (« *Quand un maître ne songe pas à ce qu'il fait, une servante bien sensée est en droit de le redresser* », I, 5) et en médecin arrogant (« *Voilà un bras que je me ferais couper tout à l'heure, si j'étais que de vous* », III, 10) ;
– comique de gestes : tantôt elle fait « *semblant de s'être cogné la tête* » (I, 2), tantôt, elle met « *rudement un oreiller sur la tête* » d'Argan (I, 6).

Angélique

- C'est la **fille d'Argan** qu'elle aime d'un amour sincère même s'il la néglige et veut lui faire épouser un médecin. À la scène 13 de l'acte III, elle est sincèrement affectée quand elle le croit mort (« *Hélas ! Faut-il que je perde mon père, la seule chose qui me restait au monde ? Et qu'encore, pour un surcroît de désespoir, je le perde dans un moment où il était irrité contre moi ?* »).
- C'est aussi **l'amoureuse** de Cléante : lorsqu'elle parle de lui, elle s'échauffe et parle beaucoup (I, 4), mettant de côté son **habituelle discrétion**. Elle oublie également sa timidité en sa présence et lorsqu'il lui demande d'improviser un chant d'amour devant son père et celui qu'il lui destine pour mari, elle s'y livre avec enthousiasme (« *Je vous aime, je vous aime / Oui, Tircis, je vous aime* », II, 5).

Béralde

- C'est le **frère d'Argan** avec qui il est en perpétuel conflit. L'un – Argan – incarne la folie et l'excès, l'autre – Béralde – est au contraire l'homme de la **raison** et du **juste milieu**. Il revendique sans cesse une attitude raisonnable : il recommande à son frère d'appréhender le mariage de sa fille avec sagesse et de considérer la médecine du point de vue de la raison et de la science (« *raisonner ensemble, sur les affaires dont nous avons à parler, avec un esprit détaché de toute passion* », III, 3). En ce sens, c'est l'incarnation de l'honnête homme.

Vocabulaire

L'honnête homme : c'est l'idéal du XVIIe siècle. Il associe des qualités morales, physiques et intellectuelles. Il incarne la mesure et la tempérance.

- Il est attaché à Angélique et essaie de favoriser son mariage avec Cléante.
- Toutefois, lorsqu'il constate que la raison ne peut rien contre Argan, il propose de « *s'accommoder à ses fantaisies* » (III, 14) : c'est lui qui a l'idée de faire de son frère un médecin. C'est le carnaval qui assure le bonheur de tous et non pas les raisonnements logiques.

Béline

- C'est la **seconde femme** d'Argan. Elle semble aimante et multiplie les termes affectueux pour s'adresser à lui (« *mon pauvre mari* », « *pauvre petit mari* », « *mon ami* », I, 6). Toutefois, cet amour n'est qu'**hypocrisie**.

• Elle est intéressée par l'argent d'Argan, fait venir un notaire et cherche à s'emparer de ses richesses (I, 7). Ses véritables sentiments sont dévoilés lorsque Toinette lui tend un piège : elle se réjouit d'apprendre la mort de son mari (« *Le Ciel en soit loué ! Me voilà délivrée d'un grand fardeau. Que tu es sotte, Toinette, de t'affliger de cette mort !* », III, 12).

• Sa **cupidité** corrompt ses relations avec Angélique et sa sœur Louison. Elle voudrait qu'elles aillent dans un couvent afin de pouvoir toucher tout l'héritage de leur père. Ainsi, elle ne se prive pas de dénoncer Angélique qu'elle a aperçue avec Cléante.

4 Thèmes clés

La satire des médecins

Les moyens de la satire

La **satire de la médecine** passe par deux moyens :
– d'une part, on voit agir des médecins : Fleurant, les Diafoirus, père et fils, monsieur Purgon et Toinette lorsqu'elle imite les médecins et grossit leurs défauts ;
– d'autre part, Béralde, à la scène 3 de l'acte III, fait une critique argumentée de la médecine.

L'objet de la critique

• Ces deux moyens conjoints permettent à Molière de mettre en évidence tout ce qu'il reproche à la médecine à laquelle il n'a cessé de s'en prendre depuis ses premières comédies.

• Ce sont des **automates** stupides, incapables d'écouter ou de réfléchir : ici la critique tient plutôt de la farce. Ainsi, Thomas Diafoirus ne se rend pas compte qu'il débite à Angélique le compliment destiné à Béline (II, 5). De même, pour souligner sa bêtise, Molière met dans la bouche de son père un éloge très paradoxal : « *On eut toutes les peines du monde à lui apprendre à lire* » (II, 5).

• Ils parlent un « galimatias » **incompréhensible** : ils cherchent à dissimuler leur bêtise sous un langage inutilement complexe, qui loin de transmettre une pensée profonde révèle un vide abyssal. Ainsi, ils recourent fréquemment au latin (« *Dico* que le pouls de monsieur ») ou à des termes complexes (« duriuscule »). De plus les phrases sont très longues et miment un raisonnement, même lorsqu'elles sont privées de logique (voir la déclaration de Thomas Diafoirus à Argan, II, 5).

• Ils sont **cupides** : s'ils infligent à Argan mille et un traitements, ce n'est pas parce qu'ils le croient malades mais parce qu'ils le savent riche. C'est la lucide

Toinette qui l'observe : « *Ce monsieur Fleurant-là et ce monsieur Purgon s'égayent bien sur votre corps ; ils ont en vous une bonne vache à lait* » (I, 2).

• Ils sont **incompétents** et ne peuvent soigner personne : plus grave encore, les médecins ne connaissent rien aux malades et aux maladies. Leur incapacité à observer et à dialoguer, leur incroyable fatuité sont autant d'obstacles pour formuler un diagnostic pertinent. Lorsque les Diafoirus auscultent Argan à la scène 6 de l'acte II, ils disent le contraire de ce qu'a dit monsieur Purgon tout en prétendant être parfaitement d'accord avec lui. En ce sens, ils ne se distinguent guère du médecin campé par Toinette qui ramène tout au « poumon ». Pour Béralde, qui se fait ici le porte-parole de Molière, la nature est bien trop complexe pour être comprise, analysée et surtout rectifiée. La médecine se réduit à n'être que de belles paroles.

Les fonctions de la satire

• Les fonctions de la satire sont explicitées par Béralde qui encourage Argan à aller voir une pièce de Molière. Elles ont selon lui une double fonction : elles divertissent et elles ouvrent les yeux.

– **le divertissement** : la mise en scène des médecins est source de nombreux passages comiques. On trouve du comique de mots (discours de Thomas Diafoirus, II, 5), comique de gestes (auscultation d'Argan par Toinette, III, 10), comique de situation (malédictions de monsieur Purgon, III, 5) et comique de caractère (portrait de Thomas Diafoirus par son père, II, 5).

– **la dénonciation** : Molière a déjà exposé dans la préface du *Tartuffe* que « le théâtre a une grande vertu pour la correction ». Il s'agit donc pour lui de donner une dimension morale à sa comédie en dénonçant l'incompétence des médecins et la naïveté de leurs malades.

La famille

Un père autoritaire

• Argan est un père autoritaire (« [...] *je veux qu'elle exécute la parole que j'ai donnée* » ; « *Je lui commande [...] de se préparer à prendre le mari que je dis* », I, 5).

• Le schéma du père qui s'oppose au mariage de sa fille avec l'homme qu'elle aime est traditionnel dans la comédie. Toutefois, il est ici modifié par les obsessions d'Argan. Ce n'est pas la pauvreté du jeune homme qui est un obstacle, ni une promesse faite à un ami de longue date. Argan veut que sa fille épouse un médecin afin d'être soigné (« *je veux me faire un gendre et des alliés médecins, afin de m'appuyer de bons secours contre ma maladie* », I, 5). L'attitude d'Argan ne repose donc sur aucune convention sociale, elle est **pur égoïsme**.

• Pourtant, il semble aimer ses filles et Toinette évoque le pouvoir qu'elles ont (qu'elles avaient ?) sur lui (« *Une petite larme ou deux, des bras jetés au cou, un "mon petit papa mignon", [...], sera assez pour vous toucher* », I, 5).

Des filles aimantes et soumises

• Si Angélique refuse d'épouser Thomas Diafoirus, elle n'ose pourtant pas tenir tête à son père. En effet, elle laisse parler Toinette à sa place à la scène 5 de l'acte I (« *Elle vous dira qu'elle n'a que faire de monsieur Diafoirus* »). La jeune fille, qui ne pouvait s'arrêter de parler de Cléante à la scène précédente, se tait face à son père. De même, Louison ne lui ment pas et finit par lui avouer qu'un homme est venu dans la chambre de sa sœur (II, 8).

• Toutefois, elles ont beau être soumises, elles n'en sont pas moins aimantes. Le respect et l'amour se mêlent à la **crainte**. En effet, quand Toinette demande à Argan de faire le mort, Angélique est désespérée.

Une femme cupide

Quant à Béline, elle apparaît conforme au stéréotype de la marâtre. Elle veut que ses belles-filles soient religieuses pour hériter d'une plus grosse fortune et n'a aucune considération pour elles.

Parcours

Spectacle et comédie

▸ *Le malade imaginaire*, Molière

1 Comprendre l'intitulé

a. Le sens des mots pris séparément

• **Spectacle :** c'est d'abord **ce qui se donne à voir**. Une comédie doit donc être représentée et mise en scène pour devenir un spectacle. *Le Malade imaginaire* est une comédie particulière puisqu'il s'agit d'une **comédie-ballet**. En effet, elle est pourvue d'un prologue, de trois intermèdes destinés à être chantés et dansés. La musique en a été composée par Marc-Antoine Charpentier et les ballets ont été conçus par Pierre Beauchamp. Cet aspect de la pièce est particulièrement difficile à apprécier pour un lecteur.

- **Comédie** : il s'agit au XVIIe siècle d'un genre codifié.

– **Cadre spatio-temporel** : la comédie se déroule dans un lieu et un temps proches de ceux du spectateur. Corneille intitule même *La Place royale* une comédie qui fut jouée pour la première fois dans un théâtre situé tout près de la Place Royale.

– **Personnages** : la plupart sont des bourgeois aisés accompagnés de leurs valets.

– **Intrigue** : les problèmes qui apparaissent dans la comédie sont des problèmes du quotidien, comme l'amour, l'argent, la santé…

– **Dénouement** : la comédie a un dénouement heureux.

– **But** : la visée est de **plaire et d'instruire**, comme dans toute pièce classique.

Il s'agit donc à la fois de faire rire le public mais aussi de « corriger les vices des hommes », d'inviter le public à prendre conscience de ses défauts en les grossissant et en en montrant le ridicule.

b. Mise en relation de ces deux termes

- **Spectacle et comédie**

– Il s'agit de se demander ce qui fait que la comédie peut/doit devenir un spectacle : est-elle plus efficace ? Plus drôle ? Plus satirique ?

– On peut également s'interroger sur la relation entre le spectacle et le texte écrit par Molière : le spectacle ne risque-t-il pas d'être infidèle ?

– Peut-on estimer que les intermèdes constituent le spectacle ajouté aux dialogues, qui eux, seraient la comédie ?

2 Le parcours et l'œuvre intégrale

a. La comédie-ballet

La naissance de la comédie-ballet

- D'après Molière, la comédie-ballet naît par hasard. Lors d'une grande fête donnée en l'honneur du jeune roi Louis XIV à Vaux-le-Vicomte en août 1661, plusieurs spectacles devaient avoir lieu, parmi lesquels une comédie de Molière et un ballet. Le roi est en effet féru de danse. Or, les danseurs sont peu nombreux et ils sont obligés d'intervenir à plusieurs reprises pour de petits ballets. On décide alors d'en faire des intermèdes dans la comédie, « *de sorte que, pour ne point rompre aussi le fil de la pièce par ces manières d'intermèdes, on avisa de les coudre au sujet du mieux que l'on put, et de ne faire qu'une seule chose du ballet et de la comédie* » (Avertissement des *Fâcheux*).

- Par la suite, à plusieurs reprises, Molière crée des **comédies-ballets**, avec Lully d'abord puis Marc-Antoine Charpentier. Il s'agit toujours de plaire au roi et à l'exception du *Malade imaginaire*, toutes ces comédies-ballets sont d'abord jouées **à l'occasion de fêtes royales** avant d'être **reprises au théâtre du Palais-Royal**.
- Toutefois, il serait réducteur de faire des intermèdes musicaux de simples agréments pour le roi. Ils transforment l'esprit de la pièce : le rire satirique qui se moque des personnages et de leurs manies devient plus léger et l'on en vient à rire avec les personnages.
- Molière reconnaît que le lien entre la comédie et les intermèdes dans *Les Fâcheux* est parfois un peu lâche. Toutefois, on ne peut pas observer, dans les 12 comédies-ballets qu'il a composées, d'évolution continue vers un lien de plus en plus fort. Tantôt les intermèdes sont nécessaires à l'intrigue, tantôt au contraire, ils y sont étrangers. *Le Malade imaginaire* présente les deux cas de figure.

Les intermèdes spectaculaires et la comédie dans *Le Malade imaginaire*

- Le prologue : il est totalement étranger à la comédie. Il s'agit de « *chanter de LOUIS l'intrépide courage* ».
- Le premier intermède est centré autour de Polichinelle, personnage de *commedia dell'arte* et repose sur un **comique de gestes** (Polichinelle est battu par les archers). Toutefois, cet intermède farcesque n'est pas totalement détaché du reste de la comédie. En effet, Polichinelle est présenté comme l'amant de Toinette (« *le vieux usurier Polichinelle, mon amant* », I, 8). De plus, le thème principal de cet intermède est l'amour. Or, l'acte I s'est achevé sur les inquiétudes d'Angélique quant à son mariage.
- Le second intermède est inclus dans la comédie du point de vue de la narration. Béralde fait venir une troupe de danseurs égyptiens afin qu'ils proposent un divertissement à Argan. On y retrouve le thème de l'amour, comme dans le premier intermède. De plus, cela permet à Molière d'évoquer les fonctions de la comédie et de préparer son duel avec la médecine. Béralde propose à son frère : « *Ce sont des Égyptiens, vêtus en Mores, qui font des danses mêlées de chansons, où je suis sûr que vous prendrez plaisir ; et cela vaudra bien une ordonnance de monsieur Purgon.* » (II, 9). Le spectacle doit donc divertir, plaire, mais il peut aussi soigner, mieux que la médecine.
- Le troisième intermède est nécessaire à l'intrigue : c'est la cérémonie d'intronisation d'Argan qui devient médecin. Elle permet à la famille d'Argan de « *s'accommoder à ses fantaisies* » (III, 14). Elle met donc fin au conflit qui oppose Argan à tous les membres de sa famille depuis le début de la comédie. Au lieu de perpétuellement s'opposer à lui, Béralde, Cléante, Angélique et Toinette

décident de se réconcilier avec lui dans un spectacle carnavalesque. On n'est plus dans la sanction mais dans l'acceptation.

b. Le comique dans la pièce

Si la comédie mérite d'être jouée et de devenir spectacle, ce n'est pas seulement en raison des intermèdes chantés et dansés mais aussi en raison du comique.

– Comique de **gestes** : lorsque Toinette et Argan se battent presque à coup d'oreillers (I, 6).

– Comique de **mots** : le discours de Thomas Diafoirus en est un bon exemple (II, 5).

– Comique de **situation** : quiproquo quand Angélique pense que son père lui propose d'épouser Cléante mais qu'il veut en réalité qu'elle épouse Thomas Diafoirus (« C'est mon père que je connais que vous avez parlé d'une personne, et que j'ai entendu une autre », I, 5).

– Comique de **caractère** : Argan est obsédé par sa maladie et se comporte comme un petit enfant qui a besoin d'être rassuré (I, 6).

3 La dissertation sur l'œuvre en lien avec le parcours

Pour parler de la mise en spectacle de la comédie, il faut en connaître quelques mises en scène. On peut en citer deux, très différentes l'une de l'autre :

– Celle de **Gildas Bourdet**, au Théâtre de l'Ouest Parisien (2003), qui insiste sur le comique et la dimension farcesque ;

– Celle de **Claude Stratz**, à la Comédie-Française (2013), qui au contraire lui donne une dimension plus tragique (« *La dernière pièce de Molière commence dans les teintes d'une journée finissante. C'est une comédie crépusculaire teintée d'amertume et de mélancolie.* »).

« C'est pour moi que je lui donne ce médecin ; et une fille de bon naturel doit être ravie d'épouser ce qui est utile à la santé de son père. »

Acte I, scène 5

« C'est une imagination burlesque. Cela sera peut-être plus heureux que sage. Laissez-moi faire : agissez de votre côté. »

Acte III, scène 2.

« Entendez-les parler : les plus habiles gens du monde ; voyez les faire, les plus ignorants de tous les hommes. » « J'aurais souhaité de pouvoir un peu vous tirer de l'erreur où vous êtes, et, pour vous divertir, vous mener voir sur ce chapitre quelqu'une des comédies de Molière. »

Acte III, scène 3

8 *Les Fausses Confidences*, Marivaux, 1737

➔ **PARCOURS** Théâtre et stratagème

1 Contexte de l'œuvre

Le contexte historique

Le XVIIIe siècle s'achève par la Révolution française, que précèdent de nombreuses mutations politiques et sociales. Marivaux, à la charnière des XVIIe et XVIIIe siècles, connaît des périodes très différentes.

Mutations politiques

- **Les dernières années du règne de Louis XIV** : la fin du règne de Louis le Grand est marquée par l'**austérité** : le roi est fatigué et se tourne vers la religion, les caisses du royaume sont vides suite à de nombreuses campagnes militaires.
- **La Régence** (1715-1723) : à la mort de Louis XIV, Louis XV est trop jeune pour régner. La Régence est alors exercée par Philippe d'Orléans. La noblesse respire enfin et se laisse emporter dans un **tourbillon de fêtes galantes**.
- **Le règne de Louis XV** (1723-1774) : au début, celui qu'on surnomme « le bien-aimé » préserve l'atmosphère de liberté instaurée par le Régent, ce qui favorise l'émergence des **débats d'idées caractéristiques des Lumières**. Le roi tend ensuite à faire preuve de plus de fermeté et de rigueur.

Mutations sociales

- La société est hiérarchisée, elle se compose de trois ordres : **la noblesse** qui détient le pouvoir politique et judiciaire mais qui ne peut exercer aucune activité commerciale ; **le clergé** ; **le Tiers État**, groupe hétérogène dans lequel on regroupe aussi bien les bourgeois enrichis que les paysans.
- Les rapports de force évoluent cependant :

– **la noblesse a tendance à s'appauvrir** : certains nobles sont victimes de la banqueroute de Law, d'autres se perdent en dépenses somptuaires pour organiser des fêtes extravagantes par exemple.
– **la bourgeoisie au contraire s'enrichit** : au début du règne de Louis XV, le commerce maritime se développe et les premières industries se créent. Araminte appartient à cette bourgeoisie aisée, elle est d'ailleurs convoitée par le Comte Dorimont, qui est sans doute un noble appauvri.

Mutations idéologiques et philosophiques

• Les penseurs des Lumières placent l'homme au centre de leurs préoccupations et cherchent à préciser sa place dans le monde. Ils n'hésitent pas à remettre en question nombre de certitudes des siècles passés : la monarchie absolue, le primat de la religion… Ils s'appuient sur la raison et la tolérance.

• **Le siècle du plaisir** : après l'austérité de la fin du règne de Louis XIV, on découvre le libertinage.

Vocabulaire

Libertinage : on passe du libertinage intellectuel (revendication de la liberté de penser indépendamment des préceptes religieux) à un libertinage de mœurs (revendication de la liberté d'agir selon ses désirs).

Le contexte littéraire

Le triomphe du théâtre

• Le théâtre est très populaire. On assiste à de nombreux spectacles de rue et les théâtres se multiplient.

• À Paris, trois théâtres se font concurrence :

– l'**Opéra** pour le théâtre chanté ;

– la **Comédie-Française**, née en 1680, qui présente surtout des tragédies et des comédies en cinq actes, dans la tradition classique. On y joue de manière conventionnelle et les comédiens « récitent » leur texte avec une diction artificielle ;

– le **Théâtre-Italien** qui revient en France en 1716 après avoir été chassé en 1697. La troupe est dirigée par Luigi Riccoboni puis son fils. Ils se mettent à jouer en français mais gardent l'héritage de la ***commedia dell'arte*** : leur jeu est plus naturel et plus dynamique, le comique de gestes y occupe une large place.

Les conditions de représentation

• Même si elles s'améliorent par rapport au siècle précédent, elles restent globalement mauvaises. Les **salles « à l'italienne »**, en demi-cercle, remplacent progressivement les salles rectangulaires du XVIIe siècle et offrent une meilleure visibilité.

• Le public est toujours nombreux sur la scène, ce qui réduit considérablement l'espace dévolu aux comédiens et limite les possibilités de jeu.

• Des **lampes à huile** remplacent les bougies, mais l'éclairage reste insuffisant.

L'évolution du genre comique

• **Les règles du théâtre classique** sont toujours respectées et le seront jusqu'au grand bouleversement introduit par le drame romantique au début du XIXe siècle :
– la **règle des trois unités** : l'intrigue doit durer moins de vingt-quatre heures (unité de temps), se dérouler en un seul lieu (unité de lieu) et régler un seul problème (unité d'action) ;

– la **vraisemblance** : l'intrigue doit être crédible (pas de retournement de situation spectaculaire, d'effet de surprise...) ;
– la **bienséance** : rien ne doit choquer le spectateur (pas de mort sur scène par exemple).

• Les comédies, reflet de la société, évoluent pourtant. On voit apparaître dans la comédie du XVIIIe des personnages aux prises avec les difficultés de leur temps : argent et rang social deviennent des thèmes majeurs. Dorante, pourtant d'une bonne famille, est contraint de se mettre au service d'Araminte, mais il espère épouser cette riche veuve, en dépit de sa pauvreté. Ce ne sont plus les pères qui s'opposent au mariage mais les amoureux eux-mêmes qui ont des doutes. Araminte peine à vaincre son orgueil mais elle n'a que faire du mécontentement de sa mère.

2 Résumé de l'œuvre

Acte I

• **Dorante** fait son entrée chez **Araminte** comme intendant. Il est éperdument amoureux d'elle mais il est trop pauvre pour prétendre l'épouser. Son ancien valet, **Dubois**, a pourtant l'intention de réaliser son rêve, grâce à un stratagème.

• Chez Araminte, Dorante fait la connaissance de **Marton**, suivante d'Araminte, qui serait un parti convenable pour lui et qu'il fait mine d'aimer.

• Madame **Argante**, la mère d'Araminte, demande à Dorante, de persuader sa fille d'épouser le **Comte Dorimont** avec qui elle est en procès. Elle a en effet des ambitions nobiliaires. Dubois fait confidence à Araminte de l'amour de Dorante et la riche veuve décide de le garder.

Acte II

• Pour faire croire à Araminte que Dorante est un homme très convoité, il fait courir le bruit qu'une riche inconnue voudrait l'épouser. Marton croit que c'est pour elle que Dorante refuse ce parti intéressant.

• Sur ces entrefaites, on livre au bel intendant un portrait dans une boîte. Marton s'en empare, pensant que c'est le sien, mais quand elle ouvre la boîte en présence d'Araminte et de sa mère, elle découvre qu'il s'agit d'un portrait d'Araminte.

• Madame Argante somme sa fille de renvoyer l'intendant mais Araminte refuse qu'on lui dicte sa conduite. Elle décide de congédier Dorante s'il lui avoue son amour. Pour cela, elle lui tend un piège et fait semblant de vouloir épouser le Comte.

• Dorante, bouleversé, finit par parler. Araminte ne le renvoie pas pour autant.

Acte III

- Dorante se croit perdu mais Dubois le rassure. Arlequin, qui est au service de Dorante, confie à Marton une lettre destinée à un de ses amis.
- La suivante, qui se sent trahie depuis l'affaire du portrait, la remet à madame Argante et au Comte : Dorante y évoque son amour pour Araminte, qui est désormais connu de tous. Araminte est alors obligée de prendre une décision, elle ne peut plus faire semblant d'ignorer les sentiments de son intendant.
- Dorante vient régler ses dernières affaires auprès d'elle et exprime son malheur à l'idée de la quitter. Elle se rend alors compte qu'elle l'aime et qu'elle est prête à l'épouser. Dorante lui avoue son stratagème et elle l'excuse au nom de son amour sincère. Araminte annonce au Comte qu'elle ne souhaite pas l'épouser. Celui-ci se retire avec dignité tandis que madame Argante ne décolère pas de voir sa fille renoncer à un titre de noblesse.

3 Personnages principaux

Araminte

- C'est la riche veuve d'un « *mari qui avait une grande charge dans les finances* ». Elle tire de sa richesse un certain **statut social**.
- Son statut de **veuve** lui donne une certaine autonomie bien qu'elle habite chez sa mère.
- Elle est en procès avec le Comte Dorimont, qu'elle pourrait épouser. Cela règlerait le différend et lui obtiendrait un titre de noblesse.
- Elle a la réputation d'être « *extrêmement raisonnable* ». Elle aime prendre des décisions par elle-même et n'aime pas avoir l'impression qu'on la manipule : elle est très agacée que sa mère fasse pression pour lui faire épouser le Comte ou veuille choisir son intendant à sa place.

Dorante

- Neveu de monsieur Remy, il vient d'une **famille respectable mais désargentée**. C'est la première fois qu'il cherche un emploi. Il a reçu une bonne éducation.
- Il est **séduisant** : Araminte le remarque la première fois qu'elle l'aperçoit (« *Il a vraiment très bonne façon* », I, 6).
- Son personnage est **ambigu**. D'un côté, il semble se laisser mener par Dubois. En effet, il a trop peur de perdre Araminte et il est trop aveuglé par sa passion pour construire un stratagème. C'est au nom de sa faible implication qu'il demande à

Araminte de lui pardonner. De l'autre, Dorante joue parfaitement son rôle quitte à se montrer cruel envers Marton.

Dubois

- Ancien valet de Dorante, c'est désormais celui d'Araminte.
- Il est très **sûr de lui** et même quand la situation paraît désespérée il ne doute pas un instant. Il **manipule** tout le monde : Arlequin, Marton, monsieur Remy, Araminte et même Dorante dont les tergiversations l'exaspèrent parfois.
- Il **maîtrise le langage**, en particulier lors des « fausses confidences » à Araminte.

Monsieur Remy

- C'est le **procureur** d'Araminte. Il a un peu d'argent qu'il pourrait léguer à Dorante à condition qu'il ne se marie pas et qu'il n'ait pas d'enfant.
- Il sert les intérêts de Dorante sans le savoir en rapportant à Araminte que son neveu est très courtisé. Il travaille par ailleurs à le marier à Marton en faisant croire à cette dernière que Dorante l'aime depuis longtemps.

Madame Argante

Si l'on en croit son hôtel particulier, elle est **riche**. Elle a le plus grand mépris pour la bourgeoisie et voudrait que sa fille devienne la comtesse Dorimont. Elle est prête à tout : elle demande à son intendant de lui mentir.

Marton

- Comme Dorante, elle vient d'une famille bourgeoise, mais son père, « *homme un peu dérangé* », a perdu sa fortune. Depuis, elle est la suivante d'Araminte dont elle est très proche (« *elle l'aime et la traite moins en suivante qu'en amie* », I, 3) et qui lui a promis de la doter. Elle pourrait aussi hériter d'une tante asthmatique.
- Elle est **victime de divers stratagèmes** : Dubois conseille à Dorante de s'en faire aimer ; monsieur Remy lui raconte que Dorante l'aime depuis longtemps. Il ne lui en faut pas plus pour tomber amoureuse de ce dernier. Elle souffre quand elle découvre que son amour n'est pas réciproque.

Le Comte Dorimont

- Il appartient à la **noblesse** et l'on peut supposer que s'il veut épouser Araminte c'est pour sa richesse.
- Il se retire avec élégance quand il se rend compte qu'Araminte ne l'aime pas et promet de renoncer au procès.

Arlequin

- Personnage hérité de la ***commedia dell'arte***, il est balourd : il ne comprend pas le sens figuré des mots et refuse qu'on le « donne » à Dorante, il ne connaît pas suffisamment Paris pour livrer une lettre…
- Dubois se sert de lui pour mener à bien certains aspects de son plan.
- Il sert Dorante avec fidélité.

4 Thèmes clés

L'amour

Les atouts de Dorante pour séduire Araminte

- Araminte est d'emblée charmée par Dorante. Il est en effet doté de quelques atouts : la bonne mine de Dorante charme Araminte dès qu'elle l'aperçoit (« *Ah ! C'est là lui ! Il a vraiment très bonne façon !* », I, 6) et une culture commune : si Dorante doit se placer au service d'Araminte, il reste pourtant au-dessus de sa condition et ne se confond jamais avec un valet.
- Le récit que Dubois fait à Araminte de l'amour de Dorante est conforme à une tradition courtoise : Dorante aime avec humilité, en secret.

Les obstacles à l'amour de Dorante et Araminte

L'intervention de Dubois et les nombreux **stratagèmes** sont nécessaires, parce que le mariage de Dorante et d'Araminte semble impossible. En effet, leurs relations sont entravées par : une différence de fortune entre Araminte qui est une riche veuve et Dorante, ruiné ; l'ambition de madame Argante qui rêve que sa fille épouse un noble ; la fierté d'Araminte qui ne veut pas se laisser manipuler et veut prendre des décisions par elle-même ; des rivaux : le Comte Dorimont d'une part, une « *grande brune très piquante* » et Marton d'autre part (I, 14).

La naissance de l'amour

Dubois intervient donc pour lever les différents obstacles et faire d'une Araminte charmée une Araminte conquise. Ses stratagèmes visent à : éveiller l'intérêt d'Araminte : c'est le rôle des « *fausses confidences* » (I, 14) et déstabiliser Araminte : pour cela il révèle l'amour de Dorante, ce qui oblige Araminte à prendre position. Y contribuent le portrait d'Araminte réalisé par Dorante (II, 9), une bruyante dispute entre Dubois et Arlequin (II, 10), une lettre de Dorante interceptée par Marton (III, 8). Finalement, l'amour la prend par surprise au moment même où elle allait renvoyer Dorante (III, 12).

La satire sociale

Des personnages définis par leur rapport à l'argent

- *Les Fausses Confidences* est une pièce ancrée dans la société parisienne de 1737 et l'argent y occupe une place importante.
- On peut distinguer trois groupes :

– les **personnages riches** : au premier rang desquels on trouve Araminte et madame Argante, mais aussi monsieur Remy.
– les **personnages désargentés** : Dorante et Marton dont les pères étaient amis et se sont tous les deux ruinés. Ces deux personnages ont un statut particulier parce qu'ils sont employés par Araminte mais ne se confondent pas avec les valets. On peut imaginer que le Comte Dorimont souhaite épouser Araminte pour sa fortune.
– les **valets** : ils n'ont pas de moyen de s'enrichir et de s'élever dans la société.

La satire du mariage d'intérêt

Pour les bourgeois ou les nobles désargentés, le mariage est un moyen de s'enrichir. Dès lors, le mariage devient une affaire d'intérêt. Marivaux s'en moque à travers le personnage de monsieur Remy qui est décidé à offrir son neveu à celle qui aura la dot la plus élevée : à la scène 3 de l'acte I, il veut qu'il épouse Marton, mais dès la scène 2 de l'acte II, il prétend lui faire épouser une « *jolie femme* », qu'il n'a jamais vue, qui a « *quinze mille livres de rente* ». Ce revirement brutal est source de comique. De plus, lorsque monsieur Remy raille ceux qui font entrer les sentiments dans les questions maritales, c'est lui qui se rend ridicule.

Parcours

Théâtre et stratagème

▸ ***Les fausses Confidences*, Marivaux**

1 Comprendre l'intitulé

a. Le sens des mots pris séparément

- **Théâtre :** *Les Fausses Confidences* est une comédie, destinée à être jouée. Les personnages s'incarnent et le spectateur, pour juger de leur sincérité, peut s'appuyer sur le jeu des comédiens. Le théâtre dans le théâtre est aussi présent : les personnages ne jouent pas la représentation d'une pièce de théâtre – ce serait une mise en abyme – mais plusieurs d'entre eux sont amenés à incarner un rôle. Les autres personnages n'ont pas toujours conscience d'assister à une fiction.

- **Stratagème :** il s'agit d'une ruse, organisée par un ou plusieurs personnages pour en tromper un autre. Les stratagèmes sont nombreux dans les comédies parce qu'ils sont source de comique de situation.

b. Mise en relation de ces deux termes

- **Théâtre et stratagème :** il s'agit de voir comment les personnages jouent la comédie pour en tromper d'autres. Il faudra donc se demander : qui joue la comédie ? Dans quel but ? Qui sont les spectateurs ou les victimes de ces jeux de rôle ?

2 Le parcours et l'œuvre intégrale

a. Les stratagèmes

- **Dubois et Dorante, à la conquête d'Araminte.** Ce stratagème est le seul de la pièce à réussir. Il faut dire que Dorante multiplie les **ruses** et met en œuvre divers **procédés** de « *fausses confidences* » (I, 14) il fait le portrait d'un Dorante fou d'amour pour Araminte afin d'éveiller son intérêt ; la livraison et la découverte d'un portrait (II, 6 et II, 9), une dispute avec Arlequin au sujet d'un autre portrait d'Araminte (II, 10), l'interception et la lecture d'une lettre de Dorante à un ami (III, 3 et III, 8) visent à faire connaître à tous les sentiments de Dorante, ce qui oblige Araminte à prendre une décision à son sujet.
- Monsieur Remy conseille à Dorante d'épouser Marton, qui devrait obtenir une dot substantielle de sa maîtresse et qui pourrait hériter d'une tante asthmatique. Pour cela, lui aussi fait de « fausses confidences » : il explique à la suivante d'Araminte que son neveu l'a repérée de longue date et qu'il l'aime. Les conséquences de cette ruse sont ambiguës mais le stratagème fonctionne puisque Marton tombe amoureuse de Dorante. Le mariage ne peut avoir lieu car Dorante n'aime pas Marton et n'a aucune intention de l'épouser. Le stratagème sert l'intérêt de Dorante : Marton, par dépit, donne la lettre de Dorante au Comte Dorimont et à madame Argante ce qui arrange Dorante et Dubois. De plus, elle exige de Dorante qu'il la demande en mariage devant Araminte, ce qui les oblige tous deux à clarifier leurs sentiments.
- Madame Argante recourt à un stratagème pour pousser sa fille à accepter d'épouser le Comte Dorimont. Il s'agit moins pour elle de mettre fin au procès qui les oppose que de devenir « *la mère de Madame la comtesse Dorimont* » (I, 10). Elle demande donc à Dorante de lui mentir et de présenter le procès comme impossible à gagner. Le stratagème échoue car Dorante révèle aussitôt la vérité à Araminte.

- **Araminte** tend un piège à Dorante. Elle prétend être déterminée à épouser le Comte Dorimont de façon à l'obliger à avouer ses sentiments (II, 13). Ses objectifs sont confus, pour elle comme pour le spectateur. Finalement Dorante parle mais ne prend aucune décision, elle va même jusqu'à mentir à Dubois (« *Non, il ne m'a rien dit* », II, 17).

b. Théâtre dans le théâtre

- **Dubois** est d'abord metteur en scène : c'est lui qui met en œuvre tout le stratagème destiné à prendre Araminte au piège. C'est également un très bon comédien : tout le monde lui fait confiance.
- Dorante joue un rôle : celui de l'intendant raisonnable et sincère avec Araminte ; et, sans grand enthousiasme, celui de l'amoureux secret avec Marton. La question qui se pose est celle de sa sincérité : à quel moment s'arrête-t-il de jouer ?

3 La dissertation sur l'œuvre en lien avec le parcours

a. Théâtre et stratagème pour susciter le comique

Les stratagèmes sont à l'origine de :
– **comique de situation** : quiproquos (c'est un des ressorts du comique dans le théâtre de boulevard, comme dans *Un Fil à la patte* de G. Feydeau).
– **comique de caractère** (la métamorphose de Toinette en docteur dans *Le Malade imaginaire* de Molière).
– **comique de gestes** (la scène du sac dans *Les Fourberies de Scapin* de Molière).

b. Théâtre et stratagème pour faire une satire

- Jouer un rôle oblige les personnages à **grossir certains traits** et **met en évidence les défauts d'une classe sociale** (les valets se moquent des précieuses dans *Les Précieuses ridicules* de Molière).
- Il est parfois nécessaire de **recourir à un stratagème pour s'en prendre aux puissants** (ruse de Figaro pour empêcher le Comte d'appliquer les droits seigneuriaux dans *Le Mariage de Figaro* de Beaumarchais).

« DUBOIS : Quand l'amour parle, il est le maître et il parlera. »

Acte I, scène 2.

« MADAME ARGANTE : Ma fille n'a qu'un défaut ; c'est que je ne lui trouve pas assez d'élévation. Le beau nom de Dorimont et le rang de Comtesse ne la touchent pas assez ; elle ne sent pas le désagrément qu'il y a de n'être qu'une bourgeoise. »

Acte I, scène 10.

« DUBOIS : Ah ! Oui, je sais bien que vous l'aimez ; c'est à cause de cela que je ne vous écoute pas. Êtes-vous en état de juger de rien ? »

Acte III, scène 1.

9 *Juste la fin du monde*, Jean-Luc Lagarce, 1990

➔ **PARCOURS** Crise personnelle, crise familiale

1 Contexte de l'œuvre

Le contexte historique : 1989-1990

Une transformation en profondeur de l'Europe

- On assiste à la **chute symbolique du mur de Berlin** (novembre 1989) et à la **réunification de l'Allemagne** (octobre 1990). C'est donc dans une ville en pleine mutation que Jean-Luc Lagarce écrit *Juste la fin du monde*. Les liens entre l'Allemagne et la Communauté européenne se renforcent.
- **L'Union soviétique se délite**, les États satellites prennent leur indépendance. Avec l'effondrement du bloc soviétique, **la guerre froide prend fin**.
- **Les nationalismes montent en Yougoslavie**, ce qui conduira au conflit en Bosnie et à la guerre du Kosovo.
- C'est donc une **période ambiguë entre** les **espoirs** suscités par la fin de la guerre froide et l'émergence d'un monde multilatéral avec les **angoisses** devant le retour des nationalismes et les conflits qu'ils engendrent.

Les années noires du sida

- Au début des années 1980, on identifie les premiers malades, en Californie, dans les milieux homosexuels. On parle alors de « peste rose ».
- Le virus est identifié par le docteur Rozenbaum, à l'institut Pasteur, en 1983. Si l'on comprend que le virus se transmet par les relations sexuelles ou par le sang, les malades font pourtant très peur. Ils sont stigmatisés et, dans certains hôpitaux, on rechigne à les soigner. Les premiers traitements font leur apparition à la fin des années 1980. Éclate alors le scandale du « sang contaminé » : on découvre que de nombreux transfusés ont attrapé le virus.
- Jean-Luc Lagarce apprend sa séropositivité en 1988 et son écriture se centre alors sur la famille et la disparition. Il meurt du sida en 1995.
- Plusieurs associations, comme Act Up, naissent pour aider les malades, mais aussi les faire accepter dans la société.

Le contexte littéraire : le théâtre dans la deuxième moitié du XXe siècle

Au lendemain de la guerre

Les auteurs, comme Samuel Beckett ou Eugène Ionesco, expriment leur angoisse devant un monde privé de sens et ravagé par la guerre. Le **théâtre de l'absurde** remet en cause la logique, le fil de l'intrigue et la cohérence des personnages. Il ne s'agit plus de plaire au spectateur, mais de l'interroger. Lagarce s'illustre par une mise en scène grinçante de *La Cantatrice chauve* d'Eugène Ionesco.

La rupture des années 1970

On assiste à un **divorce entre le théâtre et la littérature**. Le metteur en scène n'est plus au service d'un texte, ce n'est plus un faire-valoir de l'auteur, mais un créateur à part entière. C'est alors que naissent des **collectifs**, comme le Théâtre du Soleil d'Ariane Mnouchkine, qui pratiquent l'écriture collective et dans lesquels le metteur en scène, les comédiens et les techniciens collaborent sur un pied d'égalité.

Depuis les années 1980

- **L'écriture de théâtre renaît**. Sur le plan formel, elle se caractérise par la **fusion des genres** (Bernard-Marie Koltès et Jean-Luc Lagarce mêlent théâtre et poésie ; Philippe Minyana, théâtre et récit), par le mélange des types de discours, par un **dialogue avec les arts visuels**.

À savoir

On rapproche souvent **Koltès** et **Lagarce**, exacts contemporains, tous deux morts du sida. Pourtant, l'écriture hésitante de Lagarce est très différente de la fougue lyrique de Koltès.

- Sur le plan thématique, on constate qu'elle offre une large place à **l'Histoire**. Edward Bond, dramaturge anglais, dans ses *Pièces de guerre*, écrit sur la guerre et sa violence quotidienne. L'écriture théâtrale renoue aussi avec le **passé** à travers des réécritures et des figures mythologiques. Laurent Gaudé, dans *Le Tigre bleu de l'Euphrate*, évoque la figure d'Alexandre le Grand. Toutefois, en contrepoint, le théâtre devient aussi le lieu du **récit de soi** : Lagarce, mais aussi Sarah Kane, ou encore Wajdi Mouawad évoquent leur existence et ses moments douloureux, tantôt de manière prosaïque, tantôt avec de nombreuses images et beaucoup de pudeur.

- Cela n'empêche pas les metteurs en scène de se montrer toujours plus innovants, s'emparant par exemple de **la vidéo pour renouveler les classiques** ou mettre en avant des écritures contemporaines. Robert Lepage, metteur en scène canadien, réalise ainsi des spectacles fascinants du point de vue technique.

2 Résumé de l'œuvre

Il est difficile de résumer cette pièce parce qu'il ne s'y passe rien : Louis vient annoncer sa mort prochaine à ses proches et il n'y arrive pas. La pièce est l'**histoire d'un non-événement**. La beauté de cette pièce ne réside pas dans l'action.

Prologue

Monologue de Louis, qui dit qu'il retourne voir sa famille pour lui annoncer sa mort prochaine.

> **À retenir**
> La pièce compte de **nombreux monologues** de Louis : le prologue et l'épilogue, mais aussi les scènes I, 5 ; I, 10 ; II, 1. De plus, certaines scènes sont constituées de très longues tirades (I, 3 : Suzanne ; I, 8 : la mère ; II, 3 : Antoine).

Première partie

Louis revient chez sa famille après une longue absence. Il rencontre pour la première fois Catherine, la femme de son frère, qui lui parle de ses deux enfants et de sa vie avec Antoine. Sa sœur, Suzanne, lui reproche non seulement d'être parti si longtemps, mais aussi de ne pas leur écrire. La mère évoque les dimanches de l'enfance des garçons. Elle cherche à prévenir Louis des attentes de son frère et de sa sœur pour éviter que sa visite ne suscite trop de rancœur. Louis, dans un long monologue, analyse son rapport à la mort et aux autres. Antoine se demande pourquoi son frère est venu, tout en affirmant qu'il ne veut pas vraiment savoir.

Intermède

Louis raconte un rêve dans lequel il est irrémédiablement éloigné des autres membres de la famille. Dans tout l'intermède, Suzanne, Catherine, la mère, Antoine et Louis semblent se poursuivre sans arriver à se trouver.

Deuxième partie

Louis prend la décision de partir, sans avoir rien dit à sa famille de sa mort prochaine. Antoine l'emmène à la gare. Louis fait des promesses qu'il sait qu'il ne tiendra pas. Suzanne essaie de le retenir sans y croire. Antoine conclut dans une longue tirade en expliquant tout ce que le vide laissé par Louis a provoqué en lui.

Épilogue

Louis revient sur son échec. Il raconte un souvenir : se promenant dans la montagne, il a soudainement eu envie de pousser un immense cri de joie, mais finalement il ne l'a pas fait.

3 Personnages principaux

Louis

- C'est le personnage central de cette pièce. Il est âgé de 34 ans et il sait qu'il va mourir dans un moins d'un an (« *Plus tard, l'année d'après / – j'allais mourir à mon tour* », prologue). Il n'évoque jamais explicitement les raisons de sa mort. **La dimension autobiographique de l'œuvre de Lagarce, la récurrence des thèmes qui la traversent, laissent à penser que Louis est malade du sida sans que jamais le terme ne soit prononcé**. La seule allusion que l'on pourrait lire à l'homosexualité de Louis réside dans un passage de l'intermède (scène 3). Louis chantonne que « *désormais, / la pire des choses, / je le sais bien, / la pire des choses, / serait que je sois amoureux* ». L'association d'une faute (« *la pire des choses* ») à l'amour (« *que je sois amoureux* ») serait une manière de suggérer un amour coupable, et peut-être un amour homosexuel. En effet, dans les années 1980, on l'a vu, l'homosexualité est encore souvent marginalisée et le sida y est associé, considéré, même, comme une punition méritée par certains.
- Il a quitté la famille il y a longtemps. Sa sœur était encore petite. Quelles qu'en aient été les raisons, cette rupture a été assez définitive. Il n'écrit pas souvent. Il n'est pas revenu pour le mariage de son frère ou la naissance de ses neveux. En effet, il n'a rencontré ni Catherine ni ses enfants, âgés pourtant de 6 et 8 ans.
- **Louis est écrivain** : c'est son métier, mais aussi une sorte de don, d'après sa sœur.
- Sa principale caractéristique pour tous les membres de la famille, c'est d'être **calme**. Il se présente d'abord comme « *un homme posé* » (prologue) et l'on pourrait penser que c'est une qualité. Mais quand les membres de la famille reviennent sur cette attitude, c'est pour la critiquer. Son calme, sa manière de réagir par « *Petit sourire ? / Juste ces deux ou trois mots* » (I, 8) apparaissent comme des marques de mépris. Suzanne et Antoine le vivent comme « *la pire des plaies* » (I, 8). Pour la mère, cette attitude est mystérieuse (« *Ce n'est pas nous qui t'avons appris cette façon si habile et détestable d'être paisible en toutes circonstances, je ne m'en souviens pas* » I, 8) et elle justifie l'isolement de Louis par rapport à la famille.

Antoine

- C'est le petit frère de Louis et le grand frère de Suzanne.
- Il travaille dans une petite usine d'outillage (I, 6) et habite dans un quartier sans charme, pas très loin de chez la mère, pas très loin donc de la maison où il a vécu enfant. Il est marié et père de deux enfants. Ce n'est **pas un intellectuel :** si son

frère est écrivain, lui ne lit pas, pas même le journal. Il a donc **une vie similaire à celle de ses parents, une vie conforme à ce qu'on attendait de lui sans doute**. Il s'occupe de sa mère et de sa sœur, se sent responsable d'elles (I, 8).

- Contrairement à Louis, il n'est pas calme. **Il a un « sale mauvais caractère »** (I, 2). Il parle avec brusquerie, de manière familière, voire vulgaire, à sa sœur (« *Suzanne, fous-nous la paix* », I, 1), sa femme (« *Laisse ça, tu l'ennuies* », I, 2) ou son frère (« *Mais merde, ce n'est pas de ça qu'elle parlait !* », I, 2).
- **Pourtant, sous ses airs bourrus, il est attaché à son frère**. Dans la scène 3 de la deuxième partie, il lui explique avoir depuis longtemps eu peur que Louis soit mal aimé. Il se sent responsable et coupable du sentiment que Louis a d'être mal aimé (« *cette peur que j'avais encore que personne ne t'aime jamais, / cette peur me rendait malheureux à mon tour* », II, 3). Il est à la fois inquiet pour lui et en colère contre lui : en colère devant ce frère qui se prétend plus malheureux qu'il n'est, en colère contre celui qui le fait culpabiliser, en colère contre celui qui les a abandonnés. Mais Antoine finit par retourner cette colère contre lui-même.

Suzanne

- C'est la petite sœur de Louis et Antoine. **Elle est beaucoup plus jeune qu'eux et n'a pas les mêmes souvenirs.** Elle n'a pas participé aux dimanches dont se souvient la mère. Les garçons sont devenus trop grands et ils ont arrêté de faire des pique-niques. Elle était encore « petite » quand Louis a quitté la maison.
- **Elle habite encore chez sa mère**, mais elle a un espace à elle (« *Je vis au second étage* », I, 3) et aussi des meubles et des objets (« *Toutes ces choses m'appartiennent* », I, 3). Elle sert de chauffeur à sa mère, qui n'a pas le permis. Elle a donc une **position intermédiaire entre l'adulte et l'enfant, entre l'autonomie et la dépendance**.
- Elle hésite à se plaindre de son existence. Elle fait des reproches à son frère (« *Ce n'est pas bien que tu sois parti, / parti si longtemps* », I, 3), tout en ajoutant : « *Ce que je veux dire, c'est que tout va bien et que tu aurais eu tort, / en effet, / de t'inquiéter* » (I, 3).

4 Thèmes clés

La recherche du mot juste

Louis voudrait parler mais ne parvient pas à dire ce qu'il ressent. Sa famille voudrait le comprendre mais ne veut pas l'entendre. De plus, parce qu'il est écrivain et qu'ils éprouvent pour lui de l'admiration, ils cherchent à s'expliquer le mieux possible, mais se perdent dans leur quête. Le langage, qui devrait être un lien, est souvent un obstacle aux relations familiales. Il est marqué par une quête sans fin du mot juste, un discours qui revient sans cesse sur lui-même au lieu de progresser, faisant échouer les personnages qui veulent réparer la rupture produite par le départ de Louis.

Dire sans dire

- Le **refus de l'explicite** : pour parler sans heurter les autres, **les personnages recourent souvent à l'implicite**. Ils emploient des formules si générales qu'elles n'ont plus vraiment de sens. Ainsi, dans l'intermède, la scène 4 est entièrement consacrée à quelque chose que l'on ne comprend pas (« *Suzanne : Ce que je ne comprends pas. / Antoine : Moi non plus [...] / Antoine : Et peu probable que je comprenne jamais* »).
- Les **phrases inachevées :** il leur arrive de ne pas terminer leurs phrases, de laisser le sens ouvert (« *tu ne t'entends pas, tu t'entendrais...* », II, 2), comme si tout devait être clair pour l'auditeur, ce qui n'est pas toujours le cas, puisqu'ils reconnaissent ne pas se comprendre.
- L'**ironie :** enfin, pour ne pas dire ce qu'ils ressentent, ils recourent parfois à l'ironie (« *Il est passionné, c'est un homme passionné par cette description de notre progéniture* », I, 2).

Dire mieux ?

- Les **corrections** : les personnages cherchent le mot juste comme ils gratteraient sans cesse la même plaie (« *c'est méchant, pas méchant, non, c'est déplaisant* », I, 2).
- Le **métalangage** : de plus, ils réfléchissent à la justesse des expressions qu'ils emploient (« *juste un peu, comment dire ? Pour s'amuser, non ?* », I, 2 ; « *une certaine forme d'admiration, c'est le terme exact, une certaine forme d'admiration* », I, 3).
- Enfin, dans leur désir de dire mieux, ils emploient des **digressions**. Ils font des pauses pour contextualiser, préciser, et cette pause les conduit parfois à oublier leur chemin initial. Ainsi, Suzanne, dans la scène 3 de la première partie, essaie d'expliquer ce qui s'est passé depuis le départ de Louis, mais elle s'interrompt pour décrire son caractère (« – *je pense que tu es un homme habile, un homme qu'on pourrait qualifier d'habile, un homme "plein d'une certaine habileté"* », I, 3).

Le temps

Le temps du récit : Louis mort

- La pièce s'ouvre sur un **prologue**, un monologue prononcé par Louis, qui joue en quelque sorte le rôle de narrateur. Il contextualise les scènes qui vont avoir lieu, son retour dans sa famille, un dimanche. L'originalité de ce prologue est qu'il est prononcé d'outre-tombe. Louis est déjà mort lorsqu'il revient sur cet épisode.

- On retrouve cette même temporalité au début de la deuxième partie (« *Et plus tard, vers la fin de la journée / […] je repris la route, / je demandai qu'on m'accompagne à la gare* », II, 1). L'emploi du passé simple suggère que Louis raconte au passé. **On n'est pas dans le temps habituel du théâtre**, où l'action se déroule sous les yeux du spectateur, au présent.
- Enfin, **l'épilogue est comme le prologue, prononcé par un fantôme de Louis, au-delà de la mort** (« *Après, ce que je fais, / je pars. / Je ne reviens plus jamais. Je meurs quelques mois plus tard, / une année tout au plus* »).

Le temps du retour : Louis à un an de la mort

Ce qui se joue sous ses yeux, c'est le retour de Louis dans sa famille, un an avant sa mort. Louis vient leur annoncer qu'il va mourir mais il n'arrive pas à parler et, en réalité, sa famille ne veut pas l'entendre. De ce fait, **les personnages parlent très peu du présent. Ils évoquent soit le passé, soit l'avenir**.

Le passé

- La **nostalgie de l'enfance** : c'est la mère qui en fait le récit le plus émouvant lorsqu'elle évoque les dimanches, dans la scène 4 de la première partie. Cette période est associée à l'entente des deux frères, mais aussi à la présence du père. Elle s'est arrêtée quand les garçons sont devenus adolescents et que le père est mort. Antoine aussi se remémore l'enfance et ses relations avec Louis, dans la deuxième partie de la pièce.
- Les ruptures : **ce bonheur a été brisé par différentes ruptures, la naissance de Suzanne, la mort du père, le départ de Louis**. Louis est en effet parti depuis de très longues années. Il n'a jamais cherché à revenir, ni pour le mariage de son frère, ni pour la naissance de ses neveux.
- Les rituels : **pour lutter contre la destruction du passé, contre le temps qui passe, la famille semble très attachée aux rituels**. On fête les anniversaires, par exemple. On est également fidèle à des traditions : le fils aîné d'Antoine porte le nom de son grand-père. Enfin, les personnages sont définis par des habitudes (« *Ils reviendront. / Ils reviennent toujours* », I, 9 ; « *Il faut toujours que vous me racontiez tout* », I, 11 ; « *Toujours été ainsi* », intermède 4).

L'avenir fait de fausses promesses

- **L'avenir est envisagé comme certain.** Chacun se fie à sa connaissance des autres pour prétendre anticiper ses réactions. Ni la mère, ni Antoine, ni Suzanne n'attendent rien de Louis, si ce n'est un petit sourire (« *tu répondras à peine* *deux ou trois mots, / ou tu souriras, la même chose, / tu leur souriras / et ils se souviendront, plus tard, / ensuite, par la suite, / le soir en s'endormant* », I, 8). **Cette certitude les empêche d'écouter Louis, qui fait exactement ce qu'on attend de lui et qui fait des promesses qu'il ne respectera pas.** Le futur est donc envisagé comme immuable. Il ne peut y avoir de changement, il ne peut y avoir de nouvelle rupture. **Pourtant, malgré les rituels, malgré le refus de s'ouvrir au présent, la mort de Louis est la seule perspective certaine.**

La mort

- « *J'allais mourir à mon tour* » : Louis est déjà mort.

Parcours

Crise personnelle, crise familiale

Juste la fin du monde, Jean-Luc Lagarce

1 Comprendre l'intitulé

a. La crise

- Le terme a de très nombreuses acceptions, mais tous les sens ont un point commun : la **manifestation brusque, intense mais brève, de troubles**. La crise peut aussi désigner le nœud d'une intrigue, qui conduit au dénouement.
- Une **crise personnelle** désigne une situation de trouble pour un individu, un personnage ou même parfois l'auteur. Ici, le terme semble renvoyer à la situation de Louis, qui va mourir un an environ après s'être rendu dans sa famille.
- La **crise familiale** suggère l'existence d'une seconde crise, dans les relations entre les membres de la famille.

b. Crise personnelle et crise familiale

- La virgule peut avoir simplement pour rôle d'**associer les deux crises** : Louis vit une crise personnelle et sa famille est en crise.
- Elle peut aussi avoir un sens plus fort et l'**on peut se demander si la crise de Louis n'est pas la cause de la crise familiale.** S'il n'était pas près de mourir, sans doute ne retournerait-il pas chez sa mère. De plus, s'il n'avait pas une annonce à faire, peut-être les retrouvailles ne se passeraient-elles pas aussi mal.

2 Le parcours et l'œuvre intégrale

a. Une famille en crise

Depuis au moins depuis l'adolescence des garçons, la famille est en crise.

- **Au temps où Louis appartenait encore à la famille.**

– **Le souvenir de disputes** : les disputes entre les membres de la famille ne sont pas nouvelles. Lorsque la mère évoque les dimanches à la campagne, elle raconte qu'ils ont pris fin à cause des disputes des garçons.

– **La culpabilité d'Antoine** : s'ils se disputaient, ils ne s'ignoraient pourtant pas. Antoine, dans la deuxième partie de la pièce, lève le voile sur ses sentiments. Cet homme bourru, agressif, explique en réalité qu'il s'est toujours beaucoup inquiété pour son frère et vit dans la culpabilité de ne pas avoir su l'aimer.

– **Le sentiment de Louis d'être mal aimé.**

- **Depuis le départ de Louis.** La situation s'est aggravée avec le départ de Louis, dont on ne connaît pas la raison.

– **L'absence entraîne la méconnaissance** : Louis ne connaît plus les siens et réciproquement. Ainsi, il rencontre pour la première fois Catherine, la femme d'Antoine, et ne fait pas la connaissance de ses neveux. Il ignore ce qu'Antoine fait comme métier. Suzanne et Antoine ont une certaine vision de Louis, l'intellectuel qui lit forcément le journal le matin à la gare (I, 11), mais en réalité ils ne savent pas quel homme il est devenu. La mère seule semble en avoir conscience (I, 8).

– **La méconnaissance flirte avec le mépris** : les uns et les autres estiment que Louis n'a pas fait l'effort de les connaître parce qu'il ne s'intéresse pas à eux. C'est Catherine qui ose le formuler le plus explicitement (« *Il croit, je crois cela, il croit que vous ne voulez rien savoir de lui* », I, 6).

b. Une situation de crise

- **La mort à venir.** Le premier élément qui envenime la situation, c'est la mort à venir de Louis. **D'une part, cette mort modifie sa relation aux autres** (I, 10), **d'autre part, elle change le personnage lui-même.** Il éprouve le besoin de venir voir les siens et toutes les bonnes raisons qu'il a pu avancer d'y renoncer n'ont pas suffi.

- **Un moment d'exception. Tous sont émus de la venue de Louis et se comportent différemment de d'habitude. Cela tend leurs relations**, non seulement avec lui mais aussi entre eux. Suzanne donne son avis alors qu'elle ne le fait plus. Antoine s'énerve encore plus que d'habitude. Ils ont en effet des attentes, dont ils soupçonnent à l'avance qu'elles ne seront pas comblées.

3 La dissertation sur l'œuvre en lien avec le parcours

a. Famille et tragédie

La famille est souvent au cœur de la tragédie. Lorsque Phèdre, dans la tragédie de Racine, se trouve face à une crise personnelle, elle en rend en partie responsable sa mère et ses amours monstrueuses.

b. Famille et comédie

Sur un mode plus léger, la famille peut aussi engendrer des crises dans la comédie. Dans la comédie classique, les jeunes gens voient ainsi leur mariage empêché par un père aigri. La crise familiale qui suit entraîne une crise personnelle pour les amants malheureux. Mais la crise se dénoue heureusement.

c. Crise personnelle : de la personne au personnage

Le théâtre contemporain tend à donner un nouveau sens au mot « personnelle » : le terme désigne aussi la crise de l'auteur qui se reflète dans un personnage. Ainsi, Wajdi Mouawad évoque ses errances entre diverses cultures dans *Seuls*, et Sarah Kane évoque sa dépression dans *4.48 Psychose.*

« Plus tard, l'année d'après – J'allais mourir à mon tour. » Prologue

« Je ne sais comment l'expliquer, comment le dire, alors je ne le dis pas » I,3

« Je me réveillai avec l'idée étrange et désespérée et indestructible encore qu'on m'aimait déjà vivant comme on voudrait m'aimer mort sans pouvoir et sans jamais rien me dire. » I,5

10 Rimbaud, *Les Cahiers de Douai*, 1870

➔ **PARCOURS** Émancipations créatrices

1 Contexte de l'œuvre

Contexte historique

Règne de Napoléon III

Napoléon III est empereur de 1852 à 1870. Il instaure un **régime politique autoritaire** en détenant les **pouvoirs législatif et exécutif** : les opposants au pouvoir sont emprisonnés ou exilés (Victor Hugo partira en exil). La liberté d'expression et de la presse est réduite.

Révolution industrielle

- Le baron **Haussmann** rénove la ville de Paris.
- Les transports se développent : à Charleville, le chemin de fer arrive en 1858.
- Le **système bancaire** connaît à son tour un nouvel essor.
- La politique de Napoléon III **favorise le commerce** et permet ainsi le développement de l'industrie.

Guerre contre la Prusse

- La France est en guerre contre la Prusse du 19 juillet 1970 au 29 janvier 1971.
- Cette guerre se termine par une défaite de la France ainsi que la **chute du Second Empire** et de Napoléon III. **La Troisième République** est alors proclamée.

Contexte littéraire

Le romantisme

- Ce mouvement naît en Allemagne et en Angleterre à la fin du XVIIIe siècle. Il se présente en **opposition à l'héritage classique** et au **rationalisme des Lumières**.
- Les auteurs prônent le **lyrisme** et **l'exaltation du « moi »** dans un poétique libre.
- Le poète, en tant que prophète, doit se mettre au service du peuple. C'est pourquoi de nombreux auteurs romantiques ce sont **engagés en politique** (Lamartine, Victor Hugo).

Le Parnasse

- Ce mouvement apparaît dans la deuxième moitié du XIXe siècle et a pour principaux auteurs Théophile Gautier et Leconte de Lisle.
- Les auteurs s'opposent au romantisme et **condamnent le culte du moi**. Leur devise, « l'art pour l'art », témoigne de leur obsession du travail formel.

Ils **refusent de s'engager politiquement** et socialement afin de se consacrer pleinement au monde de l'art.

Le symbolisme

- Le mouvement s'étend de 1870 à 1890. Le nom de ce mouvement repose sur l'étymologie du mot « symbole » qui signifie « mettre ensemble, assembler ». La poésie permettrait de **rendre compte de ce monde invisible** que seul le poète « voyant » peut percevoir. En effet, les poètes se prétendent visionnaires, capables d'accéder à un monde invisible qu'ils donnent à voir par leur écriture.
- Les auteurs s'inspirent des correspondances de Baudelaire qui permettent de lier l'abstrait au concret.

2 Résumé de l'œuvre

Premier cahier

- « Première soirée » : Scène charnelle entre deux amants.
- « Sensation » : La nature, associée à l'image de la femme, est présentée comme un lieu paisible et épanouissant.
- « Le forgeron » : À travers la figure du forgeron, le poète donne la parole au peuple face à un pouvoir tyrannique. Si c'est Louis XVI qui est mis en scène, le lecteur est implicitement invité à faire le parallèle avec Napoléon III.
- « Soleil et chair » : Dans un contexte antique, Rimbaud fait revivre les figures de la mythologie afin de célébrer l'amour et la nature.
- « Ophélie » : Reprise du personnage de Shakespeare, Ophélie, qui s'est suicidée en se noyant après s'être couronnée de fleurs.
- « Bal des pendus » : Danse macabre parodique.
- « Le châtiment de Tartufe » : Reprise du personnage de Molière afin de critiquer la religion.
- « Vénus anadyomène » : Sonnet parodique sur la naissance de Vénus.
- « Les réparties de Nina » : Échec amoureux entre un jeune homme lyrique et une jeune fille matérialiste.

À retenir

La danse macabre est une danse où les personnages sont placés hiérarchiquement et sont entraînés au tombeau par des squelettes.

- « À la musique » : Satire des bourgeois.
- « Les effarés » : Critique de la misère à travers la description d'enfants vivant dans la rue.
- « Roman » : Aventure amoureuse à dix-sept ans.
- « Morts de quatre-vingt-douze… » : Hommage aux combattants et dénonciation de l'hypocrisie politique.
- « Le mal » : Dénonciation de la guerre et de la religion.
- « Rages de césars » : Portrait satirique de Napoléon III.

Deuxième cahier

- « Rêvé pour l'hiver » : Rêve sensuel.
- « Le dormeur du val » : Mort d'un jeune soldat à la guerre.
- « Au cabaret-vert » : Évocation d'un moment de bonheur.
- « La maline » : Récit d'une rencontre avec une jeune serveuse séduisante.
- « L'éclatante victoire de Sarrebrück » : Critique de la guerre et des journalistes.
- « Le buffet » : Description d'un buffet présenté comme le gardien des souvenirs.
- « Ma bohème » : Hymne à la liberté.

3 La structure du recueil

Poèmes de la dénonciation

« Le Forgeron », « Bal des pendus », « Le Châtiment de Tartufe », « À la musique », « Les effarés », « Le Mal », « Mort de Quatre-vingt-douze… », « Rages de Césars », « Le Dormeur du val », « L'éclatante victoire de Sarrebrück »

Poèmes sur l'amour

« Première soirée », « Les réparties de Nina », « Roman », « Rêvé pour l'hiver », « La Maline »

Poèmes aux références littéraires ou mythologiques

« Soleil et chair », « Ophélie »,
« Bal des pendus »,
« Le Châtiment de tartufe »,
« Vénus Anadyomène »

> « Ô pâle Ophélia ! belle comme la neige !
> Oui tu mourus, enfant, par un fleuve emporté ! »
> « Ophélie »

Poèmes centrés sur les sensations

« Sensation », « Soleil et chair », « Rêvé pour l'hiver », « La Maline », « Le Buffet »

Poèmes sur le voyage, l'errance

« Sensation », « Au Cabaret-Vert », « Ma Bohème »

4 Thèmes clés

Deux thèmes : l'un personnel et l'autre collectif

- Le poète propose une **poésie intime** dans laquelle il décrit des scènes sensuelles. Le lecteur découvre alors les **premières amours** d'un jeune homme qui se laisse aller aux **plaisirs des sens**. Dans cette poésie, la nature occupe une **place privilégiée**.
- Rimbaud n'hésite pas à dénoncer ce qu'il juge négatif au sein de la société. On retrouve alors dans le recueil la satire de Napoléon III, la critique de la guerre, de la misère et de la religion, la **critique de la société bourgeoise**, ainsi que, plus généralement, la **dénonciation du mal**. Le poème « Le dormeur du val », par la description d'une nature paisible, surprend le lecteur en proposant une pointe surprenante propre à dénoncer la guerre.

La satire de Napoléon III

- Rimbaud critique à plusieurs reprises Napoléon III dans son recueil. Dans « Rages de Césars », il le présente captif (« il est pris »), ce qui était le cas puisqu'il a été fait prisonnier par les Prussiens après la défaite de Sedan. Il est alors désigné par la périphrase « l'homme pâle » qui ne le présente plus comme conquérant. L'image de la fumée souligne qu'il n'a plus de pouvoir d'où son attitude passive : il ne peut que « regarde[r] filer de son cigare en feu, […] un fin nuage bleu. »
- Napoléon III est véritablement tourné en dérision dans le poème « L'Éclatante victoire de Sarrebrück » avec l'image ridicule et familière de l'Empereur « raide, sur son dada ».
- Dans « Le Mal », il dénonce tous les hommes de pouvoirs qui envoient le peuple se battre pour eux. En effet, le nom singulier « Roi » permet de **généraliser le propos**. Il s'agit ainsi des monarques mais aussi de Napoléon III. Rimbaud critique alors le **mépris** que les rois ont pour les hommes qui se battent pour eux avec le verbe « raille » qui surprend au milieu des hyperboles tragiques telles que « croulent les bataillons en masse dans le feu » et « broie/Et fait de cent milliers d'hommes un tas fumant ». Rimbaud dénonce ainsi plus généralement les guerres meurtrières.

La critique de la religion

• Le poète **critique directement Dieu** dans le poème « Le Mal ». À l'instar du roi qui « raille » ses soldats, Dieu est présenté comme indifférent à ce qui se passe puisqu'il « s'endort » dans un univers marqué par la richesse comme le suggèrent les « nappes damassées » ou les « grands calices d'or ». Dieu est ainsi présenté comme indifférent à la souffrance de son peuple.

• Dans « Le châtiment de Tartufe », il s'inscrit dans la lignée de Molière et critique la religion en mettant nu en scène son représentant. Il critique ainsi l'hypocrisie des hommes d'église. La reprise du vers de Molière « Tartufe était nu du haut jusques en bas ! » est une véritable pointe comique propre à amplifier la moquerie.

La sensualité

Ce recueil est aussi celui d'un jeune homme qui **découvre l'amour**. Les poèmes prennent alors des **élans lyriques** : « Tu viendras, tu viendras, je t'aime ! » (« Les reparties de Nina »). La découverte de l'amour donne aussi lieu à la **découverte du corps féminin** et les poèmes deviennent alors **plus sensuels, grivois, voire érotiques** : « Elle était fort déshabillée » (« Première soirée »), « Je te porterais, palpitante, / Dans le sentier » (« Les reparties de Nina »), « la fille aux tétons énormes, aux yeux vifs » (« Au Cabaret-vert »).

La nature

• La nature apparaît comme un **refuge** pour le poète. Elle est souvent le lieu qui accueille ses amours mais aussi ses vagabondages et ses envies de liberté. En effet, dans « Sensation », c'est l'errance dans la nature qui rend le poète « heureux ». Dans « Première soirée », ce sont de « grands arbres indiscrets » qui sont témoins des amours du jeune homme.

• La nature est aussi le lieu de l'éveil des sens où se mêlent couleurs, odeurs et sons.

Les réécritures

• *Les Cahiers de Douai* sont l'œuvre d'un jeune poète dont l'inspiration a été nourrie par d'autres auteurs. On retrouve ainsi différentes réécritures au sein du recueil. En effet, « Le bal des pendus » reprend le poème la « Ballade des pendus » de Villon, « Ophélie » s'inspire du personnage de Shakespeare qui avait déjà été un sujet poétique pour Banville, « Vénus anadyomène » propose une nouvelle variation à partir de la figure mythologique évoquée chez d'autres poètes tels que Baudelaire et « Le Châtiment de Tartufe » reprend le célèbre personnage de Molière.

Parcours

Émancipations créatrices

Les Cahiers de Douai, Rimbaud

1 Comprendre l'intitulé

a. Émancipations

- Le terme employé au pluriel suggère plusieurs émancipations. L'émancipation est avant tout l'action de se libérer, de s'affranchir d'un état de dépendance.
- On peut relever tout d'abord **l'émancipation de l'enfant qui quitte le foyer familial**. En effet, l'adolescence de Rimbaud est marquée par ses nombreuses fugues qui lui permettent de voyager mais qui lui vaudront aussi un séjour en prison puisqu'il voyage sans billet de train.
- L'émancipation est aussi celle du citoyen qui refuse le conformisme social et donc critique la bourgeoisie. C'est aussi l'émancipation de celui qui refuse le pouvoir en place et qui dénonce la politique de Napoléon III.
- Enfin, l'émancipation apparaît aussi poétique. Il s'agit de s'émanciper de ses modèles pour parvenir à une poésie plus personnelle.

b. Émancipations créatrices

- Les émancipations du poète sont présentées comme autant de sources d'inspiration pour le jeune homme. En effet, le recueil évoque bien **la recherche de liberté du poète**. Celle-ci apparaît dans : les thèmes évoqués tels que la bohème, la politique, etc. ; la liberté prise avec les formes (il s'émancipe, par exemple, des règles strictes du sonnet) ; les allusions grivoises ; le jeu avec les interjections.

2 Le parcours et l'œuvre intégrale

- La volonté de Rimbaud de **s'émanciper du carcan familial** ainsi que des normes sociales est une véritable source d'inspiration pour le jeune poète. En effet, l'émancipation est créatrice quand il critique avec verve Napoléon III. Le ton est alors satirique et l'Empereur perd toute sa superbe.
- L'émancipation est aussi celle du jeune homme qui découvre le monde. Cela passe par la découverte de la sensualité comme en témoigne les poèmes « Première soirée », « Rêvé pour l'hiver » ou « La Maline ». Le poète découvre les plaisirs de l'amour et le propos est particulièrement suggestif : « Elle était fort

déshabillée », « Je baisai ses fines chevilles », « de grand arbres indiscrets » (« La Maline ») ; « Et nous prendrons le temps à trouver cette bête / – Qui voyage beaucoup… » (« Rêvé pour l'hiver »).

- Le poète **s'émancipe aussi de la société bourgeoise** qu'il critique dans le poème « À la musique ». Les bourgeois sont désignés par leur fonction (« notaire », « rentiers ») et par la synecdoque péjorative « les gros bureaux ». Ils se résument à ce qu'ils font et particulièrement leur intérêt pour l'argent avec la mention des « volants », de l'« argent » et de la « contrebande ». Le poète apparaît alors comme un être marginal au milieu de cette société. En effet, il se décrit comme « débraillé » et « drôle ».

- L'émancipation est aussi poétique. Le poète s'affranchit des **règles de versification** afin de proposer une **poésie nouvelle**. Le poème « Ma Bohème » est représentatif du vagabondage du poète. Il précise d'emblée « je m'en allais », « j'allais sous le ciel ». Le voyage est alors source de création. Et cette création est poétique. En effet, s'il choisit la forme fixe du sonnet, c'est pour mieux s'en émanciper. Le rythme est saccadé avec des rejets tels que « des rimes » ou des enjambements et le système traditionnel de rimes n'est pas respecté.

3 La dissertation sur l'œuvre en lien avec le parcours

- Les sujets de dissertation vous inviteront à réfléchir en quoi les différentes façons que la poète a de s'émanciper sont source de création. Il faudra alors se demander en quoi le fait de s'opposer à la bourgeoisie, de critiquer Napoléon III permet de créer des poèmes.

- Vous devrez veiller à vous intéresser à toutes les formes d'émancipation : politique, sociale, familiale, etc. Par exemple, la découverte de la sensualité est une émancipation de la condition d'enfant.

- Pour discuter cette thèse, vous devrez vous demander si, au contraire, le poète ne perpétue pas une certaine tradition poétique. En effet, il reprend des formes poétiques traditionnelles telles que le sonnet, met en scène des personnages connus (Tartuffe, Ophélie, etc) et s'inscrit dans la lignée d'autres auteurs (tels que Victor Hugo) en faisant la satire de Napoléon III. Ainsi, l'écriture de Rimbaud ne se résume pas à une simple émancipation.

> « Par les soirs bleus d'été, j'irai dans les sentiers,
> Picoté par les blés, fouler l'herbe menue :
> Rêveur, j'en sentirai la fraîcheur à mes pieds.
> Je laisserai le vent baigner ma tête nue. »
>
> « Sensation »

11 *Mes forêts*, Hélène Dorion, 2021

➔ **PARCOURS** La poésie, la nature, l'intime

1 Contexte de l'œuvre

Contexte historique

Le XXIe siècle est véritablement l'ère du numérique. La nouvelle génération grandit dans un monde numérique où se trouvent toujours à portée de main ordinateurs et téléphones portables. Les SMS, internet et les réseaux sociaux sont omniprésents et font partie des habitudes quotidiennes de la population. Face à cette nouvelle transformation du monde, nombreux sont ceux qui appellent à un retour vers la nature.

Des similitudes avec les auteurs des XIXe et XXe siècles

On retrouve dans l'œuvre d'Hélène Dorion de nombreuses caractéristiques d'écriture qui ont été développées par les auteurs des XIXe et XXe siècles en France :

– On retrouve chez les auteurs romantiques la place prépondérante accordée à la nature. Celle-ci était à la fois un témoin, un refuge ainsi que le reflet des émotions intimes du poète.

– Chez les auteurs surréalistes, on retrouve le choix du vers libre, l'utilisation de nombreuses métaphores pour créer des associations d'idées ou encore à l'absence de ponctuation et de majuscule comme le faisait Apollinaire.

Remarque

Dans son recueil, Hélène Dorion fait elle-même référence aux poètes surréalistes en reprenant le vers d'Éluard « la terre est bleue comme une orange » qui devient sous sa plume : « [...] l'orange / bleue comme la Terre »

2 Résumé de l'œuvre

Mes forêts

Ce premier poème annonce l'enjeu métaphorique du sujet choisi que sont les forêts. La poétesse joue avec la verticalité des arbres pour créer un lien entre les lieux aussi bien spatiaux entre le « ciel » et la « terre » que temporels en évoquant les « fantômes », les « souvenirs » ou encore « demain ».

L'écorce incertaine

Dans cette partie, Hélène Dorion nous fait parcourir la forêt en en mentionnant les différents éléments tels que l'arbre, le ruisseau, le rocher ou encore les feuilles. Le lecteur est ainsi amené à parcourir cette forêt qui apparaît bien souvent inquiétante puisque « les forêts hurlent », « s'embrasent », « grincent » mais protectrice puisque c'est elle qui « se souvient », qui « défriche » et « disperse / nos fatigues ».

Mes forêts

La poétesse revient sur ses forêts. Pour elle, la forêt conserve le passage du temps puisqu'elle perdure tandis que l'homme n'est que de passage avant de redevenir « poussière ». Ainsi, à la mort qui marque le temps qui passe s'oppose la vie qui occupe cette forêt avec « lièvres », « renards », « insectes », « mésange ». La forêt est aussi le poème qui se construit et qui est source de vie pour son auteur. Il s'agit alors de la forêt intérieure qui est faite de rêves mais aussi de désillusions.

Une chute de galets

Cette partie est composée d'un long poème déstructuré afin de mimer « le bruit du monde » et « l'écoulement du temps ». La forêt prend véritablement vie grâce aux mots qui convoquent tous les sens et particulièrement l'ouïe : « craquelle », « siffle », etc. Mais le « murmure » de la forêt a rencontré le monde moderne qui est fait de « sirènes, klaxon » et « tintamarre ». Le monde moderne, surindustrialisé, semble prendre le pas sur la forêt qui représente davantage la sérénité.

Mes forêts

Les forêts sont présentées en opposition au monde moderne qui se laisse dominer par les réseaux sociaux.

L'onde du chaos

Hélène Dorion incarne par ses poèmes la question écologique en évoquant le système moderne qui s'éloigne de la nature pour devenir esclave de la machine. Ce monde industrialisé a pris la place de la nature, c'est pourquoi le « loup [...] ne vient plus ». L'homme devra alors s'éloigner des écrans afin de se reconnecter avec la forêt et ainsi parvenir à « gravir la montagne ».

Mes forêts

La poétesse revient sur l'origine du monde et en retrace l'évolution. Elle montre comment l'humanité s'est éloignée de la nature pour commettre des actes tragiques. Elle présente alors les mots et plus particulièrement la lecture comme un moyen de renouer avec la nature et de redonner du sens à l'humanité.

Le bruissement du temps

Hélène Dorion revient sur l'origine du monde en rappelant que celui-ci était avant tout habité par les végétaux et les animaux. Le ton change avec l'apparition de l'homme qui n'hésite pas à détruire pour produire plus. Elle retrace alors l'histoire de l'humanité en mettant en avant les querelles et les dérives des hommes qui font preuve d'orgueil. Elle parcourt le temps jusqu'au monde contemporain qui se caractérise par « l'ère numérique ». Elle présente alors la littérature comme échappatoire possible à ce monde puisqu'elle permet de rêver, de voyager à travers les mots et surtout de redonner du sens à l'humanité.

Mes forêts

Lieu intime pour l'autrice, les forêts désignent les poèmes qu'elle écrit. L'écriture apparaît à la fois douloureuse et salvatrice en ce qu'elle permet de se retrouver.

3 La structure du recueil

- Le titre du recueil joue avec l'image de la forêt. En effet, il ne s'agit pas de n'importe quelle forêt mais d'une forêt plus intime comme le suggère le déterminant possessif « mes ». Ainsi, « mes forêts » peuvent être les forêts que la poétesse contemple depuis sa terre natale. Mais « mes forêts » peuvent aussi être les forêts intérieures qui peuplent l'être humain. La forêt deviendrait alors une image des pensées et émotions intimes de l'autrice.
- Les titres des sections évoquent la nature avec la mention de « l'écorce » et des « galets » mais tendent vers un élargissement plus universel avec la mention du « chaos » et du « temps ». L'écriture permet alors la rencontre du petit, un simple galet, avec l'universel, le chaos.
- Un poème s'intitulant « Mes forêts » est présent avant chaque nouvelle section. Si le contenu du poème diffère, l'anaphore « mes forêts » revient tel un refrain et apporte ainsi du rythme et une forme de musicalité au recueil comme on peut l'observer au vers liminaire de ces poèmes. Ces poèmes intermédiaires prolongent le titre même du recueil. On constate alors que les forêts permettent une ouverture plus large sur le monde mais aussi sur l'intime.

• L'autrice choisit d'écrire en **vers libres**. Cela apporte une véritable musicalité à son écriture. En effet, de nombreux vers ne sont composés que d'un ou deux mots ce qui marque une pause au sein du texte et crée un rythme plus marqué permettant de mettre l'accent sur des idées, par exemple le « rien », dans « quelque chose de la solitude / rien / qui laisse paraître la déchirure ».

À retenir

Un poème en vers libres n'est pas soumis à des règles de versification. Chaque vers peut être de longueur différente et les rimes ne sont pas obligatoires.
Ces poèmes sont souvent riches en assonances et allitérations.

• Si les rimes sont absentes du recueil, l'autrice crée de nombreux effets sonores en recourant aux **allitérations** et aux **assonances**. On peut relever, par exemple, l'allitération en [r] : « par la lenteur du monde / je me laisse étreindre / je n'attends rien / de ce qui ne tremble pas ». Cette allitération mime la lenteur de l'étreinte qui se répand dans la strophe et renforce ainsi le caractère poétique.

4 Thèmes clés

La forêt

• Hélène Dorion vit au Canada, pays où les forêts y sont omniprésentes. En effet, la forêt occupe presque 35 % du territoire canadien.

• La forêt est tout d'abord présente au sein du recueil par les éléments qui la composent. En effet, on retrouve « le ruisseau », « le rocher », « le tronc », « la branche », « les feuilles », « l'écorce », « l'humus », « les racines » ou encore « le sentier ». Le lecteur est alors invité à parcourir cette forêt et à s'arrêter sur différents détails. Par les mots, l'autrice **recrée la forêt qui prend forme sous nos yeux**. Selon elle, s'intéresser au plus petit est une forme d'attention au monde.

• La forêt est représentative de la nature par opposition au monde moderne qui tend à s'en éloigner. Le recueil est ainsi une **invitation à renouer avec la nature**. Le lecteur est encouragé à recréer du lien avec le vivant, à ressentir les bienfaits de la nature et ainsi à se détacher du nouveau monde numérique et industriel qui tend à s'imposer. Par son écriture, Hélène Dorion offre une voix poétique au discours écologique. La nature apparaît alors comme le moyen de se reconnecter au monde.

• La forêt **représente le monde vivant**. C'est pourquoi elle est présentée tantôt rassurante, tantôt effrayante (« les forêts hurlent »).

• La forêt est **présentée comme intemporelle** et apparaît comme la gardienne des souvenirs et du passé : « La terre a commencé à recueillir nos histoires ».

Le monde moderne

• Le monde moderne est présenté de façon péjorative. La poétesse dénonce la place des écrans et des réseaux sociaux (« *facebookinstagramtwitter* ») qui ne sont qu'un leurre et empêchent de véritablement prendre conscience du monde qui nous entoure. L'homme ne s'intéresse qu'à lui, d'où la nécessité de se reconnecter au vivant : « on ne tourne plus / que sur soi-même ».

• Par opposition aux **couleurs chaudes de la forêt**, le **temps moderne est froid et rugueux** : la forêt apparaît alors comme un refuge, loin des « pib », « nip », et « fmi ». Cela est confirmé par le temps froid des « pixels » et « algorithmes » mais aussi « d'arn / de ram ». Si le numérique peut apparaître comme un « émerveillement », il semble davantage être un « casse-gueule », une « chimère », qui isole et détourne l'homme de ce qui compte vraiment. Pour la poétesse, il ne s'agit pas de bannir la technologie mais de savoir l'utiliser.

Le monde intérieur

• La nature permettrait à l'homme de se retrouver. La forêt est alors révélatrice des **forêts intérieures** de la poétesse, à l'instar des **paysages-état d'âme** des poètes romantiques.

• Les forêts, de manière métaphorique, renvoient aussi à l'intime. Il s'agit alors des forêts intérieures. La poétesse, par l'écriture, partage ce qu'elle ressent avec son lecteur. Elle dévoile ses craintes, ses espoirs, ses regrets ou encore ses rêves. Selon Hélène Dorion, écrire de la poésie, c'est aller vers l'autre et ainsi partager son espace intérieur.

La poésie

• La thématique de l'écriture est omniprésente au sein du recueil. Si la poétesse évoque la forêt qui l'inspire, elle recrée par les mots une forêt plus intime, une forêt intérieure et c'est dans cette forêt qu'elle évolue. Parler de la forêt revient alors à parler d'elle et ainsi à confier ses sentiments intimes au lecteur. Le recueil est finalement une forme de déambulation au sein de la nature, nature à la fois personnelle et universelle. Le lecteur est invité à parcourir lui aussi ces forêts afin de recréer du lien avec la nature mais aussi avec lui-même.

> « mon chant soulève la poussière
> de spectacles muets
> comme un trou béant
> dans la maison noire des mots »
> « L'onde du chaos »

• **Le vocabulaire de l'écriture** parcourt tout le recueil. On peut relever : « syllabes », « poème », « lettres », « mots », « poème », « verbe », « alphabet ». Les mots « poème » et « mot » sont répétés à plusieurs reprises. Le champ lexical de la poésie se lie ainsi au champ lexical de la nature. C'est l'entrelacement des deux qui permet de donner à voir l'intime.

• Hélène Dorion fait aussi référence à de nombreux auteurs dans « Le bruissement du temps » : Éluard par la mention de « [...] l'orange / bleue comme la Terre » ;

Rilke ; Dante ; Henry David Thoreau lorsqu'elle évoque « le bois de Walden » ; Andrea Zanzotto, poète italien ; Maria Zambrano et plus particulièrement son livre *Les Clairières du bois*.

• La littérature a nourri les forêts intérieures d'Hélène Dorion et lui a permis de mieux se connaître. Ainsi, parcourir ses forêts intérieures invite à recroiser les auteurs qui l'ont façonnée et ont permis « la connaissance de soi ».

Parcours

La poésie, la nature, l'intime

Mes forêts, Hélène Dorion

1 Comprendre l'intitulé

a. La poésie et l'intime

• Dès le mythe d'Orphée, la poésie est associée à l'intime. En effet, Orphée chantait son amour pour Eurydice accompagné de sa lyre. Sa poésie était alors des plus personnelles et cela a donné naissance au lyrisme qui renvoie à l'expression des sentiments intimes.

• Dans le recueil d'Hélène Dorion, l'intime est présent dès le titre avec l'emploi du déterminant possessif « mes ». C'est aussi la première personne qui ferme le recueil (« moi-même »). L'écriture permet alors de partager ses sentiments personnels avec autrui mais elle est aussi l'occasion d'un retour sur soi dans un monde qui perd en humanité au profit des nouvelles technologies.

b. La poésie et la nature

• Le mythe d'Orphée crée aussi un lien entre poésie et nature puisqu'Orphée avait le pouvoir de charmer, par son chant, végétaux et minéraux. La nature apparaît alors comme le confident attentif du poète qui livre ses émotions intimes.

• Au XIXe siècle, les poètes romantiques ont choisi la nature afin de transmettre leurs émotions. En effet, le paysage-état d'âme reflète les émotions du poète afin de les représenter au lecteur. Cela illustre alors le lien étroit entre nature et poésie.

• Le recueil d'Hélène Dorion devient lui-même la forêt. En effet, son écriture très visuelle reconstruit le lieu afin de le donner à voir au lecteur. Le lecteur arpente alors la forêt au fil de sa lecture.

c. Mise en relation des termes

La poésie, la nature, l'intime : la poétesse crée un lien étroit entre les trois notions puisque ses poèmes représentent aussi bien la forêt que l'on peut parcourir que sa forêt intime, c'est-à-dire ses sentiments personnels qu'elle partage avec le lecteur. La poésie semble alors détenir le pouvoir de réunir l'universel et l'intime afin d'interroger la place de l'homme dans le monde.

2 Le parcours et l'œuvre intégrale

La nature est présente dès le titre du recueil et sera omniprésente au sein du recueil. Si la forêt est explicitement mentionnée, elle est aussi une métaphore des sentiments intimes. La forêt offre un véritable cheminement à l'autrice qui lui permet de mieux se connaître et ainsi d'accéder à ce qu'il y a de plus intime en elle. Ce cheminement se fait bien entendu par les mots, par l'écriture puisque le recueil devient lui-même la forêt.

3 La dissertation sur l'œuvre en lien avec le parcours

- Les sujets de dissertation vous inviteront à réfléchir au lien entre les trois thèmes du parcours. Il faudra alors vous demander en quoi, au sein de la poésie d'Hélène Dorion, la nature est à la fois le reflet de l'intime, mais aussi celle qui accueille les sentiments personnels ou celle qui permet de mieux se connaître. En effet, l'écriture du recueil permet à la poétesse un retour sur soi et cela est possible grâce au chemin parcouru au sein des forêts.
- Il faut être capable d'expliquer que l'écriture redonne vie à la forêt mais permet surtout d'évoquer les forêts intérieures de l'autrice, soit l'intime. La nature ne fait qu'un avec la poétesse et devient le reflet de ses émotions personnelles.

« le temps jamais ne s'arrête
nous dit l'arbre
            nous dit la forêt

et sur la branche du présent

un poème murmure
un chemin vaste et lumineux
qui donne sens
à ce qu'on appelle humanité »

Le bruissement du temps, « Avant la nuit »

12 *La rage de l'expression*, Francis Ponge, 1952

➔ **PARCOURS** Dans l'atelier du poète

1 Contexte de l'œuvre

Contexte historique

La Seconde Guerre mondiale

- En 1940, l'Allemagne occupe la France et le gouvernement Pétain s'installe à Vichy après la signature de l'armistice le 22 juin. La France est alors coupée en deux par une ligne de démarcation qui sépare la zone occupée de la zone libre. Alors que le gouvernement de Pétain collabore, le général de Gaulle refuse la défaite et lance depuis Londres un appel à la résistance le 18 juin 1940.
- La vie des français est particulièrement difficile car les Allemands pillent toutes les richesses et que Pétain instaure un régime autoritaire.
- Alors que la résistance ne cesse de s'accentuer, les Alliés débarquent en Normandie le 6 juin 1944 puis en Provence le 15 août 1944. En septembre 1944, la majorité du territoire français est libérée.

La IVe République

- La IVe République est constituée à la sortie de la Seconde Guerre mondiale et perdurera jusqu'en 1958. Le général de Gaulle quitte le gouvernement le 20 janvier 1946 car il aurait préféré un régime à dominante présidentielle plutôt que parlementaire. Vincent Auriol deviendra alors le premier président de la IVe République et sera ensuite remplacé par René Coty.
- Si, au départ, le régime respecte le tripartisme, c'est-à-dire que cohabitent la Section française de l'Internationale ouvrière (SFIO), le Parti communiste français (PCF) et le Mouvement républicain populaire (MRP), très vite les communistes seront exclus lors de l'entrée en guerre froide.
- La France connaît un véritable essor industriel, énergétique et social. La 2CV construite par Citroën devient le symbole de la voiture populaire.
- La décolonisation a lieu sous la IVe République. Si certaines colonies sont parvenues à obtenir leur indépendance sans violence grâce à la négociation (telles que la Tunisie ou le Maroc) d'autres devront passer par une guerre d'indépendance (Indochine, Algérie). La guerre d'Algérie est à l'origine de la fin de la IVe République.

Contexte littéraire

Le surréalisme

- La mouvement naît après la Première Guerre mondiale et sera actif jusqu'au milieu des années soixante. Issu du mouvement contestataire Dada formé autour de Tristan Tzara, le groupe surréaliste réunit des écrivains connus tels que Breton, Aragon ou Éluard.
- Les auteurs s'inspirent des théories de Freud et de la psychanalyse, plus particulièrement de la place occupée par l'inconscient dans le but d'accéder à une liberté spirituelle.
- André Breton, chef du groupe, rédige le *Manifeste du surréalisme* en 1924 dans le but d'en définir les principaux traits.
- Les particularités d'écriture sont l'écriture automatique, la restitution de rêves et l'expression du hasard (l'auteur n'obéit à aucune règle).

La poésie engagée

- La poésie engagée est une poésie qui a pour but de dénoncer ou de défendre un point de vue. Au XXe siècle, elle désigne la poésie qui prend position en faveur de la résistance pendant la Seconde Guerre mondiale.
- Les principaux poètes sont René Char, Louis Aragon et Robert Desnos.

2 Résumé de l'œuvre

Berges de la Loire

Ce premier texte s'apparente à une préface. Ponge annonce son projet poétique au lecteur en insistant sur la place primordiale de l'objet et comment la poésie peut le servir.

La guêpe

Le poète s'intéresse autant au physique de la guêpe qu'à sa psychologie. Il décrit aussi ce qu'elle fait, comment elle agit (son attirance pour le sucre, les piqûres qu'elle infliges aux hommes) et n'hésite pas à la comparer au tramway ou encore à la femme afin de clarifier sa description.

Notes prises pour un oiseau

Ponge s'intéresse à l'oiseau. D'abord il le décrit, s'arrête sur les définitions du mot mais aussi ses différents emplois ainsi que son étymologie. À partir des définitions, le poète est amené à découvrir d'autres mots et à les définir à leur tour. Ces notes sont parsemées de réflexions sur l'observation et l'écriture.

L'œillet

Ponge commence cette section en s'adressant au lecteur afin de lui expliquer sa méthode. Le lecteur accède ainsi à l'atelier du poète, ce qui lui permettra de mieux comprendre son écriture. Le texte argumentatif est suivi de quinze morceaux dans lesquels il met en application sa méthode à partir de l'évocation de cette fleur.

Le mimosa

Le poète décrit le mimosa puis se laisse aller à des analogies à partir du mot afin de le donner à voir autrement. Le texte s'enrichit alors de définitions qui permettent d'approfondir la vision de l'objet poétique. Par les mots, le poète a pour but de recréer le mimosa afin de le donner à voir et sentir au lecteur.

Le Carnet du bois de Pins

- **Leur assemblée** : le pin, évoqué à travers les cinq sens, est décrit aussi bien en tant qu'arbre individuel que dans ce qu'il apporte au sein d'une forêt. Le poète apporte alors différentes variations à ses poèmes en prose en reprenant les mêmes mots. C'est aussi l'occasion pour lui de réfléchir à son écriture.
- **Formation d'un abcès poétique** : plusieurs poèmes en vers sur le bois de pins qui sont autant de variantes à partir d'un même thème et qui permettent de découvrir le travail du poète.
- **Tout cela n'est pas sérieux** : Le poète revient sur ce qu'il a écrit puis s'intéresse à la dimension sociale de l'arbre.
- **Appendice au « Carnet du Bois de Pins »** : Il explique que son écriture a une dimension politique et morale.

La Mounine

Ponge essaie de restituer ce qu'il a ressenti un matin à La Mounine.

3 Le titre

- « La rage » renvoie à la notion de lyrisme mais celle-ci n'est plus associée à l'homme mais aux mots, à « l'expression ». Ceci est une façon de se détourner d'une poésie trop centrée sur l'homme.
- Le titre annonce une attention particulière aux mots. Cela se traduit par le vocabulaire spécifique employé et les recours aux définitions du dictionnaire.
- L'expression marque à la fois la volonté et la difficulté à dire, à parvenir au mot juste, d'où les différentes variations à partir d'un même thème. La recherche du mot exact semble devenir une véritable obsession pour le poète.

4 Thèmes clés

Le travail sur les mots

- Le projet de Ponge est d'accéder à une connaissance des choses. Mais pour que la contemplation de l'objet ne bascule pas vers une forme de mysticisme, le langage sera mis au centre de ses préoccupations. Les mots deviennent alors le moyen privilégié de scruter l'objet.
- Ponge cherche à accéder à l'expression la plus juste. Pour cela, il reprend constamment les mêmes phrases et les retravaille afin de les améliorer. C'est le cas lorsqu'il est question de « variantes » ou d'un « autre » poème. On peut relever dans « Le Carnet du Bois de Pins » : « Toute une brosserie haut touffue de poils verts/Aux manches de bois pourpres entourés de miroirs ». Et au poème suivant : « L'alpestre brosserie haut touffue de poils verts/Aux manches de bois pourpre entourés de miroirs ». Le poète cherche la meilleure façon de décrire l'objet et pour cela il réécrit en modifiant quelques mots ou tournures de phrases. Le lecteur voit donc le texte en train de s'écrire.
- Ponge joue avec les différents sens des mots qui permettent d'enrichir le texte et de proposer des images poétiques surprenantes. Il s'appuie aussi sur l'étymologie des mots afin de restaurer leur sens premier qui apparaît comme la définition la plus permanente.
- Il recourt à des néologismes pour mieux exprimer ce qu'il perçoit.
- Si le travail sur les mots dénote un souci d'approcher du sens le plus juste, il est aussi le résultat d'un jeu de la part du poète qui s'amuse avec les sons et les sens afin de créer des images poétiques propres à enrichir la signification du texte.

L'utilisation du dictionnaire

- Ponge n'hésite pas à citer le dictionnaire dans son recueil. Le dictionnaire révèle la richesse du langage et est une source de mots conséquente pour le poète en quête du mot juste. Citer le dictionnaire permet ainsi d'en montrer toute la richesse et de rappeler la place qu'il occupe dans la démarche poétique de Ponge. On retrouve ainsi des définitions du Littré, un dictionnaire paru à la fin du XIXe siècle (« *Opiniâtre* : fortement attaché à son opinion. ») mais aussi des listes de mots sans définition (« *Chiffons. Crème, crémeux.* »). On comprend alors que la recherche dans le dictionnaire est la première étape du travail poétique puisque ces mots seront ensuite réexploités par le poète. On retrouve alors dans « L'œillet » :

« Jabot papillote ou mouchoir / Torchon de luxe à belles dents / Chiffon / Du satin froid à belles dents / Odorant hors de lui fouetté ».

• Ponge ajoute parfois des commentaires. Il peut s'agir d'une manière de souligner un mot qui l'intéresse : « Oiseau de paradis : à longues plumes effilées (tiens !) / Paradis des jardiniers : saule pleureur (tiens, tiens !). »

La nature

Alors que dans le recueil, *Le Parti pris des choses,* Francis Ponge s'intéressait particulièrement aux objets, *La Rage de l'expression* s'intéresse à la nature. En effet, dans ce dernier, il est question de la guêpe, du mimosa, de l'œillet ou encore du bois de pins. Dans la tradition poétique, la nature est généralement la confidente des sentiments intimes du poète, ici elle n'est pas source de lyrisme. Le poète essaie de dégager la « qualité propre » de l'objet. Le primat étant accordé à l'objet, il est nécessaire de mettre à distance l'instance poétique.

Les commentaires du poète

• Francis Ponge fait de nombreux commentaires dans son recueil. Il explique son projet poétique mais aussi les difficultés qu'il rencontre. Qu'ai-je gagné pendant ces quinze pages (pp. 119 à 141) et ces dix jours ? – Pas grand-chose pour la peine que je me suis donnée. [...] mon dessein n'est pas de faire un poème, mais d'avancer dans la connaissance et l'expression du bois de pins, d'y gagner moi-même quelque chose – au lieu de m'y casser la tête et d'y perdre mon temps comme j'ai fait. »

• Si ces commentaires apparaissent davantage comme des notes qui lui seraient destinées, il arrive parfois que le poète s'adresse directement au lecteur, comme dans « Tout cela n'est pas sérieux » : « Revenons donc au plus vite à notre recherche de *tout* ce que l'on peut dire à propos du bois de pins et *seulement* à son propos. » L'utilisation de la première personne du pluriel implique directement le lecteur qui est invité à participer à la recherche poétique de l'auteur.

> « Ce qui importe chez moi, c'est le sérieux avec lequel j'approche de l'objet, et d'autre part la très grande justesse de l'expression. Mais il faut que je me débarrasse d'une tendance à dire des choses plates et conventionnelles. Ce n'est vraiment pas la peine d'écrire si c'est pour cela. »
>
> « Le Carnet du Bois de Pins »

Parcours

Dans l'atelier du poète

La rage de l'expression, Francis Ponge

1 Comprendre l'intitulé

a. Dans l'atelier du poète

L'expression renvoie à un ouvrage qui réunit différents textes rédigés par René Char, poète du XXe siècle. Le but de ce recueil est de montrer le travail du poète en révélant la progression de l'écriture par la présence de ses brouillons. *L'atelier du poète* renvoie ainsi au travail précédant la publication d'un travail abouti.

b. Le travail du poète

L'intitulé du parcours interroge le travail du poète par opposition à l'inspiration. En effet, au XIXe siècle, les romantiques ont développé l'idée que l'écriture serait le fruit de l'inspiration et qu'elle dépendrait ainsi d'une puissance extérieure et non de leur travail propre. Cette idée a été rejetée par les auteurs du Parnasse qui privilégient le travail formel. Le poème est bien le fruit du labeur du poète et non d'une inspiration divine. Le travail transparaît alors dans les différents essais effectués par le poète. Dans l'œuvre de Ponge, on peut lire ses doutes, ses interrogations et ses différentes tentatives pour parvenir au poème souhaité. Le recueil prend l'apparence d'un véritable laboratoire en nous exposant les expériences faites par Ponge.

- En même temps qu'il fabrique la nature qu'il décrit au lecteur, il propose une réflexion sur le langage et les mots qu'il emploie dans le but de la fabriquer par les mots. Le travail lexical est alors crucial pour parvenir à dire les choses.

c. Les commentaires du poète

Dans l'œuvre, Ponge recourt à plusieurs reprises à la première personne afin de clarifier son projet ou d'évoquer ses doutes et difficultés. Son propos, plus intime, dévoile les préoccupations du poète tout au long du processus de création.

2 Le parcours et l'œuvre intégrale

> « Je croyais pouvoir écrire mille pages sur n'importe quel objet, et voici qu'à moins de cinq je suis essoufflé, et me tourne vers la compilation ! »
>
> « Notes prises pour un oiseau »

- Ce recueil donne accès à l'atelier du poète puisque Ponge partage avec son lecteur son projet poétique. Il explique ce qu'il souhaite faire et comment il va s'y prendre pour y parvenir. Ses commentaires en tant que poète sont entrecoupés par des passages purement poétiques et même parfois en vers. Ainsi, le lecteur découvre le projet poétique du poète et voit ensuite le projet s'accomplir sous ses yeux ou du moins les tentatives pour y parvenir. En effet, la mention des variantes dans « Le Carnet du Bois de Pins » révèle les différents essais du poète afin de parvenir à plus de justesse.

- Le lecteur découvre aussi les doutes du poète et ses difficultés à écrire. On voit donc bien le poète au travail. En effet, Francis Ponge propose différentes variations afin d'atteindre à l'expression la plus juste de son objet. Soit il mentionne clairement « variante », soit il intitule son poème « autre ». Il s'agit parfois de reprendre l'intégralité du poème ou de seulement retoucher quelques vers. Dans ce dernier cas, une accolade signale les vers concernés par la variante. L'accolade apparaît généralement davantage sur un brouillon, ce qui suggère que le lecteur assiste au processus même de création. Dans le dernier poème de « Formation d'un abcès poétique », le poète numérote les strophes afin d'essayer différentes combinaisons possibles. Ponge semble s'amuser avec les mots, avec sa poésie, comme le ferait un poète en cours de travail, dans son atelier. Cela semble confirmé par le titre « Tout cela n'est pas sérieux » de la section suivante.

3 La dissertation sur l'œuvre en lien avec le parcours

- Les sujets de dissertation vous inviteront à vous demander si l'œuvre s'apparente à une ébauche ou est un travail fini et abouti. En effet, si le recueil est une fenêtre dans l'atelier du poète, dans ce cas, le lecteur découvre un texte en train de s'écrire et non pas un texte véritablement abouti. Or pouvons-nous réellement dire que *La Rage de l'expression* révèle le travail en cours plutôt que le travail fini ? Il faudra être capable de réfléchir à cette nuance. Certes, certains passages révèlent les doutes du poète ainsi que ses différents essais, mais d'autres proposent de véritables morceaux de poésie. D'autre part, le recueil lu par le lecteur est bien la forme finale validée par le poète lui-même. De ce fait, les commentaires et les variantes font partie de l'œuvre achevée.

- Il est alors intéressant de se demander en quoi les différents commentaires de Ponge sont poétiques et font partie intégrante du recueil.

CHAPITRE 5

Les mouvements littéraires et artistiques

INTRODUCTION

Les mouvements littéraires permettent d'identifier les **tendances artistiques** propres à une époque. Les points communs entre les œuvres appartenant à un même mouvement concernent aussi bien les **idées** que les **choix esthétiques**. Le plus souvent, on reconnaît un courant nouveau parce qu'il se définit contre celui qui l'a précédé. Plusieurs éléments permettent d'identifier un mouvement artistique ou littéraire : le **manifeste** (texte théorique élaboré par les artistes : préface, lettre…), les **innovations ou transformations formelles**, la **domination** d'un genre. L'appartenance d'un créateur à une tendance n'implique pas qu'il abdique toute originalité. L'œuvre d'un écrivain ne peut être réduite au produit d'un groupe.

1 L'humanisme

- **La traduction des auteurs de l'Antiquité** et de la Bible permet leur redécouverte et ouvre des perspectives de réflexion et de création nouvelles par l'imitation, notamment en poésie avec la Pléiade, menée par Du Bellay et Ronsard.
- Mouvement littéraire et culturel d'ampleur européenne, l'humanisme réunit des artistes en France et à l'étranger et favorise les échanges : l'Anglais Thomas More et le Néerlandais Érasme sont amis et travaillent ensemble à des traductions ; les rois de France invitent des artistes italiens dont Léonard de Vinci.
- **L'homme est placé au centre de l'univers** ; le corps est réhabilité, l'éducation est un thème privilégié. On accorde une grande importance à la réflexion, à l'exercice du jugement, afin de lutter contre les préjugés et faire preuve de tolérance ; *Les Essais* de Montaigne en sont une illustration.

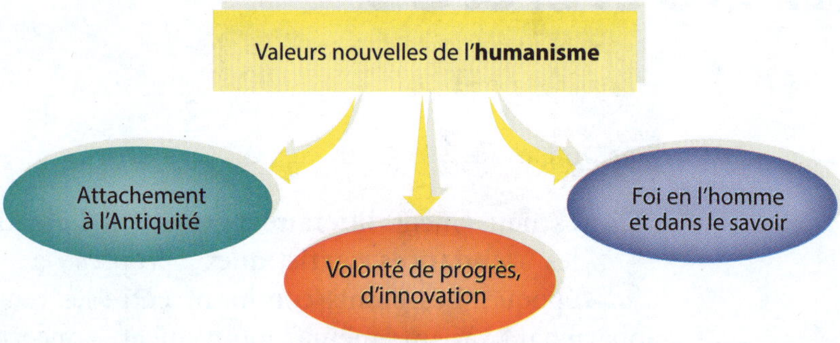

2 Le baroque

Formé à partir d'un mot portugais évoquant un rocher ou une perle de forme irrégulière, le terme *baroque* apparaît en français en 1531 dans le domaine de la joaillerie. Au XVIIIe siècle, le mot désigne ce qui est irrégulier, bizarre, ou choquant. Par extension, on l'utilisera pour qualifier l'art du début du XVIIe siècle, apparaissant comme une forme décadente de l'art de la Renaissance.

A Histoire et géographie du mouvement baroque

- Le mouvement baroque commence vers 1570-1580 au moment de la Contre-Réforme, et s'achève avec la fin de la Fronde (1652).
- Le baroque se développe dans un contexte de crises.

	Crise religieuse	Crise économique	Crise intellectuelle	Crise politique
Causes	La Contre-Réforme s'oppose au protestantisme et à sa rigueur.	Difficultés climatiques.	Conflit entre les partisans de l'orthodoxie religieuse et ceux de la science.	Conflit entre l'Angleterre et l'Espagne.
Conséquences	Elle favorise un art ornemental.	Famines et pénuries.	Tensions intellectuelles, doute, scepticisme.	Déroute de l'Invincible Armada (1588).

B Les thèmes baroques

- Le baroque s'exprime surtout à travers l'architecture, la sculpture et la peinture. Il apparaît comme un art « chargé » et tourmenté. On distingue traditionnellement un baroque « noir », qui exprime des tensions et des angoisses, et un baroque « blanc », plus ornemental et exubérant.

1. La métamorphose

- L'idée selon laquelle le monde n'est qu'un théâtre illusoire exprimant les incertitudes de l'univers, est fondamentale dans l'art baroque : « *Je tiens ce monde pour ce qu'il est : un théâtre où chacun doit jouer son rôle.* » (William Shakespeare, *Le Marchand de Venise*, 1596). Dans *L'Illusion comique* de Corneille (1636), on trouve un magicien qui effectue des métamorphoses et des comédiens. Une mise en abyme place spectateur et personnages devant la scène du monde.
- La **tragi-comédie** est un **genre nouveau** : il s'adapte bien à une esthétique du mélange des genres. L'inconstance amoureuse est un thème privilégié car le baroque apprécie le mouvement ; les travestissements, qui montrent le goût pour l'illusion, sont nombreux : les pseudo-bergers et bergères dans *L'Astrée* d'Honoré d'Urfé sont uniquement occupés d'amour. Nourrie de métaphores, la poésie exprime la sensibilité baroque : Jean de Sponde (1557-1595) en est l'un des plus éminents représentants.

> **Citation**
> *« Tout s'enfle contre moy, tout m'assaut, tout me tente,*
> *Et le Monde et la Chair, et l'Ange révolté. »*
> Jean de Sponde

2. La vanité du destin humain et la mort

• À l'époque baroque, de nombreuses peintures, appelées ***vanités***, représentent un crâne entouré d'objets symboliques : bulles, perles, fleurs fanées, instruments de mesure du temps, destinés à nous rappeler la fragilité et le caractère éphémère de la vie humaine. Une réflexion morale se construit autour de l'angoisse de la mort. Ces pensées tourmentées engendrent une **esthétique expressive, hyperbolique** et parfois **provocatrice**.

Bien retenir

Les caractéristiques du baroque :
- mouvement et métamorphoses, instabilité du monde, inconstance de l'homme.
- théâtralité, ostentation : déguisements, illusion et tromperies.

3 Le classicisme

Le terme *classique* désigne au XVIIe les auteurs grecs et latins considérés comme des modèles, *classici scriptores* (« des écrivains de première classe »). C'est au début du XIXe que les auteurs romantiques, mus par un désir de liberté dans l'art, s'opposent à la tradition en utilisant le terme *classique* pour les écrivains de la deuxième moitié du XVIIe. Ses caractéristiques, qui s'étendent à tous les arts, sont le respect de **normes esthétiques** et **morales**, la recherche de **l'harmonie** et de **l'équilibre**.

A Un idéal d'ordre et de mesure

1. Le modèle antique

• Le classicisme se tourne vers l'Antiquité pour y puiser les fondements de sa doctrine et pratiquer **l'imitation**. Les *Fables* de La Fontaine développent, versifient et adaptent au goût de l'époque les leçons intemporelles des courtes fables en prose antiques. L'imitation des Anciens permet aussi le renouveau du théâtre. Le travail de création est valorisé par Boileau, théoricien du classicisme dans son *Art poétique* (1674) :

« *Vingt fois sur le métier remettez votre ouvrage :*
Polissez-le sans cesse et le repolissez ;
Ajoutez quelquefois et souvent effacez. »

- En architecture, on emprunte à l'Antiquité la colonne et ses chapiteaux qui sont déclinés dans tout l'art décoratif.

> **Bien retenir**
> Le classicisme se fonde sur l'imitation de l'Antiquité prise pour modèle.

2. L'idéal classique

- Il repose sur **l'ordre** et **la raison** qui se retrouvent dans le modèle de l'honnête homme, un être social avant tout : il refuse les excès et fait régner la mesure en toutes choses et il est capable de maîtriser ses émotions et de s'adapter ; tolérant et cultivé, il manie l'art de la conversation.

> **Citation**
> *« La passion fait souvent un fou du plus habile homme, et rend souvent les plus sots habiles. »*
> La Rochefoucauld

- La réflexion morale est présente sous diverses formes dans tous les genres qui dépeignent les défauts humains pour mieux les corriger : l'œuvre d'art doit plaire ou toucher pour instruire.
- L'architecture, la peinture et la musique recherchent les mêmes critères d'ordre et de sobriété à travers les constructions de Mansart et les jardins de Le Nôtre, les tableaux de Nicolas Poussin ou la musique de Lully.

B La mise en place des règles

- Le classicisme veut établir une norme et fixe des règles ; l'Académie française est créée en 1635 par Richelieu. La mise en place de la doctrine classique est liée à un pouvoir monarchique fort, à la volonté de centralisation et de codification qu'incarne Louis XIV.

1. La langue

- À la suite de Malherbe et de Vaugelas, l'orthographe, la grammaire et la syntaxe vont être fixées : des règles sont imposées à la langue pour lui donner une unité et une cohérence qui dépassent les usages particuliers.
- La définition de l'usage est énoncée par Vaugelas : « *C'est la façon de parler de la plus saine partie de la cour, conformément à la façon d'écrire de la plus saine partie des auteurs du temps.* » (*Remarques sur la langue française*, 1647)

2. Les règles classiques

- Les **règles et contraintes classiques**, fixées par Boileau, concernent les genres et le style, caractérisés dans la métaphore suivante :

« J'aime mieux un ruisseau qui, sur la molle arène,
Dans un pré plein de fleurs lentement se promène,
Qu'un torrent débordé qui, d'un cours orageux,
Roule, plein de gravier, sur un terrain fangeux. »

- Dans une perspective morale et esthétique, on recherche **le naturel** et **le vraisemblable**. Au théâtre s'applique la règle des trois unités : une intrigue principale (**unité d'action**) se déroule en un lieu (**unité de lieu**) et en un jour (**unité de temps**). L'unité de ton bannit le mélange des genres ; la règle des bienséances s'impose.

Citation
« Il faut de l'agréable et du réel, mais il faut que cet agréable soit lui-même pris du vrai. »
Pascal

→ Bien retenir

Le classicisme établit des normes esthétiques et morales pour faire régner un idéal d'ordre et de mesure, incarné par l'honnête homme, modèle social, et institue des règles qui codifient les genres et le style, celle des trois unités au théâtre notamment.

C La Querelle des Anciens et des Modernes

- Opposant les tenants de la tradition et les partisans de la modernité, elle éclate en 1687, à l'Académie française, à la suite de la lecture publique du poème de Perrault « Le Siècle de Louis le Grand ». L'écrivain y fait l'éloge du siècle de Louis XIV qui peut rivaliser avec l'Antiquité. Les Modernes préfèrent une littérature qui soit l'expression de leur temps.
- Les divergences persistent et une seconde querelle suivra dans les années 1713-1718, mais les Modernes imposent progressivement leurs vues.

4 Les Lumières

Les Lumières désignent un mouvement philosophique et littéraire européen qui fait du XVIIIe siècle de la **raison et des idées**. La métaphore de la lumière évoque la **toute-puissance de la raison**. Les Lumières sont fondées sur l'idée que l'homme peut améliorer sa condition par le **progrès** et l'usage de la **raison**.

Citation
« Il faut cultiver notre jardin. »
Voltaire

1. Naissance d'une pensée nouvelle

- Les Lumières sont le produit d'une réflexion engendrée par la révocation de l'Édit de Nantes (1685) qui touche toute l'Europe, entraînant une crise de la conscience européenne.
- La **réflexion** sur la relativité des mœurs et des cultures, l'**essor** de la bourgeoisie, les avancées des sciences et des techniques, les **difficultés** rencontrées par le pouvoir monarchique sont aux origines de ce mouvement. La remise en cause de la tradition et du principe d'autorité, le développement de l'esprit critique et l'usage de la raison sont les caractéristiques des Lumières.
- Le triomphe des idées nouvelles doit beaucoup à leur circulation, favorisée par l'augmentation de la production et de la diffusion des livres et par le souci de vulgarisation qui anime les philosophes.

Bien retenir

Les écrivains et philosophes du mouvement mettent en avant la raison pour proposer une réflexion sur la société.

2. Les genres et les formes au service des idées

- Une littérature d'argumentation se développe à travers de nombreux essais : *Le Contrat social* (Rousseau, 1762), *L'Esprit des lois* (Montesquieu, 1748) ou le *Dictionnaire philosophique* (Voltaire, 1764). L'argumentation se masque pour éviter la censure ou transmettre au lecteur des idées nouvelles sans le heurter : Montesquieu propose dans les *Lettres persanes* (1721) une critique de la société française ; Voltaire utilise l'apologue avec le conte philosophique *Candide* (1759) pour dresser un tableau satirique de nos pratiques sociales, politiques et religieuses.
- Le théâtre défend à travers la comédie les idées des Lumières : Marivaux, dans *L'Île des esclaves* (1725), met en scène le pouvoir et ses excès ; Beaumarchais, dans *Le Mariage de Figaro* (1784), conteste les privilèges de la noblesse.
- Un grand ouvrage collectif voit le jour sous la direction de Diderot et d'Alembert : l'*Encyclopédie* (1751-1772), dont le sous-titre, *Dictionnaire raisonné des sciences, des arts et des métiers*, insiste sur la référence à la raison comme outil d'analyse. Cette œuvre monumentale où il s'agit de « *tout examiner, tout remuer sans exception et sans ménagement* » (Diderot) s'est heurtée aux réactions hostiles des pouvoirs politique et religieux.

Citation

« La grâce détermine le chrétien à agir ; la raison détermine le philosophe. »

Dumarsais

COURS

3. L'esprit progressiste et contestataire des Lumières

Thèmes de réflexion	Domaines concernés	Exemples
La liberté	Le pouvoir politique et ses formes	Diderot, article « Autorité politique », *Encyclopédie* (1751-1772)
	La liberté d'expression	Voltaire, « De l'horrible danger de la lecture » (1765)
L'égalité	L'esclavage	Voltaire, *Candide*, l'esclave de Surinam (chap. 19)
	Les privilèges et les inégalités sociales	Beaumarchais, *Le Mariage de Figaro* (1778) Rousseau, *Discours sur l'origine de l'inégalité* (1755)
La tolérance	Dans le domaine religieux	Voltaire, *Traité sur la tolérance* (1763)
	Le respect des civilisations et cultures différentes	Montesquieu, *Lettres Persanes* (1721)

Bien retenir

La diffusion des idées et des connaissances revêt diverses formes argumentatives directes ou masquées pour éviter la censure, tant dans l'essai qu'à travers la littérature de fiction.

5 Le romantisme

• L'adjectif « romantique », synonyme au XVIIe de *romanesque*, désigne des sentiments ou des aventures propres au roman ; appliqué à la fin du XVIIIe à la description de paysages pittoresques, il perd sa connotation dépréciative. Au début du XIXe, le romantisme rassemble des artistes qui s'opposent à la mesure du classicisme et au rationalisme des Lumières par **l'exaltation de la sensibilité et du moi lyrique**, et qui revendiquent la **liberté** dans l'art.

• Le romantisme se développe en Allemagne avec Goethe, *Les Souffrances du jeune Werther* (1774), puis en Angleterre avec Byron, *Childe Harold* (1813), avant de gagner la France. Le pré-romantisme, fondé sur l'expression du moi et l'exaltation de la nature, est représenté dès la fin du XVIIIe siècle par Rousseau dans *Les Rêveries du promeneur solitaire* (1776-1778).

Citation

« J'ai eu des succès littéraires, j'ai attaqué toutes les erreurs de mon temps, j'ai démasqué les hommes. »

Chateaubriand

• Le romantisme touche également la peinture avec Delacroix, *La Liberté guidant le peuple* (1831), la musique avec Chopin, *Nocturnes* (1833), ou Berlioz, *La Damnation de Faust* (1846).

- Lié à l'histoire et à la politique, le mouvement romantique en reflète les espoirs, suscités par la Révolution et l'épopée napoléonienne, et les déceptions après l'échec des révolutions de 1830 et 1848. Des auteurs comme Hugo ou Lamartine s'engagent dans l'action politique.

A Les caractéristiques du romantisme

1. La place de l'Histoire

- Les romantiques redécouvrent le Moyen Âge, l'histoire espagnole ou italienne des XVe-XVIe, la littérature européenne récente dont le théâtre de Shakespeare. L'Histoire constitue une source d'inspiration pour le roman historique (Victor Hugo, *Notre-Dame de Paris*, 1831 ; Alexandre Dumas, *Les Trois Mousquetaires,* 1844) ou pour le drame romantique (Hugo, *Hernani*, 1830 ; Musset, *Lorenzaccio*, 1834).
- L'époque est dénoncée de façon virulente : Hugo condamne le coup d'état et la tyrannie de Napoléon III à travers *Les Châtiments* (recueil poétique, 1853) et *Histoire d'un crime* (essai, 1852).

2. Le mal du siècle

- Le héros romantique est en proie au « **mal du siècle** », sentiment de **malaise** et d'**insatisfaction** dans tous les domaines. Il est également soumis au « **vague des passions** », **mélancolie** sans cause et sans remède d'un être à la sensibilité exacerbée. Ce malaise est défini puis illustré par Chateaubriand dans *Génie du christianisme* (1802) : « *On habite, avec un cœur plein, un monde vide ; et sans avoir usé de rien, on est désabusé de tout.* »
- Cet état malheureux se manifeste à travers la rêverie, l'abattement ou l'exaltation en alternance, une aspiration à l'idéal mêlée à une fascination pour la mort : « *il y a l'infini entre ce que je suis et ce que j'ai besoin d'être* » (Senancour, *Oberman*, roman, 1804).
- La nature sauvage répond au besoin de solitude et d'évasion du héros romantique, mais ses paysages symboliques qui nourrissent la rêverie reflètent aussi les états d'âme ; en témoignent les tableaux du peintre allemand Caspar David Friedrich aux paysages torturés et brumeux et aux ruines médiévales.

→ Bien retenir

Le romantisme s'oppose à la mesure classique et au rationalisme des Lumières en se fondant sur l'exaltation de la sensibilité et l'expression lyrique du moi, qui reflète le mal du siècle, sentiment d'insatisfaction et de malaise existentiel de l'individu.

B Le renouveau romantique

• La **liberté** caractérise l'art romantique, qui refuse les règles, crée de nouvelles formes, propose de nouveaux sujets. Hugo est le théoricien de l'esthétique romantique : « *La poésie n'est pas dans la forme des idées, mais dans les idées elles-mêmes.* » (Préface des *Odes et poésies diverses*, 1822).

Genres	Renouveau	Exemples
Roman	Expression du moi	Chateaubriand, *René*,1802
	Représentation de l'individu face à la société	Stendhal, *Le Rouge et le Noir*,1830
	Engagement contre l'injustice	Hugo, *Le Dernier Jour d'un condamné*,1829 (contre la peine de mort)
	Fantastique	Théophile Gautier, *La Morte amoureuse*,1836 (nouvelle)
Théâtre	Mélange des genres, des tons et des registres : le drame et la comédie romantiques	Victor Hugo, *Ruy Blas*, 1838 (drame) Musset, *On ne badine pas avec l'amour*,1861 (comédie)
Poésie	Poésie lyrique	Lamartine, *Méditations poétiques* (1820)
	Création du poème en prose	Aloysius Bertrand, *Gaspard de la nuit* (1842)

→ Bien retenir

Revendiquant la liberté dans l'art, le romantisme procède à un renouveau des formes et mélange les genres, les registres et les styles.

6 Le réalisme et le naturalisme

Situés dans la seconde moitié du XIXe siècle, ces deux mouvements se succèdent ; le naturalisme se développe à partir de 1865. Ils poursuivent le même but : le **roman** doit représenter la **réalité**. Seules les méthodes diffèrent : l'approche du naturalisme se veut plus **scientifique**.

A Le réalisme

• La doctrine de l'imitation (*mimêsis* en grec) vient de la philosophie grecque. Théorisée par Platon et Aristote, la *mimésis* donne à l'art une fonction de représentation : l'art doit représenter avec fidélité la réalité. Au XIXe siècle, le réalisme rassemble des écrivains variés qui veulent faire de l'artiste un témoin objectif de son temps au service d'un art adapté à son époque.

1. Une littérature du réel

- L'échec politique des révolutions de 1830 et 1848 entraîne la désillusion des écrivains. Ils réagissent contre le romantisme et pensent que l'art ne doit rejeter aucun sujet. Les milieux populaires les inspirent, alors que les gens simples étaient jusque là dédaignés par la littérature. Certains romans prennent appui sur des faits divers (Flaubert, *Madame Bovary*, 1857) et leurs héros ordinaires sont des antihéros (Frédéric Moreau dans *L'Éducation sentimentale* de Flaubert, 1869).

2. L'effet de réel

- Le **roman** est le genre dominant de l'école réaliste. Il donne une image fictive de la réalité dont il témoigne. L'illusion de la réalité est cultivée grâce aux effets de réel : le romancier part de l'observation de faits de la vie quotidienne pour construire une narration. L'action n'est pas forcément l'essentiel : le récit s'inscrit dans un contexte précis, que le lecteur identifie grâce au travail descriptif.

B Le naturalisme

1. Aux sources du naturalisme

- Le naturalisme a un lien avec les sciences naturelles. Le docteur Claude Bernard, dans son *Introduction à l'étude de la médecine expérimentale* (1865), a étudié l'influence de l'hérédité et du milieu sur les êtres. Zola fait du roman un lieu d'expérimentation : il affirme que les outils du romancier sont l'observation et l'analyse (*Le Roman expérimental*, 1880).
- Le recueil de nouvelles *Les Soirées de Médan*, paru en 1880, réunit des textes composés par six écrivains (dont Maupassant et Huysmans) sur un même sujet : la guerre de 1870. Ce livre constitue une sorte de manifeste de l'écriture naturaliste.

2. Zola et les Rougon-Macquart

- Zola met en pratique ses recherches dans les *Rougon-Macquart* (1871-1893), série de vingt romans qui retrace l'« Histoire naturelle et sociale d'une famille sous le Second Empire » (sous-titre du cycle), « *en montrant le jeu de la race modifiée par les milieux* ». *La Curée* (1872) dépeint la spéculation dans le monde de la bourgeoisie d'affaires décadente ; *Germinal* (1885) met en scène l'univers de la mine.

Citation

« C'est une œuvre de vérité, le premier roman sur le peuple, qui ne mente pas et qui ait l'odeur du peuple. »

Zola

• Malgré leur aspect documentaire, les romans naturalistes demeurent des œuvres de fiction. Zola est souvent lyrique, voire épique. Les nombreux personnages des *Rougon-Macquart* (Claude Lantier, le peintre de *L'Œuvre*, Nana, la courtisane, etc.) et les objets (la locomotive de *La Bête humaine* ou l'alambic de *L'Assommoir*) occupent une place privilégiée dans notre imaginaire.

→ Bien retenir

Le but du réalisme et du naturalisme est de représenter la réalité à travers le genre du roman et de la nouvelle. Le réalisme cherche la vérité par l'enquête, le naturalisme emploie les méthodes de l'expérimentation scientifique.

7 Le Parnasse et le symbolisme

Le courant du Parnasse se prolonge par le symbolisme, mouvement littéraire et culturel qui s'exprime dans les domaines de la poésie, la peinture et la musique.

A Le Parnasse

• Les poètes du Parnasse travaillent la forme et repoussent le réel (par opposition au réalisme) et l'inspiration (par opposition au romantisme) ; ils ont pour but **la seule beauté**, ce qui correspond à l'idée de « l'art pour l'art » formulée par Théophile Gautier.

Remarque

Le Parnasse est le nom de la montagne des Muses dans la mythologie grecque.

B Le symbolisme

• Le symbolisme s'éloigne du réel pour se tourner vers **le rêve** et **l'intériorité**. On recherche la nuance ; on veut rendre compte des liens entre les divers éléments qui tissent la nature, perçue comme une réserve de symboles à déchiffrer ; on tente de libérer la poésie des règles de la prosodie traditionnelle.

• Jean Moréas est l'auteur du *Manifeste du symbolisme* (1886) qui reprend les positions de Verlaine ou la théorie des correspondances de Baudelaire.

8 Le surréalisme

- Mouvement littéraire et artistique né entre les deux guerres et caractérisé par l'engagement politique marxiste, le surréalisme est fixé en 1924 par le *Premier manifeste* d'André Breton, et prend fin vers 1935-1938. Il tire son nom du sous-titre d'une pièce d'Apollinaire, *Les Mamelles de Tirésias, drame surréaliste* (1917). Le surréalisme, dans une perspective originale fondée sur des pratiques expérimentales, se propose d'**aller au-delà du réel**.

A Histoire du mouvement

- Le surréalisme s'inscrit dans la continuité du mouvement Dada, fondé en 1916 par Tristan Tzara ; il s'appuie sur la provocation et le nihilisme et se propose de détruire les entraves morales, sociales ou politiques pour rétablir la liberté. Ce mouvement éphémère dont les créations font scandale disparaît en 1923.

- Le surréalisme est influencé par le développement du marxisme et les travaux de Freud sur l'inconscient. André Breton le définit comme un « *automatisme psychique pur par lequel on se propose d'exprimer soit verbalement, soit de toute autre manière, le fonctionnement réel de la pensée* » *(Premier manifeste du surréalisme,* 1924).

- Des désaccords en matière de création ou de politique divisent et font éclater le groupe en 1933 ; Aragon et Eluard s'en éloignent.

B Les caractéristiques du surréalisme

1. Les principes surréalistes

- Il s'agit de faire surgir le merveilleux du réel pour atteindre la surréalité en échappant à la raison. Le surréel est le « *point de l'esprit d'où la vie et la mort, le réel et l'imaginaire, le passé et le futur, [...] cessent d'être perçus contradictoirement.* » *(Second Manifeste*, 1929). Le surréalisme veut retrouver l'usage de l'**imagination**, sacrifiée par l'homme moderne au réalisme, explorer et exprimer **l'inconscient** et **réunir le rêve et la réalité** pour donner de l'homme une représentation totale.

2. La peinture surréaliste

- Les expériences dadaïstes, ludiques et ouvertes au hasard, et la peinture métaphysique de Chirico, qui explore le monde du rêve, nourriront le surréalisme. Salvador Dalí peint ses visions intérieures qu'il désigne comme des « *photographies de ce qui n'existe pas* » ; il veut « *matérialiser avec la plus impérialiste rage de précision, les images de l'irrationalité concrète* ». Joan Miro représente des formes flottant dans l'espace. René Magritte s'interroge sur les rapports qu'entretiennent les objets, les mots, leurs formes et leurs sens.

Citation

« Dévoré par les plumes et
[soumis à la mer,
Il a laissé passer son ombre
[dans le vol
Des oiseaux de la liberté. »
Paul Éluard, « Max Ernst »

Bien retenir

Marqué par les travaux de Freud, nourri par le dadaïsme qui l'a précédé, le surréalisme libère l'imagination et explore l'inconscient et le rêve afin d'accéder à une surréalité révélant et libérant l'homme. Il se double d'un engagement politique marxiste.

3. La révolte surréaliste

- Les surréalistes refusent l'ordre établi, l'art traditionnel et la raison : « *"Transformer le monde", a dit Marx, "changer la vie", a dit Rimbaud : ces deux mots d'ordre pour nous n'en font qu'un.* » (André Breton, 1935). L'une des revues porte le nom de *Révolution surréaliste*.
- Les surréalistes font preuve de provocation : des objets sont ainsi détournés de leur fonction et promus à la dignité d'œuvres d'art, comme *Fontaine*, l'urinoir exposé par Duchamp.

C Les pratiques surréalistes

Pratiques	Caractéristiques	Exemples
L'écriture automatique	Elle consiste à noter tout ce qui vient à l'esprit, sans raison, sans logique, sans censure.	• Écriture à quatre mains par Breton et Soupault : *Les Champs magnétiques* (1919). • Réalisation par le peintre André Masson de dessins en laissant filer le crayon sur la feuille.
La libération de l'image	Elle met en relation des réalités éloignées et joue sur les correspondances.	• En poésie : « *La terre est bleue comme une orange* » (Éluard) • En peinture : associations inattendues de Salvador Dalí
Les collages	On découpe des papiers dans des journaux pour les coller au hasard.	Collages du peintre Max Ernst

Pratiques	Caractéristiques	Exemples
Les jeux de langage	On pratique des créations verbales collectives.	Les « cadavres exquis » : pour composer une phrase, chacun écrit un mot en ignorant ce qui précède. La première phrase obtenue à ce jeu lui a donné son nom : *« Le cadavre exquis boira le vin nouveau. »*
Le déchiffrage	Déchiffrage du hasard ou des coïncidences, mais aussi des rêves dont il est fait le récit ou la représentation picturale.	« Tableaux de sable » d'André Masson : il asperge de sable une toile recouverte de colle puis la redresse, laissant le sable adhérer au hasard.

→ Bien retenir

Diverses pratiques expérimentales, littéraires ou picturales, jouent sur le langage et la forme, privilégiant le hasard, jusqu'à la provocation.

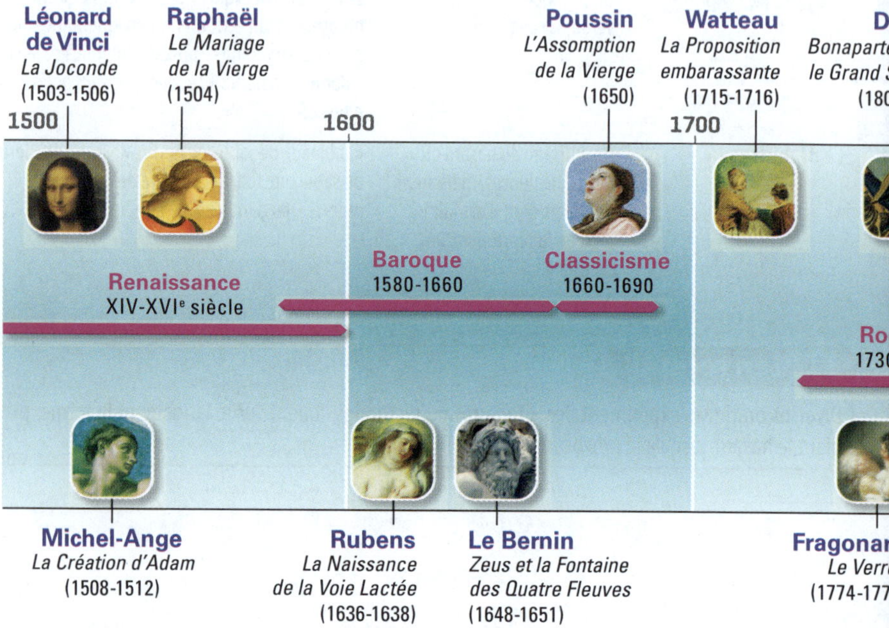
Léonard de Vinci
La Joconde
(1503-1506)
Raphaël
Le Mariage de la Vierge
(1504)
Poussin
L'Assomption de la Vierge
(1650)
Watteau
La Proposition embarassante
(1715-1716)
1500
1600
1700
Renaissance
XIV-XVIe siècle
Baroque
1580-1660
Classicisme
1660-1690
Michel-Ange
La Création d'Adam
(1508-1512)
Rubens
La Naissance de la Voie Lactée
(1636-1638)
Le Bernin
Zeus et la Fontaine des Quatre Fleuves
(1648-1651)

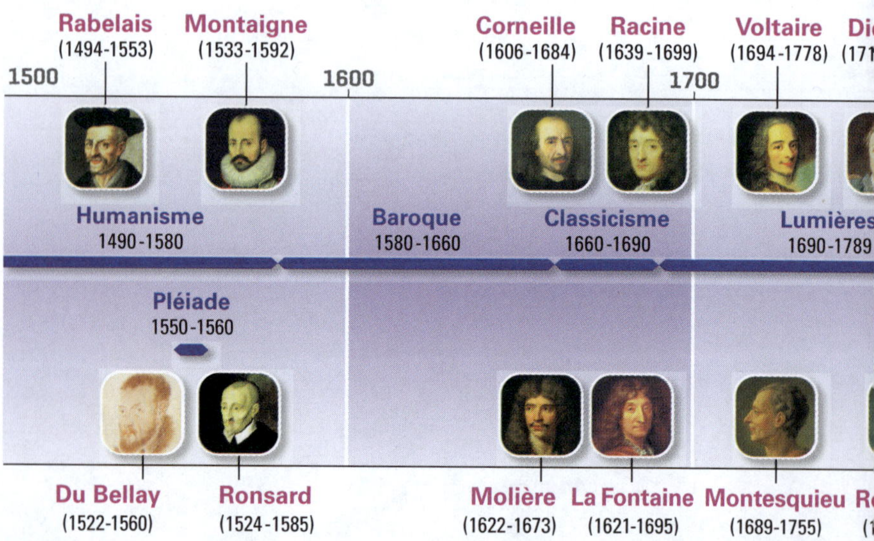
Rabelais
(1494-1553)
Montaigne
(1533-1592)
Corneille
(1606-1684)
Racine
(1639-1699)
Voltaire
(1694-1778)
1500
1600
1700
Humanisme
1490-1580
Baroque
1580-1660
Classicisme
1660-1690
Lumières
1690-1789
Pléiade
1550-1560
Du Bellay
(1522-1560)
Ronsard
(1524-1585)
Molière
(1622-1673)
La Fontaine
(1621-1695)
Montesquieu
(1689-1755)

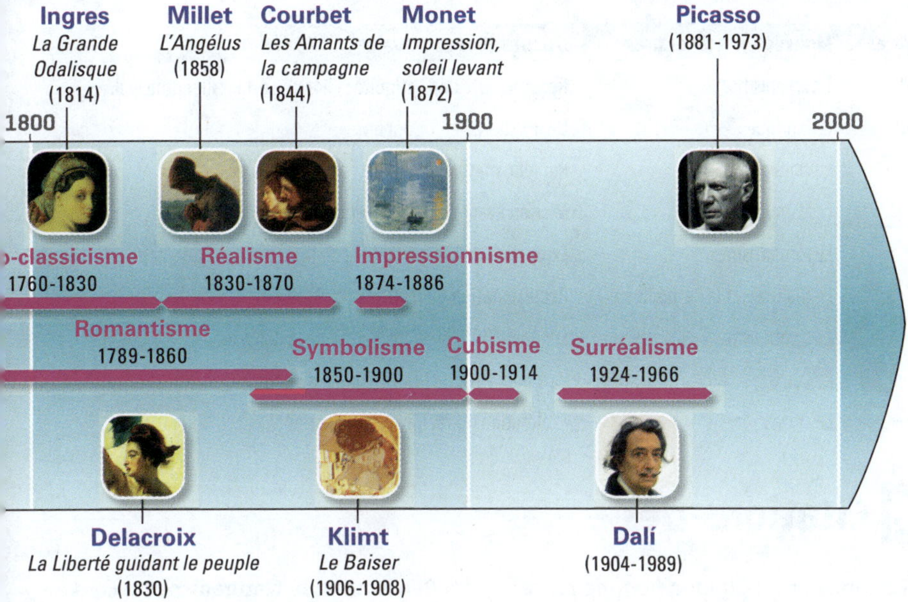

Ingres
La Grande Odalisque (1814)
Millet
L'Angélus (1858)
Courbet
Les Amants de la campagne (1844)
Monet
Impression, soleil levant (1872)
Picasso
(1881-1973)
1800
1900
2000
-classicisme
1760-1830
Réalisme
1830-1870
Impressionnisme
1874-1886
Romantisme
1789-1860
Symbolisme
1850-1900
Cubisme
1900-1914
Surréalisme
1924-1966
Delacroix
La Liberté guidant le peuple (1830)
Klimt
Le Baiser (1906-1908)
Dalí
(1904-1989)

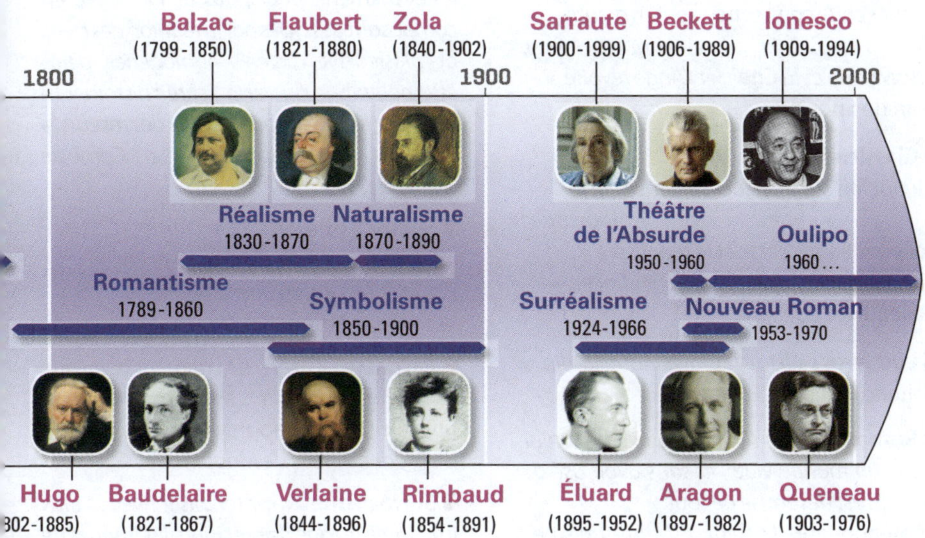

Balzac
(1799-1850)
Flaubert
(1821-1880)
Zola
(1840-1902)
Sarraute
(1900-1999)
Beckett
(1906-1989)
Ionesco
(1909-1994)
1800
1900
2000
Réalisme
1830-1870
Naturalisme
1870-1890
Théâtre de l'Absurde
1950-1960
Oulipo
1960...
Romantisme
1789-1860
Symbolisme
1850-1900
Surréalisme
1924-1966
Nouveau Roman
1953-1970
Hugo
302-1885)
Baudelaire
(1821-1867)
Verlaine
(1844-1896)
Rimbaud
(1854-1891)
Éluard
(1895-1952)
Aragon
(1897-1982)
Queneau
(1903-1976)

Éléments d'histoire littéraire

Siècles	Mouvements littéraires	Orientations principales
XVIe	L'humanisme	Redécouverte de l'Antiquité ; l'homme est le sujet principal.
XVIIe	Le baroque	Un art chargé et foisonnant.
	Le classicisme	Rigueur, mesure et morale.
XVIIIe	Les Lumières	Mise en avant de la raison et des idées ; contestation.
XIXe	Le romantisme	Expression de la sensibilité et de l'émotion ; engagement.
	Le réalisme et le naturalisme	Représentation du réel.
	Le symbolisme	Éloignement du réel, recherche de la nuance.
	Le Parnasse	L'art pour l'art, ou la seule quête du beau.
XXe	Le surréalisme	Exploration du rêve et de l'inconscient.

Citations-clés

■ **Humanisme** : « *Chaque homme porte la forme entière de l'humaine condition.* » Montaigne, *Essais*.

■ **Baroque** :
« *Tout s'enfle contre moy, tout m'assaut,*
[tout me tente,
Et le Monde et la Chair, et l'Ange révolté. »
Jean de Sponde.

■ **Classicisme** :
« *Vingt fois sur le métier remettez votre*
[ouvrage :
Polissez-le sans cesse et le repolissez ;
Ajoutez quelquefois et souvent effacez. »
Boileau, *Art poétique*.

■ **Lumières** : « *Il faut cultiver notre jardin.* » Voltaire, *Candide*.

■ **Romantisme** : « *On habite, avec un cœur plein, un monde vide ; et sans avoir usé de rien, on est désabusé de tout.* » Chateaubriand, *Le Génie du christianisme*.

■ **Réalisme et le Naturalisme** : « *En dressant l'inventaire des vices et des vertus, en rassemblant les principaux faits des passions, en peignant les caractères, en choisissant les événements principaux de la société, en composant des types par la réunion des traits de plusieurs caractères homogènes, peut-être pouvais-je arriver à écrire l'histoire oubliée par tant d'historiens, celle des mœurs.* » Balzac, avant-propos de *La Comédie Humaine*.

■ **Symbolisme** :
« *Car nous voulons la Nuance encor,*
Pas la couleur, rien que la nuance ! »
Verlaine, « Art poétique ».

■ **Parnasse** : « *Il n'y a de vraiment beau que ce qui ne peut servir à rien ; tout ce qui est utile est laid.* » Théophile Gautier, préface de *Mademoiselle de Maupin*.

■ **Surréalisme** : « *matérialiser avec la plus impérialiste rage de précision, les images de l'irrationalité concrète* », Salvador Dalí.

CHAPITRE 6

Comment aborder le commentaire et la dissertation ?

INTRODUCTION

L'étude des textes est au centre du programme de Première : à l'écrit, œuvres intégrales ou extraits donnent lieu à une analyse de détail pour le commentaire, ou à une analyse plus large pour la dissertation qui envisage plusieurs œuvres pour fournir une réflexion.

Le **commentaire** doit proposer une explication organisée du texte et une interprétation personnelle justifiée. La **dissertation** porte sur l'une des œuvres et sur le parcours associé et appelle une réflexion argumentée

1 Le commentaire

Le **commentaire** doit proposer une explication structurée du texte de façon organisée en s'appuyant sur le sens et sur la forme, et en justifiant l'interprétation.

A Lecture du texte et préparation au brouillon

Lisez avec soin le texte à commenter, puis notez toutes les **observations possibles sur le texte** : analyses, impressions personnelles. Un bon brouillon ne ressemble pas à un devoir propre : n'hésitez pas à employer des flèches, des couleurs, ne rédigez rien.

B Organisation du plan et définition de la problématique

- Il s'agit de discipliner vos remarques afin de constituer un **plan organisé**. Regroupez les idées qui vous semblent aller ensemble. Dégagez deux ou trois grands thèmes qui constitueront les grandes parties de votre développement.
- Afin de fournir une analyse détaillée, repérez dans le texte les **citations** ainsi que les procédés d'écriture et de style qui font partie de l'étude du texte.
- Il est plutôt déconseillé de suivre l'ordre du texte : s'il n'est pas, le plan linéaire n'est pas adapté car il vous incite souvent à paraphraser le texte. Préférez donc un plan thématique, qui met en avant tour à tour ses aspects les plus importants.
- Essayez de tirer de toutes vos observations désordonnées la **problématique** du texte. Pour cela, demandez-vous simplement ce qui fait **l'intérêt de l'extrait**.

C Rédaction du commentaire

1. L'introduction

- **Un seul paragraphe, mais en trois parties distinctes** : la rédaction doit être soignée. Rédigez-la au brouillon.

> **Piège à éviter**
> N'employez jamais la première personne du singulier.

- Présentez l'œuvre, son auteur, son époque, son contexte, éventuellement son courant littéraire. Évitez de commencer par : « Ce texte… »
- Présentez alors le contenu de l'extrait, c'est-à-dire l'essentiel du passage, de façon synthétique. Elle formule ensuite la problématique dans une phrase séparée et interrogative de préférence : en quoi ce texte est-il intéressant ?
- Enfin, annoncez les deux ou trois grands axes de votre plan avec clarté.

2. Le développement

- Ne faites pas apparaître de titres. **La première phrase de chaque grand axe du développement doit rappeler le thème de la partie.** À la fin d'une grande partie, faites un bilan de votre analyse. Attention à la mise en page de votre devoir : sautez une ligne, marquez les sous-parties par des alinéas. Utilisez des connecteurs logiques.
- **Chaque sous-partie doit reposer sur des observations précises du texte** : utilisez des citations. Analysez la signification de chaque figure de style : l'identification purement « technique » des procédés du texte n'a pas d'intérêt si on n'en tire pas un sens.

3. La conclusion

Faites un bilan des axes développés : rappelez les thèmes des grandes parties du plan. Répondez ensuite à la problématique posée dans l'introduction : résumez ce qui fait pour vous l'intérêt du texte, son originalité. Enfin, vous pouvez terminer votre devoir en soulignant les limites du texte, ou en élargissant votre réflexion.

2 La dissertation sur œuvre

A Analyse du sujet

- Lisez attentivement l'énoncé afin d'éviter le hors-sujet. Vous pouvez recopier le sujet sur votre brouillon et le reformuler pour mieux le comprendre.
- Relisez le sujet plusieurs fois. Essayez d'en tirer la problématique en vous demandant ce qui fait l'intérêt de la question posée.
- Notez au brouillon les références des œuvres étudiées et les lectures personnelles qui sont susceptibles de vous servir. Soyez précis : citez les titres exacts, les auteurs, les passages qui vous serviront.

B Élaboration du plan

- Le **plan dialectique** ou **critique** permet de discuter une thèse. Il s'agit du traditionnel : « thèse/antithèse/synthèse », (la synthèse restant facultative). La thèse défend un point de vue, l'antithèse soutient l'opinion opposée. Si la position doit être plus nuancée, élaborez une synthèse, ni tout à fait pour ni tout à fait contre la thèse initiale. Tous les sujets qui posent une question à laquelle on peut répondre par « oui » ou par « non » peuvent donner lieu à un plan dialectique ou critique.

• Le **plan thématique** permet de répondre aux questions ouvertes, « Comment… ? », « Pourquoi… ? », « Quels sont… ? », qui vous invitent à trouver par exemple les causes ou les aspects d'un phénomène. Chaque partie vous permet de décliner différents thèmes. Commencez par les idées les plus simples, et finissez par les plus complexes.

C Rédaction de la dissertation

1. L'introduction

• L'introduction d'une dissertation, rédigée au brouillon, doit comporter **trois étapes**. La première phrase constitue une amorce qui amène le sujet : ce peut être une définition, une idée reçue, une mise au point historique. Évitez les formules du type : « de tous temps », « depuis toujours »…

• Ensuite, il faut citer le sujet puis l'analyser de manière à en tirer une problématique – en quoi est-il particulièrement intéressant ?

• Enfin, annoncez votre plan, clairement et sans lourdeur (évitez par exemple d'utiliser le mot « partie »).

2. Le développement

• Ne le rédigez pas au brouillon. **Suivez votre plan détaillé pour l'écrire directement au propre**.

• **La structure du devoir doit être apparente** : sautez une ligne entre chaque grande partie, consacrez un paragraphe à chaque argument, délimité par un alinéa et par des articulations logiques. Au début de chaque partie, faites une phrase d'introduction qui rappelle le thème que vous allez développer. À la fin de chaque grand axe du développement, faites un bilan partiel de votre analyse.

• **Un paragraphe doit correspondre à une seule idée, toujours illustrée par un ou plusieurs exemples précis** (citations, œuvres lues en classe ou chez vous).

Conseil
Préparez pour chaque objet d'étude une liste d'œuvres que vous pourrez utiliser comme exemples.

3. La conclusion

En un seul paragraphe, la conclusion comporte **trois étapes** : faites d'abord un bilan de tous les axes du développement ; ensuite, répondez de façon synthétique à la question posée par le sujet ; enfin, trouvez une note originale pour terminer votre devoir : une référence littéraire ou cinématographique, une question sur laquelle vous pouvez rebondir, une limite au sujet que vous venez de traiter. Cette étape n'est pas obligatoire.

CHAPITRE 7

Comment aborder l'épreuve orale ?

INTRODUCTION

L'épreuve orale du baccalauréat se compose de deux parties : un exposé oral qui prend la forme d'une lecture linéaire et d'une question de grammaire, suivi d'**un entretien** mené par le professeur. Ce chapitre vous prépare à cette épreuve dans la perspective de l'examen en classe de Première. **Tout au long de l'année de Première, vous pourrez appliquer ces principes** lors de vos exercices à l'oral (exposés, lectures linéaires…) pour vous entraîner en vue du baccalauréat.

1 Comment se déroule l'épreuve orale du bac ?

• **L'épreuve dure 50 minutes**, incluant la préparation et la prestation proprement dite.

• Le jour de l'épreuve, vous devez vous présenter avec votre **dossier personnel** comprenant le **descriptif des lectures et activités menées en classe (DLA)**. Réalisé par l'examinateur, ce DLA est complété par vos activités personnelles qui auront été validées. Pour chacun des quatre objets d'étude, votre dossier doit comporter :

– le récapitulatif des œuvres et textes étudiés ;

– le descriptif des activités menées en classe sur l'objet d'étude sous la supervision du professeur ;

– une liste de six textes que vous aurez choisis (quatre pour la voie technologique) : trois extraits dans l'œuvre étudiée et trois extraits dans le parcours chronologique associé ;

– la référence à une œuvre intégrale choisie parmi celles proposées en lecture cursive obligatoire ou celles étudiées en classe.

Remarque
Le temps consacré à accueillir le candidat et à remplir la fiche d'évaluation ne fait pas partie du temps de l'épreuve proprement dit.

• **L'examinateur choisit l'un des six textes proposés.** Il délimite un passage d'une vingtaine de lignes dont vous aurez à préparer la lecture linéaire et vous pose une question de grammaire sur ce texte. Vous avez ensuite **30 minutes** pour préparer votre exposé et la réponse à la question de grammaire.

• **Le passage à l'oral en lui-même se décompose en deux temps :**

– **votre exposé oral**, d'une durée de 12 minutes et noté sur 12 points, pendant lequel vous lisez le texte, présentez votre lecture linéaire et répondez à la question de grammaire ;

– **un entretien**, d'une durée de 8 minutes et noté sur 8 points, pendant lequel vous présentez l'œuvre choisie avant de répondre aux questions de l'examinateur qui portent sur l'œuvre et le parcours au programme.

• **Comment serez-vous évalué ?** On attend de vous, selon les Instructions officielles, que vous soyez capable :

– de « mobiliser [vos] connaissances » ;

– de montrer vos « compétences de lecture » ;

– d'exprimer « une sensibilité et une culture personnelles », de maîtriser l'expression orale, de dialoguer avec l'examinateur.

2 Préparer son exposé

A La lecture linéaire

1. Les caractéristiques de la lecture linéaire

• La lecture linéaire porte sur un texte choisi par l'examinateur à partir de la liste proposée dans le DLA. Si le texte excède la vingtaine de lignes, l'examinateur en sélectionne lui-même un passage.

• Contrairement à la lecture méthodique et au commentaire composé qui synthétisent les hypothèses en axes de lecture indépendamment de leur place, **la lecture linéaire épouse le mouvement du texte** pour en faire sentir les effets successifs tout en rendant compte des moyens par lesquels ils sont obtenus.

Attention
Il faut éviter deux écueils de la lecture linéaire : la paraphrase et la myopie sur le texte, qu'on peut regarder de trop près, si bien qu'on n'en voit plus les grandes lignes.

2. Les différentes étapes du travail

• **L'analyse du texte :**

– repérez les grandes étapes constitutives du mouvement du texte ;

– définissez un projet de lecture ou une problématique pour donner une cohérence à l'ensemble de vos remarques et faciliter l'attention de l'auditeur ;

– analysez non phrase par phrase mais par micro-unités, en regroupant les remarques selon les différents points de vue choisis pour éviter l'éparpillement de remarques discontinues ;

– soignez les points de synthèse pour dégager l'interprétation de ces micro-unités.

• **La construction du développement :**

– détaillez les grandes étapes de votre lecture au brouillon : pour chaque idée, repérez des citations appropriées dans le texte ;

– allez à l'essentiel : ne notez que les mots-clés des idées et renvoyez aux citations par un code couleur ;

– rédigez intégralement les transitions.

• **La rédaction de l'introduction et de la conclusion** :

– rédigez intégralement l'introduction et la conclusion, qui sont les moments-clés de votre exposé ;

– l'introduction doit situer l'auteur dans son contexte historique, l'extrait dans l'œuvre, présenter la spécificité du passage et proposer une problématique ;

- la conclusion doit faire un bilan de lecture, répondre précisément à la problématique dégagée et présenter une ouverture soit sur l'œuvre dont le texte est tiré, soit sur l'objet d'étude.

B La question de grammaire

- La question de grammaire peut porter sur un des quatre points traités au début de cet ouvrage :
– les accords dans le groupe nominal et entre le sujet et le verbe ;
– le verbe : valeurs temporelles, aspectuelles, modales et concordance des temps ;
– les relations au sein de la phrase complexe ;
– la syntaxe des propositions subordonnées relatives.
- L'examinateur peut vous demander :
– de repérer une structure grammaticale puis de la transformer en une autre structure sémantiquement équivalente (par exemple, remplacer une proposition relative par un complément du nom, ou passer de la juxtaposition à la coordination ou à la subordination) ;
– d'identifier puis de justifier une forme verbale, un accord…

Le conseil du prof
Ne consacrez pas plus de 4 minutes à cet exercice.
Afin de pouvoir traiter rapidement cette question, il faut vous entraîner tout au long de l'année.

3 Réussir l'exposé

- **Votre exposé doit durer 12 minutes**, ni plus, ni moins, en incluant le temps de lecture du texte et la réponse à la question de grammaire. Vous devez donc être précis et efficace !
- **Votre exposé doit comprendre trois étapes :**

a. L'introduction (en trois temps : situation de l'auteur, situation de l'extrait et présentation du passage) puis **la lecture du texte**, qui doit être expressive. Veillez à lire de manière correcte (liaison, prononciation, métrique dans le cas des vers) et à ne pas lire trop vite. Cette étape est notée sur 2 points.

Attention
Ne lisez pas votre brouillon (même votre introduction et votre conclusion) ! Vous pouvez y jeter un œil pour vous rappeler où vous en êtes, mais c'est tout. Cet exercice évalue aussi votre maîtrise de l'expression orale. Exercez-vous régulièrement à cela.

b. L'explication linéaire du texte : annoncez la problématique et la composition du passage, puis analysez le texte en suivant son déroulement mais sans oublier d'indiquer les micro-unités dégagées. Veillez à utiliser le vocabulaire de l'analyse littéraire. Votre conclusion doit être clairement annoncée par une formule explicite (« Pour conclure ») et reprendre les différents éléments que vous aurez écrits au brouillon. Cette étape est notée sur 8 points.

Gagnez des points
L'examinateur doit pouvoir suivre précisément votre exposé : il faut donc lui rappeler les étapes du texte avec insistance car, à la différence d'un devoir écrit, il ne peut pas revenir en arrière s'il n'a pas bien compris.

c. La réponse à la question de grammaire : répondez de manière précise et concise à la question posée. Cette étape est notée sur 2 points.

Bien comprendre
Entraînez-vous à cet exercice dès la Seconde : profitez de tous les types d'exercices d'expression orale rencontrés cette année (exposé, compte-rendu de lecture, etc.) pour en intégrer les différentes contraintes.

4 Réussir l'entretien

A Préparer l'entretien au cours de l'année

- **Dégagez la problématique** de chaque œuvre étudiée dans le cadre d'un objet d'étude et entraînez-vous à la présenter. Imaginez les questions qu'on pourrait vous poser et cherchez des arguments et des exemples.
- **Constituez des fiches de synthèse** sur les œuvres lues et étudiées.
- **Préparez des fiches biographiques** sur les auteurs des œuvres au programme et relevez quelques citations représentatives.

Astuce
Inspirez-vous des fiches Œuvres-clés de cet ouvrage.

B Utiliser le temps de préparation le jour de l'épreuve

- **Réfléchissez au rapport entre le texte retenu par l'examinateur et la problématique** de l'œuvre choisie. Pensez aux questions qui pourraient vous être posées sur l'œuvre et sa problématique.

- **Remémorez-vous le déroulement de l'œuvre :** l'examinateur peut vous poser des questions sur le dénouement, vous demander de comparer plusieurs passages…
- **Anticipez les questions appelées par votre présentation** de l'œuvre, notamment par votre conclusion.

C Pendant l'entretien

- **L'entretien avec l'examinateur dure 8 minutes.**
- **L'entretien se déroule en deux temps** :

– **la présentation de l'œuvre choisie**, dont vous exposez la problématique et les enjeux ;

– **l'entretien proprement dit**, mené par l'examinateur qui pose des questions d'approfondissement sur l'œuvre, en s'appuyant sur votre présentation.

> **Remarque**
> Aucune question de l'examinateur ne portera sur l'exposé oral durant l'entretien.

- **On attend de vous des réponses développées et argumentées**, qui montrent votre capacité à mobiliser vos connaissances, à justifier vos choix personnels, à argumenter en fonction d'une question posée.
- **L'évaluation porte sur votre maîtrise de l'expression orale, mais aussi sur votre capacité à dialoguer**, à répondre avec pertinence, à rebondir sur une question. Les réponses personnelles, si elles sont pertinentes, sont toujours valorisées.

Étude de la langue

1 L'EXPRESSION DE LA CAUSE

Les compléments circonstanciels indiquent les circonstances dans lesquelles se déroule l'action. Il existe plusieurs possibilités pour exprimer une même circonstance. Le complément circonstanciel de cause indique pourquoi, pour quelle raison s'effectue l'action exprimée par le verbe.

1 L'expression de la cause dans les indépendantes

- La relation causale peut être marquée par deux points : *Ne sors pas sans ton parapluie : il pleut.*
- Le lien logique peut être indiqué par la conjonction de coordination *car* ou un adverbe de liaison *en effet* au début de la proposition qui exprime la cause : *Ne sors pas sans ton parapluie car il pleut.*

2 La subordonnée circonstancielle de cause

- C'est une subordonnée conjonctive introduite par différentes conjonctions ou locutions conjonctives de subordination qui présentent des nuances de sens.

Vocabulaire
Elle est aussi appelée subordonnée causale.

Parce que	La plus courante. La cause est considérée comme banale. Subordonnée placée après la principale.	*Il est allé voir le médecin parce qu'il était malade.*
Comme	Cause non connue. Subordonnée placée avant la principale.	*Comme elle est fatiguée, elle est restée couchée.*
Étant donné que, vu que	Pour les démonstrations avec des causes connues de tous. Subordonnée placée avant la principale.	*Étant donné qu'il a dix-huit ans, il sera déféré au parquet.*
D'autant que, surtout que	À l'oral.	*Ne viens pas, surtout que tu es malade.*
Puisque, du moment que, dès lors que	Pour argumenter ou se justifier en présentant une cause admise par tous.	*Puisque tu ne veux pas travailler, tu seras privé de sortie.*
Attendu que, considérant que	Langage juridique ou administratif.	*Attendu que le prévenu est mineur, il sera déféré au tribunal devant un juge pour mineurs.*

Conjonction ou locution conjonctive	Sens	Exemple
Sous prétexte que	Cause douteuse ou mensongère.	*Sous prétexte qu'elle est fatiguée, elle est restée couchée.*
Non que	La cause attendue est écartée car non réelle, suivie par la cause réelle.	*Elle n'est pas venue à la réunion, non pas qu'elle soit malade mais parce qu'elle ne le voulait pas.*
Soit que… soit que	Cause incertaine ou indifférente.	*Elle est alitée soit qu'elle soit fatiguée, soit qu'elle n'ait pas envie de se lever.*

Remarque

Les subordonnées causales sont généralement à l'indicatif mais *parce que* et *sous prétexte que* peuvent être au conditionnel si elles expriment une éventualité : *Ne sortez pas sans manteau parce que vous pourriez prendre froid.*
– *Non que, soit que… soit que* sont suivies du subjonctif.

GRAMMAIRE

3 L'expression de la cause dans la phrase simple

Préposition + nom		
Préposition	**Sens**	**Exemple**
À cause de, pour, en raison de, du fait de, par	Cause neutre.	*À cause de son absence, la réunion a été annulée.*
Grâce à	Cause positive.	*Grâce à sa persévérance, il a réussi.*
Sous prétexte de	Cause douteuse.	*Sous prétexte de maladie, il n'est pas venu.*
À force de	Répétition ou intensité.	*À force de persévérance il a été promu.*
Faute de	Manque.	*Faute de temps, il n'a pu venir.*

Préposition + infinitif Même sujet pour le verbe et l'infinitif	
De, pour, à force de, sous prétexte de	*Pars tôt pour ne pas être en retard !*

Participe présent ou passé, gérondif	
Un même sujet pour les deux verbes	• *Fatiguée, elle est restée couchée.* • *En s'abstenant de répondre, elle a évité la polémique.*

Exercices

1 **Relevez les différentes expressions qui expriment la cause et précisez leur nature.** ➔ Corrigé p. 322

1. Fatiguée, elle n'est pas venue à la réunion.
2. Sous prétexte qu'il avait une extinction de voix, il n'a pas pris la parole.
3. En sautant les marches quatre à quatre, il s'est fait une entorse.
4. À force de travail, il a réussi à passer l'agrégation.
5. Grâce à la gentillesse du personnel soignant, le malade a repris courage.
6. Attendu que le prévenu est mineur, il sera envoyé dans un centre de redressement.

2 **Reliez les phrases par une subordonnée causale puis par une autre tournure exprimant la cause.** ➔ Corrigé p. 322

1. Tu n'as pas travaillé, tu seras puni.
2. De nombreux arbres ont été déracinés, la tempête était très violente.
3. La précédente manifestation a été marquée par des violences, le gouvernement a interdit de nouveaux rassemblements.
4. Vous refusez de m'aider ; j'abandonne mon projet.
5. Je ne vais pas faire de ski, il ne neige pas mais je suis enrhumé.
6. Ils ne sont pas venus, ils n'auront pas reçu notre lettre ou ils ont eu un contretemps.
7. Il n'a pas rendu son devoir, il a prétendu qu'il était malade.
8. Le coureur a remporté la course, il était dopé.

3 **Exercice bilan** ➔ Corrigé p. 322

> Une chose n'est pas juste parce qu'elle est loi. Mais elle doit être loi parce qu'elle est juste.
>
> Montesquieu, *Cahiers* (posthumes), 1748.

a. Par quelle autre locution conjonctive pourriez-vous remplacer « parce que » dans la première phrase qui permettrait de renforcer l'assertion de Montesquieu ?
b. Est-il possible de faire la même chose pour la seconde phrase ?
c. En quoi la formulation de Montesquieu est-elle préférable ?

2 L'EXPRESSION DE LA CONSÉQUENCE

La conséquence indique le résultat de l'action du verbe dont elle dépend, celui-ci indique la cause dont découle ce résultat. Cause et conséquence sont donc liées par une relation logique dite de causalité. Pour les distinguer il faut analyser l'enchaînement logique des actions : la cause est première et entraîne une conséquence qui est seconde : *elle est malade, elle est alitée*. La maladie est la cause et entraîne le fait d'être alité, qui en est la conséquence.

1 L'expression de la conséquence dans les indépendantes

• La relation peut être marquée par un signe de ponctuation : *Il pleut : ne sors pas sans ton parapluie.*

• Elle peut être indiquée par la conjonction de coordination *donc* ou un adverbe de liaison *c'est pourquoi, alors, aussi* : *Il pleut, aussi ne sors pas sans ton parapluie.*

Attention
Les deux points peuvent introduire aussi bien une explication (cause) qu'une conséquence.

2 La subordonnée circonstancielle de conséquence

• C'est une subordonnée conjonctive introduite par différentes **conjonctions** ou **locutions conjonctives de subordination** qui présentent des nuances de sens.

• Lorsque la conséquence est liée à la **manière** ou au **contexte**, elle est introduite par *de sorte que, de manière que, de façon que, si bien que, sans que* : *Il était malade si bien qu'il est allé voir le médecin.*

• Lorsque la conséquence est liée à **l'intensité**, elle est introduite par *si… que, tant… que, tellement… que, à tel point… que* : *Il était si malade qu'il a dû rester alité quinze jours.*

• *Pour que* est utilisé **après avoir été annoncé par des verbes impersonnels** : *il faut, il suffit*, des **adverbes d'intensité** : *assez, trop, peu*, **l'adjectif** *insuffisant* ou une **interrogative** : *Il suffit que je dise quelque chose pour qu'elle fasse le contraire. Que faut-il pour que je l'encourage ?*

• Les subordonnées consécutives sont :

– **à l'indicatif** si la conséquence est présentée comme **atteinte** : *Il est sorti sans manteau si bien qu'il est malade.*

Vocabulaire
Elle est aussi appelée subordonnée consécutive.

Remarque
Après une principale négative, *sans que* peut-être remplacé par *que* : *Il ne se passe pas un jour qu'il ne proteste*. La locution *au point que* peut être réduite à *que* dans certaines expressions comme *Elle prend tout à la lettre que c'en est ridicule.*

GRAMMAIRE

– **au subjonctif** si la conséquence n'est **pas atteinte** :

- après une principale de sens négatif ou interrogative : *A-t-il si mal qu'il ne puisse concourir ?*
- avec *pour que* et *sans que* : *Tu dois partir sans que cela se sache.*
- avec le verbe *faire* et la locution *en sorte que* : *Fais en sorte qu'on ne te voie pas sortir.*

3 L'expression de la conséquence dans la phrase simple

- **Avec une préposition + un nom** : *Elle a réussi pour notre plus grand bonheur.*
- **Avec des prépositions** comme *à, pour, au point de, de manière à, jusqu'à, trop … pour* + **un infinitif** (même sujet pour les deux verbes) : *Il a couru à perdre haleine.*

Exercices

1 Reliez les phrases par une subordonnée consécutive puis par une autre tournure exprimant la conséquence.

➔ Corrigé p. 323

1. Tu n'as pas travaillé, tu seras puni.
2. De nombreux arbres ont été déracinés, la tempête était très violente.
3. La précédente manifestation a été marquée par des violences, le gouvernement a interdit de nouveaux rassemblements.

2 Exercice bilan sur le lien logique cause / conséquence

➔ Corrigé p. 323

Iphis voit à l'église un soulier d'une nouvelle mode, il regarde le sien et en rougit, il ne se croit plus habillé ; il était venu à la messe pour s'y montrer, et il se cache ; le voilà retenu par le pied dans sa chambre pour le reste du jour. Il a la main douce, et il l'entretient avec une pâte de senteur (…). »

La Bruyère, « De la mode », *Les Caractères*, 1688.

a. Soulignez en rouge les tournures qui expriment la cause et en bleu la conséquence et identifiez leur nature.
b. Remplacez la conjonction « et » pour indiquer soit la cause, soit la conséquence chaque fois que c'est possible.
c. Y a-t-il d'autres passages où il serait possible d'exprimer la conséquence ?
d. En quoi les choix stylistiques de La Bruyère sont-ils au service de sa satire ?

3 L'EXPRESSION DU BUT

Le but exprime dans quelle intention est effectuée l'action exprimée par le verbe dont dépend le complément circonstanciel.

1 La différence entre la conséquence et le but

• La conséquence est **réalisée** au contraire du but qui n'est qu'un projet dont on ignore s'il s'est réalisé ou s'il se réalisera :

– **Conséquence :** *Ses parents ont fait de gros sacrifices de sorte que leur fils a pu faire ses études de chirurgien.*

– **But :** *Ses parents ont fait de gros sacrifices pour que leur fils fasse ses études de chirurgien.*

Dans le 1er exemple, le fils a fait ses études, c'est une conséquence des efforts des parents qui ont porté leurs fruits tandis que dans le 2nd exemple on envisage la finalité dont on ne sait pas si elle s'est réalisée.

• C'est pourquoi la subordonnée de **but** est toujours au **subjonctif** alors que les subordonnées de conséquence sont majoritairement à **l'indicatif** sauf cas particulier (cf. p. 219).

2 La subordonnée circonstancielle de but

• Les subordonnées circonstancielles de but sont introduites par des locutions conjonctives.

Vocabulaire
Elles sont aussi appelées subordonnées finales.

Type de but	Locutions conjonctives	Exemple
But souhaité	*Pour que, afin que*	*Les parents travaillent pour que leurs enfants aient un meilleur avenir qu'eux.*
Finalité que l'on veut éviter	*Pour que (ne… pas), afin que (ne… pas) de crainte que, de peur que*	• *J'ai mis son manteau au bébé afin qu'il ne prenne pas froid.* • *J'ai mis son manteau au bébé de peur qu'il n'ait froid.*

Attention !
Les locutions *dans la crainte que, de peur que* équivalentes à *afin que… ne pas* sont souvent accompagnées d'un *ne* (qui n'a pas obligatoirement de valeur négative), on dit qu'il est alors explétif (cf. p. X) mais il peut la conserver selon le contexte. *Sors vite qu'il ne te voie pas / Je l'ai caché de peur qu'il ne soit arrêté.*

• La conjonction ***que*** est utilisée derrière un verbe à l'impératif ou lorsque deux buts sont exprimés pour introduire le second but :

– *Sors discrètement, qu'on ne te voie pas.*

– *Elle a fait des courses pour que nous ayons quelque chose à manger à notre arrivée et que nous ne soyons pas obligés d'aller au restaurant.*

3 L'expression du but dans la phrase simple

• Le complément circonstanciel de but peut être :

– un **nom**, un pronom introduit par les prépositions *pour, en vue de, de crainte de, de peur de* : *Il travaille en vue de son examen.*

– un **infinitif** (si les deux sujets sont les mêmes) précédé des prépositions *pour, afin de, de peur de, dans l'intention de* : *Il travaille pour réussir son examen* .

• Avec les verbes de **mouvement** on peut **omettre la préposition** devant l'infinitif : *Elle descend à la cave chercher une bonne bouteille.*

• On peut aussi utiliser des **mots qui ont un sens de but** avec des nuances : dessein, fin, objectif, propos, terme, visée : *Il a eu des visées trop ambitieuses. Mon premier objectif est de gagner une médaille.*

GRAMMAIRE

Exercices

1 Relevez les différentes expressions qui expriment le but et précisez leur nature. ➔ Corrigé p. 323

1. Je cherche une villa qui ait une piscine.

2. Le professeur parle lentement pour que les étudiants puissent le comprendre et qu'ils aient le temps de prendre des notes.

3. Faites photocopier ce document afin que chacun en ait un exemplaire.

4. Leur dessein est de négocier pour la paix dans le monde.

5. De crainte d'une reprise des hostilités, les gouvernements ont entrepris des négociations.

6. Berce le bébé de peur qu'il ne pleure.

2 Reliez les phrases par une subordonnée consécutive et/ou par une autre tournure exprimant la conséquence. Que remarquez-vous ? ➔ Corrigé p. 324

1. Il a pris une aspirine. Il ne voulait plus souffrir.
2. Le professeur a expliqué la difficulté. Il voulait être compris.
3. Au lieu du train nous prendrons l'avion. Nous voulons arriver plus vite.
4. La jeune fille s'était maquillée. Elle ne voulait pas qu'on la reconnaisse.
5. Je désire un plat. Il ne doit pas contenir de gluten.
6. Je vais vous faire un plan. Vous ne vous perdrez pas.

3 Répondez aux questions par une relative au subjonctif. ➔ Corrigé p. 324

1. Voulez-vous un appartement orienté au nord ? Non je préfère un appartement qui…
2. Voulez-vous ce roman en version originale ? Non je cherche une traduction qui…
3. Quel genre d'études envisagez-vous ? Je voudrais faire des études qui…

4 Exercice bilan ➔ Corrigé p. 324

Puisque pour t'empêcher de courir au trépas,
Ta vie et ton honneur sont de faibles appas,
Si jamais je t'aimais, cher Rodrigue, en revanche,
Défends-toi maintenant pour m'ôter à Don Sanche :
Combats pour m'affranchir d'une condition
Qui me donne à l'objet de mon aversion.

Corneille, *Le Cid*, V. I, 1637

a. Relevez les différents compléments circonstanciels de but et précisez leur nature.
b. Essayez de trouver d'autres tournures grammaticales.
c. Que cherche à faire Chimène par cette utilisation conjointe des compléments de but et des impératifs ?

4 L'OPPOSITION ET LA CONCESSION

On parle d'**opposition** lorsqu'on **oppose deux faits**, et de **concession** lorsque **deux faits sont en contradiction** : *Pierre travaille alors que Paul joue / Pierre travaille bien qu'il soit en vacances.*

Dans le 1er exemple « travailler » et « jouer » sont opposés mais pas contradictoires alors que dans le 2nd, la cause (les vacances) n'entraîne pas la conséquence attendue (ne pas travailler). Parfois la nuance entre les deux est difficile à percevoir.

1 L'expression de l'opposition et de la concession dans les indépendantes

Opposition	Concession
• **Mais** : *Je viens mais je ne reste pas.* • **Au contraire** • **En revanche** (niveau de langue soutenu) • **Par contre** (à l'oral)	• **Mais** : *Paul a fait des efforts mais cela reste insuffisant.* • **Cependant, pourtant** • **Néanmoins** (niveau de langue soutenu) • **Toutefois** (niveau de langue soutenu)

2 Les subordonnées circonstancielles d'opposition

• *Alors que* et *tandis que* sont les locutions conjonctives les plus courantes :

– Alors que son frère est agité, elle est calme et réservée.

– Elle fait des études littéraires alors que dans sa famille tous ont fait des études scientifiques.

• *Tandis que* et *pendant que* peuvent exprimer l'opposition avec une nuance de **durée** :

– Ils jouaient au foot pendant qu'elle lisait.

– Pendant qu'ils faisaient du ski à la montagne, elle était restée à Paris pour travailler à sa thèse.

3 Les subordonnées circonstancielles de concession

À l'indicatif	Au conditionnel	Au subjonctif
• **Tout… que :** *Tout étourdi qu'il est, il a cependant pensé à prendre une assurance.* • **Même si :** *Même s'il est étourdi, il a cependant pensé à prendre une assurance.*	• **Quand bien même :** *Quand bien même il viendrait, il ne resterait pas.*	• **Quoique / Bien que :** *Quoiqu'il / bien qu'il soit étourdi, il a cependant pensé à prendre une assurance.* • **Pour / Quelque… que :** *Pour / quelqu'étourdi qu'il soit, il a pensé à prendre une assurance.* • **Encore que :** *Encore qu'il soit étourdi, il a pensé à prendre une assurance.*

• *Sans que* introduit une **négation** : *Elles sont venues sans que personne ne les ait invitées.* Lorsque les deux sujets sont **identiques**, il faut utiliser *sans* avec **l'infinitif** : *Elles sont venues sans avoir été invitées.*

Pour aller plus loin

On peut aussi utiliser des propositions relatives avec une valeur concessive : *Ce manifestant, qui a été pris en train de lancer des pavés, nie les faits.*

• *Même si* a aussi une valeur de **condition** et **d'hypothèse**. On l'utilise quand le fait pouvant s'opposer à l'action principale n'est qu'une éventualité : *Même s'il se déplace, il ne sera pas reçu.*

4 L'expression de l'opposition dans la phrase simple

• Elle peut être exprimée par un **nom, pronom ou infinitif** précédé des **prépositions** *au lieu de, contrairement à :*

– Au lieu d'un CD de jazz, elle a préféré un CD de musique classique, contrairement à son frère.

– Au lieu de parler, tu ferais mieux d'écouter.

5 L'expression de la concession dans la phrase simple

• Elle peut être exprimée par :

– un **nom**, un **pronom** ou un **infinitif** précédé des prépositions *malgré, en dépit de, sans, loin de* : *Malgré son air farouche, c'est un garçon charmant. Il est parti sans l'autorisation de son père.*

– un **gérondif** : *Il a de mauvais résultats tout en travaillant beaucoup.*

→ Pour aller plus loin

La concession est particulièrement utile dans **l'argumentation** pour analyser les thèses adverses avant de les démonter dans un second temps. Cela permet d'éviter d'avoir l'air de se contredire.

GRAMMAIRE

Exercices

1 Relevez les procédés grammaticaux utilisés pour exprimer la concession ou l'opposition que vous distinguerez, et précisez leur nature. Corrigé p. 324

1. Bien qu'il pleuve, elle a décidé de sortir.
2. Quand bien même elle partirait, il ne la rejoindrait pas.
3. Sans y être invitée, elle a pris la parole.
4. Malgré les reproches de son père, elle continue à sortir le soir.
5. Le bébé, tout malade qu'il est, continue de sourire.

2 Reliez les phrases par une subordonnée de concession puis par une autre tournure grammaticale. Corrigé p. 325

1. Elle est très âgée, elle est encore très dynamique.
2. Il est enrhumé, il travaille autant.
3. Je suis majeur, mes parents m'interdisent encore de sortir le soir.
4. Son propriétaire a menacé de la poursuivre en justice, elle ne paie toujours pas son loyer.

3 Complétez les phrases pour exprimer une concession ou une opposition. Corrigé p. 325

1. Elle avait promis de venir me voir…
2. Il y a de nombreuses recherches sur cette maladie…
3. Le film a reçu de mauvaises critiques…
4. Les voleurs lui ont pris son sac…
5. Ils se sont mariés il y a deux mois…

4 Exercice bilan Corrigé p. 325

> Ma mère, pourtant rien moins qu'agreste, manifestait en présence des mœurs champêtres des élans un peu conventionnels mais fortement exprimés et mon père, bien que né dans la culture betteravière, observait en face de la nature l'attitude polie et réservée d'un homme, trop bien élevé pour s'immiscer dans les affaires d'autrui.
>
> J. Perret.

a. Relevez tous les procédés pour exprimer l'opposition et la concession.
b. Quelle double opposition structure ce texte descriptif ?

5 L'EXPRESSION DE LA CONDITION

Le complément circonstanciel de condition indique à quelle condition peut se réaliser l'action exprimée par le verbe dont il dépend.

1 Les propositions subordonnées conjonctives de condition ou conditionnelles

• La subordonnée de condition est mobile et peut suivre, couper ou précéder la proposition principale : *Viens si tu en as envie. Ta fille, si elle le voulait, réussirait sans problème. À moins que tu ne partes vite, tu rateras ton train.*

• **Avec la conjonction de subordination « si ».** C'est la subordonnée conditionnelle la plus fréquente, elle forme avec la principale un système hypothétique (une action se réalise à la condition qu'une autre le soit). Le verbe de la subordonnée est à l'indicatif : *Si tu travaillais plus, tu progresserais.*

Attention !

Si n'exprime pas toujours la condition. Il peut exprimer **l'hypothèse, l'interrogation, l'affirmation, la conséquence, la concession, l'opposition, la cause.**

• La **concordance des temps** entre la subordonnée de condition et la principale se décline comme suit.

Condition	Temps de la subordonnée	Temps de la principale	Exemple
Réalisable	Présent	Présent	*Si tu y tiens, tu peux venir avec nous.*
	Passé composé	Passé composé	*Tu t'es trompé si tu l'as cru.*
	Présent avec valeur de futur	Futur	*Si tu gagnes, tu auras réussi ton pari.*
	Passé composé avec valeur de futur antérieur	Futur antérieur	*Si tu finis (as fini) avant le dîner, nous irons au cinéma après.*
Possible mais incertaine (potentiel)	Imparfait	Conditionnel présent	*Si tu me quittais, je ne le supporterais pas.*
Irréalisée dans le présent (irréel du présent)	Imparfait	Conditionnel présent	*Si j'étais lui, je ne lui pardonnerais pas.*
Irréalisée dans le passé (irréel du passé)	Plus-que-parfait	Conditionnel passé	*Si tu étais venue, tu l'aurais vu.*

- **Les autres locutions conjonctives** :

Suivies d'un subjonctif	Suivies de l'indicatif	Suivies du conditionnel
Que, à condition que, pourvu que, en admettant que, pour autant que, pour peu que, si tant est que, soit que…soit que, à moins que, à supposer que, etc. : *À condition que vous partiez avant la nuit, vous n'aurez pas de brouillard.*	**Suivant que selon que, ou que… :** *Selon que vous serez puissant ou misérable, / les jugements de cour vous rendront blanc ou noir. (Molière)*	**Au cas où, pour le cas où, dans l'hypothèse où :** *Au cas où je serais absent, vous trouverez la clé sous le pot de fleur.*

2 L'expression de la condition dans les indépendantes

- **Avec inversion du sujet** (tournure très littéraire) : *L'opposition fait-elle la moindre proposition, elle est aussitôt rejetée par la majorité.*
- **À l'impératif** (littéraire) : *Taisez-vous, il vous le reprochera. Parlez, et il vous le reprochera aussi.*
- **Au conditionnel** (à l'oral) : *Tu serais à sa place, tu ne ferais pas mieux.*

3 Les autres procédés pour exprimer la condition

- Un **nom, GN ou pronom** introduit par *avec, dans, en, en cas de, sauf : Sauf contretemps, je serai au rendez-vous.*
- Avec un **infinitif** précédé de *à, à condition de, à moins de, sans : À moins de partir sur-le-champ, nous serons en retard.*
- Un **gérondif** : *En partant sur le champ nous serons à l'heure.*
- Un **nom, adjectif** ou **participé apposé :** *Plus concentré, tu aurais gagné le match.*
- Une **proposition participiale :** *Tes examens réussis, tu pourrais entrer à l'université.*
- Une **relative au conditionnel** à valeur **de condition :** *Un homme qui l'affronterait alors serait un homme mort.*
- Une **subordonnée de condition sans principale :** *Si j'avais écouté mes pressentiments !*

GRAMMAIRE

Exercices

1 Relevez les différentes expressions qui expriment la condition et précisez leur nature. ➔ Corrigé p. 325

1. En cas de collision, la ceinture de sécurité peut vous sauver la vie.
2. Un politicien qui ne connaîtrait rien à l'économie ne pourrait réussir.
3. Pierre nous accompagnera pourvu qu'il soit rentré de vacances.
4. Seriez-vous le seul à le dire, je vous croirais.

2 Mettez les verbes entre parenthèses aux temps et modes voulus. ➔ Corrigé p. 326

1. Il viendrait dîner si vous l'(inviter) dans les formes.
2. Dans le cas où vous (être) de retour, faites-le moi savoir.
3. S'il est vrai que le golf (se démocratiser), il reste un sport onéreux.
4. Un enfant qui (désobéir) à ses parents mériterait une punition.
5. Si le film avait eu un meilleur scénario, il (mériter) un prix.

3 Quel est l'emploi de « si » dans les phrases suivantes : hypothèse, interrogation, affirmation, conséquence, concession, opposition, cause ? ➔ Corrigé p. 326

1. S'il s'en donnait la peine, il aurait une meilleure situation.
2. Je me demande si tu ne devrais pas t'excuser.
3. Il dormait si profondément qu'il n'a pas entendu la sonnerie du réveil.
4. Si intéressant que soit ce livre, je ne pourrai le lire d'une seule traite.
5. Si Paul est gentil, sa sœur est toujours désagréable.

4 Exercice bilan ➔ Corrigé p. 326

Si j'avais à soutenir le droit que nous avons eu de rendre les nègres esclaves, voici ce que je dirais :
Les peuples d'Europe ayant exterminé ceux d'Amérique, ils ont dû mettre en esclavage ceux de l'Afrique, pour s'en servir à défricher tant de terres.

Montesquieu, « De l'esclavage des nègres », *L'Esprit des lois*, 1748.

a. Quels sont le thème et le propos de ce texte ?
b. Dans la subordonnée de condition analysez le verbe. *A priori* quelle est sa valeur ? Est-il plausible que Montesquieu soit du côté des esclavagistes ? Quelle est donc la valeur de ce verbe ?
c. Grâce au système hypothétique, quelle est la tonalité du texte ? En quoi est-ce corroboré par l'argument proposé ?

6 L'EXPRESSION DE LA COMPARAISON

La comparaison consiste à rapprocher deux êtres ou deux choses pour chercher quelles sont leurs ressemblances et leurs différences.

1 Les subordonnées conjonctives circonstancielles de comparaison

Rapport de ressemblance	Rapport de différence	Rapport de proportion
• **Comme** : *Elle est comme je l'avais imaginée.* • **Autant que** (égalité quantitative) : *Elle travaille autant que son frère.* • **Autant que** + nom : *Cette voiture consomme autant d'essence que la tienne* (sous-entendu *consomme*). • **Pareil que** : *La robe de Julie est pareille que celle de Sue.*	• **Plus que, davantage que, plus** + adjectif ou adverbe = **que, plus de** + nom = **que,** qui expriment une supériorité en quantité ou qualité : *Cette voiture est plus économique que la tienne.* • **Moins + adjectif ou adverbe= que, moins de** + nom = **que,** qui expriment une infériorité en quantité ou qualité : *Cette région est moins jolie que sa voisine.*	• **À mesure que, à proportion que, d'autant plus que, plus... plus, moins...moins, plus... moins, moins...** : *Plus je travaille dans cette entreprise, moins je m'y plais.*

Attention !
La subordonnée de comparaison est souvent **elliptique du verbe**. Elle peut aussi faire l'économie du *que* : *Autant le mari est aimable, autant sa femme est désagréable*. Elle peut alors être confondue avec un groupe nominal complément circonstanciel de comparaison ou le complément du comparatif de l'adjectif ou de l'adverbe.

• La comparaison peut être renforcée par des adverbes d'intensité :
– *tout* avec *aussi... que, autant que* ;
– *beaucoup, bien* avec *plus/moins... que, plus/ moins de*.

2 Les modes dans la subordonnée de comparaison

• La subordonnée de comparaison est généralement à **l'indicatif**. Mais on trouve :
– le **conditionnel** quand le verbe exprime l'éventualité : *Il a réagi comme je l'aurais fait*.

GRAMMAIRE

– le **subjonctif** derrière *autant que, pour autant que*, et avec le verbe *pouvoir* dans la subordonnée : *La maison était ici pour autant que je m'en souvienne. Il est aussi imprévisible qu'on puisse l'être.*

3 Les autres moyens grammaticaux d'exprimer la comparaison

- Un **groupe nominal** complément circonstanciel de comparaison ou complément du comparatif introduits par des prépositions : *comme, selon, en, à la manière de, à la façon de, par rapport à, pareil(lle) à* : *Le garçon s'est comporté en adulte. Il est plus mûr que sa sœur.*
- Les **locutions adverbiales** *en comparaison de, par rapport à* rapprochent des éléments pour mieux les opposer : *Les chiffres du chômage sont bons par rapport à ceux de l'année dernière.*
- Le complément du verbe *préférer* : *Je préfère le jazz à la pop music.*
- **Deux propositions indépendantes** elliptiques construites parallèlement : *Tel père, tel fils.*

GRAMMAIRE

Exercices

1 Identifiez le complément circonstanciel de comparaison et donnez sa nature. Remplacez-le quand c'est possible par une autre tournure grammaticale. ➔ Corrigé p. 326

1. Il est aussi vaniteux que son cousin germain.

2. Je n'ai jamais autant ri de ma vie que ce soir-là.

2 Exercice bilan ➔ Corrigé p. 327

> Plus me plaît le séjour qu'ont bâti mes aïeux
> Que des palais romains le front audacieux ;
> Plus que le marbre dur me plaît l'ardoise fine :
>
> Plus mon Loir gaulois que le Tibre latin,
> Plus mon petit Liré que le mont Palatin,
> Et plus que l'air marin la douceur angevine.
>
> Joachim du Bellay, « Heureux qui comme Ulysse », *Les Regrets*, 1558.

a. Relevez les compléments de comparaison et donnez leur nature et leur valeur.

b. Précisez les comparants, les comparés et leurs champs lexicaux ? Que traduit la différence exprimée dans ce système comparatif ?

7 LA SYNTAXE DE LA PHRASE NÉGATIVE

Les types de phrases ou modalités peuvent se combiner à des formes de phrases : affirmative/négative, active/passive, personnelle/impersonnelle, neutre/emphatique.

1 La portée de la négation

- **La négation totale** porte sur la totalité de la proposition avec *pas* ou *point* associés à *ne* : *Le professeur n'est pas rentré de son congé maladie.*
- Elle s'oppose à la phrase affirmative : *Le professeur est rentré de congé maladie.*
- Elle peut se résumer à un *non* ou un *pas* en réponse à une question ou une assertion négative : *Viens-tu demain ? Non./ J'aime la campagne. Moi, pas./ Pas de pitié pour les casseurs.*
- **La négation partielle porte sur une partie de la proposition.** Elle est exprimée par **des mots négatifs** associés à *ne* qui identifient l'élément visé par la négation :

– **un pronom négatif** (*personne, rien*) correspond à la négation d'un GN : *Personne n'a rien compris.*

– **un déterminant négatif** nie l'existence du nom qu'il précède : *Aucun élève n'a répondu.*

– **un groupe nominal circonstanciel négatif ou un adverbe de sens négatif** permet de nier une circonstance : *Il ne répond jamais, à aucun moment* versus *Il vient toujours, souvent.*

– *Non* comme négation de constituants : *Il a un chat, non un chien. Il a fini, non sans peine.*

- **La restriction** n'est pas à proprement parler une négation. Formulée à l'aide de *ne… que*, elle correspond à *seulement*, *uniquement*. Elle exclut tout ce qui n'est pas contenu dans le terme qui suit : *Elle ne mange que des légumes à l'exclusion de tout autre aliment.*

2 Les adverbes de négation

- Outre *ne… pas*, il existe de nombreux mots permettant de construire la négation avec des nuances particulières :

– *Pas… encore* est la négation de *déjà* et exprime que le sujet a l'intention de faire l'action alors que *jamais* exprime le contraire : *Avez-vous déjà concouru ? Pas encore / Jamais.*

– *Aucun* exprime une négation absolue : *As-tu reçu des réponses ? Je n'ai reçu aucune réponse.*

– *Ne… guère* signifie *pas beaucoup, pas souvent* et introduit une négation restreinte.

• Les mots négatifs peuvent être renforcés : *pas du tout, plus du tout, pas un seul, plus un seul, sans aucun : Non je ne connais pas du tout l'œuvre de Supervielle, je n'ai lu aucun de ses poèmes.*

• On peut trouver aussi des mots qui prennent un sens négatif avec *ne* : *On n'y voit goutte.*

3 L'ordre dans la phrase négative

• La phrase négative obéit à un **ordre** strict :

– aux temps simples, la négation composée encadre le verbe et les pronoms : *Je ne le crois pas.*

– aux temps composés, elle encadre l'auxiliaire et les pronoms : *Je ne lui ai jamais fait confiance.*

• Mais *personne* et *aucun + nom* sont placés **après** l'auxiliaire : *Je n'ai vu personne.*

• La négation se place **devant l'infinitif** : *Je crains de ne pas venir* sauf avec les verbes *aller, devoir, vouloir, sembler, penser : Je ne veux pas venir.*

• À l'impératif, elle encadre le verbe et les pronoms : *Ne lui dis pas de venir.*

• *Ne* peut être employé seul :

– avec *ni* qui est la conjonction de coordination entre des éléments négatifs : *Je ne consomme ni lait, ni fromage.*

– avec les verbes *pouvoir, savoir, oser, cesser : Je ne peux me résoudre à partir.*

– avec *il y a… que, depuis… que : Plusieurs mois se sont écoulés depuis que nous ne l'avons vu.*

– dans certaines propositions de condition : *Si je ne me trompe, vous étiez présent aussi.*

• *Ne* **explétif** n'a pas de valeur proprement négative. Il s'emploie dans la langue soutenue dans certaines subordonnées (mais jamais devant un infinitif) :

– **complétives** derrière un verbe de crainte, d'empêchement, de défense, de doute, de négation, employé dans une phrase négative, interrogative : *Je crains qu'il ne soit en retard.*

– **circonstancielles** introduites par *avant que, à moins que, de peur que : Décide-toi avant qu'il ne soit trop tard.*

– **comparatives** posant l'inégalité ou la différence : *Il est plus sympathique que ne l'est son frère.*

GRAMMAIRE

Exercices

1 **Dites si les négations sont totales ou partielles. Dans le dernier cas, sur quel élément porte la négation ?** ➔ Corrigé p. 327

1. Vous n'avez pas encore fait de déposition à la police.
2. Ils n'ont aucune preuve.
3. Je n'irai nulle part sans toi.
4. Elles ne travaillent jamais le dimanche.

2 **Mettez les phrases suivantes à la forme négative.** ➔ Corrigé p. 327

1. Dans le jardin, il y a des pommes, des poires, des raisins.
2. Il était présent à la réunion, le directeur aussi.
3. Nous étions souvent partis pendant les vacances.
4. Je connais bien la région.
5. Il reste encore des miettes de pain.
6. Nous doutons que vous puissiez nous aider.

3 **Distinguez le « ne » négatif du « ne » explétif.** ➔ Corrigé p. 327

1. La grève risque de continuer à moins que le gouvernement ne fasse des concessions.
2. Nous ne pouvons donner une réponse favorable à votre demande.
3. Il était tellement surpris qu'il ne savait que répondre.
4. Ils avaient quitté le gîte avant que le jour ne se lève.
5. Ils se jetaient sur la nourriture : il y avait si longtemps qu'ils n'avaient mangé.

4 **Exercice bilan** ➔ Corrigé p. 328

SYLVIA : Laissez-moi. Tenez, si vous m'aimez, ne m'interrogez point. Vous ne craignez que mon indifférence et vous êtes trop heureux que je me taise. Que vous importent mes sentiments ?

DORANTE : Ce qu'ils m'importent, Lisette ! Peux-tu douter que je ne t'adore !

SYLVIA : Non, et vous me le répétez si souvent que je vous crois ; mais pourquoi m'en persuadez-vous ?

Marivaux, *Le Jeu de l'amour et du hasard*, III, 8, 1730.

a. Analysez chacun des termes négatifs dans cet extrait.

b. Que révèlent ces négations de l'état d'esprit des interlocuteurs ?

8 LES VALEURS SÉMANTIQUES DE LA NÉGATION

Du point de vue sémantique, la phrase négative n'est pas l'exact contraire de la phrase affirmative correspondante. Elle peut présenter des ambiguïtés qui sont aussi une richesse sémantique et peut relever d'une volonté stylistique.

1 Les valeurs logiques de la négation

• **La négation descriptive** porte seulement sur le contenu de l'énoncé. L'état ou l'événement énoncé est simplement rejeté comme contraire à la réalité : *Paul n'est pas venu* marque la non-véracité d'un fait, la venue de Paul.

• **La négation réfutative** contredit une affirmation (explicite ou non). Le locuteur reprend dans son discours une affirmation qu'il attribue à autrui pour la rejeter. Selon le contexte cette négation peut prendre une valeur polémique, le locuteur s'oppose à son interlocuteur en reprenant son discours pour mieux le contester : *Je n'ai pas grillé le feu rouge, monsieur l'agent !*

2 Les ambiguïtés sémantiques de la négation

• *Paul n'est pas venu hier.* Dans cet exemple, la négation peut porter sur le sujet *Paul*, le verbe *venir*, le complément circonstanciel *hier*. Cela renvoie à la distinction thème/propos.

• Avec des **déterminants quantitatifs** : *Tous les étudiants ne sont pas venus.*

– soit la négation porte sur l'ensemble de la phrase : *Aucun étudiant n'est venu.*

– soit elle porte sur le déterminant *tous* : *Certains ne sont pas venus.* Le déterminant peut alors être déplacé pour lever l'ambiguïté : *Les étudiants ne sont pas tous venus.*

• Avec les **verbes modaux** exprimant la **possibilité**, **l'obligation** ou la **permission**, selon la place de la négation, le sens diffère :

– si les termes négatifs encadrent le verbe modal, la négation porte sur celui-ci et inverse sa valeur : *Je ne peux pas travailler* = impossibilité.

– quand les termes négatifs sont placés devant l'infinitif, la négation porte sur la possibilité : *Je peux ne pas travailler* = j'ai le choix.

Remarque

• Avec *vouloir, devoir, falloir*, il n'y a pas d'ambiguïté, la négation encadre obligatoirement le verbe modal.

• Avec *sembler, penser*, la variation de la place de la négation n'entraîne aucun changement de sens.

GRAMMAIRE

> **Vocabulaire**
> On appelle présupposé une information inscrite dans un énoncé qui sans être formulée est indispensable à la compréhension du discours.

• L'emploi de certains termes négatifs implique la compréhension de **présupposés** pour donner tout son sens à l'énoncé :

– avec *ne… plus : il ne vient plus depuis quelque temps* suppose qu'avant il venait et peut selon le contexte exprimer un regret ou un soulagement.

– avec *ne… guère* : la proposition n'est pas totalement niée et peut prendre une valeur argumentative qui la rapproche de la litote (cf. *supra*).

3 Négation et procédés stylistiques

• **La phrase interro-négative** est un procédé pour induire une réponse affirmative de l'interlocuteur. Dans l'argumentation cela devient un procédé rhétorique pour emporter l'adhésion de l'auditoire : *Ne crois-tu pas que tu ferais mieux de renoncer à ce projet ?* La réponse attendue est « oui ».

• **La double négation** peut être utilisée pour :

– **atténuer** l'expression : *je ne dis pas non* = j'accepte ; cela peut même correspondre à la figure de style de l'**euphémisme** qui consiste à présenter de manière atténuée une vérité désagréable.

– **renforcer** l'expression : *Vous n'êtes pas sans savoir que c'est un sens interdit.* Cela correspond à la **litote** qui consiste à dire peu pour signifier plus et qui utilise une tournure négative ou un verbe de sens négatif. Le « *Va, je ne te hais point.* » de Chimène dans *Le Cid* de Corneille équivaut à « *Je t'adore.* »

4 Les autres procédés pour exprimer la négation

• *Sans* s'emploie seul et peut être suivi d'un infinitif ou d'un nom sans déterminant : *Il a accepté sans hésitation.* L'emploi de l'article indéfini renforce la négation : *Il a accepté sans une hésitation.*

• **La négation lexicale** avec l'utilisation des antonymes et adjectifs ou préfixes négatifs (*non-, a-, in-*) : *Il ne dit pas* = il nie. *Il n'est pas possible* = il est impossible. *Il n'est pas capable* = il est incapable.

Exercices

1 **Exprimez la négation par un procédé autre que la phrase négative.** ➔ Corrigé p. 328

1. Il n'est pas pensable de continuer comme cela.
2. Ne refusez pas la main tendue.
3. Il dit qu'il n'a pas participé à la manifestation.
4. Il n'aime pas la polémique.

2 **Utilisez différents procédés pour renforcer l'expression.** ➔ Corrigé p. 328

1. Il est parti sans hésiter.
2. Il ne reste plus de places libres.
3. Croyez-vous que cela servira à quelque chose ?
4. J'aime les anticonformistes.

3 **Exercice bilan** ➔ Corrigé p. 328

Et Pangloss disait quelquefois à Candide : « Tous les événements sont enchaînés dans le meilleur des mondes possibles ; car enfin si vous n'aviez pas été chassé d'un beau château à grands coups de pied dans le derrière pour l'amour de Mlle Cunégonde, si vous n'aviez pas été mis à l'Inquisition, si vous n'aviez pas couru l'Amérique à pied, si vous n'aviez pas donné un bon coup d'épée au baron, si vous n'aviez pas perdu tous vos moutons du bon pays d'Eldorado, vous ne mangeriez pas ici des cédrats confits et des pistaches. – Cela est bien, répondit Candide, mais il faut cultiver notre jardin. »

Voltaire, *Candide*, 1759.

a. En quoi le système hypothétique développé dans la réplique de Pangloss est-il original ?

b. Comment Voltaire fait-il comprendre le côté fallacieux de ce raisonnement ? Que veut-il dénoncer une dernière fois dans l'*excipit* du conte ? Qu'apporte la dernière réplique de Candide ?

GRAMMAIRE

9 LA PHRASE INTERROGATIVE

Tout acte de parole (ou énonciation) est produit en vue d'une finalité. Cette motivation est la modalité de la phrase.

1 Les quatre modalités

• Les modalités correspondent aux types de phrase et indiquent la position du locuteur par rapport à son énoncé. Elles correspondent à des intonations différentes de la phrase :

– la **modalité déclarative** : on constate, on informe ;

– la **modalité exclamative** : on s'étonne, on s'indigne ;

– la **modalité impérative** : on ordonne, on interdit ;

– la **modalité interrogative** exprime une interrogation, c'est-à-dire une demande d'information. Elle se marque par une intonation montante en fin de phrase.

• On distingue **quatre formes d'interrogation** :

Interrogation directe	• Phrase simple	*Est-ce que tu me crois ?*
Interrogation indirecte	• Proposition subordonnée incluse dans une phrase complexe	*Je me demande si tu me crois.*
Interrogation totale	• Porte sur l'ensemble de la phrase et appelle une réponse par oui ou non	*Viens-tu ? Non.*
Interrogation partielle	• Ne porte que sur un élément de la phrase et appelle une réponse limitée à cet élément	*Quand viens-tu ? Demain.*

2 Les marques de l'interrogation totale

• Il existe **trois moyens** pour formuler l'interrogation totale.

• Le locuteur peut marquer l'interrogation simplement par **l'intonation ascendante** à l'oral et le point d'interrogation à l'écrit. L'ordre des mots reste le même. Cet emploi est plutôt réservé à l'oral, correspondant à un registre de langue relâché : *Tu viens demain ?*

• **Par l'inversion du sujet** qui s'ajoute aux autres marques. Cela correspond à un registre de langue soutenue. Il faut distinguer deux cas selon la nature du sujet :

– si le sujet est un pronom personnel, il y a inversion simple, le sujet est simplement placé après le verbe : *Viens-tu demain ?* ;

– si le sujet est un nom ou un pronom autre que le pronom personnel, il reste à sa place et il est repris après le verbe par un pronom personnel. C'est l'**inversion complexe :** *Paul vient-il demain ?*

• **Par l'emploi de la locution** *est-ce que*. L'ordre des mots reste le même que dans la phrase déclarative. L'inversion du sujet est totalement exclue. Cela correspond à un registre de langue courant : *Est-ce que tu viens demain ?*

3 L'interrogation partielle

• **Un mot interrogatif** précise l'élément de la phrase sur lequel porte la question :

– **un pronom interrogatif** : *qui, lequel, à quoi. Lesquels viennent demain ?*

– **un adverbe interrogatif :** *comment, où, pourquoi, combien ? Pourquoi vient-il ?*

– **un adjectif interrogatif** : *À quelle heure viens-tu ?*

• On emploie aussi bien l'inversion simple que l'inversion complexe mais celle-ci est plus soutenue : *Quand pars-tu / Quand est-ce que tu pars ?*

Attention !
L'inversion complexe est obligatoire après *que*, après *qui*, *lequel* en position d'attribut, après *pourquoi*, après le pronom *à qui* quand le verbe comporte un autre COD ou COS : *À qui Pierre a parlé ?* mais *À qui Pierre a-t-il parlé de moi ?*

Exercices

1 Précisez si les interrogations suivantes sont totales ou partielles. Corrigé p. 329
Quel est leur registre de langue ?

1. Qui vient là ?
2. Tu arrives quand ?
3. Pourquoi Pierre ne cherche-t-il pas à progresser ?
4. Quels sont ses domaines de compétence ?
5. Cet élève pense-t-il à son futur ?

2 Transformez ces phrases déclaratives en phrases interrogatives Corrigé p. 329 **en faisant porter l'interrogation sur l'élément souligné, d'abord dans un registre courant, puis soutenu. Précisez la nature du mot interrogatif.**

1. Tu arrives demain par le premier train.
2. Il apporte un plat de son choix.
3. Rendez-vous à l'endroit convenu.
4. L'ouragan doit frapper l'île dans les prochains jours.
5. Éric a pris cette initiative par dépit.

3 **Transformez ces phrases interrogatives en supprimant la locution « est-ce que » de façon à obtenir un registre de langue soutenu.** ➔ Corrigé p. 329

1. Quand est-ce que ces élèves respecteront les consignes ?
2. Où est-ce que j'ai bien pu ranger mon sac ?
3. Est-ce que les candidats sont prêts ?
4. Pourquoi est-ce que tu me demandes mon avis ?

4 **Exercice bilan** ➔ Corrigé p. 329

Prends l'éloquence et tords-lui son cou.
Tu feras bien, en train d'énergie,
De rendre un peu la Rime assagie.
Si l'on n'y veille, elle ira jusqu'où ?

Ô qui dira les torts de la Rime ?
Quel enfant sourd ou quel nègre fou
Nous a forgé ce bijou d'un sou
Qui sonne creux et faux sous la lime ?

De la musique encore et toujours !
Que ton vers soit la chose envolée
Qu'on sent qui fuit d'une âme en allée
Vers d'autres cieux à d'autres amours.

Verlaine, « Art poétique », *Jadis et Naguère*, 1884.

a. Relevez les modalités utilisées dans ce poème.
b. Analysez les modalités interrogatives (forme, syntaxe, registre de langue). Quel effet produit leur variété ?
c. À quel champ lexical sont associées ces modalités interrogatives ? Comment est-il déprécié ? Quel art poétique Verlaine professe-t-il ?

GRAMMAIRE

10 L'INTERROGATION INDIRECTE

L'interrogation indirecte correspond à une subordonnée interrogative introduite par un mot interrogatif. Elle dépend d'une proposition principale comportant un verbe exprimant une demande implicite ou explicite dont elle est le plus souvent COD.

1 Les verbes introducteurs de la subordonnée interrogative indirecte

• Des verbes **posant explicitement ou non une question** à soi-même ou aux autres : *(se) demander, ignorer, chercher, ne pas savoir, vouloir savoir. J'ignore ce que tu penses vraiment.*

• Des verbes **déclaratifs à l'impératif qui induisent une réponse** : *Dis-moi ce que tu veux.*

GRAMMAIRE

2 La construction de l'interrogative indirecte

• **L'inversion du sujet disparaît :** *Quand viens-tu ? Je me demande quand tu viens.* Mais on trouve l'inversion du sujet avec un pronom interrogatif attribut : *Qui est cette personne ? Je me demande qui est cette personne.*

Attention !
Le maintien de l'inversion du sujet est l'une des erreurs de syntaxe les plus courantes dans la langue parlée.

• **Le point d'interrogation disparaît** au profit du point. Mais si la principale est une interrogation, le point d'interrogation sera utilisé : *Pourriez-vous me dire qui est cette personne ?*

• **La place de la subordonnée interrogative indirecte** :

– elle suit généralement la principale dont elle est COD : *Je me demande ce que tu fais* ;

– on peut la trouver en tête de phrase quand elle est sujet du verbe de la principale : *Ce qu'elle fait ne me regarde pas.*

• **Elle peut être elliptique :** *Il est encore en retard. Ne me demande pas pourquoi.*

3 Les mots introducteurs

• Il faut les distinguer selon les **deux types d'interrogation** : totale et partielle.

Interrogation totale	Interrogation partielle		
• La subordonnée est introduite par l'adverbe interrogatif *si* : *Je me demande si tu as bien compris la consigne.*	**Adverbe interrogatif**	**Pronom interrogatif**	**Adjectif interrogatif**
	• Quand, si, où, pourquoi, comment : *Je ne sais pas quand tu viens.*	**• Lequel, qui, quoi, que** : *Je me demande qui viendra à la réunion.*	**• Lequel** : *Elle ne sait pas quelle robe choisir.*

4 Les temps dans la subordonnée interrogative indirecte

- Il n'y a pas de mode imposé. Cela dépend de la nuance que l'on veut exprimer.

Indicatif	• Les faits sont envisagés comme réels	*J'ignore ce qui s'est passé.*
Conditionnel	• Pour exprimer le futur dans le passé	*Tu ne m'as pas dit ce qu'il ferait.*
	• Pour exprimer une supposition	*Je ne sais pas ce qu'il ferait dans ce cas-là.*
Infinitif	• Pour exprimer le doute	*Je ne sais pas quoi dire.*

5 L'emploi de la subordonnée interrogative indirecte

- L'interrogation indirecte peut avoir une **valeur exclamative** marquée par le point d'exclamation : *J'ignorais combien tu étais machiavélique !*
- Elle est essentielle pour **passer du style direct au style indirect** lorsque le discours rapporté comporte des questions : *L'homme demanda « Avez-vous une place ? » / L'homme demanda s'il avait une place.*
- La maîtrise de l'interrogative indirecte est également indispensable pour **varier la formulation des problématiques mais aussi des annonces de plan** : *Nous nous demanderons si la poésie n'a pas cette capacité, revendiquée par Rimbaud, à changer le monde.*

Exercices

1 Dans les subordonnées interrogatives suivantes, dites si elles sont totales ou partielles, relevez les mots interrogatifs et donnez leur nature. ➔ Corrigé p. 330

1. Dites-moi quand vous pensez partir.
2. Il se demanda s'il devait répondre sur-le-champ.
3. Elle ne savait pas ce qu'elle devait comprendre.
4. L'enfant ignorait devant quelle sortie sa mère l'attendait.
5. Il ne savait plus que penser.

2 Transformez les interrogations directes en interrogations indirectes. ➔ Corrigé p. 330

1. Y a-t-il encore des places disponibles ?
2. Pierre s'interrogeait : « Dois-je partir ou non ? »
3. Qui était le gagnant du loto ? Tout le village s'interrogeait.
4. Comment iras-tu à l'aéroport ?
5. Qu'est-ce qui la rend triste ?

3 Dans les subordonnées interrogatives indirectes, justifiez l'emploi des temps verbaux. ➔ Corrigé p. 330

1. Elle lui demanda s'il viendrait le lendemain.
2. Le conducteur ignorait où il avait bien pu laisser ses clés.
3. Dites-moi ce que vous feriez à ma place.
4. Elle ne savait plus quoi répondre.

4 Exercice bilan ➔ Corrigé p. 331

Voici des sujets de dissertation. Dégagez pour chacun d'eux la problématique que vous formulerez une première fois sous la forme d'interrogation directe, puis indirecte.

a. « C'est par le plaisir qu'on vient à bout des hommes » disait Voltaire à propos de ses contes.
Vous discuterez cette affirmation en vous appuyant sur l'œuvre de l'auteur étudiée cette année mais aussi sur vos lectures personnelles.

b. « Si, comme le dit, le peintre Fernand Léger, chaque époque invente sa beauté », nous devrions être davantage touchés par des œuvres qui nous sont contemporaines que par celles du passé.
Vous direz si vous partagez ce sentiment en vous appuyant sur des exemples précis empruntés à toutes les formes d'art.

11 RHÉTORIQUE ET MODALITÉ INTERROGATIVE

La modalité interrogative ne sert pas seulement au locuteur à obtenir des informations de la part de son destinataire. Elle peut aussi dans les discours littéraires ou argumentatifs, être un procédé d'organisation ou de rhétorique.

1 La modalité interrogative au théâtre et dans le récit

• Le début de la scène repose sur un jeu de questions-réponses entre les interlocuteurs, chaque nouvelle interrogation relançant le mouvement :

> *ORGON : Tout s'est-il, ces deux jours, passé de bonne sorte ?*
> Qu'est-ce qu'on fait céans ? comment est-ce qu'on s'y porte ?
> *DORINE : Madame eut avant-hier la fièvre jusqu'au soir.*
> Avec un mal de tête étrange à concevoir.
> *ORGON : Et Tartuffe ?*
> *DORINE : Tartuffe ? Il se porte à merveille*
> Gros et gras, le teint frais, et la bouche vermeille.
>
> Molière, *Tartuffe*, I, 4, 1669.

• Dans un **monologue**, la modalité interrogative fait émerger le **questionnement** du personnage pris dans un **dilemme** comme dans le célèbre monologue de Rodrigue dans *Le Cid* (Corneille, 1637) dont deux stances se terminent par un distique interrogatif où s'expriment les deux aspects du conflit intérieur : honneur versus amour. *Faut-il laisser un affront impuni ?/ Faut-il punir le père de Chimène ? M'es-tu donné pour venger mon honneur ?/ M'es-tu donné pour perdre ma Chimène ?*

• L'interrogation peut aussi traduire le **désarroi** d'un esprit en pleine confusion comme Hermione dans son monologue (Racine, *Andromaque*, V, 1, 1668) après qu'elle a ordonné à Oreste de tuer son amant Pyrrhus. *Où suis-je ? Qu'ai-je fait ? Que dois-je faire encore ? / Quel transport me saisit ? Quel chagrin me dévore ?*

2 La modalité interrogative dans le discours argumentatif

• La modalité interrogative est fréquemment employée comme **procédé rhétorique** dans le discours argumentatif.

• Elle permet de varier les **modalités**, et utiliser l'interrogation **oblige le destinataire** qu'on veut convaincre **à répondre** lui-même à la question au lieu de lui

GRAMMAIRE

donner directement la réponse, ce qui est une manière de l'impliquer plus fortement.

Vocabulaire
On l'appelle aussi interrogation oratoire.

• **La question rhétorique** est l'un des procédés rhétoriques les plus utilisés pour convaincre l'auditoire. Elle consiste à poser une question dont la réponse va de soi et ne peut être contestée. C'est un moyen de faire adhérer l'auditeur à la thèse défendue.

• **Exemple** : Dans son *Poème sur le désastre de Lisbonne*, Voltaire s'en prend aux philosophes qui prônent la philosophie optimiste : *Direz-vous, en voyant cet amas de victimes : / « Dieu s'est vengé, leur mort est le prix de leur crime » ? / Quel crime, quelle faute ont commis ces enfants/ Sur le sein maternel écrasés et sanglants ?*

Exercices

GRAMMAIRE

1 *Supplément au voyage de Bougainville*

➔ Corrigé p. 331

Tu n'es ni un dieu, ni un démon : qui es-tu donc pour faire des esclaves ? [...] ce pays est à toi ! et pourquoi ? parce que tu y as mis le pied ? Si un Tahitien débarquait sur vos côtes, et qu'il gravât sur une de vos pierres ou sur l'écorce d'un de vos arbres : Ce pays appartient aux habitants de Tahiti, qu'en penserais-tu ? [...].

Denis Diderot, *Supplément au voyage de Bougainville*, 1772.

a. Relevez les modalités interrogatives. Quelles réponses demandent-elles ?
b. En quoi sont-elles efficaces sur le plan argumentatif ?

2 Qu'est-ce qui fait l'originalité de cet incipit par rapport aux romans traditionnels ?

➔ Corrigé p. 331

Comment s'étaient-ils rencontrés ? Par hasard, comme tout le monde. Comment s'appelaient-ils ? Que vous importe ? D'où venaient-ils ? Du lieu le plus prochain. Où allaient-ils ? Est-ce que l'on sait où l'on va ? Le maître ne disait rien ; et Jacques disait que son maître disait que tout ce qui nous arrive de bien et de mal ici-bas était écrit là-haut.

Denis Diderot, *Jacques le fataliste*, 1796.

12 HISTOIRE ET FORMATION DES MOTS

Le lexique est l'ensemble des mots d'une langue. L'étude historique s'attache à montrer l'origine des mots (l'étymologie), leur formation et la manière dont ils évoluent au fil du temps.

1 L'histoire des mots

- Le lexique français vient de deux sources différentes.
- Le **fonds primitif** est constitué de mots venus :

– d'abord du latin, 80 % des mots en sont issus : *eau, feu, famille, père*, etc. ;
– du celte, langue que parlaient les Gaulois : *chêne, tonneau*, etc. ;
– du germanique que parlaient les Francs : *écharpe, gibier, hache*, etc.

- Les **emprunts** à d'autres langues ont enrichi la langue au cours des siècles :

– le grec ancien pour former le vocabulaire scientifique et philosophique ;
– l'italien surtout pour la langue artistique : *pastiche, fresque, concerto* ;
– l'arabe : *chiffre, zéro* ;
– surtout l'anglais depuis un siècle : *paquebot, people, manager*.

2 La formation des mots

- **La racine du mot** ou **radical** est l'élément de base à l'origine du mot. L'ensemble des mots qui sont formés sur un même radical est appelé **famille de mots.** Exemple : sur le radical *ban* qui désignait le territoire d'un suzerain ont été formés les mots *contrebandier, bandit, banlieue, bannir*, etc.
- Parfois, un mot de formation savante s'appuyant sur un radical grec ou latin est venu doubler un mot primitif de même origine mais dont la forme s'est modifiée : ce sont les **doublets.** *Hospitale* a donné *hôtel* (formation populaire) et *hôpital* (formation savante).

Remarque

Cela peut donner des familles de mots complexes : ainsi dans la famille du mot *eau*, la racine latine *aqua* s'est déformée en *ev* en langue d'oïl et en *aigue* en langue d'oc et a donné *eau, évier, aiguière* mais des mots ont aussi été formés à partir de la racine initiale : *aquatique*, et de la racine grecque *hydro* qui a donné *hydraulique*.

- **La dérivation** consiste à former des mots à partir d'un radical par adjonction :

– d'un **préfixe** placé avant qui change la signification du mot ; par exemple le préfixe *in* a une valeur privative ou signifie *aller dans* : *impossible, immigration*.

– d'un **suffixe** placé après qui change la catégorie grammaticale du mot, son sens ou lui donne une connotation particulière : *drôle/drôlerie, radical/radicalité/radicalisation ; fille/ fillette* (diminutif).

• **La composition permet de former des mots nouveaux :**

– par **assemblage de deux mots :** *portemanteau, garde-manger* ;

– par **association** de deux racines grecques ou latines : *misanthrope* (*mis* = détester, *anthropo* = homme) = qui déteste le genre humain.

• **Quelques racines grecques et latines**

Racines grecques			Racines latines		
Radical	**Sens**	**Exemple**	**Radical**	**Sens**	**Exemple**
-lâtre(tri)	médecin	pédiatrie	aqua	eau	aquatique
-algie	douleur	antalgique	aud-	entendre	audition
anthropo-	homme	anthropologie	capit-	tête	capitale
auto-	soi-même	autobiographie	carn-	chair	carnassier
blibli-	livre	bibliophile	-cide	tuer	génocide
bio-	vie	biologie	-duc	conduit	aqueduc
chrono	temps	chronologie	péd-pédo-	pied	pédicure
cratie	pouvoir	démocratie	multi-	beaucoup	multiple
gyn-	femme	gynécologue	prim(o)-	premier	primordial
log-	étude	zoologie	prin	premier	prince
phil-	aimer	philanthrope	vor-	dévorer	carnivore
mono	seul	monarchie	sol(i)	seul	solo
proto	premier	protagoniste	sylv(i)	forêt	sylvestre

3 L'évolution des mots

• **Les changements de sens** : certains mots se renforcent ou plus souvent s'affadissent avec le temps. Ainsi au XVIe siècle *sans doute* signifiait *sans aucun doute*.

• Des mots disparaissent de l'usage courant, d'autres sont créés, **ce sont des néologismes** qui finissent par être reconnus par l'usage.

LEXIQUE

Exercices

1 Utilisez des préfixes pour former des mots de sens contraire. ➔ Corrigé p. 332
Il peut avoir plusieurs possibilités. Classez-les par préfixe.

utile – moral – agréable – juste – heureux – complet – normal – correct – enchanté – attentif.

2 Cherchez le maximum de mots de la famille de *caput* (la tête). ➔ Corrigé p. 332

3 À partir de chacun des radicaux grecs suivants, trouvez ➔ Corrigé p. 332
au moins deux mots dont vous préciserez la formation et donnerez le sens :

hypo- (sous), pan- (tout), -cratie (pouvoir), -phil- (aimer), -hipp- (cheval).

4 Exercice bilan ➔ Corrigé p. 332

L'huître, de la grosseur d'un galet moyen, est d'une apparence plus rugueuse, d'une couleur moins unie, brillamment blanchâtre. C'est un monde opiniâtrement clos. Pourtant on peut l'ouvrir : il faut alors la tenir aux creux d'un torchon, se servir d'un couteau ébréché et peu franc, s'y reprendre à plusieurs fois. Les doigts curieux s'y coupent, s'y cassent les ongles : c'est un travail grossier. Les coups qu'on lui porte marquent son enveloppe de ronds blancs, d'une sorte de halo.

À l'intérieur, l'on trouve tout un monde, à boire et à manger : sous un *firmament* (à proprement parler) de nacre, les cieux d'en-dessus s'affaissent sur les cieux d'en dessous, pour ne plus former qu'une mare, un sachet visqueux et verdâtre, qui flue et reflue à l'odeur et à la vue, frangé d'une dentelle noirâtre.

Parfois, très rare, une formule perle à leur gosier de nacre, d'où l'on trouve aussitôt à s'orner.

Francis Ponge, « L'Huître », *Le Parti pris des choses*, 1942.

a. Quel suffixe retrouvez-vous dans les deux premiers paragraphes ? Quelle connotation a-t-il ? Quel rôle cela joue-t-il dans la description de l'huître ?

b. Cherchez le sens étymologique des mots « âtre » et « firmament ». En quoi est-ce révélateur de la manière d'écrire de Ponge ?

13 LA SÉMANTIQUE

La sémantique regroupe tout ce qui concerne la signification des mots, leurs relations, leur sens dans un énoncé.

1 Le sens des mots

MONOSÉMIE/POLYSÉMIE

- Un mot **monosémique** n'a qu'un seul sens. Il appartient surtout au lexique scientifique ou spécialisé : *un chevalet*. Il est beaucoup plus rare dans le langage courant.
- Mais la plupart des mots du langage courant ont plusieurs sens répertoriés par le dictionnaire. Ils sont **polysémiques**. Le mot *cours* peut renvoyer à l'eau courante, à l'écoulement du temps, à une période d'étude.
- Parmi les différents sens d'un mot, on distingue le **sens propre** qui est le sens premier du mot généralement concret et le **sens figuré** qui relève d'un emploi particulier plus abstrait ou imagé du mot : *bleu* au sens propre renvoie à la couleur mais il peut aussi désigner des ecchymoses ou les joueurs de l'équipe de France.

Remarque
Les différents sens d'un mot correspondent à ce qu'on appelle le **champ sémantique.**

SENS LEXICAL/SENS CONTEXTUEL

- **Le sens lexical** d'un mot est celui donné par le dictionnaire.
- Le **sens contextuel** est celui qui est actualisé dans un énoncé. C'est par le contexte qu'on peut choisir entre les différents sens lexicaux d'un mot : *fertile* au sens propre s'emploie pour désigner une terre riche ; au sens figuré il peut avoir pour synonyme *inventif* (*une imagination fertile*). C'est le contexte qui permet de faire le bon choix.

DÉNOTATION/CONNOTATION

- La **dénotation** correspond au(x) sens d'un mot répertorié(s) dans le dictionnaire accepté(s) par tous.
- La **connotation** correspond aux différentes significations supplémentaires que peut prendre un mot selon le contexte, les époques, les civilisations, les milieux sociaux. Par exemple le mot *rouge* dénote la couleur.

Attention
Ces sens ne sont pas stables. Les connotations peuvent être **appréciatives** ou **péjoratives**. Elles donnent souvent aux mots une portée **symbolique**.

LEXIQUE

Mais ses connotations sont multiples : la passion, la révolution, la violence, le deuil dans certaines civilisations, etc.

2 Les relations entre les mots

- **Les synonymes** sont des mots de sens proches. La synonymie totale est très rare. Un mot polysémique peut accepter plusieurs synonymes selon le contexte. Par exemple le mot *mou* peut avoir comme synonyme *laxiste*, *moelleux*. Le synonyme peut aussi varier en intensité : *colère, fureur, rage* ou en affectivité : *homme, individu, quidam.*

- Les **hyperonymes** ou termes génériques correspondent à des mots qui ont un sens plus large : *habitation* = *maison, chalet, villa.*

- Les **antonymes sont des mots de sens contraires :** *vie/mort, fort/faible*.

- **Le champ lexical** est l'ensemble des mots qui renvoient à la même notion, au même champ d'expérience. Ils ont différentes natures grammaticales et regroupent aussi bien synonymes qu'antonymes. Plusieurs champs lexicaux se côtoient souvent dans un même texte. Leur analyse permet de trouver les thèmes du texte et leur relation.

- **Les homonymes** ont la même forme phonétique, voire orthographique (on parle alors d'homographes) mais un sens différent : *les cahots de la voiture / c'est le chaos depuis le tremblement de terre.*

- Les **paronymes** sont des mots de sonorités proches mais de sens différents : *un incident / un accident*. C'est une source d'erreur fréquente.

> **Remarque**
> Le choix d'un terme plutôt qu'un autre dans un texte littéraire mais aussi un discours politique n'est jamais anodin.

> **Attention**
> Ne confondez pas le **champ lexical** qui regroupe des mots renvoyant à la même idée et le **champ sémantique** qui correspond aux différentes significations d'un mot.

> **Remarque**
> Dans les textes littéraires ou publicitaires, les locuteurs jouent souvent sur l'homonymie et la paronymie pour créer des effets de sens. La rime est un procédé qui s'appuie sur la paronymie.

3 Les trois niveaux de langue

- On distingue par **niveaux de langue** différentes manières de s'exprimer à l'écrit ou à l'oral pour dire **la même chose sous des formes différentes** plus ou moins recherchées. Ils correspondent à des situations de communication différentes.

Niveau de langue	Usages	Exemple
Familier	• Surtout à l'oral dans un usage quotidien. • Syntaxe souvent incorrecte avec un vocabulaire simple, voire argotique.	*Je savais pas que t'allais débarquer.*
Courant	• Usage courant tant à l'écrit qu'à l'oral. • Vocabulaire usuel, syntaxe simple mais correcte.	*Je ne savais pas que tu allais venir.*
Soutenu	• Surtout à l'écrit, dans les discours officiels, les textes littéraires. • Syntaxe soignée et vocabulaire recherché.	*J'ignorais que tu venais.*

Exercices

LEXIQUE

1 Indiquez le sens des mots soulignés. Précisez s'il s'agit d'un emploi propre ou figuré. Faites une phrase où ces mots auront un autre sens. ➔ Corrigé p. 333

1. Les négociations de paix piétinent.
2. Depuis quelques mois les prix à la pompe flambent.
3. La chute des cours du pétrole s'intensifie.

2 Analysez des connotations sulturelles/poétiques. ➔ Corrigé p. 333

1. Quelles sont les connotations attachées pour vous aux mots suivants : *printemps, automne, été, hiver* ? Comparez vos réponses avec celles de vos camarades.
b. Que veut dire le poète Guillaume Apollinaire lorsqu'il écrit : « Automne ô ma saison mentale » ?

3 Exercice bilan ➔ Corrigé p. 334

Les écrivains engagés écrivent parce que c'est plus fort qu'eux, qu'il leur faut dire ce qu'ils ont à dire. Ils ne sont pas engagés au sens où le militaire et le policier sont engagés, c'est-à-dire ont pris l'engagement d'obéir aux ordres de leur supérieur, sans les discuter et au besoin sans chercher à les comprendre, ils ne se sont pas engagés d'avance à dire ce que l'on attendait d'eux, ils ne sont pas engagés comme le sont la recrue, l'homme à gages ou le domestique, ils ne sont pas engagés comme un train est engagé sur des rails. Ils n'ont pas pris du service, mais ils ont pris feu et ils ont pris parti.

Claude Roy, *Défense de la littérature*, 1968.

a. Cherchez les sens du verbe « engager » utilisés dans l'extrait ci-dessus. Pourquoi le verbe est-il employé négativement ?

b. Qu'est-ce qui motive les écrivains engagés, selon Claude Roy ? Comment comprenez-vous les deux dernières expressions « prendre feu » et « prendre parti » ? Remplacez-les par des synonymes.

Fiche 1 L'expression de la cause, p. 285

1 **1.** « Fatiguée » : participe passé apposé.
2. « Sous prétexte qu'il avait une extinction de voix » : subordonnée conjonctive.
3. « En sautant les marches quatre à quatre » : gérondif.
4. « À force de travail » : GN prépositionnel.
5. « Grâce à la gentillesse du personnel soignant » : GN prépositionnel.
6. « Attendu que le prévenu est mineur » : subordonnée conjonctive.

2 **1.** Tu seras puni parce que tu n'as pas travaillé. Étant donné ton manque de travail, tu seras puni.
2. Comme la tempête a été violente, de nombreux arbres ont été déracinés. En raison de la violence de la tempête, de nombreux arbres ont été déracinés.
3. Comme la précédente manifestation a été marquée par des violences, le gouvernement a interdit de nouveaux rassemblements. À cause des violences de la précédente manifestation, le gouvernement a interdit de nouveaux rassemblements.
4. Puisque vous refusez de m'aider, j'abandonne le projet. À cause de votre refus de m'aider, j'abandonne mon projet.
5. Je ne vais pas faire de ski, non pas qu'il neige mais parce que je suis enrhumé. Je ne vais pas faire du ski, non à cause de la neige, qui ne tombe pas, mais à cause de mon rhume.
6. Ils ne sont pas venus, soit qu'ils n'ont pas reçu notre lettre, soit qu'ils ont eu un contretemps. N'ayant pas reçu notre lettre ou ayant eu un contretemps, ils ne sont pas venus.
7. Il n'a pas rendu son devoir sous prétexte qu'il était malade. Prétendant être malade, il n'a pas rendu son devoir.
8. Le coureur a remporté la course parce qu'il était dopé. Étant dopé, le coureur a remporté la course.

3 **a.** On peut remplacer « parce que » par « sous prétexte que ». Pour insister sur la fausseté de cette assertion.
b. Oui, on pourrait remplacer par « puisque ». Cela met en valeur le côté irréfutable de l'assertion.
c. La formulation de Montesquieu reste préférable car elle joue sur le parallélisme de construction avec la répétition du « parce que ».

Fiche 2 L'expression de la conséquence, p. 288

1 **1.** Tu n'as pas travaillé si bien que tu seras puni. Tu n'as pas travaillé, c'est pourquoi tu seras puni.
2. La tempête était si violente que de nombreux arbres ont été déracinés. La tempête était d'une telle violence que de nombreux arbres ont été déracinés.
3. La précédente manifestation a été marquée par des violences de sorte que le gouvernement a interdit de nouveaux rassemblements. La précédente manifestation a été marquée par des violences, aussi le gouvernement a-t-il interdit de nouveaux rassemblements.

2 **a.** Il n'y a aucune relation de cause et de conséquence explicites.
b. « Parce que » remplace la virgule, « si bien que » remplace « et », « car » remplace « et ».
Iphis voit à l'église un soulier d'une nouvelle mode, il regarde le sien et en rougit, parce qu'il ne se croit plus habillé ; il était venu à la messe pour s'y montrer, si bien qu'il se cache ; parce que le voilà retenu par le pied dans sa chambre pour le reste du jour. Il a la main douce car il l'entretient avec une pâte de senteur (…).
c. On pourrait mettre en valeur le lien consécutif entre « une nouvelle mode » et « regarde le sien » : « si bien qu'il regarde le sien et qu'il en rougit. »
d. Les choix de La Bruyère renforcent l'humour du texte en créant un décalage humoristique entre l'effet et la cause marqués implicitement par la juxtaposition ou la coordination.

Fiche 3 L'expression du but, p. 290

1 **1.** « Qui ait une piscine » : proposition relative.
2. « Pour que les étudiants puissent le comprendre et qu'ils aient le temps de prendre des notes » : deux subordonnées finales introduites par « *pour que* » et « *que* ».
3. « Afin que chacun en ait un exemplaire » : subordonnée finale.
6. « De crainte d'une reprise des hostilités » : GN prépositionnel.
7. « De peur qu'il ne pleure » : subordonnée conjonctive finale.

2 **1.** « Pour ne plus souffrir, il a pris une aspirine. » Impossible d'utiliser une subordonnée conjonctive en raison de l'obligation d'utiliser un groupe infinitif quand les deux sujets sont identiques.
2. « Le professeur a expliqué la difficulté pour être compris. » *Idem.*
3. « Au lieu du train nous prendrons l'avion pour arriver plus vite. » *Idem.*
4. « La jeune fille s'était maquillée pour que personne ne la reconnaisse / pour ne pas être reconnue. »
5. « Je désire un plat qui ne contienne pas de gluten / sans gluten. »
6. « Je vais vous faire un plan pour que vous ne vous perdiez pas / Je vais vous faire un plan pour vous éviter de vous perdre. »

3 **1.** Non je préfère un appartement qui soit orienté au sud.
2. Non je cherche une traduction qui soit fidèle.
3. Je voudrais faire des études qui me permettent de m'accomplir et d'être autonome.

4 **a.**
– « Pour t'empêcher de courir au trépas » : groupe infinitif prépositionnel.
– « Pour m'ôter à Don Sanche » : groupe infinitif prépositionnel.
– « Pour m'affranchir d'une condition » : groupe infinitif prépositionnel.
b.
– « Pour que cela t'empêche de courir au trépas. »
– « Pour que j'échappe à Don Sanche » : obligation de changer le sujet pour faire une subordonnée.
– « Pour que je sois affranchie d'une condition » : *idem*.
c. Chimène, après avoir mentionné la finalité non choisie par Rodrigue, combattre pour son seul honneur, lui en propose deux autres qui reviennent à une seule : se battre pour éviter qu'elle ne devienne l'épouse de Don Sanche à l'issue du combat.

Fiche 4 La concession et l'opposition, p. 293

1 **1.** « Bien qu'il pleuve » : subordonnée conjonctive circonstancielle de concession.
2. « Quand bien même elle partirait » : subordonnée conjonctive circonstancielle de concession.
3. « Sans y être invitée » : groupe infinitif, concession.
4. « Malgré les reproches de son père » : groupe nominal prépositionnel, concession.

5. « Tout malade qu'il est » : subordonnée conjonctive circonstancielle de concession.

2 **1.** Bien que très âgée, elle est encore très dynamique. Malgré son grand âge, elle est encore très dynamique.
2. Même s'il est enrhumé, il travaille toujours autant. En dépit de son rhume, il travaille autant.
3. Quoique je sois majeur, mes parents m'interdisent encore de sortir le soir. Mes parents m'interdisent encore de sortir le soir, cependant je suis majeur.
4. Bien que son propriétaire ait menacé de le poursuivre en justice, il ne paie toujours pas son loyer. En dépit des menaces de son propriétaire de le poursuivre en justice, il ne paie toujours pas son loyer.

3 **1.** Elle avait promis de venir me voir bien qu'elle habitât très loin.
2. Bien qu'il y ait de nombreuses recherches sur cette maladie, on n'a toujours pas trouvé de vaccin.
3. Le film a reçu de mauvaises critiques en dépit de ses qualités indéniables.
4. Les voleurs lui ont pris son sac même si elle s'est défendue avec courage.
5. Ils se sont mariés il y a deux mois, pourtant personne n'en a rien su.

4 **a.**
– « Pourtant rien moins qu'agreste » adverbe de liaison + subordonnée circonstancielle de concession elliptique du verbe ;
– « mais » conjonction de coordination marquant l'opposition ;
– « bien que né » subordonnée circonstancielle de concession elliptique du verbe.
b. Il y a une opposition entre les deux portraits de la mère et du père qui ont des attitudes opposées face à la nature. Elle se double d'une autre opposition interne chez chaque personnage qui, elle, relève de la concession : la mère urbaine éprouve des élans envers la nature alors que le père d'origine rurale s'en tient à l'écart. Il y a une autre opposition dans le portrait de la mère entre la vigueur de l'élan et son aspect conventionnel.

Fiche 5 L'expression de la condition, p. 296

1 **1.** « En cas de collision » : GN prépositionnel.
2. « Qui ne connaîtrait rien à l'économie » : proposition relative à valeur conditionnelle.
3. « Pourvu qu'il soit rentré de vacances » : subordonnée conjonctive.
4. « Seriez-vous le seul à le dire » : proposition indépendante au conditionnel.

2 **1.** « Invitiez » : indicatif imparfait
2. « Seriez » : conditionnel présent.
3. « Se démocratise » : indicatif présent.
4. « Désobéirait » : conditionnel présent.
5. « Aurait mérité » : conditionnel passé.

3 **1.** Introduit une subordonnée conditionnelle.
2. Adverbe interrogatif qui introduit une subordonnée interrogative indirecte.
3. Fait partie de la locution conjonctive « si… que » et introduit une subordonnée de conséquence.
4. Fait partie de la locution conjonctive « si… que » et introduit une subordonnée de concession.
5. Introduit une subordonnée d'opposition.

4 **a.** Le thème est l'esclavage et le propos est la justification de l'esclavage.
b. Dans la subordonnée de condition le verbe « j'avais à » est à l'imparfait de l'indicatif. Si l'on s'en tient à une lecture littérale, la valeur du verbe serait un potentiel, condition non encore réalisée mais possible dans le futur. Cependant étant donné la personnalité de Montesquieu, philosophe des Lumières et esprit éclairé, il semble pour le moins curieux qu'il ait soutenu la thèse des esclavagistes, ce qui oblige à relire l'ensemble du texte et à réviser la valeur de cet imparfait. Celui-ci a la valeur d'un irréel du présent, c'est-à-dire une condition non réalisée dans le présent mais également irréalisable dans le futur étant donné les positions idéologiques de l'auteur.
c. Ainsi la tonalité ironique est d'emblée installée par ce système hypothétique. La phrase fonctionne comme une antiphrase. Cette interprétation est d'ailleurs corroborée à la lecture du premier argument proposé. Celui-ci pose des faits vrais : l'extermination des Indiens d'Amérique par les Européens et exploitation des terres par les esclaves africains, étant donné l'absence de main-d'œuvre locale. Mais c'est le lien de causalité entre les deux faits qui pose problème : Montesquieu semble justifier la traite des Noirs par l'extermination des Indiens, donc une barbarie par une autre barbarie, le génocide, ce qui invalide bien évidemment le raisonnement.

Fiche 6 L'expression de la comparaison, p. 299

1 **1.** « Aussi vaniteux que » : subordonnée circonstancielle de comparaison.
« Il est vaniteux comme son cousin germain. ». *Idem.*
2. « Jamais autant ri de ma vie que ce soir-là » : subordonnée circonstancielle de comparaison.

2 **a.** Le premier tercet comporte deux subordonnées conjonctives circonstancielles de comparaison dont la dernière est elliptique du verbe. Dans le second tercet on relève trois comparaisons, une par vers, exprimées par trois subordonnées de comparaison toutes elliptiques du verbe.

b.

Comparé	Comparant
« Le séjour qu'ont bâti mes aïeux »	« Des palais romains le front audacieux »
« L'ardoise fine »	« Le marbre dur »
« Loir gaulois »	« Tibre latin »
« Petit Liré »	« Mont Palatin »
« Douceur angevine »	« L'air marin »

On remarque une opposition entre le langage noble pour caractériser Rome et la simplicité angevine (« séjour » / « palais », « marbre dur » / « ardoise fine », « la Loire » / « le Tibre », « l'air marin » / « la douceur angevine ») dont les termes soulignent la douceur, la finesse ; on peut remarquer que dans leur majorité ils sont féminins, manière de connoter le lien filial à la terre maternelle et à la famille (aïeux).

Fiche 7 La syntaxe de la phrase négative, p. 301

1 **1.** Interrogation totale.
2. Interrogation partielle portant sur le COD « preuve ».
3. Interrogation partielle portant sur le CC de lieu « (quelque) part ».
4. Interrogation partielle portant sur le CC de temps « dimanche ».

2 **1.** Dans le jardin, il **n'**y a **ni** pommes, **ni** poires, **ni** raisins.
2. Il **n'**était **pas** présent à la réunion, le directeur **non plus**.
3. Nous **n'**étions **pas** souvent partis pendant les vacances. Nous **n'**étions **jamais** partis pendant les vacances.
4. Je **ne** connais **pas** bien la région.
5. Il **ne** reste **plus** de miettes de pain.
6. Nous **ne** doutons **pas** que vous puissiez nous aider.

3 **1.** « Ne » explétif.
2. « Ne » négatif.
3. « Ne » négatif.
4. « Ne » explétif.
5. « Ne » négatif.

4 **a.**
« Ne m'interrogez point » : locution négative « ne… point » portant sur l'action globale.
« Ne craignez… que mon indifférence » : « ne… que » valeur restrictive.
« Je me taise » : négation lexicale = « ne pas dire ».
« Que je ne t'adore » : « ne » explétif après un verbe de doute.
« Non » : négation catégorique.
b.
Les interlocuteurs sont dans une relation conflictuelle : Sylvia déguisée en Lisette, sa servante, ne veut pas avouer ses sentiments à Dorante, le seigneur qui est censé l'épouser en tant que maîtresse (rôle que joue sa servante) et qui met en doute la véracité de son amour, sous-entendant que les sentiments d'une soubrette lui importent peu. Dorante s'insurge contre cette posture dans l'interrogative au style très soutenu.

Fiche 8 Sémantique et négation, p. 304

1 **1.** « Il est impensable de continuer ainsi » : adjectif avec préfixe négatif.
2. « Acceptez la main tendue » : antonyme.
3. « Il nie avoir participé à la manifestation » : antonyme.
4. « Il déteste la polémique » : antonyme.

2 **1.** Il est parti sans une hésitation.
2. Il ne reste plus aucune place libre.
3. Ne croyez-vous pas que cela ne servira à rien ?
4. Je ne déteste pas les anticonformistes.

3 **a.** Pangloss construit son raisonnement sur un enchaînement de cinq subordonnées de condition au plus-que-parfait dépendant d'une courte principale au conditionnel passé, ce qui devrait correspondre à un irréel du passé (conditions non réalisées qui n'ont pas permis la réalisation escomptée d'une situation). Mais comme toutes ces propositions sont négatives, la double négation aboutit à une affirmation. Ces conditions réalisées ont permis la situation présente : mang(er) des cédrats confits et des pistaches ».
b. Ce raisonnement est inepte, ces cinq subordonnées correspondent à autant d'expériences dramatiques vécues par Candide au cours de son périple : son bannissement du château de Thunder-ten-Tronckh, son procès devant l'Inquisition, son voyage en Amérique, le meurtre du baron, la perte de richesses rapportées de l'Eldorado, représentée par l'euphémisme « perdre ses moutons ». Ces événements aboutissent à une conséquence dérisoire : manger des cédrats

et des pistaches. De plus, par cet enchaînement, Pangloss confère à des événements relevant du plus grand des hasards une causalité qui relève d'une intention supérieure, celle de Dieu.
Voltaire s'en prend une nouvelle fois à la philosophie optimiste de Leibniz qui veut que tout malheur ne peut à long terme qu'aboutir à un bonheur car tout vient de Dieu et Dieu qui est bon ne peut vouloir que le bonheur des Hommes. Mais malicieusement, la cascade de causalités malheureuses aboutit à un bonheur ridicule et dérisoire, ce qui rend la démonstration ridicule.
La dernière réplique de Candide, qui conclut le conte, oppose la parole vaine du philosophe à l'action « dire / cultiver notre jardin », la brièveté de son discours s'opposant à la logorrhée du philosophe. Le discours de Pangloss sur le plan formel est bien construit mais vide de sens alors que Candide se tourne vers une activité constructive pour le bien de toute la petite communauté.

Fiche 9 La phrase interrogative, p. 307

1 **1.** Interrogation partielle. Registre soutenu.
2. Interrogation partielle. Registre familier.
3. Interrogation partielle. Registre soutenu.
4. Interrogation partielle. Registre soutenu.
5. Interrogation totale. Registre soutenu.

2 **1.** « Par quel train est-ce que tu arrives ? Par quel train arrives-tu ? » : adverbe interrogatif.
2. « Qu'est-ce qu'il apporte ? Qu'apporte-t-il ? » : adverbe interrogatif.
3. « Rendez-vous où ? Où avons-nous rendez-vous ? » : adverbe interrogatif.
4. « Quand l'ouragan doit frapper l'île ? Quand l'ouragan doit-il frapper l'île ? » : adverbe interrogatif.
5. « Pourquoi est-ce qu'Éric a pris cette initiative ? Pourquoi Eric a-t-il pris cette initiative ? » : adverbe interrogatif.

3 **1.** Quand ces élèves respecteront-ils les consignes ?
2. Où ai-je pu ranger mon sac ?
3. Les candidats sont-ils prêts ?
4. Pourquoi me demandes-tu mon avis ?

4 **a.** Le poème de Verlaine est composé de trois strophes :
– la première strophe comporte trois phrases : une phrase impérative, une déclarative et une interrogative ;

– la deuxième strophe comporte deux phrases de modalité interrogative ;
– la troisième strophe comporte deux phrases de modalité exclamative, puis impérative à valeur de conseil.

Verlaine utilise toute la gamme des modalités pour varier son art poétique : du rejet au questionnement puis au conseil au futur poète.

b.

– La modalité interrogative de la première strophe est une interrogation partielle exprimée par l'adverbe interrogatif « où ». Sa syntaxe est relâchée avec le rejet en fin de vers de « jusqu'où ».

– Les deux modalités interrogatives suivantes sont également partielles, introduites par le pronom interrogatif « qui » et l'adjectif interrogatif « quel » mais leur syntaxe est correcte et leur registre de langue soutenu. Cela produit un effet de contraste avec la brutalité de la première strophe.

c. Les modalités interrogatives sont associées au champ lexical de la rime. Celle-ci est dépréciée dans la première strophe par l'utilisation d'une syntaxe fautive « tords-lui son cou », « elle ira jusqu'où ? » ; dans la seconde par l'emploi de caractérisations dépréciatives : « sourd », « fou », « d'un sou », « faux et creux ».

Verlaine rejette la poésie qui s'appuie sur l'éloquence et la rime au profit d'une poésie qui s'appuie sur la musicalité du vers.

Fiche 10 L'interrogation indirecte, p. 310

1 **1.** Interrogation partielle : « quand » adverbe interrogatif.
2. Interrogation totale : « si » adverbe interrogatif.
3. Interrogation partielle : « ce que » pronom interrogatif.
4. Interrogation partielle : « quelle » adjectif interrogatif.
5. Interrogation partielle : « que » pronom interrogatif.

2 **1.** Il demande s'il y a encore des places disponibles.
2. Pierre se demandait s'il devait partir ou non.
3. Tout le village se demandait qui était le gagnant du loto.
4. Sais-tu comment tu iras à l'aéroport ?
5. Je ne sais pas ce qui la rend triste.

3 **1.** « Viendrait » : conditionnel présent ; valeur de futur dans le passé.
2. « Avait bien pu » : plus-que-parfait de l'indicatif ; faits présentés comme réels.
3. « Feriez » : conditionnel présent ; valeur d'hypothèse.
4. « Répondre » : infinitif ; valeur de doute.

4 **a.** Voltaire utilisait des pseudonymes pour signer ses contes qu'il qualifiait de « fadaises ». Mais en même temps, il écrivait dans une lettre du 9 janvier 1773 : « C'est par le plaisir qu'on vient à bout des hommes. » Pour faire passer ses idées, l'argumentation indirecte, qui cherche à instruire de manière plaisante par le détour de la fiction, serait-elle plus efficace que l'argumentation directe ?
b. Le peintre Fernand Léger affirme que « Si chaque époque invente sa beauté, nous devrions être davantage touchés par des œuvres qui nous sont contemporaines que par celles du passé. » L'attrait pour les œuvres d'art contemporaines serait-il plus puissant parce qu'elles correspondent mieux aux conceptions esthétiques de notre époque ? Nous pouvons nous demander si l'attrait pour les œuvres contemporaines n'est pas plus puissant que pour les œuvres du passé parce qu'elles correspondent mieux aux conceptions esthétiques de notre époque.

Fiche 11 Rhétorique et modalité interrogative, p. 313

1 **a.** Diderot pose quatre questions. Les trois premières sont des questions rhétoriques auxquelles on ne peut pas apporter de réponses logiques et recevables ; elles mettent en évidence le caractère arbitraire de l'esclavage et de la colonisation. La quatrième est une interrogation qui porte sur un raisonnement hypothétique qui oblige le lecteur européen à se mettre à la place du colonisé et qui ne peut provoquer que honte et indignation.
b. Les interrogations oratoires sont utilisées par Diderot pour marquer son indignation et obliger le lecteur à adopter sa position face à l'esclavage et le colonialisme qui reposent sur l'arbitraire et l'injustice.

2 Cet incipit confronte le lecteur à une série de questions qui sont précisément celles dont il attendrait normalement des réponses en début de roman. Elles sont au nombre de cinq et portent sur : les circonstances de la rencontre, l'identité, l'origine du déplacement, la destination et le contenu du dialogue.
Elles sont suivies de réponses qui ne sont pas satisfaisantes. La 1re souligne le côté fortuit de toute rencontre. La 2e est elle-même une question qui ridiculise la curiosité du lecteur. La 3e et la 4e n'apportent aucune information, la dernière soulignant même l'ineptie de la question. Seule la dernière comporte du contenu dans un double discours indirect.
Cette série de questions semble faire référence à une rencontre passée entre trois personnes mais sans donner d'informations. Nous est donnée seulement la relation de soumission entre Jacques et son maître puisque le premier ne fait que répéter les paroles du second.

Cependant, d'emblée, *l'incipit* propose une réflexion philosophique sur les notions de hasard (une occurrence et l'allusion aux errances des personnages) et de déterminisme à travers l'affirmation du maître reprise en style indirect par le valet. Ces deux notions s'opposent à la liberté du narrateur qui s'affirme par sa volonté de ne donner aucune des informations qu'on serait en droit d'attendre d'un *incipit* normal. Ce qui nous donne un *incipit* très déroutant mais qui met en valeur les deux caractéristiques de ce roman : forme décousue et déceptive du récit et interrogation philosophique sur la liberté et le déterminisme.

Fiche 12 Histoire et formation des mots, p. 315

1 – Préfixe a- : amoral, anormal.
– Préfixe mal- : malheureux.
– Préfixe dés- : désenchanté, désagréable.
– Préfixe in- : inutile, injuste, incomplet, incorrect, inattentif,.

2 Famille de mots issus de « *caput* » (la tête), radical cap (i) : capitale, capitaine, capitalisme, capitaliser, mais aussi par déformation de la racine latine : chef, cheftaine, couvre-chef.

3 – Hypo- (sous) : hypo + tension = tension en dessous de la normale ; hypo + thermie= température en dessous de la normale.
– Pan- (tout) : pan + théisme = doctrine selon laquelle tout est dans Dieu, pan + acée= remède universel.
– -cratie (pouvoir) : démo-cratie, aristo-cratie, théo-cratie.
– -phil- (aimer): anglo + phile = qui aime les Anglais ; phil + atélie = art de collectionner les timbres ; hydro + phile = qui absorbe l'eau.
– Hipp(o) : hippo + campe = cheval recourbé ; hippo + potame = cheval du fleuve ; hippo + drome = terrain de courses équestres.

4 **a.** Dans les deux premiers paragraphes du poème, on trouve quatre fois le suffixe « -âtre » : « *blanchâtre* », « *opiniâtrement* », « *verdâtre* », « *noirâtre* ». Il donne aux trois adjectifs et à l'adverbe une connotation péjorative. Les deux adjectifs « *blanchâtre* » et « *noirâtre* » sont tous deux associés à des mots à connotation positive « *brillamment* » et « *dentelle* » pour créer des expressions à valeur d'oxymore, c'est une manière de mettre en avant la nature paradoxale de l'huître à la fois attirante et répulsive, ce que souligne aussi l'expression « *à boire et à manger* ». Quant à « *opiniâtrement* », il modifie l'adjectif « *clos* » qui caractérise le nom « *monde* ». L'expression renvoie à la nature du mollusque qui résiste à toute tentative d'ouverture.

b. Le mot « *âtre* » homonyme du suffixe « -âtre » désigne le foyer mais il vient d'un mot latin qui signifie coquille ! Le mot « *firmament* » qui signifie « cieux, voûte céleste » vient du latin *firmare* qui voulait dire « rendre ferme » et associé au mot « *nacre* » s'oppose à la mare, au sachet visqueux. On retrouve l'ambivalence de l'huître à la fois ferme par sa coquille et molle et visqueuse par le mollusque à proprement parler. On voit à travers ces analyses la manière dont Francis Ponge joue avec les mots, leur sens étymologique et actuel pour rendre compte de la « chose » dont il veut parler.
c. Le mot « *formule* » étymologiquement désigne une petite perle et c'est ce sens étymologique qu'il faut prendre en compte pour comprendre la dernière phase du poème. L'huître parfois (très rarement) sécrète une perle fine qui sera utilisée comme bijou. Mais en même temps, le sens moderne de « *formule* » fait allusion à la parole ou à l'expression, tout comme le mot « *gosier* ». Cela permet aussi d'activer un sens figuré de « *perle* » qui est celui d'une « *erreur grossière* » dans un texte. Le verbe « *orner* » peut aussi renvoyer aux figures de rhétorique dont on disait qu'elles étaient les ornements du discours. Il y a donc des analogies entre le texte et l'huître, un poème en prose peut être tout comme l'huître d'un abord difficile, un « *monde opiniâtrement clos* » mais si l'on s'obstine, on peut l'ouvrir pour y découvrir tout un monde et même une perle. Ce poème en prose est donc un mode d'emploi de sa propre lecture.

Fiche 13 La sémantique, p. 318

1 **1.** Le sens propre de « piétiner » correspond à marcher quasiment sur place, taper le sol avec ses pieds à plusieurs reprises. Ici le verbe est employé au sens figuré de « ne pas progresser ».
2. Le sens propre de « flambent » est « brûler fort ». Dans cette phrase, le verbe est utilisé au sens figuré de « augmenter beaucoup ».
3. Le mot « chute » au sens propre signifie « l'action de tomber ». Ici le mot est employé dans son sens figuré de « baisse rapide et forte ».

2 **1.** – Les connotations attachées au nom « printemps » sont : la naissance, la jeunesse, la fertilité, la promesse, la douceur.
– À l'été sont attachées les connotations de récolte, moisson, plein épanouissement.
– L'automne est rattaché aux notions de déclin, de vieillissement, de mélancolie mais aussi de richesse par le biais des couleurs.
– L'hiver symbolise le froid, la mort, la stérilité, la blancheur.
Ces connotations peuvent varier selon les régions du globe.
2. Dans ce vers « L'automne ô ma saison mentale » Apollinaire veut faire le rapprochement entre son état d'esprit exprimé par « saison mentale » et la

saison de l'automne. Son état d'esprit est porté à la mélancolie qui selon lui correspond à la spécificité automnale, la baisse des jours, la chute des feuilles portant à la mélancolie devant la nature en train de jeter ses derniers feux avant de mourir.

3 **a.** Le verbe « engager » est pris dans différentes acceptions dans cet extrait :
– au sens de « qui prennent position pour défendre une cause » dans le GN « les écrivains engagés » l. 1 ;
– au sens de « prêter serment d'agir selon un règlement » dans la proposition « les militaires et le policier » l. 2 ;
– au sens « d'embaucher » c'est-à-dire payer pour faire quelque chose « comme la recrue, l'homme à gages, ou le domestique » l. 4 ;
– au sens « s'engager dans un espace étroit » : « comme un train est engagé sur des rails » l. 6.
Le verbe conjugué ou le participe passé est toujours employé négativement sauf dans la première expression car selon Claude Roy ce sont justement ces formes d'engagement que ne doit pas suivre l'écrivain engagé, il ne doit être ni un soldat qui obéit sans discuter quoi qu'on lui demande, ni quelqu'un qui tire un profit de son travail, ni un instrument au service de quelqu'un ou d'une idée.
b. Les écrivains engagés selon Claude Roy sont poussés par une force, une urgence à laquelle ils ne peuvent résister et qui les force presque malgré eux à utiliser leur plume au service d'une cause. Ils « prennent feu » c'est-à-dire s'enflamment, se passionnent pour une idée ou une cause, ils « prennent parti » c'est-à-dire qu'ils ne restent pas dans un entre-deux mais choisissent un camp. Comme exemple d'écrivain engagé, on peut citer Victor Hugo et sa lutte contre le Second Empire ou Zola qui avec « J'accuse » prend fait et cause pour Dreyfus injustement condamné pour trahison, ou Sartre qui, toute sa vie, quelles que soient les tragiques erreurs du Parti communiste, l'a soutenu jusqu'au bout y compris dans son aveuglement envers les crimes de l'Union soviétique ou des Khmers rouges au Cambodge.

N° éditeur : 10288322 - Dépôt légal : juillet 2023
Achevé d'imprimer en France en juin 2023 par Clerc à Saint-Amand-Montrond